La Vie en vrai

EMMA GREEN

La Vie en vrai

addictives
POCHE

À toutes ces âmes résilientes qui forcent notre respect…
et à toutes celles qui trouveront bientôt la force de se relever.
« Au milieu de l'hiver, j'apprenais enfin
qu'il y avait en moi un été invincible. »
Albert Camus (*L'Été*, 1954)

AVERTISSEMENT

Certaines scènes peuvent heurter
la sensibilité des lecteurs.

Si vous êtes victime de harcèlement scolaire
ou connaissez quelqu'un dans cette situation
et voulez lui venir en aide, appelez le 3020.
En cas de cyberharcèlement, composez le 3018.
Vous n'êtes pas seul.e.s.

1

Morte

Louve

Morte.

« T'es morte, Louve Larsson! »

Je crois que c'était une menace, pas un ordre.

Mais si c'est vraiment ce qu'ils veulent...

« T'es morte! »

Ce sera donc cette phrase-là, que j'aurai entendue en dernier. Les ultimes mots qu'on m'aura adressés. C'est plutôt ironique, à 17 ans, de se tuer comme ça, à une soirée, seule, frigorifiée, avec ces trois mots-là en boucle dans les oreilles, avec les fringues et les cheveux trempés, qui puent l'alcool et l'angoisse. Cette fête ressemble à tout sauf à une fête.

Un enfer.

Mon enfer.

« T'es morte, t'es morte, t'es morte! »

Je ne sais plus si je ris ou si je pleure.

Je ne sais même plus qui m'a invitée à cette soirée du Nouvel An. Un de ces gosses de riches qui porte des costards avant même la majorité et vient en voiture de luxe au lycée, une de ces garces au corps parfait qui s'est déjà payé une rhinoplastie, des seins tout neufs et une épilation laser pour régler ses problèmes de confiance en elle.

Des vrais problèmes, ils n'en ont pas. Pour fêter la nouvelle année, ils privatisent une piscine de Boston, invitent tous les terminale et se bourrent la gueule au champagne.

Qui fait ce genre de choses ?

Je ne sais pas. Je ne sais même plus pourquoi je suis venue. Comment ça aurait pu finir autrement ? Ils ont passé les quatre premiers mois de l'année à me harceler, m'insulter, me rabaisser, m'ignorer, m'humilier, au choix… Comment j'ai pu croire que ce serait différent ce soir ?

Je voulais juste essayer.

Je ne sais plus.

Mais tout ce que je sais, c'est qu'il faut que ça s'arrête.

Je pourrais appeler mon père… Je crois qu'il viendrait me chercher. Mais je lui dirais quoi ? Désolée, papa. Je me suis retrouvée enfermée dans une cabine de sauna. J'ai bu alors que je ne devais pas. J'ai pris un verre pour faire comme les autres et avoir un peu moins honte de moi. J'ai bu juste deux gorgées et puis j'ai trébuché et j'ai renversé mon verre sur quelqu'un, juste quelques gouttes sur son costume griffé, sa robe de soirée. Mais en retour, j'ai reçu un verre rempli en pleine tête, puis un seau entier, ils riaient, je ne l'ai pas supporté, je ne sais plus qui j'ai poussé, griffé, puis quelqu'un a crié : « Alors toi, t'es morte, Louve Larsson ! »

Donc j'ai couru me terrer ici, me mettre en boule, dans le premier refuge que j'ai trouvé, tout au fond de cette cabine de sauna, là, me tapir comme une proie en danger, dans le noir, sans bouger, pour que personne ne me voie pleurer, ne me voie mourir de peur et de froid, mourir d'avoir envie de mourir.

Et je ne peux plus me relever.

Je ne sais plus qui m'a enfermée. Moi toute seule ? Pourquoi je ne sors pas ? Qui est là ? Aidez-moi ! Laissez-moi… Je ne me souviens pas.

Morte.

Je ne suis pas sûre de vouloir mourir pour toujours.

Mais je ne sais plus comment continuer à vivre. Chaque jour.

Je pense à ma mère, à mon père, quand ils vont apprendre que je suis morte. À ma petite sœur qui ne se souviendra même pas de moi. Mais ils s'en remettront.

Moi pas.

Je vais le faire.

J'attrape mon sac, je pleure, je renifle, je vois flou, je ne pense plus, j'agis machinalement, je ne sais pas qui pilote, quelqu'un d'autre mais ce n'est plus moi, je dois déjà être morte. Plus rien ne peut m'arrêter. Entre les larmes, je suis mes ongles vernis de noir qui ouvrent la poche avant, mes doigts tremblants qui attrapent ces plaquettes de médocs, ceux que j'emmène partout avec moi, au cas où.

Là. C'est le bon cas.

J'arrête de pleurer et je fais sauter les petits comprimés blancs dans ma paume. Je vais le faire. Je vais vraiment le faire.

C'est tout ce qu'il me reste à faire.

Je lance les médocs dans ma bouche, deux par deux.

– Ça, c'est pour toi, Honor.

Trois par trois.

– Ceux-là sont pour toi, Alec.

Cinq par cinq.

– Pour Gideon.

Un peu plus, encore.

– Pour Sinaï.

Puis je vide toute la deuxième plaquette d'un coup pour gober une poignée entière.

– Et tout ça c'est pour toi, Lazare.

J'ai le cœur qui lâche.

« *T'es morte, Louve Larsson !* »

Morte.

2

… ou pas tout à fait

Louve

– Louve ?

– Louve, tu m'entends ?

– Ouvre les yeux, si tu peux.

– On est là, Louve, tout va bien.

– Ça va aller… Tout va s'arranger.

– Prends ton temps, ma Loupiote.

Je déteste ce surnom.

Je n'arrive pas à ouvrir les yeux. Je les entends pourtant, je les sens : des caresses sur mes mains, des baisers sur mon front, des soupirs près de mon oreille, des joues contre la mienne, des larmes qui gouttent un peu partout, mais je n'arrive pas à revenir.

Je sombre.

« Loupiote »… C'est forcément eux.

Il n'y a qu'eux deux pour continuer à m'appeler comme ça.

J'ai 17 ans, bon sang.

Mon sang me fait mal. Tout mon corps me fait mal. Ça brûle, ça démange, ça pique, ça pèse, ça déborde… Je repars. Je me rendors.

Je n'y arrive pas.

Est-ce que je suis vivante ou morte ? Ou un peu entre les deux ?

– Louve, on est là. Quand tu voudras, on sera là. Accroche-toi, ma fille. Ça va aller, je te le promets… Tu es plus forte que tu le crois, Loupiote.

Je n'entends plus que la voix de mon père. Basse, chaude, sûre. Je m'y accroche. Je cligne des yeux mais ils ne s'ouvrent pas, mes cils résistent comme des fils barbelés emmêlés. Je sens sa main qui serre la mienne, sa chaleur qui me fait du bien, son pouce qui caresse inlassablement la peau du dos de ma main, mécaniquement, infiniment, comme un doux métronome, comme le pouls que je n'ai plus.

Ou peut-être que si.

Si je sens, si j'entends… ? C'est peut-être que je suis encore un peu là.

« *T'es morte !* » hurle une voix dans ma tête.

– Tu es vivante ! s'exclame un cri du cœur.

Je ne me sens ni l'un ni l'autre.

Je lutte de toutes mes forces et j'entrouvre enfin les paupières : j'aperçois la tête de mon père, à l'envers, ses yeux pleins d'eau, son sourire qui fend son visage en deux, puis ma mère qui surgit aussi, comme une lionne qui pousse un cri silencieux.

Qu'est-ce qu'elle me veut ?

J'ai mal dans tous les muscles, tous les os, tous les recoins de mon corps. La tête dans un étau. La bouche sèche et la gorge en feu. Je suis en nage mais j'ai des frissons plein la peau. Le cœur qui se soulève et la nausée qui me guette.

– Laissez-lui un peu d'espace.

D'autres visages valsent dans mon champ de vision, d'autres voix entrent dans mes oreilles en sifflant, une lumière aveuglante est braquée dans chacun de mes yeux, il y a des bips-bips qui me vrillent les tempes, des mots que je ne comprends pas, et des liens qui tiennent mes poignets. Je déteste ça.

– C'est pour ton bien, Louve, n'essaie pas de te débattre. On ne veut pas que tu te fasses encore du mal.

Je ne connais pas cette voix. Pas ces traits. Mais cette

femme en blouse rose pâle penchée au-dessus de moi a le regard très doux, le sourire franc et des petits trucs verts coincés entre les dents. J'ai envie de lui dire mais je ne peux pas parler.

Et c'est là que je comprends.

Je suis dans une chambre d'hôpital, les mains attachées au montant du lit, un tube dans la bouche et des flashs plein la tête.

Quelques minutes vaseuses plus tard, on m'extube et je tousse à m'en déchirer la gorge, on me fait boire à la paille et on redresse mon lit en appuyant sur un bouton. Je ne peux rien faire moi-même, je suis comme un pantin, une poupée sans volonté dont on prend soin, je voudrais qu'on me demande avant, je voudrais qu'ils arrêtent de me toucher et de me sourire, je voudrais récupérer mon corps qui ne m'appartient plus, ma voix que j'ai perdue, qui ne sait plus comment sortir, je voudrais qu'ils me détachent et qu'ils me lâchent. De quoi ils ont peur, bon sang ? Que je les griffe ou que je me taille les veines avec mes ongles tellement rongés que même le vernis est parti ?

Un homme dans la même blouse rose bonbon m'explique qu'on va m'administrer un décontractant puis me laisser tranquille avec mes parents. Une petite tape sur la cuisse et il s'éclipse.

En fait, je crois que je ne veux pas qu'il parte.

Mon père pleure. Ma mère pleure.

– Oh, Louve, tu nous as fait tellement peur.

Mon père s'assied sur un tabouret près de mon lit et pose sa tête sur mes jambes, par-dessus le drap blanc, sans me quitter des yeux.

– Alors comme ça, tu veux mourir ? Mais tu veux me tuer ?!

Ma mère rugit et se rue sur moi pour me prendre par les épaules. Mon père bondit et la ceinture, l'éloigne, la calme :

– Tout doux, Léonore. Je sais ce que tu ressens, mais je ne suis pas certain que ce soit très… « décontractant ».

Il tente de nous faire rire toutes les deux mais je pleure et les larmes qui dévalent mes joues sont comme des lames de rasoir.

– Pardon, maman…

Je tente de bredouiller ces deux mots mais c'est à peine si le son sort. Et de toute façon, elle n'écoute pas. Ma lionne de mère n'a que de la colère pour moi.

– Tu as vraiment cru que la vie ne valait pas le coup d'être vécue ? Et qu'on avait besoin de ça, ton père et moi ? Quand la vie est dure, on se bat, Louve ! Quand on tombe, on se relève ! Quand on voit tout en noir, on court après la lumière ! J'avais le même âge que toi quand mon monde s'est écroulé et que j'ai failli mourir. Mais je me suis battue pour survivre, moi ! J'ai tout fait pour sortir de l'hosto, pas pour y entrer ! Quand on ne sait plus où trouver le bonheur, on cherche encore, au lieu de répandre le malheur autour de soi ! Est-ce que tu as seulement pensé à nous, avant de faire… ça ?

Ma mère ne peut même pas nommer ce que j'ai fait. Même pas prononcer le mot « suicide ». Un sanglot déchiré s'échappe de sa gueule ouverte et elle finit par lâcher dans un couinement :

– Il faut que j'aille voir ta sœur.

Elle quitte la pièce et je pousse un immense soupir. J'étais restée en apnée, tout ce temps, sans savoir si j'étais en droit de respirer.

Est-ce que je le mérite encore ?

D'autres larmes se déversent en cascade sur mes joues, je ne peux plus les arrêter. J'essaie de dire « pardon, papa », mais ma voix se noie. Mon père revient vers moi, détache les sangles qui retiennent mes poignets et me prend finalement dans ses bras. Longuement, je le laisse me bercer comme un bébé, je sanglote contre lui jusqu'à ce que sa présence réussisse à m'apaiser. Il finit par poser son front au sommet de mon crâne et chuchote dans mes cheveux :

– Ça va aller, Louve. Ta mère a juste besoin de temps, tu sais comment elle est. On t'a crue morte… C'est la douleur la plus impensable pour un parent, tu comprends ? Je sais que tu souffres aussi et je vais m'occuper de toi, ma Loupiote. Ne t'en fais pas pour maman, OK ? Je vais prendre soin de vous deux. Oh, Louve, on ne veut pas te perdre…

Mon père recule et ses yeux me semblent d'un bleu encore plus perçant, avec tout le rouge autour.

Il se rassied, attrape ma main entre les siennes.

– Qui t'a fait du mal ? Dis-le-moi. Dis-moi tout. Pourquoi tu as fait ça ? Tu dois tout me dire, je peux tout comprendre. Mais j'ai besoin que tu vives, tu entends ? Notre cercle, notre bulle, notre force… C'est toi, ta sœur, ta mère et moi. Sans toi, le cercle est brisé, la bulle éclate. On forme un tout, tous les quatre, pour toujours. Ne fais plus jamais ça, Louve, promets-moi, n'essaie plus jamais de mourir avant moi.

Un sanglot lui vole sa voix.

Je n'avais jamais vu mon père comme ça.

Je glisse doucement mon autre main sur le petit tas que forment tous nos doigts. Et on pleure tous les deux, en silence, si fort et si longtemps que je sombre encore.

Je me rendors.

***

Quand je rouvre les yeux, j'ai changé de chambre et apparemment de service. Les gens qui vont et viennent autour de moi ne portent plus du rose mais du bleu pâle. Sauf cette grande femme noire en blouse blanche qui se présente à moi, lunettes en demi-lunes portées au bout du nez, regard bien planté dans le mien, avec autant de douceur que de fermeté. Et autant de fils d'argent que de cheveux noirs dans son afro. Je n'arrive pas à lui donner d'âge. À savoir si je l'aime ou pas. Le Dr. Winfrey m'explique que je suis hospitalisée et le resterai aussi longtemps qu'*elle* le jugera nécessaire. Ce sera donc à elle et personne d'autre d'autoriser ma sortie.

Pour qui elle se prend ?

Une psychiatre.

Évidemment, comment je pouvais y échapper ?

– Si tu es d'accord, je vais faire le point avec toi sur les événements des derniers jours.

Qu'est-ce que ça change, que je sois d'accord ou non ?

– Louve, tu sais quelle est la date d'aujourd'hui ?

– Hmm… Le 1er janvier ?

– Non, tu as passé quarante-huit heures dans le coma.

– Alors le 3.

– Tu sais encore compter, me voilà rassurée, fait-elle mine de plaisanter.

– Je peux sortir, alors ?

La psy lève enfin les yeux de ses notes et me regarde par-dessus ses lunettes. Pour la première fois, elle sourit. Elle non plus, elle ne sait pas quoi penser de moi.

– J'aime ton sens de l'humour. Est-ce que tu as envie de recommencer ?

– De faire des blagues ou de me tuer ?

– Il va falloir que tu coopères, Louve, si tu as envie de sortir de cette chambre d'hôpital un jour.

– Est-ce que mes parents sont là ?

– Ta mère est repartie, je crois.

– Laissez-moi deviner… Ma petite sœur avait besoin d'elle.

– Tu as envie de parler de ça ?

– Non. Est-ce que je peux voir mon père ?

– Pas pour le moment. Mr Larsson a remué ciel et terre pour que tu aies droit au chef de service, alors qu'un interne pouvait parfaitement faire ton évaluation. Et donc me voilà !

– Ça lui ressemble bien, soufflé-je. Alors c'est vous la cheffe, hein ?

– Pourquoi, il y a quelqu'un d'autre à qui tu préférerais parler ?

Je sais que c'est une question rhétorique, mais elle me fixe en haussant les sourcils, comme si elle me trouvait un peu trop présomptueuse, pour une gamine suicidaire. Je joue le jeu et réponds au premier degré, juste pour l'emmerder.

– En fait, oui.

– Je t'écoute, Louve.

– La femme en rose de l'autre service, celle qui a tout un champ d'épinards dans les dents. Il faut qu'elle fasse quelque chose. Et si personne ne se porte volontaire pour le lui dire…

La psy rit encore.

– Merci pour cet acte héroïque, Louve.

Quand est-ce qu'elle va arrêter de dire mon prénom à tout bout de champ ?

– Est-ce qu'on peut revenir à toi ? Où as-tu trouvé les médicaments que tu as avalés ?

– Pas compliqué : tout le monde en prend. Il suffit de se servir, non ?

Elle note mon sarcasme mais ne s'en offusque pas.

– Louve, peux-tu me dire si ton passage à l'acte était une pulsion ou quelque chose de préparé ?

– J'en sais rien… Un peu des deux, sans doute.

Elle tente une autre approche.

– Ton père semble être un homme très directif… un père très protecteur… Ta tentative de suicide pourrait être liée aux relations que vous entretenez, lui et toi ?

Une alarme retentit en moi. *Personne* n'a le droit de s'en prendre à mon père.

– Non. Il n'y est pour rien alors ne commencez pas à vous faire des films. C'est le père le plus aimant de l'univers. Il est fêlé, comme nous tous, donc parfaitement normal.

– Je vois.

Je ne sais pas ce qu'elle voit, mais elle griffonne. Je me mets à compter les fines rayures grises, comme de minuscules arbres centenaires, dans la forêt si dense et si sombre de ses cheveux crépus. Je me demande lesquels sont les plus nombreux. Ça doit être dur, de se voir passer du noir au gris comme si la mort se rapprochait sans vous demander votre avis.

Moi au moins, j'ai choisi.

Enfin, j'ai cru.

– Et ta mère… ?

– Ça n'a rien à voir avec elle non plus. Ma mère est comme elle est.

– Et c'est comment, « comme elle est », Louve ?

Je soupire. Je regarde par la fenêtre et je me mure dans le silence pour ne plus avoir à affronter le regard inquisiteur de la psy, sa bouche molle qui répète mon prénom comme si on se connaissait, ses questions incessantes, ses interprétations à la con et ses raccourcis pourris. Je ne supporte pas sa douceur et sa parfaite maîtrise d'elle-même, alors qu'elle me pousse à bout comme un flic buté qui cherche à tout prix à obtenir l'aveu d'un meurtre. En connaissant déjà la réponse.

Je plaide coupable, c'est moi qui ai essayé de la tuer.

Qui ? Moi-même.

Et alors ?

Je me perds dans mes pensées : à part mes parents, combien d'autres j'ai déçus et affolés ? Combien se sont inquiétés à mort pendant ces quarante-huit heures ? Probablement papy Georges, mon pauvre arrière-grand-père resté seul à Paris. Ma tante Willa, qui a toute la force de caractère que je n'ai pas. Sans doute ma petite sœur, Coco, même si elle ne comprend pas grand-chose à 18 mois. Peut-être même mon grand-père Karl, qui est mort subitement il y a deux ans et qui aurait sans doute préféré revenir d'entre les morts, *lui*. Et je ne parle même pas de ma grand-mère Judith, qui vit avec nous depuis qu'on est venus s'installer à Boston et qui a un avis sur tout – même si elle a surtout un grain et qu'elle est encore bien plus atteinte que moi.

– C'est peut-être juste héréditaire, fais-je en haussant les épaules. Ma grand-mère paternelle est dépressive, bipolaire, schizophrène et…

– J'ai lu ton dossier médical et je connais tous tes antécédents, Louve. C'est mon job de médecin. Ton rôle à toi, c'est de me parler de ce que tu ressens.

Non merci.

Et au lycée ? Qui va s'inquiéter pour moi ? Qui se demande où je suis passée, depuis cette fameuse soirée ?

Personne.

– Est-ce que vous avez mon portable quelque part ? Il doit être complètement déchargé.

– Tu as besoin de joindre quelqu'un en particulier ?

– Non. Surtout pas.

– Pourquoi tu dis ça ?

Encore un sourcil qui tente de me percer à jour. Je ferais mieux de continuer à me taire.

Après de longues minutes de silence, la psy craque la première :

– Si je n'ai rien à écrire dans ton évaluation, je devrai recommencer demain. Et le jour d'après. Et le suivant. Je pense que ni toi ni moi n'avons envie de perdre notre temps. Tu pourrais sortir d'ici un jour ou deux, si tu y mets du tien.

– OK, soupiré-je. J'ai volé les médocs de ma grand-mère : des anxiolytiques, des antidépresseurs, des somnifères. J'ai tout pris parce que je voulais que ça s'arrête.

– Que *quoi* s'arrête ?

– Rien. Tout. Cette fête. La vie.

– Et maintenant ?

Nouveau regard de la psychiatre qui essaie de sonder mon âme avec à peu près autant de subtilité que ma petite sœur qui plonge son doigt dans le pot de confiture ou l'œil de sa poupée.

Direct.

– Maintenant, cette fête est finie et je veux rentrer chez moi. Je ne recommencerai pas.

Enfin… je crois.

En vrai ? Aucune idée.

3

Suicide et nicotine

Lazare

J'aime particulièrement ce moment, le soir après les cours ou le matin avant de partir au lycée. Je monte toujours ici pour boire mon café tranquille sur le toit-terrasse, accoudé à la rambarde face au plus beau panorama de la ville. D'ici je vois tout : les grandes avenues rectilignes au trafic saturé, les petites rues animées et grouillantes de gens à toute heure, les bars et les restos chicos, les boutiques à la mode, les façades anciennes en briques rouges, la Charles River qui s'écoule tranquille, les coureurs qui se fatiguent le long des berges, les oies qui se croient chez elles au moindre carré de pelouse, les équipes d'aviron de Harvard qui sont sur l'eau aux aurores quelle que soit la météo. J'ai bien fait de choisir Back Bay : il y a toujours un truc à regarder.

Je me caille mais je reste. Cette clope est délicieuse et me réchauffe à l'intérieur, je ne sais plus si mes doigts sont gelés ou brûlants contre le mug et je m'en fous. Le froid de janvier me pique la gueule mais j'adore ce paysage blanc, brumeux, cette vue à cent quatre-vingts degrés sur Boston enneigée et la rivière gelée. Un peu paumée, un peu paralysée.

Comme *elle*.

Je secoue la tête pour la chasser de là : pas mon problème.

Depuis trois jours, il fait des températures négatives et il est tombé plus de soixante centimètres de neige dans les rues. Ma mère gueulerait de me voir en sweat et bonnet, sans manteau ni gants, là-dehors, à me geler les poumons dès le petit matin en même temps que j'inhale du goudron.

C'est exactement pour ça que je vis seul. Ou presque. La petite vieille en bas ne compte pas.

Je dessine des nuages avec ma fumée chaude dans l'air glacé. Je me marre en regardant des petits faire de la luge sur le trottoir pour aller à l'école. Et ces types en parkas de ski et chaussures de ville qui dansent comme des putains de Bambi tremblant sur la glace. Ils se prennent leur cravate en pleine face et on dirait que Dieu ou je ne sais quel fantôme s'amuse à les gifler pour le plaisir.

Juste pour leur rappeler qu'ils ne sont rien.

Comme nous tous.

Je retourne à l'intérieur et je vois mon portable qui s'emballe sur le comptoir. Ça vibre, ça clignote, ça s'excite sur le groupe WhatsApp des Royals. Autoproclamés ainsi. Le mot est sorti tout seul de ma bouche le jour de la rentrée et dès le lendemain, tout le monde nous appelait comme ça. L'année dernière, il paraît que c'étaient les Supremes qui faisaient la loi au lycée. Cette année, c'est nous, l'élite des terminale, la bande à craindre, envier, admirer. Et surtout à respecter.

Je déverrouille mon écran pour rattraper mes messages en retard, mais je sais déjà de quoi ils parlent tous.

D'elle.

La Française.

Et de la soirée qui a mal tourné.

Alec_C'est confirmé, Louve Larsson s'est suicidée à la soirée du réveillon.

Gideon_ Comment ?

Alec_Médocs, on m'a dit !

Gideon_ La meilleure façon de se rater !

Sinaï_LOL. Elle a réussi ?

Alec_ Aucune idée !

Honor_ Retrouvée morte dans le sauna, il paraît !

Alec_ En même temps, qui aurait pu appeler
les secours à temps ? Elle n'a aucun pote !

Honor_ Elle avait qu'à essayer de sociabiliser, aussi !
Elle tire la gueule depuis la rentrée.
Quand t'es nouveau, faut s'intégrer !

Sinaï_ Je crois qu'elle est même pas
sur les réseaux.

Alec_ Si, je lui ai déjà envoyé une photo de ma teub
pour me présenter.

Sinaï_ Hahaha connard !!!

Gideon_ Allez, balancez, les gars ! Qui a fait quoi
à la soirée ? Moi je l'ai juste un peu bousculée.

Honor_ Elle m'a renversé son verre dessus, la bitch !
« Sans faire exprès », tu parles. Elle s'est excusée,
la petite chérie, mais on ne tache pas une robe Balmain
comme ça, sorry.

Gideon_ Alors je suis allé m'occuper de son cas, normal.
Fallait bien que je défende ma meuf, non ? Déso pas déso,

mon père m'a élevé comme ça ! On est
des hommes ou pas ?!

Alec_Je t'ai aussi vu lui balancer un verre à la gueule,
c'était tellement bien visé, mec !

Gideon_Avec sa bouche pulpeuse, elle a forcément
réussi à en avaler une ou deux gorgées au passage,
ça pouvait pas lui faire de mal !

Sinaï_Mais qui lui a mis le seau à champagne
sur la tête après ça ? J'ai vu tourner une photo,
du grand art !

Gideon_Là juré, c'est pas moi !

Alec_J'ai peut-être juste eu l'idée,
mais je sais plus qui a fait le sale boulot.
J'étais beaucoup trop déchiré !

Honor_Elle pleurait tellement, la bichette,
j'ai failli lui conseiller une marque de mascara
waterproof !

Gideon_Après les glaçons, j'ai vu des gifles
pleuvoir aussi, un vrai déluge, cette soirée !

Sinaï_MDR ! Mais merde, j'ai pas vu quand
ça a dégénéré, j'étais occupé à la sono !

Alec_Lâche un peu tes ordis, Sinaï, tu vas pas
tarder à redevenir puceau !

Honor_Ouais, fais gaffe à ta réputation,
quand même… et à celle des Royals.

Gideon_ Lazarus, t'as vu quelque chose ?
Tu sais des trucs ?

                                           Laz_ Nada.

Alec_T'étais en train de baiser qui et où, toi encore ?
Elles étaient combien ?

Sinaï_ Laisses-en aux autres un peu, là !

Honor_ La prochaine fois, tape-toi la Française,
ça lui évitera de mal finir la soirée !

Alec_ Et puis quoi encore ? T'as vu son boule ?
Et ses joues ? On peut rentrer au moins à trois
là-dedans !

Gideon_ Hahaha ! Clair, tu vaux mieux que ça, Laz !

Sinaï_ Bon, mais elle a réussi son coup ou pas ?

Honor_ On verra bien si elle revient en cours un jour !

                                 Laz_ Pas mon problème. À tout'.

   Ils me répondent avec des smileys qui pleurent de rire et
j'arrête de lire quand ils se mettent à blablater sur la neige,
la voiture de papa à ne pas abîmer, le chauffeur pas dispo
pour les emmener au lycée.

   Rien de tout ça ne me regarde, me concerne ou m'intéresse.
Le cas de cette pauvre fille, si elle s'en sort ou non, je m'en
contrefous aussi. *Connard jusqu'au bout.*

   C'est ma politique, cette année : rester loin des problèmes
des autres.

   Loin des problèmes tout court.

Un suicide, ce n'était pas vraiment prévu au programme de mon année de terminale. J'en ai déjà raté une, et en beauté. Pas le moment de retomber.

J'appelle Ellis juste avant de partir pour le lycée, il faut bien que je lâche cette bombe à quelqu'un. Ça sonne dans le vide et je tombe sur son répondeur, là-bas au Canada, *fucking* Ottawa « pas si loin que ça ».

– Ouais, c'est moi… Putain, je crois que ça recommence.

4

Inconditionnellement

Louve

Si je compte bien les petits papiers jaunes éparpillés autour de moi sur ma couette, j'en suis à mon douzième Carambar. En me laissant quitter son service – en échange de séances de psy hebdomadaires –, le Dr. Winfrey a dit que je devais retrouver goût à la vie : mon père l'a prise au mot et a fait venir depuis la France mes bonbons préférés. Les blagues à l'intérieur sont toujours aussi nulles mais ce caramel qui colle aux dents, c'est le nirvana.

Enfin, on en est encore un peu loin.

Disons qu'entre la vie et moi, c'est compliqué. Il y a quelque chose de bien cynique dans le fait de rentrer à la maison dans cette rue-là : habiter Joy Street ne m'a pas vraiment remplie de joie depuis notre emménagement à Boston. C'était il y a quatre mois, pour ma rentrée en terminale.

Rue de l'Enfer aurait été un peu plus près de la vérité.

C'est drôle aussi, ces quelques jours passés entre la vie et la mort : je retrouve le quartier huppé de Beacon Hill englouti sous la neige, cette neige que je n'ai pas vue tomber puisque j'étais dans le coma. C'est comme si la vie avait continué sans moi, peut-être même un peu plus fort, pendant que je n'étais pas là pour le voir. Comme si la terre me rappelait : « Tu peux bien partir ou rester, choisir de vivre ou de mourir, c'est pareil, ça ne changera rien à la course du soleil. S'il

29

doit neiger, avec ou sans toi, il neigera. »

La vie, en vrai, elle ne s'arrête jamais.

Que je veuille mourir ne changera rien à ma mère occupée.

À mon père qui pense me connaître juste parce qu'il m'aime.

Aux Royals qui se croient tout permis… y compris avoir droit de vie ou de mort sur moi.

Je n'ai rien raconté à la psy. C'était plus simple de dire ce qu'il fallait pour sortir. Alors me revoilà, ville de Boston, quartier de Beacon Hill, Joy Street, jolie maison cossue, façade de briques rouges, deuxième étage, bout du couloir, chambre d'ado, murs tapissés de photos, lit une place, guirlande lumineuse, couette, Carambar, ordi.

Comme si rien n'avait changé. Juste un petit suicide, quelques larmes, quelques jours écoulés, quelques centimètres de neige tombés.

D'ailleurs, les autres ont dû reprendre les cours. J'ai dit que je ne me sentais pas encore prête : la vérité, c'est que je ne crois pas que je le serai un jour.

Pour retrouver des forces et ce fameux « goût à la vie », il paraît que je dois commencer par dormir. Mais la nuit, j'ai des insomnies et le jour, je fais des cauchemars. Alors je mate des séries, tout Netflix y passe, pour ne surtout pas m'endormir et revivre *ça*. Cette nuit-là. Les cachets, les voix, l'alcool sur moi, les glaçons, les gifles, les menaces, les « t'es morte » qui résonnent en boucle dès qu'il y a du silence dans ma tête.

Il faut que je remplisse.

Squid Game, *Elite*, *Sex Education*, *All of Us Are Dead*, *Atypical*, *Le Jeu de la dame*, *13 Reasons Why*, *Stranger Things*, *After Life*, *Maid*, *The End of the F***ing World* et même un marathon de *Friends* depuis la toute première saison : je m'assomme pour ne jamais avoir à penser.

Ma mère dit que je pourrais peut-être essayer de lire, de faire du sport ou de me rendre utile, au lieu de regarder ces « trucs déprimants », mais ça ne marche pas. De toute façon, elle est trop prise avec ma sœur pour se soucier de ce que je fais ou pas de mes journées. Du moment que je ne me resuicide pas, ça lui va.

Il faut vraiment n'avoir jamais fait de vraie dépression pour penser à donner des conseils du type : « Va prendre l'air », « Vide-toi la tête » ou « Fais-toi des amis. »

[Cou cou . Ma cherie .]

Mon seul pote, actuellement, c'est mon arrière-grand-père de 93 ans qui envoie des textos avec les pieds. Le pauvre, il essaie. Déjà, il ne sait plus très bien si son chat s'appelle Johnny Cash, Johnny Clegg ou Johnny Depp. Il en a eu tellement. Oui, que des Johnny. Ça doit être terrible de survivre à tous ceux qu'on aime, même à ses animaux incapables de vous tenir compagnie plus de quinze ans. Papy Georges nous enterrera tous – et peut-être même moi : c'est le grand-père de ma mère et il a la même force de caractère qu'elle, la même résilience pour se remettre de tout et aller de l'avant. Je l'admire, vraiment. Quand on a quitté Paris pour Boston, il n'a pas voulu nous suivre : sa vie est là-bas et sa mort aussi. Mais il nous a dit ça avec le sourire. Et il s'est offert un Smartphone juste pour pouvoir communiquer avec moi.

Lui apprendre à envoyer un simple message m'a pris environ un trimestre.

[Tu m'avais montre mais je ne retrouve pas
les accents ni les verges .]

[Oh . Je veux dire les vergetures ..]

[J ecris un mot mais un autre apparaît …]

[LES VIRGULES VOILA CE QUE

JE NE RETROUVE PAS]

[Mais tu as trouvé les majuscules, papy Georges ! :)]

[Attends je fais une pause pipe .]

[Decidement . Une pause pipi . Mais je suce là
pour toi si besoin . . .]

[Prends ton temps, va ! :)]

Soit son correcteur est un gros obsédé, soit mon arrière-grand-père a des conversations d'un autre genre avec d'autres de ses contacts et dans tous les cas, je ne veux pas le savoir.

[Comment fais tu pour
Repondre aussi
Bite .]

Je souris toute seule.

[C'est l'habitude, ça viendra. Par contre, il va
falloir qu'on bosse d'urgence la ponctuation
et les retours à la ligne !]

– Et tellement d'autres choses, soupiré-je en souriant toujours.

Tiens, ça fait longtemps que je n'avais pas souri à un être humain. Pas à un écran ou un personnage de série, mais à une vraie personne qui compte dans ma vie.

Il faut dire qu'elles ne sont pas nombreuses, surtout depuis que j'ai lâché ma petite bande parisienne. Mes amis, mes amours, mes égaux, mon refuge. Ils trouvaient que j'avais tellement de chance de partir aux États-Unis pour ma dernière année de lycée, avec ma famille atypique, mes parents qui ont l'air *so cool*. Comment j'aurais pu me plaindre ? J'avais trop honte pour leur dire la vérité, pour leur raconter mon calvaire ici au lycée… alors j'ai simplement arrêté de leur parler.

Il est là, le piège. Plus tu fais semblant, plus tu encaisses en serrant les dents, plus tu mets de temps à en parler et plus tu tombes profondément. T'es foutue. Tu te retrouves coincée. Seule.

À un papy près.

[On bosse tout ce que tu veux ma petite cherie
tant que tu as le cœur de rester en vie]

Pas de faute. Pas de saut de ligne intempestif. Et un nouveau sourire sur mon visage pendant que mes yeux se remplissent de larmes chaudes.

[Que penses tu de Johnny Hallyday pour le
chat de gouttiere hirsute qui vient me rendre
visite parfois et miaule en se cassant la voix]

[C'est parfait, papy Georges. :)]

[Et tu m apprendras .
A faire les sourires aussi .]

— Un, deux, trois… Pourquoi elle pleure encore celle-là ?
— Judith, tu peux frapper avant d'entrer ?!
J'essuie mes larmes d'un revers de main quand ma grand-mère psychotique fait irruption dans ma chambre avec ses tics, ses TOC et sa politesse légendaire. Sa dépression chronique et sa schizophrénie sont plus ou moins maîtrisées par son traitement et ses thérapies comportementales, mais avec ses cinq ans d'âge mental, Judith est l'enfant le plus mal élevé que je connaisse.
— Un, deux, trois… C'est ma maison ici, saleté ! Wolf a

dit que j'étais chez moi ici. Je peux me promener nue si ça me chante, putain, merde !

– Non, il n'a jamais dit ça, fais-je calmement. D'ailleurs, est-ce que tu pourrais fermer un peu ton peignoir ? Et puis penser à porter des sous-vêtements de temps en temps ? Et surtout, surtout, Judith, commencer par ne pas t'asseoir sur mon lit à moitié nue, s'il te plaît ?

– Putain, putain, putain… Quelle saleté cette gosse !

Parmi les troubles psychiques récurrents chez elle, malgré la tonne de médocs qu'elle avale chaque matin : Judith fait les grimaces les plus flippantes qui soient, dit plus de gros mots que je n'en prononcerai jamais, compte jusqu'à trois à chaque début de phrase ou presque, lève la main pour demander la parole sans jamais attendre qu'on la lui donne et enfin, pour mon plus grand bonheur, n'a pas le moindre respect des conventions sociales. Aucun filtre. Ce qui se fait, ce qui ne se fait pas, ce qui se dit, ce qui ne se dit pas :

Elle.

S'en.

Tape.

Voilà qu'elle relève le bras, tendu droit vers moi.

– Quoi encore, Judith ?

– Un, deux, trois… Tu manges trop de bonbons, tu vas finir comme ta tante bouboule Willa !

– Baisse le bras, Judith, on dirait un signe nazi ! Et laisse Willa tranquille. Tu n'as pas un truc à faire, là ? Une peinture à finir pour ton atelier d'expression artistique ?

– Pisser dans la neige ! Un, deux, trois… Je vais aller dessiner au pipi dans la neige ! s'emballe-t-elle, les yeux brillants.

– Voilà, très bien, fais donc ça !

Mon père est persuadé que sa mère est une artiste de génie incomprise et il a décidé de la laisser s'exprimer comme ça lui chantait pour qu'elle gagne en sérénité. Moi, tout me va tant que son petit corps frêle enveloppé dans ce peignoir saumon bien trop grand sort enfin de ma chambre.

– Et toi, ça suffit de mourir, putain de couilles ! Et de manger, bordel de nouilles ! Arrête de remplir le vide : contemple-le ! Saisis-le ! Affronte, crée, fais du beau avec le vide. C'est toi qui décides !

– Merci Judith, mais…

Sa main fend l'air, sa bouche se tord, elle me fait taire en criant :

– Merde ! Un, deux, trois… Tu n'as pas ma maladie dans ta tête. Toi tu as le mal-être de ceux qui ont tout. Toute la beauté du monde. Tous les talents. Tous les possibles. Mais tu ne fais rien avec, petite idiote trop gâtée. Tu as volé tous mes médicaments pour les gober comme des petits pois ! Tu dois être plus forte que ça. Tu vas tout gâcher ! Regarde-toi : tes habits sont des loques, personne ne voudra de ce qu'il y a dedans !

– Ma vie ne dépend pas du désir des autres, Ju…

– Du gâchis ! Un, deux, trois… Tout ce que tu as à faire, c'est trouver ta place dans le monde. Cherche !

Elle bégaie de colère, de tristesse, ça part dans tous les sens et je la laisse aller au bout de sa diarrhée verbale juste pour que ça s'arrête. Mais au fond, je sais qu'il y a du vrai dans ce qu'elle dit. Et les larmes affluent à nouveau sous mes paupières déjà gonflées.

– C'est quoi tous ces cris, pourquoi vous vous disputez, toutes les deux ?!

Ma mère débarque à son tour dans ma chambre, avec ma petite sœur dans les bras et son portable coincé entre l'épaule et la joue. Judith en profite pour se barrer en douce, après avoir foutu le bordel partout autour d'elle, comme à son habitude.

– C'est rien, maman.

– Tu pleures ?

– Non, non, je…

– J'ai cru qu'il y avait *encore* un problème.

Par « encore », elle voulait dire que je la fatigue, avec mes histoires d'ado qui a envie de se foutre en l'air. Elle venait juste vérifier que j'étais toujours entière.

Les vrais problèmes, ce sont ceux de ma petite sœur de 18 mois : Coco porte deux espèces de loupes en guise de lunettes, des appareils auditifs aux deux oreilles, mal cachés par des tresses toutes fines que ma mère s'évertue à lui faire… Et elle ne marche toujours pas.

Moi, je dois marcher droit.

– Je peux y aller ? Tu n'as pas… ?

– C'est bon, maman, je ne vais pas me suicider, tu peux disposer, soufflé-je entre mes dents serrées.

Elle m'adresse un de ses regards que je déteste, remplis d'angoisse mais aussi de rancœur, d'incompréhension, de douleur. Elle n'apprécie pas tellement mon sens de l'humour. Ma mère a mal pour moi mais aussi pour elle : la vérité, c'est qu'elle ne supporte pas que je lui fasse subir tout ça. À elle, cette mère courage qui a déjà tant de montagnes à déplacer.

Elle repart en râlant sur l'interlocuteur qui l'a mise en attente puis elle remonte sur sa hanche la petite poupée de chiffon qui lui sert de fille.

On a presque seize ans de différence. J'étais une enfant difficile, qui tapait, soupirait, mordait, n'écoutait rien, criait plus fort que les adultes. Décidait de tout. Une force de la nature, un caractère bien trempé, une miniguerrière à qui on trouvait toutes les excuses de la terre et surtout, à qui on promettait le destin de changer le monde. C'était sûr, j'allais faire de grandes choses. Et puis Colombe est arrivée. L'enfant désiré sur le tard qui éclôt bien trop tôt. Née avec trois mois d'avance, elle ressemblait à un oisillon tombé du nid et on a dû se battre pour qu'elle reste en vie.

Moi l'enfant sauvage, indomptable, presque impossible à élever.

Et puis elle, l'oiselle douce et fragile, qui a tant besoin d'amour, d'attention, de soin et qui, malgré tout ça, ne s'élève pas, avec ses petites jambes de caille qui refusent de la soulever.

À la loterie des mômes, mes parents ont joué et perdu deux fois.

Je sais bien, j'ai vu à quel point c'était compliqué d'avoir une fille comme moi. Je connais aussi les épreuves traversées pour affronter la prématurité, la survie, les séquelles, le handicap, l'incertitude de l'avenir. J'étais là. Depuis dix-huit mois, ça accapare ma mère, mon père et c'est bien normal. Mais la base, ce n'est pas d'aimer ses enfants inconditionnellement ? Et à égalité ?

Alors pourquoi ça fait un an et demi que j'essaie coûte que coûte de ne pas en douter ?

5

Mon pire ennemi

Louve

Il fait nuit noire, toute la maison est endormie, je n'entends plus mes parents discuter de l'autre côté du mur, de leurs voix angoissées, comme chaque soir, en pensant chuchoter. Et même Judith semble avoir arrêté les « un, deux, trois... » et les gros mots dans le vide.

J'allume la guirlande qui me sert de veilleuse, comme un enfant incapable de dormir dans le noir total, au cas où le monstre suicide voudrait surgir de sous mon lit pour m'emmener quelque part. Et je comble le silence avec un épisode de *Plan Cœur*. Je ne regarde même pas, ça sert juste de bruit de fond et je suis contente d'entendre parler français.

Mais c'est un autre son qui fait comme une alarme dans mon cerveau. Une notification. Un retour à la vie de mes réseaux sociaux endormis. Un message privé sur Instagram. Le premier depuis... cette nuit-là.

@Nightbird
Alors Louve Larsson, t'es morte ou pas ?
Faudrait se décider, à un moment...
Pas cool de ne pas tenir ses amis au courant.
C'est qu'on s'impatiente, nous : les Royals ont un truc à fêter ou pas ? Et pour tes funérailles,

tu préfères des fleurs blanches ou noires à jeter sur
ton cercueil ? Je me disais qu'une pluie de glaçons,
ça aurait quand même plus de gueule.
Tu me dis !
XoXo

Sueurs froides.

Crise de panique.

Envie de me planquer sous mon lit, réflexe de survie.

Et puis envie de tout casser… Les doigts qui tapent ces
horreurs, les dents parfaites qui doivent dépasser de son petit
sourire cruel pendant qu'il m'envoie ce message haineux.

Night Bird, qui d'autre ?

Tout le monde sait qui se cache derrière ce pseudo : Lazare
Nightingale. Lui aussi a débarqué au Lycée international de
Boston cette année. Dans la même classe de terminale que
moi. Pas de bol. Et apparemment, il n'a pas eu le droit au
bizutage réservé aux nouveaux. À lui, on a déroulé le tapis
rouge. On a ouvert le cercle très sélect des Royals. C'est
peut-être même lui qui en est à l'origine. Comment je le
saurais ? Je n'en fais pas partie et je crois que je serais la
dernière sélectionnée, si une telle chose devait arriver.

Enfin tout le monde connaît Laz. Tout le monde l'admire.
L'envie. Le craint. Le veut. Il a tout pour lui. Il ne veut rien
de personne. Il fait des mystères sur sa vie, sa famille, son
avenir, il joue les solitaires mais il est probablement l'héritier d'une grande fortune, d'une immense multinationale ou
d'une famille royale.

Il ne frime même pas, pas besoin. Il survole la vie, intouchable, du haut de son mètre quatre-vingts, ou peut-être un
peu plus, qui le fait dépasser la plupart des mecs… mais sans
avoir l'air perché de ces géants maigrichons qui ont grandi
trop vite. Il a cette démarche nonchalante, souple et silencieuse, presque animale. Tous ces gestes faciles, cool et
même pas calculés. Ce corps athlétique, sûrement sans rien

faire – il n'est pas du genre à se tuer au sport ou à s'abaisser à transpirer à la salle de musculation.

Il a juste été insolemment gâté.

Tout le monde rêverait de posséder ses épaules carrées, ses bras musclés, ses jambes fines, ses longues mains, son visage aux traits fins, durs mais réguliers, sa peau sans défaut, ses dents blanches et bien alignées, et quand on y réfléchit, c'est comme si la nature avait décidé de tout lui donner, pour bien rappeler aux autres comme elle est injuste.

Ses cheveux bouclés qui retombent en désordre sur son front arrivent même à donner un air romantique au plus grand salopard qui soit. Et qu'il est.

Et puis ses yeux qui vous tuent d'un seul coup, lumineux à vous éblouir juste parce qu'il vous fait le cadeau de les poser sur vous, mais sombres à vous donner des idées noires quand il a décidé de vous rappeler qui il était.

Lazare.

Pour moi, ce n'est que le roi des ténèbres.

Le prince des bâtards.

Mon plus grand adversaire. Mon plus terrible bourreau. Mon pire ennemi.

Celui que je n'ai même pas osé dénoncer, de peur de m'attirer à nouveau ses foudres, de rendre ma vie plus invivable encore.

Mais en vrai, qu'est-ce qui pourrait être pire que préférer mourir ?

6

Rien à battre

Lazare

Vendredi soir : le groupe des Royals s'excite encore mais je lis leurs échanges en diagonale. Trop d'histoires. Trop de messages. Puis j'en reçois un autre de Honor, en perso, et je me demande à quoi elle joue.

Honor_ Viens, Laz, on laisse ces guignols
et on se casse !

Je réponds par trois points d'interrogation et comme elle n'a pas l'habitude qu'on lui dise autre chose que « oui » dans la seconde, elle est obligée de se rattraper aux branches.

Honor_J'en ai juste marre du sujet Louve Larsson
en boucle ! Ils n'ont que ça à la bouche.

                              Laz_ Je vois. Et donc ?

Honor_ Et donc je voudrais autre chose en bouche,
moi...
Honor_ Genre toi ?
Honor_Ça va, je déconne ! :) Ma famille va passer
le week-end à Madrid, ça te dit un petit tour en jet ?

Le pire, c'est qu'elle ne plaisante même pas.

Honor d'Ortega y Borbón appartient à la famille royale espagnole et pas à un degré éloigné. Elle aime d'ailleurs bien rappeler qu'on devrait tous s'incliner devant elle et l'appeler Son Excellence, si on se conformait au protocole. En réalité, je crois que ces titres honorifiques et la pression de la monarchie l'étouffent plus qu'autre chose. Honor aime bien jouer les princesses rebelles, sortir du droit chemin, abuser de toutes sortes de substances en soirée et claquer des doigts pour avoir tous les mecs à ses pieds. Franchement, pour elle, ce n'est pas trop compliqué. Mais jusque-là, elle a surtout du mal à se décider entre Alec le brun et Gideon le blond : régulièrement, depuis le début de l'année, elle en largue un pour sortir avec l'autre, qu'elle finit par jeter pour retourner avec le premier… avant de se lasser. Ça m'a toujours étonné qu'ils acceptent ça, tous les deux, alors que toutes les meufs du lycée pourraient se battre pour eux. Mais il faut croire que se taper la nièce ou la petite-cousine du roi d'Espagne est une place convoitée.

Sauf que moi, j'en ai rien à battre.

Et je crois que c'est exactement pour cette raison, et aucune autre, que Honor s'amuse à me chauffer de temps en temps pour tenter le coup avec moi : ça doit la rendre folle de frustration que je ne coure pas après son cul. Elle est canon, marrante, pas bête, elle a une réputation de fille chaude et elle passe toutes ses vacances dans sa résidence secondaire de Palma de Majorque, il faudrait être fou pour lui dire non.

Fou comme moi.

Je fais diversion à ma manière.

> **Laz_**Honor, tu penses qu'il y a moyen avec l'infante d'Espagne ? Je suis plutôt branché MILF en ce moment.

Honor_ Trop tard, Gideon vient avec moi ! Décide-toi plus vite la prochaine fois…

Après ses points de suspension de princesse vexée, elle m'envoie un selfie d'elle en train de tirer la langue et je sais très bien que cette vue plongeante sur son décolleté n'est pas le fruit du hasard. Pas de soutif, bras bien placé sous les seins pour les remonter, tétons apparents sous son tee-shirt blanc moulant dans lequel elle doit sérieusement se peler… Mais ça ne marche pas sur moi : chaque détail innocent est trop bien calculé.

Puis elle ajoute, l'air détaché :

Honor_Je suis sûre que tu pourras te rattraper sur une des profs du lycée ce week-end…
Qui pourrait te résister, Night ?

Je commence à taper en réponse :

Laz_Mon pote Gideon adorerait savoir que
tu m'envoies ce genre de messages,
princesse Honor sans honneur…

Mais j'efface avant d'envoyer : je ne vais pas m'amuser à foutre la merde entre les Royals. Il y a plusieurs degrés de loyauté en amitié et j'ai appris avec les années que ce pas-là est à ne pas franchir. Je me contente d'un « bon week-end, Ton Altesse » et je sors sur ma terrasse pour m'allumer une clope et finir ma bière au grand air.

La neige a fondu mais pas le temps de profiter de la vue : mon portable vibre à nouveau et je décroche en soufflant autant ma fumée que ma crispation.

– Ouais, maman ?

C'est sorti sur un ton un peu plus excédé que prévu.

– *Bonsoir*, Lazare, moi aussi je suis contente de t'entendre, mon chéri.

– Qu'est-ce que je peux faire pour toi, ô reine de l'ironie ?

– Juste être agréable et poli, ce serait un bon début. Ensuite, ne pas faire comme si on n'existait pas, ton père, ta sœur et moi… Et peut-être venir nous rendre visite et dîner à la maison, un soir, pour finir ?

Elle a pris sa voix douce et son ton ferme, le parfait combo de la mère aimante mais autoritaire qui pense qu'on ne peut rien lui refuser. En retour, je prends une nouvelle taffe, lente, sans doute agaçante, le temps de trouver une façon pas trop brutale de décliner.

– On avait dit une fois par mois, non ?

– On avait aussi dit que tu diminuais la cigarette, il me semble…

Ma mère soupire à son tour et j'entends ma sœur qui gueule des trucs au loin. Je devine que je suis sur haut-parleur. *Parfait*. Et que cette emmerdeuse a envie de participer à la discussion. *Encore mieux*.

– Le pauvre chou a des choses à prouver, maman, il veut vivre seul pour montrer qu'il est un homme, tu comprends ?

– Ferme-la, la merdeuse !

– Mister Lazarus Nightingale ne va quand même pas s'abaisser à venir partager un repas avec sa famille ? continue ma petite sœur avec sa voix de peste aux accents bourges. Ce serait *so uncool*.

– Mais quelle gamine… C'est bon, elle a fini son cinéma, je peux raccrocher ?

J'entends des bourdonnements de portable qu'on s'échange, de main plaquée sur le micro, de voix qui s'engueulent tout bas puis le timbre jovial de mon père au bout du fil.

– Laz, c'est papa !

– Je vais vraiment devoir vous avoir tous au téléphone un par un ?

– Je veux juste savoir comment tu vas, fiston.

– Ça va.

Je me contente du strict minimum et occupe ma bouche avec ma bouteille de bière. Ça, au moins, ça me fait du bien. Enfin une sensation agréable.

– Je crois que tu manques à ta mère et à ta sœur, tu sais ? On n'est pas très démonstratifs dans la famille, sûrement trop pudiques parfois… mais s'il y a des choses dont tu aimerais nous parler, à moi ou à maman, tu sais qu'on est là. Je pense que c'est important qu'on continue à communiquer, tous les quatre, même si tu ne vis plus avec nous.

Je fume en silence et je prends sur moi pour rester cordial.

– Et moi, je pense que tu peux surtout arrêter de te fatiguer. Je vais très bien, je fais ma vie, pas la peine d'être démago à mort, on peut s'en tenir à notre accord.

Il marque un temps d'arrêt, je sais que ça le blesse. Mais s'il pouvait me foutre la paix…

– On ne veut simplement pas que tu deviennes un étranger, Lazare.

– Mon indépendance, ça faisait partie du deal. J'ai accepté de m'inscrire dans ce lycée, vous me laissez vivre de mon côté. Après ce qu'il s'est passé…

– On sait, on sait, Laz. Ça n'empêche qu'on t'aime et qu'on se fait du souci pour toi.

– Je dois y aller.

Le ras-le-bol s'entend dans ma voix. Mon père se racle la gorge, gêné, ma sœur m'envoie encore une insulte à l'autre bout du fil et de Boston, ma mère l'engueule et j'en profite pour raccrocher.

Je jette la fin de ma clope au fond de ma bouteille presque vide et je l'abandonne là, en même temps que l'idée d'un vendredi soir sympa. J'hésite à aller retrouver Alec et Sinaï à la soirée dont ils parlent, mais je ne suis pas d'humeur. Je rejoins ma chambre, me jette en travers de mon lit et me connecte sur les réseaux pour voir les photos et les vidéos de la fête qui sont postées quasi en direct.

Des filles qui dansent, plus ou moins habillées.

Des mecs qui matent, plus ou moins bourrés.

Des couples qui vont s'enfermer, d'autres qui ne se donnent même pas cette peine.

Des flirts, des embrouilles, de la musique pour couvrir les cris, de la drague plus ou moins subtile, pas mal d'alcool, un peu de drogue, quelques insultes, quelques coups et beaucoup de sexe.

Comme chaque week-end.

Et sous les images de tous ces fêtards, déjà des dizaines de commentaires, plus ou moins anonymes.

Des « gros cul », des « sale gueule », des smileys qui pleurent de rire, des émojis doigts d'honneur, des trucs sexuels, des insultes gratuites, des menaces pour rire, des messages plus violents.

Pute, bombe, chienne, salope. Fils de pute, lover, grosse merde, enculé, bâtard, loser.

Les mecs qui chopent gagnent le droit de se faire traiter de BG, de donner des notes à celles qu'ils viennent de consommer et de s'échanger les plans faciles ; les meufs qui font pareil ne gagnent rien du tout et perdent à peu près à tous les coups ; les gros lourds se font repérer et balancer ; les filles restées sur la touche crachent sur leurs rivales ; les mecs en galère trouvent un prétexte bidon pour finir en bagarre, il faut bien se créer des sensations. Et tous les autres, ceux qui s'emmerdent ou crèvent de ne pas exister, vont lancer des fausses rumeurs.

Un vendredi soir normal.

Une nuit de terminale, dans la vraie vie et sur son portable.

On vit la soirée et on la commente en même temps. On est à la fois dehors et dedans. Dans le présent et déjà demain. Actions et réactions à chaud : c'est le tourbillon puissant et infatigable des réseaux sociaux.

Il faut y être.

Mais pas trop.

J'éteins mon téléphone sans avoir commenté, j'ai laissé quelques *likes* pour me montrer et je repars. Je sais juste ce qu'il y a à savoir.

Night Bird agit toujours dans l'ombre.

Puis je me retourne sur le dos et fixe mon plafond dans le noir. Il y a une seule chose que je ne sais pas et je déteste ça : qu'est-ce qui est arrivé à l'autre ? À Louve Larsson ? Elle n'est pas morte, sinon tout le lycée serait au courant et on nous bassinerait déjà avec une cellule psychologique et une gerbe de fleurs à plusieurs milliers de dollars.

Mais la Française aux yeux qui fusillent ne revient pas en cours. Il a dû lui arriver un truc grave.

Et ça titille ma curiosité.

Juste ça.

Je rallume mon portable pour aller sur son profil, regarder les rares photos d'elle qu'elle a postées et pas supprimées. Je frôle du pouce le bouton qui lui enverrait un message… Et je change d'avis. Je tape un texto pour Ellis histoire de m'empêcher de faire une connerie.

[Tu me manques, pauvre tache.]

7

Bien plus forte que lui

Louve

Elle déboule un samedi matin et soudain, mon ciel américain s'éclaircit. Il n'y a pas plus forte qu'elle. Pas plus déterminée pour chasser les nuages d'un souffle de fraîcheur… Tendance ouragan.

Elle ? C'est ma tante Willa : un tempérament de feu dans un corps puissant, rond, moelleux, qui fascine autant qu'il dérange. Elle est mannequin *plus size*, actrice, égérie, grosse, belle, chiante, tonitruante… et je rêve d'avoir un jour un dixième de son aura et de son cran.

Derrière elle, Rio Delacroix, alias son mec canon, avocat humaniste et brillant, aussi imbuvable qu'il peut se montrer charmant, et surtout fou d'elle et de leurs enfants. Comme quoi, ça existe. Et puis, entrelacés au milieu de leurs jambes, deux petits garçons aux cheveux longs et à l'air faussement timide qui sont donc mes cousins, Cielo et Cosmo, jumeaux de 6 ans n'ayant absolument rien en commun, à deux exceptions près : la beauté insolente et le sale caractère hérités de leurs deux parents.

– Ma Louve… On va discuter sérieusement, toi et moi.

La voix basse de Willa me chuchote ces mots, sur un ton contrarié, puis elle m'entoure de ses bras et me serre fort contre son cœur, comme si la contrariété s'était déjà envolée.

– Et j'ai de quoi te faire parler…

Elle ouvre son immense sac à main et me montre une boîte blanche en carton, dont elle soulève discrètement le haut comme si elle cachait de la drogue là-dedans, mais c'est tout comme : des dizaines de donuts sont alignés et rangés par parfums, les nature, les glacés, ceux au chocolat noir ou blanc, zébrés ou pleins de confettis. Ma tante ne fait jamais dans la demi-mesure. Fière de son coup, elle dénoue la ceinture de son trench en velours côtelé et le balance sur une chaise avant d'aller s'inviter dans les bras de mon père.

Parce que oui, dans la famille Larsson, le frère et la sœur s'aiment à la folie. Même s'ils ont de drôles de façons de se le montrer :

– Mais c'est que tu m'aurais presque manqué, Boulette…

– Ferme-la, Wolfy. C'est pas pour toi que je suis là !

Le pragmatique et la délurée se claquent un baiser, puis mon père et Rio se tapent dans le dos comme deux vieux potes – et surtout comme s'ils n'avaient jamais été ennemis jurés, dans une autre vie. Les larmes au bord des yeux, incapable de sourire, ma mère s'approche enfin de Willa et elles échangent une longue étreinte pendant laquelle je les vois se murmurer des choses à l'oreille, qui n'ont sans doute rien à voir avec la météo du Massachusetts ou la qualité du vol Paris-Boston.

J'imagine qu'elles parlent de moi. Des problèmes que j'ai *encore* causés.

– Attendez, où est ma petite noix de coco ? s'écrie soudain ma tante.

– Colombe est à la sieste, répond ma mère en souriant.

– Elle a bien raison ! Et Judith ?

– Elle boude dans sa chambre depuis deux jours, soupire mon père en hissant dans ses bras les deux jumeaux à la fois.

– Qu'est-ce que vous lui avez fait ?

– Je lui ai interdit de peindre une fresque murale… un peu trop graphique.

– Graphique ? répète Rio d'une voix amusée.

– Des fesses et des… commence ma mère.

Elle n'ose pas aller au bout de sa description, alors je m'en charge pour elle.

– Des culs et des couilles, Judith adore les trucs symétriques, fais-je en m'attaquant à une fraise Tagada.

– Louve !

Willa et Rio éclatent de rire, tandis que mon père repose les garçons et tente de couvrir leurs quatre oreilles avec seulement deux mains. Ma mère, elle, me fusille du regard.

– Bah quoi ? C'est vrai !

– Tu n'étais pas obligée de…

– Ah oui, pardon ! Des postérieurs et des testicules. C'est mieux ?

Elle lève les yeux au ciel et capitule. Willa, qui n'a peur de rien, décide d'aller chercher Judith elle-même.

– Je vais aller l'extirper de son trou, moi.

– Et tu comptes faire comment ? demande son frère en souriant.

– Elle va me traiter de boudin, ça lui fera le plus grand bien ! Ensuite, je sortirai dans le couloir le temps qu'elle compte ce qu'elle a à compter et elle sera obligée de me suivre pour commenter mon postérieur à la symétrie généreuse, mes fringues trop serrées et mes joues trop molles !

Je ris doucement et la regarde rouler son fessier moulé dans un jean taille haute en direction des escaliers. Son mec aussi la suit des yeux, sans en perdre une miette.

C'est juste comme *ça* que j'aimerais qu'un garçon pose son regard sur moi un jour.

***

Quelques heures plus tard, ma tante préférée m'emmène dîner en tête-à-tête sans demander l'autorisation à personne. C'est ce qu'elle a décidé. Et je suis toujours flattée de faire partie de ses plans d'adulte auxquels même mes parents

53

n'essaient pas de s'opposer. Willa a choisi le resto le plus branché de Back Bay, ce quartier chic, moderne et vivant de Boston dans lequel je mets rarement les pieds, qui regorge de boutiques haut de gamme, de maisons à plusieurs millions et de petits restaurants intimistes qui proposent des plats minimalistes à cinquante dollars.

Les Larsson aussi ont de l'argent, *beaucoup d'argent*, mais mes parents et ma tante ne ressentent pas le besoin de jeter leur fortune par les fenêtres ou au visage des gens.

Ce soir, c'est spécial.

Willa commande à peu près toute la carte en plaisantant avec le serveur et je suis contente de ne pas avoir à choisir ni à parler. Je me demande juste à quel âge j'arriverai à être ne serait-ce qu'à moitié aussi à l'aise qu'elle. Sans doute jamais. Et je crois qu'elle devine ou perçoit mon malaise.

– C'est normal, Louve, de se sentir mal à 17 ans. Nulle part à sa place. En colère. Anxieuse. Pas assez bien. Mais tu n'as pas besoin de te comparer à moi ni à qui que ce soit, ni de vouloir tout maîtriser tout le temps… Je ne faisais pas mieux que toi à ton âge, tu sais ? J'avais juste envie de disparaître.

– Ah bon ?

– La confiance et la sérénité, ça s'apprend et ça s'acquiert avec le temps, comme tout le reste. Un jour, tu trouveras une façon de t'adresser aux gens sans tricher, sans flipper de dire une connerie plus grosse que toi et sans avoir besoin de te faire passer pour une autre. D'ailleurs, j'y bosse encore !

– Comment ça ?

– J'ai mis longtemps à comprendre qu'on pouvait faire entendre sa voix sans gueuler ni s'excuser de l'ouvrir… L'équilibre est difficile à trouver.

Elle fait semblant de rater la table avec son coude et de s'affaler à moitié.

Je lui souris – mais aussi à moitié. Et Willa n'est pas dupe.

– Bon, c'est dur à quel point avec ta mère ? Vous passez sous un tunnel chaque fois que vous essayez de communiquer ?

Et Wolf ? Il est déjà allé casser les dents de deux ou trois mecs de 18 ans pour faire passer le message ? Judith te rend folle avec ses super tics et son super tact ? Tu as envie de jeter ta petite sœur par la fenêtre ? Dis tout à tata Willa !

Elle se marre, mais elle vise tellement juste à chaque fois… Je ne sais pas si c'est sa sensibilité, son sens de l'observation, les épreuves qu'elle a traversées qui la rendent aussi empathique, tournée vers les autres, mais elle cerne les gens et les situations mieux que personne. C'est définitivement mon idole.

– Mon père fait de son mieux… et je crois que ma mère préférerait n'avoir qu'une seule fille, lâché-je.

– Non, Léo préférerait ne pas avoir à mourir d'inquiétude pour ses deux enfants à qui elle tient comme à la prunelle de ses yeux, corrige Willa pour remettre les choses à leur place.

– Je sais…

– Mais tu lui en veux de ne pas te traiter comme ta petite sœur. Et de la faire passer avant toi. Alors que tu as tellement besoin d'elle en ce moment.

Elle a tout compris, encore. Mais je ne vais quand même pas le reconnaître publiquement.

– Tu sais, Loupiote, si tu te mets deux secondes à leur place, tu comprendras que tes parents doivent ressentir une culpabilité terrible. Ils n'ont rien vu venir, ils n'ont pas su te protéger, pas pu t'offrir une vie que tu trouvais assez bien pour continuer à la vivre. C'est lourd, pour une mère…

Elle renifle doucement et se frotte le nez, pour chasser les larmes qui montent. Willa est forte, mais elle reste humaine et, pendant un instant, je m'en veux à nouveau d'avoir causé tant de peine.

Mais je n'en voyais plus le bout… Plus une seule infime étincelle au bout du tunnel. Petit à petit, le noir avait fini par absorber toute la lumière. Et repenser à tout ce que j'ai subi, tout ce que j'ai dû supporter et dissimuler pendant des mois, seule, tellement seule, ça me remet en colère.

– Peut-être… Mais ils n'ont pas l'air de beaucoup se mettre à *ma* place, eux, marmonné-je.

– Non, parce que leur job de père et de mère, c'est de te tirer vers le haut, te relever quand tu tombes et te montrer le chemin. Ils doivent rester forts, tout le temps, ils ne peuvent pas se laisser aller et risquer de flancher. Coco a besoin de leurs forces, plus que jamais. Judith compte sur eux. Papy Georges n'en a plus pour très longtemps. Ça fait beaucoup de monde à tenir à bout de bras, tu vois ? Porter une famille, c'est un sacré boulot, ma Louve.

Je soupire. Sirote mon Coca light et regarde dans le vide. Repense à la marque de fabrique de mon père, son concept de Strange & Strong. Il vient d'ouvrir une nouvelle agence de mannequins extra-ordinaires à Boston pour mettre en avant les gens différents, les beautés hors normes, les corps remplis de cicatrices, de taches, de rides, de bourrelets, de cheveux blancs, d'anomalies, de moignons, de cellulite. Pour faire de leur originalité, leur défaut ou leur handicap une force.

Mais de moi, ni mon père ni ma mère ne savent quoi faire.

– À quoi tu penses, Louve ? Tu es en train de te triturer le cerveau, je vois les nœuds d'ici… décrypte ma tante en plissant les yeux.

– Dans cette famille de *strange and strong*, finalement, il n'y a que des forts. Des résilients. Des *warriors*. Moi, je ne me sens rien d'autre que *strange*. Et j'ai parfois l'impression d'être une intruse même chez moi. Comme au lycée. En fait je ne suis bien nulle part. Incapable d'être comme les autres…

Mon menton se met à trembler sans que je puisse le contrôler et soudain, Willa écarte mon verre, le sien et le petit vase entre elle et moi puis se penche en avant sur la table et attrape mon visage entre ses deux mains.

– Écoute-moi bien, Louve Larsson, je sais que c'est dur, mais je te promets que ça passe. Tout passe. Cette sensation de ne pas être faite pour ce monde, de ne pas se sentir à sa place, où que ce soit, d'être incomprise de tous, rejetée même par ceux qui nous aiment, ça ne dure pas toute la vie.

J'acquiesce sans trop y croire, en ravalant mes larmes.

— Et ne pas savoir communiquer avec ses parents, ne pas se comprendre, c'est le propre de l'adolescence. Frictionner, soupirer, s'énerver, s'imposer, se détester, s'insulter en secret, se balancer ses quatre vérités, c'est presque un passage obligé. Leur faire les pires grimaces quand ils ont le dos tourné et souhaiter leur mort dans d'atroces souffrances, on l'a tous fait. Et on n'a encore rien trouvé de mieux pour devenir adulte. Mais ça n'enlève rien à l'amour qu'ils te portent. Et à la fin, quand on a fini de gueuler et de claquer des portes, c'est encore l'amour qui finit par tout résoudre.

— Mouais…

— Bon, là tu n'y mets pas du tien et j'ai le cul en l'air juste pour pouvoir être penchée vers toi, j'ignore combien de temps cette table va tenir sous mon poids et je ne suis pas sûre que mes voisins de derrière adorent la vue qu'ils ont. Alors je vais récupérer ma dignité si ça ne t'ennuie pas.

Je souris malgré moi, tout en reniflant. Elle lâche mon visage et me rend mon Coca. Puis Willa change d'approche en voyant que celle-ci n'a pas vraiment fonctionné.

— Et sinon il reste l'alcool, le sexe, les piercings aux pires endroits et les tatouages sur un coup de tête… Bah quoi ? Tu ne veux pas une tête de loup sexy au creux des reins ? C'est le moment ou jamais pour les erreurs de jeunesse, Louve ! Tes parents te pardonneront tout tant que tu arrêtes les cocktails de cachetons et les week-ends dans le coma. Très mauvais choix de hobby, si tu veux mon avis !

— C'est noté, fais-je en riant un peu.

— Moi j'ai choisi la bouffe, à l'époque, pour me faire du bien quand j'avais envie de crever… Mais je ne conseille pas. Après j'ai essayé de coucher avec le plus de mecs possible, mais ce n'est pas beaucoup mieux, pour l'estime de soi. Rio a choisi les sensations fortes. Wolf s'est noyé dans le boulot. Judith, c'est la peinture scato. Cielo les Pokémon, Cosmo la Pat' Patrouille, papy Georges les chats et les sextos.

– Ah, toi aussi ?

– Oui, c'est un calvaire, je ne comprends rien à ce qu'il m'écrit ! Mais trouve-toi une addiction sympa, OK ? Dessin, photo, ukulélé, saut à l'élastique, collection de baskets dans toutes les couleurs de l'arc-en-ciel…

– Je vais essayer.

– Franchement, je ne jugerai pas ! Macramé, bracelets brésiliens, astrologie, poker, sculpture sur glace, *nail art*, obsession pour un chanteur même pas connu, colorations capillaires improbables, look gothique, véganisme… Fais ta crise, on ne sera pas regardants !

– Manger mon poids en Carambar, je crois que c'est ça, mon unique projet de vie.

– Donc tu veux vivre, ma Louve ?

Willa me sourit fièrement comme si elle venait de me faire signer le traité le plus difficile à négocier qui soit : celui qui consiste à faire la paix avec moi-même.

– Oui, je crois.

J'en suis même sûre. Et cette certitude résonne en moi aussi fort que son cri victorieux qui s'envole dans le resto en faisant lever quelques têtes.

On nous apporte une dizaine de plats et on se met à picorer un peu partout, sans assiette, sans aucun ordre établi, en se léchant les doigts comme des gamines malpolies et en se prenant pour des critiques gastronomiques à la fois.

– Qui a dit qu'on devait se contenter d'un plat, d'un dessert et d'une carafe d'eau, dans cette foutue vie ? Un peu de folie !

Les gens bien sapés nous regardent, mais Willa s'en fout tellement que c'est contagieux. Ça fait bien longtemps que je ne m'étais pas sentie aussi légère.

– Bon, ma nièce préférée, ton père m'a confié deux, trois

trucs qui ne m'ont pas beaucoup plu... Tu me racontes tout ou je te sors les vers du nez ?

– Tu me promets de ne rien répéter ?

– Je ne suis pas une balance, ma Louve. Moi les balances, quand je monte dessus, tout ce qu'elles me disent, c'est « *error* » !

J'éclate de rire et puis je me lance. Je vide mon sac. Je déballe à ses pieds tout ce qui m'est bien trop lourd à porter. Je raconte en mangeant et en fixant mes doigts au vernis rongé tous ces mois de harcèlement, les moqueries, les insultes, les regards humiliants, les commentaires sous mes photos, les messages horribles sur les réseaux sociaux, les remarques dans les couloirs du lycée, les rires en cours de sport, les bousculades les rares fois où j'ai osé répliquer, la surenchère quand je ne disais rien, pour me faire réagir, les travaux en binôme que je me suis retrouvée à faire seule, la chaise à côté de moi toujours vide, en classe comme à la cafétéria, les guets-apens dans les toilettes des filles pour se foutre de la gueule de mes fringues, les fausses approches des mecs pour pouvoir raconter en se pliant de rire que j'y ai vraiment cru... Les quatre pires mois de ma vie, depuis mon arrivée ici.

Je ne pleure même pas, je me décharge et je n'arrive plus à m'arrêter.

– Jusqu'à cette soirée où j'ai pris des coups en plus du reste.

– Mais Louve, c'est grave ! Pourquoi tu n'as rien dit ? Je vais aller les pulvériser, ces foutus gamins pourris gâtés qui se prennent pour des...

– Non, Willa, tu m'as promis !

– Écoute-moi bien : tu es intelligente, tu as des valeurs, tu es belle comme un cœur, dedans comme dehors, tu ne mérites rien de tout ça, OK ?! Je ne sais pas pourquoi ils s'acharnent sur toi, mais quelque part, c'est forcément qu'ils ont besoin de détourner l'attention de leurs propres insécurités.

– C'est juste que je ne suis pas comme eux, fais-je en haussant les épaules. Je n'ai pas confiance en moi, je ne sais pas faire semblant, je ne fais pas partie de l'élite, je n'ai pas de compte Instagram avec des milliers d'abonnés, je n'organise pas de super soirées, je n'ai jamais eu de boyfriend et pas d'expérience croustillante à raconter. Et pourtant…

– Et pourtant quoi ?

J'hésite à tout lâcher. Mais je ne suis plus à ça près.

– Ils n'arrêtent pas avec leurs blagues sexuelles. C'est incessant. Ma « bouche de pute qui doit tellement aimer ça ».

Je fais des guillemets avec les doigts et Willa laisse sa mâchoire retomber, choquée.

– C'est d'une telle violence…

– Ils disent que j'ai des joues de bébé, des fesses de sumo et des seins qui ne demandent que ça. Ils disent que rien ne va avec rien chez moi.

J'ai les larmes qui montent et, naturellement, je baisse la voix.

– Je déteste ma poitrine, Willa. J'ai demandé à mes parents si je pouvais faire une réduction mammaire, mais ils ne veulent même pas en entendre parler.

– Louve, tu es parfaite comme tu es, tu n'as rien à modifier pour eux !

– C'est exactement ce que dit papa ! soufflé-je. Mais vous ne savez pas ce que ça fait de vivre avec toute la journée, de les entendre essayer de deviner ma taille de bonnet, d'essayer de toucher pour voir si ce sont des vrais ou des faux…

– Crois-moi, ma Loupiote, je sais ce que c'est de cohabiter avec des tas de choses « en trop ». Et ne t'avise même pas de commencer à penser faire un régime. Je te l'interdis ! Je ne supporte pas d'imaginer qu'ils ont réussi à te faire croire que c'est *toi* qui devais changer.

Ma tante fulmine et ne mange même plus.

– Ils ont réussi à me couper l'appétit, ces petits cons. La crème de la crème de mes fesses, oui ! Tu sais ce qui se passe ? Ils pensent tout avoir, être les meilleurs, et ils te reprochent de ne pas vouloir leur ressembler parce que c'est un affront à ce qu'ils sont. Ne pas suivre leur mode, ne pas jouer les moutons sur les réseaux sociaux, ne pas faire du sexe à tout va, c'est comme leur répondre que tu es au-dessus de ça, que tu vaux mieux qu'eux. Être différent, ça demande du cran.

– Mais je veux juste qu'ils me foutent la paix…

Je fonds en larmes avant d'arriver à la fin de ma phrase.

– OK, lève-toi ! lance soudain Willa en contournant notre table.

– Je t'en supplie, ne m'oblige pas à danser ou un truc comme ça… fais-je en implorant ma tante du regard.

– Comme tu es mineure et que ton père me tuera si je te fais boire, je suis bien obligée de te changer les idées autrement ! Viens, on va jouer au billard.

Alors qu'on se tient toutes les deux debout, au milieu de ce bar-restaurant lounge à l'ambiance feutrée, Willa me prend par les épaules et me chuchote d'un air grave :

– Observe bien autour de toi. Tout le monde regarde tout le monde et c'est le drame de cette vie. On se juge en un clin d'œil, sans rien savoir. Je suis la grosse qui prend trop de place au lieu d'être complexée et de rester chez elle, bien cachée. Et si je déprimais chez moi ? On me reprocherait de ne pas me bouger pour changer, pour maigrir, pour trouver un mec qui me penserait digne de lui.

– S'ils savaient… murmuré-je dans un sourire, en pensant à son Rio.

– S'ils savaient !

Une étincelle de fierté rend ses yeux bleus encore plus lumineux.

– Et toi, Louve, pour tous ces gens, tu es la jeune fille avec beaucoup trop d'atouts, qui se cache dans des fringues trop grandes et qui perd les plus belles années de sa vie à être mal dans sa peau. Et si tu te montrais ? Tu serais une allumeuse, une potentielle menace, une potiche sans rien dans le cerveau qui mise tout sur son physique et qui ne fera rien de sa vie.

– Alors quoi, on est jugé quoi qu'on fasse ?

– Tu as tout compris. Je ne vais pas te dire qu'on se fout du jugement et de l'avis des autres, ils sont omniprésents… On apprend juste à vivre avec. Et je sais combien ça te coûte de rester plantée là avec moi sous tous ces regards. Mais il faut que ça glisse sur toi. Et après ça, il ne reste plus qu'une seule chose à faire : être toi-même !

Je prends une grande inspiration et une grande claque en même temps. Ma tante m'attrape par la main et m'entraîne vers le billard inoccupé – qui, j'en ai bien l'impression, n'était là que pour décorer. Elle place les boules en triangle et tire dedans de toutes ses forces, se foutant royalement de son corps étalé sur la table en feutre vert et du bruit assourdissant qu'elle produit au milieu des conversations chuchotées.

Un type en costard et chaussures vernies, deux coupes de champagne à la main et sourire de séducteur greffé aux lèvres, s'approche d'elle.

– Mesdames, je peux vous offrir un verre et me joindre à vous ? Ce billard me fait de l'œil depuis le début de la soirée. Et pas que lui…

– C'est gentil, mais pas ce soir, le rembarre gentiment Willa.

Il repart sans insister et ma tante vient vers moi en me tendant sa queue de billard.

– Louve, il y a des hommes qui aiment les petites poitrines, d'autres qui s'en fichent… Mais crois-moi sur parole quand je te dis que ton décolleté rendra un jour un mec complètement fou.

Je lève brièvement les yeux au ciel, mais Willa empoigne ses seins une seconde et se les remonte en souriant d'une façon super sexy, même pas vulgaire ou ridicule. Bon sang, j'aimerais tant être elle. La voilà, mon ambition, mon nouveau hobby, mon plan pour cette vie.

– Ce qui t'est arrivé, ce qu'ils t'ont fait, ça t'a presque détruite… continue-t-elle derrière moi, pendant que je joue. Mais ça peut aussi te rendre plus forte. Contrairement à ce que tu crois, toi aussi, tu es une *warrior*. En ce moment, tu ne te reconnais pas, mais je sais que tu as la force en toi. C'est OK de ne pas jouer les guerrières tout le temps, de vouloir la paix parfois. Mais crois-moi, le monde n'a encore rien vu de Louve Larsson. Tu vas lui montrer et leur montrer à tous de quoi tu es capable.

Je relève la tête et j'acquiesce, doucement.

– Ils se font appeler les Royals, expliqué-je. Honor, Alec, Gideon, Sinaï et Lazare. Je les hais, si tu savais, Willa. Le pire c'est lui, Laz.

– Qu'est-ce qu'il t'a fait, ma Louve ?

– Je ne sais pas, sa façon de me regarder. De me pousser dans mes retranchements. Les choses qu'il m'écrit, les horreurs qu'il m'envoie presque chaque jour et qui font tellement mal. Et je ne l'ai dit à personne mais c'est lui que j'ai vu en dernier à la soirée. Après avoir avalé ces cachets, j'étais dans les vapes, je ne me souviens plus très bien… mais j'ai l'impression qu'il était là, derrière la porte vitrée du sauna, à m'observer, comme si c'était lui qui m'avait enfermée. Et qu'il contemplait son œuvre…

Je revis la scène dans ma tête et ça me brise encore une fois. La douleur est toujours là.

Willa tire fort dans la boule blanche et lâche un grognement bestial.

– Si tu savais ce que j'aimerais lui faire, à celui-là ! Viens, on s'en va !

Ma tante pose avec fracas la queue sur la table du billard, retourne chercher son trench et son sac, paie en laissant un généreux pourboire et décide qu'on rentre à pied dans la nuit glaciale. Je la suis sans broncher et on déboule dans la rue pour traverser le quartier de Back Bay en direction de Beacon Hill.

– J'avais trop chaud. Et il est temps d'élaborer un plan.

– Ah oui ?

– Soit tu rentres avec moi à Paris et tu viens habiter avec nous. Tu retrouves tes amis d'enfance, ton lycée, tes repères et tu t'éloignes de tous ces abrutis.

– Tu n'arriveras jamais à convaincre mes parents de ça, mais c'est un détail… Soit ?

– Soit tu restes et tu te bats. Sans violence. Sans te servir de leurs armes à eux. Mais tu peux choisir juste en le décidant de passer de victime à maîtresse de ton destin. Tu arrêtes de t'excuser d'être dans cette classe. Tu arrêtes de penser que tu es une toute petite fille face aux grands de ce monde. Tu vas au lycée la tête haute. Tu fais ta place. Tu ne fuis plus. Ce Lazare et tous les autres, tu les affrontes. À partir de maintenant, tu es bien plus forte que lui !

Au milieu d'une rue passante, Willa m'arrête, ouvre sa besace, me colle un donut dans la main en guise de dessert et mord dedans, puis sort son rouge à lèvres en le dégainant comme une arme, m'en met sur la bouche et me dessine deux traits crémeux sur chaque joue.

– Eh, regarde-moi ! Louve la guerrière est de retour. Lycée international de Boston, tiens-toi prêt ! Les Royals de mes deux, tremblez.

– Putain, Willa, cache-moi, c'est lui ! lâché-je dans la nuit, en sentant mon cœur se décrocher. C'est Laz !

8

Pas n'importe qui

Louve

Le donut entamé roule jusqu'au caniveau, alors que je saute pour aller me planquer derrière un abribus. Avant de réaliser qu'il est fait de quatre panneaux vitrés.

Bien joué, Larsson.

Mon cœur essaie de sortir de ma poitrine, j'arrête de respirer pour tenter de le calmer.

Impossible.

Willa me rejoint en vitesse derrière ma barricade transparente, tandis que Lazare Nightingale arrive en sens inverse, sur le même trottoir. Droit sur nous. Je prie de toutes mes forces pour que ma tante ne se mette pas à crier : « Laz ? LE Laz ? », et que mon pire ennemi ne tombe pas nez à nez avec moi.

Moi et mes foutues peintures de guerre au rouge à lèvres, un samedi soir de janvier, dans *son* quartier.

Mais qu'est-ce que j'ai fait pour mériter ça ?

S'il me voit, je ne survivrai pas à une honte pareille.

Je me fais toute petite derrière l'épaule ronde de Willa, qui sort un miroir de poche et fait semblant de se remettre du rouge à lèvres comme si c'était *la* chose à faire ici et maintenant.

Il se rapproche.

La rue est suffisamment éclairée pour que je distingue les boucles brunes qui débordent à peine de son bonnet sombre.

Je pose mes yeux affolés sur le sweat à capuche noir qu'il porte sous son manteau gris pas fermé, sur le cordon qui fouette son torse, tandis qu'il tient l'autre entre ses dents. Il le mordille distraitement, l'une de ses mains enfoncée dans sa poche de jean, l'autre en train de tenir à la fois une cigarette et son téléphone. L'écran allumé illumine les traits anguleux de son visage : nez droit, pommettes saillantes, mâchoires dessinées. Tout est beau, mais tout est dur chez lui, tranchant comme sa personnalité. Tout sauf son petit sourire en coin, tendre et redoutable, et je me demande soudain quelle fille il est en train de malmener, de séduire pour mieux la briser, juste histoire de se divertir.

Lazare arrive à notre hauteur et je retiens mon souffle. Toujours planquée dans le dos de Willa, je ferme les yeux et contracte les paupières comme si ne plus le voir était ma seule garantie de n'être pas vue de lui. Je redeviens une gamine stupide qui ne sait même pas jouer à cache-cache. Je crois même que je laisse échapper un couinement aigu, irrépressible, alors qu'il s'agit de jouer au roi du silence, à cette exacte seconde. Je suis terrifiée. Tremblante. Faible. Lâche.

Je me maudis.

Ma tante tourne avec moi comme sur un manège, au moment où Laz nous dépasse, j'entrouvre à peine les yeux comme dans un film d'horreur, pour voir le pire arriver au cas où il arriverait, et mon ennemi juré lève le nez de son portable, se sachant observé, juste le temps d'échanger avec elle un regard qui me semble tellement intense dans toute sa nonchalance, un infime mouvement de sourcil intrigué, un nouveau petit sourire plein de défi, d'assurance, de séduction aussi.

Lazare continue son chemin et tourne la tête une fois dans notre direction, puis tout le corps, fait un ou deux pas à reculons pour mieux nous observer, ou peut-être pas, il tire sur sa clope et tourne les talons, puis disparaît à l'angle de la rue dans un petit nuage de fumée glacée.

Je peux enfin respirer.

– C'était quoi, *ça* ? me demande Willa, bouche bée.

– Lazare Nightingale, chuchoté-je comme s'il pouvait encore m'entendre.

– Eh ben…

– Eh ben quoi ? Tu crois qu'il m'a vue, Willa ?

– Non.

– T'es sûre ?

– Certaine. Il faut bien que ça serve, parfois, de faire le double d'épaisseur.

– Alors quoi, « eh ben » ?

– Eh ben ma Louve, désolée de te le dire, mais ce n'est pas n'importe qui, celui-là…

Je la regarde sans comprendre. Ou plutôt en ayant peur d'avoir compris.

– Moi aussi, à 17 ans, je l'aurais laissé me briser le cœur, je crois.

– Super. J'y penserai, la prochaine fois que je veux mourir.

9

Les yeux de loup

Lazare

Encore un lundi matin.

La gobeuse de Xanax – comme on l'appelle par ici – finit par réapparaître après plus de deux semaines d'absence. Pendant ces quinze jours, les rumeurs incessantes et les pronostics macabres ont bien occupé les bouches et les cerveaux, au lycée.

Je les ai écoutés d'une seule oreille.

Pas intéressé.

– Putain, les mecs, j'ai des hallucinations, je vois une morte !

Au milieu du couloir principal, Gideon plaque sa main sur sa grande gueule puis balance son autre poing dans son casier bleu nuit juste pour le fermer. Ce mec a été doté de pas mal de choses, mais pas de la subtilité. Il a compensé cette lacune en développant une musculature démesurée, une libido bouillonnante et une brutalité inutile. Sympa mais con. Loyal mais un peu primaire. Plutôt divertissant mais franchement fatigant. La grappe de filles qui passait par là sursaute au fracas du casier et presse le pas pour s'éloigner de notre petit groupe de Royals, tandis qu'on fixe tous la même cible du regard.

La revenante.

Louve Larsson.

La brune aux yeux d'un bleu étrange porte du noir de la

tête aux pieds, à l'exception de sa veste bleu nuit obligatoire.

Voilà l'unique uniforme du Lycée international de Boston : un blazer marine à l'écusson jaune, les couleurs officielles de la ville. Si les élèves de ce bahut élitiste daignent l'enfiler chaque jour, c'est parce qu'on leur a octroyé le droit de glisser ce qu'ils veulent en dessous : jean baggy, minijupe sexy, pantalon à pinces, robe de créateur, *crop top* ou survêtement simpliste censé faire genre « non, pas besoin d'étaler ma thune pour exister ».

– Bah alors, tu t'es loupée, ma bichette ?

Honor ricane en se rapprochant d'elle, dans sa combinaison couleur chair qui moule et expose chaque centimètre de son corps de bombe atomique.

– Si tu veux, je t'aiderai à réussir ton coup la prochaine fois…

La Française baisse les yeux sur le sac à dos qu'elle tient à la main, y glisse deux manuels et fait mine d'ignorer la reine des garces. Je la sens nerveuse, mais pas comme avant. J'ai l'impression qu'elle a envie de mordre.

Pour l'instant, et comme souvent, je reste en dehors de ça. Je n'aime pas l'effet de meute : je n'ai besoin de personne pour me faire respecter.

– Se donner la mort par prise de médicaments est rarement fatal. La pendaison ou l'usage d'une arme à feu aurait été plus efficace, commente froidement Sinaï en direction de l'intéressée, sans lever les yeux de son écran.

– N'oublie pas, on est là pour toi, ajoute Alec en venant entourer Honor de son bras. Si tu as besoin de nouveaux cachetons, je peux t'en procurer quand tu veux…

– Sinon tu peux toujours te jeter du toit du gymnase, ça marche aussi, balance Gideon en rigolant.

Avec sa main qui vient s'écraser sur son autre paume, il mime un crash bien bruyant. Les autres se marrent.

La fille en noir continue à serrer les dents. Je soupire, tout ce cirque m'ennuie prodigieusement, puis je fais signe à mes potes de bouger. Déterminée à la voir chialer, Honor tente une dernière attaque en commentant la taille *monstrueuse* des seins de sa victime préférée et lui donne la carte de visite de son chirurgien plastique.

Mais là encore, Louve Larsson tient bon. Aucune réaction.

À tel point que les Royals se lassent de ce spectacle pathétique et la laissent de côté pour prendre le chemin du cours de physique. Je leur emboîte le pas, quelques mètres derrière, quand soudain, deux yeux de loup me transpercent. Deux petites lucioles obliques d'un bleu stupéfiant, qui me happent et me suivent à la trace.

C'est la première fois que Louve Larsson ose me regarder bien en face.

Il y a de l'hostilité dans ce regard. Plus que ça : il m'interpelle, me défie, me déclare la guerre en silence.

Instantanément, l'adrénaline déferle dans mes veines.

Celle qui fixait ses pompes dès lors que j'entrais dans une pièce a clairement changé de tactique. Elle a gagné en cran. J'imagine que frôler la mort fait de vous quelqu'un de nouveau. D'un peu fou. Désespéré.

– Hors de ma vue, la paria…

Tandis que j'arrive à sa hauteur, ma voix lui grogne ces quelques mots qui me paraissent assez clairs, mais ils ne semblent avoir aucun effet sur elle. Ni sur son regard qui continue de me disséquer. Elle ne baisse pas les yeux, elle ne fuit pas, elle reste plantée là devant moi et je remarque qu'elle est plus grande que je ne l'imaginais. Et plutôt belle, quand elle décide d'exister.

Mais il en faut plus pour m'amadouer.

– Tu regardes quoi, comme ça ?

Cette question rhétorique est synonyme de « respecte-moi, si tu ne veux pas avoir de problème ». Pourtant, elle frémit légèrement mais ne cède pas. Je ne sais pas ce qui lui prend, à la revenante. Aurait-elle décidé tout à coup de se faire respecter, elle aussi ?

Ça me fait doucement rire.

Alors je décide d'aller la déstabiliser comme je sais le faire, en m'approchant au plus près d'elle, en m'invitant dans son espace personnel. Je pose mes yeux sur sa bouche si pulpeuse, entrouverte comme pour chercher de l'air, ou peut-être un truc à dire, et je sens son souffle un peu paniqué se mêler au mien.

Je suis très près. Trop près. Je le sais.

Elle n'a pas le courage de me repousser, alors je lui souris froidement, fièrement, puis m'écarte en la gratifiant d'un petit coup d'épaule. Léger, sans violence, juste histoire de lui rappeler qui a le dessus, de remettre les choses bien à leur place.

Je suis un Royal.

Elle n'est rien.

– Je sais que c'est toi, Laz…

J'ai déjà fait quelques pas en la laissant derrière moi quand ce chuchotement me parvient. Je m'arrête net.

– Night Bird, je sais très bien que c'est toi.

Je me retourne et la fixe, agacé et un peu surpris qu'elle ose enfin l'ouvrir. Je vais être à la bourre pour le cours de Mr Schwartz si elle n'en vient pas au fait.

– Et ? fais-je en la dévisageant durement.

– Et je ne comprends pas que tu trouves autant de plaisir à rabaisser et humilier les gens. Tu ne peux pas prendre ton pied autrement ?

Elle n'a pas chuchoté, cette fois. Ses mots étaient clairs et tranchants. Je lui offre mon plus odieux sourire pour toute réponse et lui tourne à nouveau le dos. Je n'ai pas de temps à perdre avec elle et ses petits élans de bravoure sortis de nulle part.

– C'est quoi ton problème, sérieusement ? grommelle-t-elle.

– Retourne d'où tu viens, la paria.

– Sinon quoi ?

J'accélère pour atteindre la salle B12, tout au bout du couloir.

– Sinon quoi ?!

72

Sa voix claire éclate une dernière fois, juste avant que le prof pressé ne referme la porte derrière moi.

Et qu'une nouvelle poussée d'adrénaline m'envoie une décharge à l'intérieur.

***

– C'est qui ce type ?

– Son père.

– Le père de qui ?

– De la suicidaire.

– Sérieux ? Il est beau gosse…

– Comment on dit déjà ? Un « DILF » ?

– Vos gueules, on n'entend rien !

Passer la fin de l'après-midi dans cet auditorium blindé de gosses qui ne savent même pas ce qu'ils font là et pourquoi on a ajouté une réunion de dernière minute à leur emploi du temps ? Je n'ai pas que ça à foutre. Surtout si c'est encore pour parler d'*elle*.

– Vous savez tous ce qui est arrivé à Louve Larsson le soir du Nouvel An, lâche soudain la proviseure depuis le centre de l'estrade.

Des murmures fusent d'un peu partout, les élèves cherchent du regard celle qui a tenté d'en finir et sera à jamais connue pour ça ici. Je finis par la repérer, assise au deuxième rang, la tête penchée en avant, le dos voûté.

Face à cette énième humiliation, elle rêve probablement de disparaître.

– *Dios mio…* Prends tout ce que tu veux, *papi* !

Tout en se mordant les lèvres, Honor fixe l'homme en costard gris que la proviseure vient de présenter d'un air solennel : il se tient sur l'estrade, bras croisés, mâchoires serrées et regard glacial posé sur nous tous. Wolf Larsson n'a pas l'air d'être un marrant. Mais il fait de l'effet à la princesse espagnole qui a le feu au cul.

Je sors un stylo de ma poche et le glisse entre mes dents, signe que la nicotine vient à manquer dans mon sang. Autour de moi, l'attention décroche déjà. Honor avale discrètement une saloperie qui n'a rien d'une aspirine, Sinaï fait ses trucs habituels sur le darkweb, un portable dans chaque main, Alec a sorti le sien pour consulter ses comptes et jouer avec ses actions, Gideon mate le dernier combat de boxe de Saul Canelo Alvarez, son dieu vivant.

Moi, je rêve simplement de m'échapper de ce piège sans fin.

– Vous me réveillez quand c'est terminé…

Je souffle ces mots à mes voisins et m'installe confortablement en inclinant mon siège – se croire partout en classe affaires : l'un des privilèges d'appartenir à un lycée huppé pour gosses de riches.

– La sieste, ce sera plus tard, jeune homme.

La voix grave et assassine qui vient de prononcer ces mots dans ma direction jette un froid dans tout l'auditorium. Je me redresse et vois le père de Louve m'observer avec attention. Je soutiens son regard quelques secondes, puis me détourne avant lui. Je ne tiens pas à écoper d'un tête-à-tête avec papa Loup.

Ils reprennent leur bla-bla sur scène, la proviseure impliquée et le paternel énervé nous sortent des phrases toutes faites sur les difficultés que rencontrent certains élèves à trouver leur place, à s'intégrer, puis ils nous assomment avec leurs concepts de tolérance, d'ouverture d'esprit, de solidarité, avant d'utiliser de grands mots comme « isolement », « anxiété », « dépression », « suicide » et autres conneries pour ados faibles d'esprit.

Autant dire que garder les yeux ouverts me demande un sacré effort. Je ne peux plus voir cette salle en peinture, avec ses fresques prétentieuses, ses proverbes latins inscrits sur les murs, ses rangées de sièges bleus cossus, ses longues tentures décorées du logo doré de ce putain de lycée et tous ces profs au premier rang, faussement compatissants, qui prétendent écouter religieusement leur sainte patronne mais ne pensent qu'à leur cul, leurs dettes, leurs listes de courses ou leur vie de famille banale qu'ils vont bien devoir retrouver ce soir.

– Le père de Louve et moi-même avons donc décidé de vous réunir en urgence, pour qu'un tel événement tragique ne se produise plus *jamais* au sein de cet établissement ! balance Mrs Duncan dans le micro.

La bonne blague. Elle s'imagine que son joli chignon et son tailleur strict suffisent à lui donner l'air intègre ? Aucun de nous n'est dupe. On a tous entendu parler des pots-de-vin qu'elle reçoit de la part des parents d'élèves pour régler certaines « difficultés ».

– Duncan, démission ! lance Alec à ma droite, en se marrant.

– Duncan, fellation ! s'y met Gideon à ma gauche.

– Fermez-la, qu'ils en finissent et qu'on puisse se barrer de là !

Wolf Larsson se penche sur le micro et lâche soudain d'une voix fracassante :

– C'est une question de vie ou de mort : le harcèlement et le cyberharcèlement doivent cesser. Immédiatement.

Un silence tendu retombe dans la salle comme une chape de plomb. Larsson sait ruiner l'ambiance mieux que personne.

– J'ignore qui lui a fait du mal, mais aucun d'entre vous ne mérite de vivre ce qu'a vécu ma fille, reprend-il. Et je suis certain qu'elle n'est pas la seule victime ici…

– Le harcèlement va durer, ça fait partie de la vie scolaire, rétorqué-je malgré moi. L'homme est un loup pour l'homme…

– Nous serons sans pitié avec les harceleurs, continue le type sur l'estrade.

La proviseure acquiesce mollement, tandis que papa Larsson couvre l'assistance de son regard redoutable. Dans l'auditorium, la tension est palpable, même les Royals la bouclent pour éviter de se faire remarquer. Il est plutôt charismatique, il faut bien l'avouer.

– Si une telle chose devait se reproduire, sachez qu'il y aura des poursuites. On ne touche pas à ma fille…

– Dommage, elle est plutôt bonne.

Alec se marre tout seul, nerveusement, tandis que je pose mes yeux sur la silhouette sombre recroquevillée au deuxième rang. Je me demande soudain comment un type aussi solide a pu donner au monde une fille aussi fragile. Il a l'air de posséder tout ce qu'elle n'a pas. Le courage. L'aplomb. La force mentale. La détermination. Une confiance en lui inébranlable.

Physiquement, par contre, ils jouent dans la même cour. Ils dégagent le même truc un peu brut, la même énergie glaciale, cette même beauté presque sauvage.

Parce que oui, cette fille est différente des autres…

Différente et dérangeante.

– On peut rentrer chez nous, maintenant ? lance Honor à qui personne n'ose jamais dire non.

– Une dernière chose ! s'écrie Mrs Duncan dans le brouhaha naissant. Un psychiatre est désormais disponible à tout moment au sein du lycée, pour discuter avec les élèves choqués par ce qui est arrivé, mais aussi pour faire de la prévention ! Nous souhaitons plus que jamais que le Lycée international de Boston soit pour vous une seconde maison, un refuge, un endroit où vous évoluez sereinement, en vous sentant en sécurité.

– Un psychiatre ? répète Gideon en étirant ses gros muscles. Si c'est une meuf, je m'inscris en premier !

– Et si elle a 60 piges et ressemble à ta mère, ducon ? grogné-je.

– Elle ne fera qu'une bouchée de ton petit cul de jeunot… s'exclame Alec en riant.

– Challenge accepté !

On nous libère enfin, je prends la sortie de secours pour éviter de me mélanger à la foule et, une fois dehors, à l'air libre, j'allume la clope dont on m'a privé bien trop longtemps.

Grisé par le froid, je savoure ma première taffe en gémissant de plaisir, puis une autre, jusqu'à ce que Honor débarque et m'arrache ma cigarette des lèvres, pour poser sa grosse bouche mouillée dessus.

– Ton rouge à lèvres, putain !

– C'est Chanel et c'est cadeau, bébé…

Sinaï, Alec et Gideon se pointent à leur tour.

– On va se calmer avec la Française, son père a l'air coriace, commenté-je.

– Et c'est un putain de requin, ajoute le génie de la bande en pointant son écran sous nos nez.

Google ne ment pas : ce mec est un puissant. Les articles sur Wolf Larsson, son empire, son clan, ses combats et ses coups d'éclat ne manquent pas.

– Alors on ne peut plus jouer avec elle ? soupire la seule fille de notre bande. De toute façon, c'est avec Badass-Daddy que je veux jouer, maintenant…

La porte de secours s'ouvre à nouveau, laissant apparaître une silhouette vêtue de noire et deux yeux terriblement bleus, noyés de larmes.

– Bah alors, on se promène comme une grande sans papounet ?

Louve Larsson ignore cette provocation d'Alec et me fixe de cette manière frontale, étrange, pour la seconde fois aujourd'hui. Comme si elle n'avait plus rien à perdre.

Et plus peur de moi.

– À quoi tu joues, la paria ?

– Continue à m'appeler comme ça et tu verras…

Une larme pleine de rancœur et de haine glisse le long de sa joue. Elle l'efface d'un revers de manche sans me quitter du regard pendant que les autres sifflotent, se marrent et, finalement, se taisent. Qu'elle produise cet effet-là sur eux, ça aussi, c'est plus qu'inhabituel.

Et sur moi ? Je ne sais pas.

Mais la guerre est définitivement déclarée.

10

Prêts à dégainer

Lazare

Avec ce crayon noir qui borde ses yeux déments, ses ongles couleur nuit, son look *dark* et sa gueule qui tire la tronche, la paria a décidé de ne plus se laisser faire.

Depuis son retour – il y a deux jours seulement –, elle fait à nouveau parler d'elle, mais d'une autre manière qu'auparavant. Elle n'est plus celle qui se fait insulter, piétiner ou martyriser et se barre s'enfermer dans les chiottes en pleurant.

Non, désormais, Louve Larsson porte les coups avant d'en recevoir.

Deux mecs de notre classe en ont fait les frais hier, quand ils se sont approchés d'un peu trop près, un marqueur à la main. Celle qui n'avait clairement pas envie qu'on lui dessine à nouveau une bite sur le sac, sur le jean ou pire, sur le front, a sorti les crocs. Le premier a reçu le plus beau coup de genou dans les couilles jamais recensé dans ce lycée, l'autre s'est mangé une porte de casier qu'elle a ouvert pile au bon moment, l'air de rien, et le crétin est reparti la bouche en sang.

La folle furieuse a marmonné un truc du genre : « Willa, c'est pour toi », avant de reprendre ses activités comme si de rien n'était.

– Il faut qu'on lui rappelle quelle est sa place, à cette tarée ! gronde Alec qui la fixe d'un sale œil à la cafétéria.

– Laisse tomber, on ne peut plus faire mumuse avec elle, rétorque Sinaï en repoussant son plateau encore plein. Dis-lui, Laz !

– Joey jure qu'il est devenu stérile à cause d'elle, les mecs ! lâche Gideon, tout en se tenant l'entrejambe qui lui fait mal par procuration.

Je me détourne de leur débat aussi stérile que ce pauvre mec et j'observe du coin de l'œil l'intéressée qui cherche une table à laquelle s'asseoir, au beau milieu de l'immense cafétéria du lycée. Elle refuse peut-être désormais le rôle-titre de victime, mais elle n'a toujours pas le moindre ami ou allié avec qui partager un simple déjeuner.

– Honor, *guapa*, ramène-moi un Dr Pepper !

– Gideon, tu me parles en anglais et tu lèves ton petit cul musclé pour aller te chercher à boire, siffle la brune en quittant soudain notre table. Je ne suis pas et je ne serai jamais ta bonniche. Toi, en revanche, tu n'es plus mon mec jusqu'à nouvel ordre.

De sa démarche chaloupée et passablement énervée, Son Excellence traverse la grande salle au plafond cathédrale, en direction de la Française qu'elle a apparemment envie d'emmerder. Pour changer. Je me tends légèrement en la voyant faire, mais n'interviens pas. Après tout, personne ne me paie pour faire la police dans ce maudit bahut. Si la princesse veut s'attirer des ennuis, libre à elle.

Soudain, des chaises crissent sur le sol, des murmures choqués retentissent un peu partout et un cri bestial fend l'air.

– Sale *bitch*, tu viens de faire quoi là ? Tu veux mourir ?!

Tous les regards se braquent dans une seule direction, témoins malgré eux du même carnage. Le visage de Honor devient écarlate, son corps se fige, bras écartés, bouche grande ouverte, et son précieux chemisier blanc à volants est désormais recouvert de taches brunes, rouges et verdâtres. À ses pieds gît le plateau-repas renversé de Louve Larsson.

– Tu viens vraiment de jeter ta bouffe sur moi ?!

– Je me suis inspirée de toi, tes potes et vos plus belles actions, ça ne te fait pas plaisir ?

Honor reste pétrifiée. En observant les deux ennemies se fusiller du regard, immobiles, je repense à la première fois que c'est arrivé. C'était il y a cinq mois, seulement une ou deux semaines après la rentrée. Et ce jour-là, celui qui s'était amusé à renverser son plateau sur la Française qui n'avait rien demandé… c'était moi.

Depuis, les Royals et autres aspirants Royals se sont amusés à m'imiter, en faisant régulièrement voler le plateau de la brune et en lui disant qu'elle n'aurait qu'à bouffer les restes qu'ils s'apprêtaient à laisser. Avant de les écraser sous leurs pieds.

Classe.

Aujourd'hui, la situation se retourne et la plupart peinent à y croire. Moi le premier. Louve Larsson ne se démonte pas, ne baisse pas une seule fois les yeux, même quand ils croisent les miens, assassins. Attirée par les cris, Duncan débarque avec ses deux assistants, déplore ce « terrible incident » qu'elle s'empresse d'étouffer en emmenant la pauvre princesse sauce teriyaki, histoire de l'éloigner de celle qu'elle s'apprêtait à éviscérer.

– Putain, elle s'en sort bien, la fille à papa, remarque Sinaï avant de reposer ses yeux sur son écran.

– On s'en charge ?

Gideon saute de sa chaise en remontant ses manches, les yeux fixés sur Louve qui est allée s'asseoir à une table isolée.

– Arrête tes conneries et range tes muscles, on est surveillés ! sifflé-je.

– Et Honor ? Il faut qu'on sauve son honneur !

– Honor nous tient par les couilles, mec, lui rappelle Alec. Elle n'a pas besoin de nous pour ça…

Le grand intellectuel de notre bande lâche un grognement frustré, puis se casse en faisant craquer son cou de taureau.

La sonnerie retentit, annonçant la reprise des cours, et la cafétéria se vide peu à peu, dans son bourdonnement ordinaire.

En moi, il y a quelque chose d'inhabituel… qui me pousse à m'attarder là.

Je reste assis à ma table tandis que le vide se fait autour de moi.

Elle aussi.

Il n'y a plus que nous dans cette cafétéria déserte.

Les meilleurs ennemis du monde.

Prêts à dégainer.

Je trouve son regard en premier, l'attrape, l'emprisonne, ne le lâche plus. Elle soutient le mien de longues secondes, sans flancher.

En silence, elle me dit à quel point elle me hait.

En silence, je lui conseille d'arrêter *tout de suite* ce qu'elle fait.

– T'attaquer aux Royals ? murmuré-je finalement. Tu as vraiment envie de crever…

Je me lève et la laisse seule. Comme elle l'a toujours été.

Pourquoi ça changerait ?

***

Traumatisée par l'épisode de la cafétéria, Honor a été reconduite chez elle par son chauffeur et n'assistera à aucun cours de l'après-midi.

C'est Gideon qui nous l'annonce gravement, alors que j'arrive en salle d'informatique avec dix bonnes minutes de retard et me pose au dernier rang.

Ça ne me fait ni chaud ni froid, mais ses deux toutous, eux, le vivent mal.

– La Française a signé son arrêt de mort, grogne le musclé qui s'est fait larguer.

– Oublie ce que j'ai dit tout à l'heure, je suis avec toi, *bro*, souffle Alec.

– Et vous allez faire quoi ? soupire Sinaï. Si vous déconnez et que les flics s'en mêlent, laissez-moi en dehors de ça…

– Pourquoi ? Il a des trucs à cacher, le roi du darkweb ?

– T'occupe, commence par apprendre à te connecter à ta session…

Gideon lui balance un doigt d'honneur, mais déchante rapidement en constatant que son mot de passe ne fonctionne plus.

– T'as trafiqué mon compte, enfoiré ? Et t'as fait ça en moins de dix secondes ?

– Il est fort, ce con… lâche Alec en se marrant. Putain, moi aussi ?!

Le génie informatique ricane, tandis que je me connecte en rentrant mes identifiants. Il n'a pas osé jouer avec moi – et il a bien fait. Le prof, qui n'est pas loin d'avoir notre âge, demande si tout le monde est bien logué, puis fait signe à quelqu'un derrière moi de venir s'asseoir.

Son odeur sucrée me parvient avant même que mes yeux n'aient le temps de se poser sur elle.

– Oublie ça, sifflé-je à Louve en la voyant mater la chaise vide à côté de moi.

– Tu vois d'autres places libres ?

– Premier rang.

– J'ai une tête à m'asseoir au premier rang ?

L'indésirable balance son sac par terre et se laisse tomber sur la chaise libre. Deux rangées plus loin, mes potes se retournent et me lancent des regards scandalisés.

Cette place était réservée à Honor. Et Louve le sait pertinemment.

– Casse-toi, je te dis, tenté-je à nouveau sans même regarder l'intruse.

– Le premier rang t'attend, je t'en prie.

– Tu sais à côté de qui tu viens de t'asscoir ?

– Ouais, Night Bird. Tu veux pas m'envoyer un petit message privé pour m'insulter ou me dire d'aller mourir ?

J'inspire profondément, étonné par son audace, agacé par son nouvel aplomb. Et je l'observe à la dérobée, tandis qu'elle allume son écran et se connecte.

– Regarde ailleurs, Night.

Putain. Elle me donne des ordres maintenant ? Son souffle sent le bonbon. C'est sucré. Doux. Lacté.

– Caramel, réalisé-je tout bas.

– Quoi ?

– Rien. Ferme-la, la paria. Si tu tiens tant à rester ici, fais en sorte que j'oublie ta présence.

Sur ce, elle m'envoie chier en français, puis ouvre son logiciel pour se mettre à bosser. Je souffre en silence, les dents serrées, en agitant nerveusement mon stylo entre mes doigts.

Elle est belle, cette peste.

Elle est belle, elle est tenace et elle commence à me les briser.

11

JD a quitté la conversation

Louve

Chaque jour coché sur mon calendrier sans message de Night Bird et sans attaque des Royals représente pour moi une petite victoire. Depuis que mon père et Mrs Duncan ont eu la bonne idée de m'afficher devant tous mes *camarades*, je dois avouer que ma vie est devenue un peu moins invivable.

Mais je ne suis pas dupe, ils frapperont à nouveau. Et cette fois, je serai prête à encaisser les coups. Et à les rendre.

Je reste donc sur mes gardes, ce matin, depuis le préau de la cour du lycée, avec ses pavés gris prétentieux et parfaitement alignés. En retrait, à moitié planquée derrière une colonne près des pelouses enneigées, j'observe mon plus grand ennemi.

Entouré de son auditoire en vestes bleu marine, dans le coin de la cour le plus ensoleillé dont les Royals ont pris possession depuis le début d'année, Lazare Nightingale tire une dernière fois sur sa clope avant de la jeter. Ou pas tout à fait. Il la tend à l'un de ses petits soldats, un aspirant Royal chargé d'aller écraser le mégot dans le cendrier mis à la seule disposition de Son Altesse le roi des enfoirés.

S'il a obtenu une dérogation exceptionnelle pour pouvoir fumer dans l'enceinte d'un lycée huppé, alors que c'était formellement interdit depuis des décennies, qui sait de quoi d'autre il est capable ?

Laz règne sur son petit monde, ici, il se fout des règles, il les ignore, les contourne, les bafoue sans ciller, ou bien fait simplement en sorte qu'elles soient changées, un sourire sarcastique au coin des lèvres.

Juché sur le dossier de son banc princier, surplombant ses congénères depuis son trône de pierre, il se marre avec Honor en secouant ses boucles brunes, probablement aux dépens de quelqu'un qui n'a rien fait pour mériter ça.

Je plante mes ongles dans mes paumes, hérissée par ce spectacle. Mes ongles toujours vernis de noir, noirs comme ma colère qui ne faiblit pas. Je ne sais toujours pas comment je vais le faire payer. Le faire tomber. Tout ce que je sais, c'est que je ne me laisserai plus martyriser.

Honor et son chemisier de créateur ont pu le vérifier trois jours plus tôt : on ne se frotte plus si facilement à Louve Larsson. La princesse des garces ne s'est pas encore vengée, mais ça viendra bien un jour ou l'autre.

Au fond de moi, je suis terrorisée. Mais j'ai compris que la peur paralyse et n'empêche pas le danger. C'est ça qui a failli me tuer.

Les mots de Willa résonnent en moi : je suis une Larsson. Une *strange and strong*. Je compte les regarder bien en face et le leur dire.

Je ne m'excuserai plus d'exister.

Je ne veux plus mourir.

Comme s'ils se réjouissaient de cette nouvelle, les flocons se remettent à tomber. Une fille de première passe en trottinant devant le territoire des Royals et Gideon fait un geste bien obscène dans sa direction. Rien d'étonnant de la part du porc de service, mais ce qui me surprend, c'est la réaction de son leader. Lazare lui colle aussitôt une claque dans la nuque et, alors qu'il venait de se lever, Brutus se rassied et renonce à s'élancer après sa proie.

Troublée, je laisse mes yeux se poser sur le profil parfaitement désinvolte de celui qu'on surnomme Laz dans les couloirs de ce maudit bahut. Je suis trop loin pour les voir avec précision, mais je devine sous sa veste d'uniforme son corps fin et nerveux, sous son bonnet ses traits parfaits, ses pommettes saillantes, ses mâchoires dessinées, ses yeux vifs et sa bouche qui sourit de cette manière redoutable. Je le contemple et l'imagine un long moment. Avant de réaliser que je ne devrais pas.

Je décide de me concentrer sur autre chose et déverrouille le téléphone que je serre dans ma main. J'ouvre WhatsApp et clique sur la discussion *Paris ma vie, Boston tu déconnes*. Le dernier message remonte à quelques jours et est signé JD.

JD_Bon, ben salut.

Sous ces trois mots, l'inscription *JD a quitté la conversation*.

Quelques semaines plus tôt, c'était Consti qui me lâchait, lassé d'être lui-même lâché. Ce groupe WhatsApp avait pour but de nous garder liés, eux et moi. Sauf que je n'ai pas tenu mes promesses.

Ils ne savent rien de ma vie ici, rien des Royals et de ce que j'ai subi, pas même que j'ai tenté de me foutre en l'air. Ils m'en voudraient trop, je crois. Ils ne comprendraient pas. Lire leur déception me ferait trop mal.

Ils s'appellent Malia, Constantin, Amel, Ruben et Jimmy-Désiré. Je les connais depuis l'enfance, on habitait le même quartier. On ne se ressemblait pas, on était de toutes les couleurs, de toutes les tailles, de tous les milieux, de toutes les religions, mais on était indissociables. Dans mon ancienne vie, mon précédent lycée, ils formaient ma clique. Ils étaient ma base. Ma bande. Mon oxygène. Leur amitié signifiait tout pour moi. Je les ai quittés en août le cœur serré mais sans imaginer que je les perdrais pour de bon. Par ma faute. Par lâcheté. Par faiblesse.

Je n'ai pas eu la force d'assumer qui je suis devenue sans eux : une victime, une proie facile, une perdante. Avec ma bande, j'étais forte, fière et entière, je me sentais capable de tout, mais tout a changé quand je les ai perdus. Et y penser, ça m'empêche parfois de respirer. Toute la force qu'ils m'insufflaient s'est transformée en anxiété. Peur de les décevoir, peur qu'ils m'abandonnent, peur de ne pas leur manquer, peur qu'ils ne me reconnaissent plus, trop d'angoisses mêlées.

Alors il est temps de couper les ponts. Pour de bon.

> **Louve**_Les petits kikis, tout va bien pour moi mais entre les cours, les nouveaux potes, le décalage horaire, plus trop le temps d'être avec vous !
> Me détestez pas, on se voit dès que possible à Paris… Je vous Louve !

Une grande inspiration plus tard, je clique sur « envoyer ». Puis sur « quitter la conversation ». C'est mieux comme ça. Les larmes aux yeux, je laisse le préau derrière moi pour me rendre en direction de la salle A5, sans un regard pour personne.

Désormais, je dois m'en sortir seule. Vraiment seule.

Et me rendre pour la première fois en salle de torture, *aka* le bureau du psychiatre.

***

– Entrez !

Je m'exécute et me retrouve face à un homme blond à lunettes cerclées de doré, au visage serein, ni beau ni moche. Je lui donne une quarantaine d'années. Il me fait signe de m'asseoir de l'autre côté de son bureau en bois foncé et, encore une fois, j'obéis après avoir refermé la porte.

– Bienvenue, Louve.

Sa voix est aussi maîtrisée que tout le reste chez lui. À peu près le contraire de moi. Un tsunami intérieur me traverse en ce moment.

– C'est normal d'être impressionnée, mais sache que je suis là pour t'aider à te sentir mieux. Tout ce qui se dira ici restera entre nous.

– Ce n'est pas totalement vrai… soufflé-je.

– Tu as raison, je me suis engagé à prévenir tes parents si et seulement si je te juge en danger.

Ils ont peur que je recommence.

– Comment vont les choses à la maison, Louve ?

– Pourquoi est-ce que tout le monde pense que le problème vient de là ?

– C'est souvent compliqué, à l'adolescence, de comprendre ses parents et de se sentir compris, m'explique le blond. Et les problèmes rencontrés à la maison peuvent avoir des conséquences sur tout le reste. Y compris la vie au lycée…

– Ça n'a rien à voir ! Le problème, c'est *eux*.

– Eux ?

Je pense aux Royals, bien évidemment, mais je garde ça pour moi.

Qui sait les liens cachés qu'entretient peut-être ce type grassement payé avec mes ennemis jurés ?

– Non, en fait, le problème c'est moi.

– Tu peux me dire pourquoi tu penses cela, Louve ?

– Parce que je ne suis pas assez bien pour un endroit comme celui-ci.

– C'est-à-dire ?

– Je suis une proie facile, dans ce lycée.

– Une proie ?

– Oui. J'ai été harcelée, vous le savez non ? On ne vous l'a pas dit ? Pourtant, je porte une jolie étiquette de victime sur le front…

– Je ne sais rien, Louve, parce que ce sont tes mots qui comptent et pas ceux qu'on m'a rapportés jusqu'ici. Alors je t'écoute…

Le Dr. Geller retire ses lunettes métalliques et les pose délicatement à l'envers sur son bureau. Puis il s'adosse bien en arrière sur son fauteuil en cuir qui crisse sous son poids et me fait signe de continuer.

Pas habituée à me dévoiler à un inconnu, excepté la psy de l'hôpital quand je n'avais pas le choix non plus, j'hésite un instant à me barrer en courant.

Mais j'ai promis à mes parents d'essayer. J'ai promis à Willa aussi, à papy Georges et même à Judith.

– Je fais souvent le même cauchemar, confié-je alors. Ce n'est pas vraiment un cauchemar. En fait, je revis souvent la même scène.

– Laquelle ?

– Mon premier cours de sport ici.

– Que s'est-il passé pendant ce cours ?

– Ils ont senti que je n'étais pas comme eux.

– Comment ça ?

– J'ai été lâchée au milieu de toutes ces filles super à l'aise avec leur corps, j'ai senti dès les vestiaires que ça allait mal tourner, quand j'ai dû enfiler l'uniforme sportif de l'école, ce microshort et ce débardeur qu'ils m'avaient donnés en taille S…

Le psy se met à griffonner dans le carnet qu'il tient sur ses genoux et je me demande ce qu'il écrit sur mon estime de moi-même… ou peut-être sur les choix faits par les adultes censés nous aider à nous épanouir dans ce lycée.

Un beau tas de mensonges.

Ils sont tous complices.

L'élite ne veut rien d'autre que l'excellence et tant pis pour ceux qui sortiraient du moule. Même de quelques centimètres.

– Des camarades s'en sont pris directement à toi ? m'interroge le Dr. Geller, un sourcil levé au-dessus du cercle doré.

– Dès que le cours a démarré, j'ai eu droit aux regards des garçons et à leurs commentaires sur mon corps. Puis ça a été le tour des filles… J'aurais tout donné pour que ça s'arrête.

Pour que plus aucun d'eux ne me voie.

– Pourquoi ?

Je soupire. Il faut vraiment tout lui expliquer.

– Parce que courir quand on a des formes, se pencher en avant en sachant que tout le monde vous observe, être pointée du doigt ou moquée à chaque effort physique, jamais choisie dans aucune équipe, se prendre des ballons dans la tête parce qu'on ne sait pas où se mettre ni quoi faire de son corps alors qu'on ne voudrait qu'une chose : disparaître, tout ça c'est un peu l'enfer, vous voyez ?

Les larmes me montent aux yeux et la colère pointe à nouveau en moi.

– Pourquoi est-ce qu'être cruel rend si populaire, hein ?

– Je ne sais pas Louve, mais…

– Mais vous savez quoi, au juste ?

12

Et que ça saute !

Louve

Le retour à la réalité est aussi amer que cette heure passée dans le bureau du psychiatre. La vie aime bien vous faire de mauvaises blagues, en général, mais celle-ci a vraiment un sale goût : j'enchaîne avec un cours de sport.

J'arrive un peu en retard au gymnase et ils sont déjà tous en train de courir autour du terrain : les mecs devant, sûrs d'eux, motivés, déterminés à montrer qu'ils sont les meilleurs dès l'échauffement. Et les filles derrière, par petits groupes, en trottinant pour les courageuses, en marchant mollement pour celles qui préfèrent discuter et rire fort – c'est-à-dire se foutre de la gueule des autres ouvertement.

Il y a des choses qui ne changeront jamais.

La prof nous réunit et demande de cracher tous les chewing-gums, d'attacher tous les cheveux qui dépassent et de se taire : personne ne s'exécute. Mrs Lee n'a absolument aucune autorité mais elle possède le corps le plus parfait que j'aie jamais vu chez une femme, une queue-de-cheval haute aussi impeccable que son visage aux traits asiatiques et à la peau de bébé, un legging gris chiné qui épouse à merveille ses longues jambes à la fois fines et musclées, et il pourrait passer une autoroute entre ses cuisses même quand elle a les pieds serrés. Il n'y a pas chez elle le moindre pète de gras, le moindre poil ou la plus petite imperfection sur ses bras nus et bronzés. Et je pense que son tee-shirt en Lycra noir doit être en taille douze ans.

Je la déteste. Elle ne m'a rien fait mais je la déteste.

J'ai beau rentrer dans du M – enfin, quand mes seins veulent bien –, je me sens difforme au milieu de toutes ces filles bien dans leur peau, pétries de confiance en elles. Soit elles sont ultraminces, soit elles ont des formes mais le vivent bien mieux que moi. Avec mon retard et cet uniforme de sport si peu couvrant, j'ai l'impression d'attirer tous les regards.

– Madame, pourquoi Louve ne s'est pas échauffée ?

Honor a pris sa voix la plus insupportable pour poser cette question en levant sa main manucurée. J'imagine qu'elle a trouvé le bon moment pour se venger.

– Il ne faudrait pas qu'elle se claque un muscle ou un sein, la bichette ! Elle vient juste de nous revenir en super forme !

Quelle garce. Mon estomac se retourne sur lui-même.

La brune me regarde en faisant éclater une énorme bulle de chewing-gum autour de son sourire diabolique. Mrs Lee soupire et répond :

– Louve, deux tours de terrain. Et Honor, occupe-toi de toi. Il me semble avoir demandé de cracher tout ce qui était dans la bouche.

Les mecs sautent sur l'occasion pour laisser fuser les rires gras et les blagues dégueulasses autour de tout ce qui peut se retrouver dans une bouche féminine et être recraché.

– Avale, Honor, t'as l'habitude, toi ! siffle Alec l'obsédé.

– Seulement dans tes rêves, mon chou !

– Non, c'est la bouche de Louve que je veux viser.

Son pote Gideon s'amuse alors à mimer la forme de mes lèvres en exagérant à mort et Alec se met en position pour… « dégainer ». Je ne sais pas ce que je déteste le plus : leurs plaisanteries salaces, l'absence de réaction de la prof ou le fait de devoir courir, seule, devant tout le monde, juste parce que Mrs Lee et son degré zéro de psychologie ont décidé de ne pas contrarier la princesse Honor d'Ortega y Borbón et de m'envoyer m'échauffer.

– Allez, Louve, et que ça saute !

Elle tape dans ses mains et les autres se mettent à faire pareil.

– Oh oui, allez, Larsson, et que ça saute bien, surtout !

Je ne sais plus qui rit, qui dit quoi, Honor saisit ses seins et les fait sauter un par un pour imiter apparemment les miens. Je cours doucement en serrant les dents. Je retiens mes larmes et je prie le dieu des brassières de ne pas me lâcher, je les imagine tous regarder mes fesses trop grosses, ma poitrine trop lourde, mes jambes qui ont l'air de peser une tonne et de ne savoir courir que depuis dix minutes, comme un bébé grassouillet qui pourrait tomber à tout moment.

– Une… deux, une… deux ! braille un groupe de mecs au rythme le plus lent qu'ils peuvent.

Tout le monde se marre.

La prof est occupée à installer le terrain de volley-ball et n'intervient pas. Ou choisit de ne rien voir pour ne pas avoir à le faire.

Définitivement, je la hais.

Après à peine un tour complet, je suis déjà à bout de souffle. Mon short trop court remonte et se coince au milieu de mes cuisses qui frottent, je tire sur le débardeur pour le redescendre un peu sur mes hanches, mais c'est peine perdue. Et j'hésite à me barrer en courant pour aller me terrer dans les vestiaires. Voire à me briser volontairement une cheville pour pouvoir rentrer chez moi. Mais je ne tiens pas à expliquer ça à ma mère et encore moins à leur donner à tous raison.

– T'es aussi rouge que ça quand tu suces, Love-Louve ? me demande une blonde.

– Regardez-moi ces grosses joues écarlates ! lance une autre.

– Tu devrais changer de soutif, ma bichette. Celui-là ne fait pas le taf !

– T'as pris la tenue de sport de ta petite sœur ou quoi ?!

Toute une petite bande de filles, des copines de Honor qui adoreraient faire partie de l'élite des Royals, s'en donne à cœur joie sur moi. Certaines gonflent les joues, d'autres halètent en tirant la langue, penchent les fesses en arrière ou miment de gros seins avec leurs bras.

L'humiliation suprême.

Mais je ne peux pas craquer parce que Lazare Nightingale m'observe. Il ne dit rien, ne se joint pas à la fête des moqueries et des imitations. Mais ses yeux ne me quittent pas. Je les sens. Une main tenant son bras, le visage fermé, le regard intense, il pivote sur lui-même en même temps que je tourne autour du terrain. Ce n'est pas qu'il me mate ou se rince l'œil, je n'ai pas assez de naïveté en moi pour croire ça. Mais il me jauge : il veut voir de lui-même si j'ai changé, si je vais tenir le coup ou flancher encore une fois. Il me met presque au défi, je crois.

Si j'arrête de courir, si je quitte le cours de sport, si je laisse échapper la moindre larme : j'aurai perdu. Ils auront tous à nouveau gagné. Night aura à nouveau l'ascendant sur moi. Alors je tiens, je serre les poings, je cherche mon souffle, j'essaie de repenser à Willa et à sa force.

« C'est normal de se sentir mal à 17 ans. »

« Ce n'est pas à toi de changer qui tu es. »

« S'ils font ça, c'est pour détourner l'attention de leurs propres insécurités. »

« Être différent, ça demande du cran. »

« On est jugé quoi qu'on fasse… »

« Si tu ne peux pas te foutre du jugement des autres, apprends à vivre avec. »

« Il faut que ça glisse sur toi. »

« Tu vas lui montrer et leur montrer à tous de quoi tu es capable. »

Tout me revient en mémoire et chaque phrase inspirante de ma tante m'emmène dix mètres plus loin. Ses mots prennent toute la place dans mon cerveau et je n'entends plus les vannes, les rires, les tentatives de me foutre plus bas que terre. J'avance et je reste debout. J'avance, même si je ne cours plus vraiment tellement mes jambes et mes poumons me brûlent. Une autre classe débarque dans le gymnase et je ne vois même pas cette fille de première se mettre à marcher avec moi sur les derniers mètres.

– Ça va ?

– Euh, oui…

– Louve, c'est ça ?

– Et toi, tu es qui ?

– Pia Carpenter, t'inquiète, je ne suis pas une des leurs. C'est dégueulasse que la prof te laisse courir seule devant tous ces connards.

– C'est comme ça, fais-je en haussant les épaules.

– T'as fini, bravo ! Tu peux t'arrêter.

Je n'avais même pas remarqué. Cette jolie fille aux cheveux bouclés me tape dans la main et je me demande ce qu'elle me veut vraiment.

– Moi aussi je suis arrivée à la rentrée. Pas simple de s'intégrer dans ce lycée… Si on peut s'entraider entre nouvelles bizutées…

Elle me sourit et elle a l'air sincèrement gentille. Mais je ne vois pas pourquoi elle me vient en aide alors que je ne lui ai rien demandé.

Peut-être parce que j'ai arrêté de m'excuser d'exister. Que je ne fixe plus mes pieds en fuyant les regards, comme avant. Peut-être parce que j'ai enfin relevé la tête. Que je n'ai plus envie d'être seule et que ça se ressent ?

– C'est bon, vous avez fini de cracher votre venin ? Et moi je suis complètement plate, vous avez des trucs à dire là-dessus aussi ?

La première s'adresse directement aux filles de terminale, sans agressivité, mais avec un courage certain. Les garçons, eux, se sont éloignés dans le gymnase et jouent à se battre ou à s'envoyer des ballons dans la tête. Les filles de ma classe conseillent à la fameuse Pia d'aller voir ailleurs, de retourner jouer au bac à sable, mais elle reste bien là, droite dans ses baskets, à côté de moi. Ça me donne juste la dernière petite dose de cran qui me manquait pour prendre la parole face à Honor et ses groupies.

– On est toutes différentes et je sais très bien qu'au fond, vous avez toutes des complexes. Vous vous en prenez à moi pour éviter qu'on s'en prenne à vous… On ne peut pas juste se foutre la paix ?

Honor ne prend même pas la peine de m'écouter jusqu'au bout et préfère rejoindre sa cour masculine. Silence de mort face à moi. Haussement d'épaules et sourires en coin. Jusqu'à ce qu'une fille à couettes fasse quelques pas dans ma direction.

– Elle a raison. C'est l'enfer ces cours de sport, on prend cher. Si je pouvais, j'aurais mes règles à chaque fois !

– Merci, Shai.

Cette fille est tout ce qu'il y a de plus simple, nature, et c'est plutôt rare par ici : à peine un peu ronde, deux couettes basses dont plein de cheveux s'échappent, d'immenses yeux verts sans maquillage et un sourire franc, chaleureux, sans vice. Une des seules filles « normales » de la classe. Je ne sais même pas pourquoi on n'a jamais sympathisé jusque-là, peut-être parce que j'étais trop occupée à baisser les yeux et courber le dos, mais son soutien me donne soudain des ailes.

À trois, on forme presque une bande. On a enfin du poids.

– Vous ne voyez pas que pendant ce temps-là, tous les mecs sont tranquilles ? Pendant qu'on s'attaque gratuitement entre nous, juste pour le plaisir, eux ils peuvent continuer à jouer les obsédés, les gros bras, à comparer qui a la plus grosse, à nous mater, nous mettre des notes et nous rendre la vie impossible ?

– C'est vrai, ça…

– Pas faux…

– Ils me débectent…

Quelques murmures montent parmi les filles. Je m'engouffre dans la brèche.

– Ça vous dit quelque chose, la sororité ? On devrait toutes être dans le même camp, normalement. Si on commençait déjà par ça…

Deux coups de sifflet retentissent dans le gymnase et me coupent en plein élan. Pia Carpenter rejoint sa classe en courant, Mrs Lee crée des groupes de niveau et nous répartit sur les terrains, je me retrouve parmi les nuls avec Shai et la vie reprend son cours. Mais au moins, on me fout la paix jusqu'à la fin de cette séance.

Je n'ai pas encore changé le monde ni cette jungle qu'est mon lycée, mais c'est toujours ça de gagné.

***

J'ai enfin pu remettre des fringues couvrantes et regagner la bibliothèque du bahut où je peux être à peu près transparente. Après avoir fini un devoir à rendre pour demain, je lève la tête vers ce qui semble être un nouveau show des Royals.

Ça faisait longtemps.

Entre deux rayons du fond de la bibliothèque, un mec que je ne connais pas est sur le point d'en venir aux mains avec Alec Ballmer, le beau gosse de ma classe. La raison ? Lui et Honor, qui se sont apparemment rabibochés, étaient en train de s'embrasser, voire un peu plus, à moitié allongés sur la table où le mec travaillait. Les deux garçons s'insultent et se bousculent, Honor a l'air d'apprécier le spectacle puis Gideon arrive en renfort pour défendre à la fois son meilleur pote et son ex-copine.

Aussi pathétique qu'incompréhensible.

J'aperçois Pia Carpenter dans la petite foule de curieux et j'en profite pour me glisser jusqu'à elle.

– Hey. Je n'ai pas eu le temps de te remercier pour tout à l'heure.

– Oh, aucun souci. Ils sont dans ta classe, ceux-là, non ? La brune sort avec lequel des deux, au juste ?

– Aucune idée, je n'arrive pas à suivre.

On se regarde et on se sourit.

– Comment tu fais pour ne t'attirer aucun ennui, toi ?

– Franchement, j'ai aucun mérite : je suis fille de profs, me chuchote Pia. Mr Carpenter, le prof d'histoire, et Mrs Buffet, la prof de français.

– Ah, je ne savais pas !

– Ouais, je sais que c'est mal vu ici, j'évite de le crier sur tous les toits. Mais au moins, je suis intouchable. Et je ne vais quand même pas m'excuser d'exister…

La jolie bouclée se rapproche un peu plus de moi pour me murmurer :

– Et je sais que ça ne se fait pas trop non plus de dire ce genre de trucs, mais je *déteste* les Royals.

J'ouvre de grands yeux comme si Pia venait de prononcer la plus grosse énormité. Et j'articule « moi aussi » en silence avant de poser mon index sur mes lèvres pour enfermer ce secret. Ça la fait rire.

– Et alors celui que je déteste le plus, c'est lui, ajoute-t-elle, Laz Nightingale. Il ne dit jamais rien mais il a les yeux partout, il reste loin des sales coups mais je suis sûre qu'il fait les pires.

Je vais poser mon regard sur le brun qui se tient à distance de la bagarre, assis sur une table, les bras tendus derrière lui, les jambes qui se balancent dans le vide, en hauteur pour mieux observer la scène. Mais apparemment complètement indifférent à ce qui se joue sous ses beaux yeux plissés.

Pourquoi rien ne le touche à ce point ?

Ou pourquoi c'est l'impression qu'il tient tant à donner ?

– Ne me dis pas que t'as un crush pour lui, hein ? me

relance Pia à voix basse.

– Oh non, t'inquiète pas pour ça, je le hais aussi.

– Ouf !

– On a décidément beaucoup plus en commun que je ne l'aurais pensé, fais-je en souriant.

– On a carrément tout pour être amies, oui !

– On ne pourra juste pas s'échanger nos soutifs...

Et Pia rit fort à ma blague. Assez fort pour que le regard de Lazare se braque sur nous. Et plus précisément sur moi : en quelques secondes à peine, c'est comme si son intensité me flanquait par terre. À trois ou quatre mètres de distance, toujours affalé en arrière dans une parfaite nonchalance, il me regarde droit dans les yeux, descend sur ma bouche, frôle mes seins et c'est comme s'il me foutait à poil en un battement de cils. Je me sens complètement nue. Terriblement seule alors que je venais juste de me trouver une alliée. Je salue Pia d'un murmure et je quitte la bibliothèque sans me retourner.

Si seulement j'étais assez plate pour pouvoir me mettre à courir.

13

Louve enragée

Lazare

– Laz, bébé, tu viens danser avec moi ?

– Personne ne m'a jamais appelé « bébé » et je ne danse pas, Honor. Avec personne.

– Si tu veux faire autre chose avec moi, je suis ouverte à tes propositions…

– Arrête de boire, Ton Altesse. Et remonte cette bretelle.

Dans ce club sélect où elle nous a tous traînés au milieu de la nuit, la brune en robe bustier archisexy lève son cocktail dans ma direction et le vide à moitié, juste histoire de me provoquer. Je suis le seul à lui résister, dans ce putain de lycée, peut-être même dans tout l'État, et le challenge que je représente l'excite.

J'aurais pu coucher avec elle, il m'est déjà arrivé d'être tenté, voire à deux doigts de la désaper, mais je ne ferai pas ça à Alec et Gideon. Je suis un connard, pas un demeuré. Je ne tiens pas à mettre en danger ma position parmi les Royals.

Et puis, quand j'ai besoin de « compagnie », les autres candidates ne manquent pas.

Mes règles : jamais deux fois la même, jamais une sœur ou une ex de pote, jamais dans ma classe. Trop de problèmes.

– La rousse est pour moi, lâche soudain Sinaï en se levant de la banquette en cuir pour disparaître dans la foule mouvante.

– Quoi, il se tape pas une meuf virtuelle, ce soir, notre génie ? rétorque Alec en riant.

Lui non plus n'est pas bien frais, mais il tente quand même d'approcher une nouvelle fois sa cible de prédilection : la princesse espagnole qui prend un malin plaisir à lui filer entre les doigts.

– Alec, laisse-moi, tu pues le whisky et je déteste ça !

– Ouais, Alec, laisse-la, siffle Gideon en les rejoignant. Elle a besoin d'un homme, un vrai, pas d'un joli minet comme toi…

Je les observe tous les trois se courir après en faisant du surplace et je ne comprends définitivement pas leur trip de triangle amoureux.

Ce que je sais d'eux ? Alec Ballmer est le neveu d'une des plus grandes fortunes américaines, il a déjà créé une application de *blind dating* qui l'a rendu millionnaire à 15 piges, il est assez malin pour ça mais pas pour bosser en classe, parce qu'il sait pertinemment qu'il n'aura pas besoin de diplôme pour réussir dans la vie. Avec ses yeux bleus, son teint hâlé, ses *punchlines* de *lover* et son style cool, c'est le beau gosse et le bon parti que toutes les meufs rêveraient d'épouser. Sauf qu'il est accro à Honor.

Gideon Must est à peu près à l'opposé de ça : roux, carré, visage viril et cou de taureau, pas forcément un profil de séducteur à la base, mais il fait tellement de muscu, se gomine tellement les cheveux pour avoir l'air brun, étudie tellement son look et joue tellement au serviteur de ses dames que ça marche. Ce qu'elles ignorent, c'est qu'il est le fils d'une actrice de Hollywood et d'un businessman overbooké qu'il ne voit jamais, a été élevé par des nounous et souffre d'un gros manque d'affection qu'il compense en frappant tout ce qui bouge. Cette brute épaisse a un grand cœur vide et quand il tente de le remplir, il réserve ce privilège à Honor.

En tout cas, j'ignore quand ces deux-là retrouveront leur dignité et cesseront de courir comme des bouffons après celle qui s'amuse à les manipuler depuis des mois, mais le plus tôt sera le mieux. Ce spectacle a déjà été joué des dizaines de fois et le public réclame autre chose.

– Sans moi. Je rentre.

– Quoi ? Tu déconnes, Laz, on vient d'arriver !

– Gideon, si tu étais moins bourré, tu réaliserais qu'il est quatre heures du mat…

– Merde, on a cours dans quatre heures !

– On s'en fout, on n'a qu'une vie !

La *bomba* Honor se met à tourner autour de nous sur un titre de Kungs, en frottant son corps parfait où bon lui semble. Elle empoigne Alec par le col en l'embrassant à pleine bouche avant de passer à Gideon qui gémit d'extase. Un peu chancelante, la brune fait une nouvelle volte vers moi, se hisse sur la pointe des pieds pour m'atteindre… sans succès. Je l'esquive juste à temps, la pousse dans les bras de ses deux étalons et me casse de là vite fait.

Je fuis la musique assourdissante, l'alcool et la débauche pour me laisser envelopper par la nuit glaciale de ce mois de février.

La vie m'a rarement semblé aussi vide de sens que cette nuit.

***

Depuis ce matin, le nom de Louve Larsson est à nouveau sur toutes les bouches. Il faut croire que la paria ne sait pas faire profil bas. Cette fois, il est question d'un e-mail que quasiment tout le lycée a reçu hier soir, pendant qu'on perdait notre temps dans ce club.

Un e-mail qui a eu l'effet d'une bombe.

– Papa Loup a encore frappé ! sifflote Alec en me rejoignant devant mon casier.

– Cet homme est une légende…

– Honor, arrête d'essayer de me rendre jaloux, soupire Gideon, à peine réveillé. De quoi vous parlez, tous ?

– Consulte un peu plus tes e-mails au lieu de passer ta vie sur des sites de cul, marmonne Sinaï en manipulant ses trois portables en même temps.

– Quoi ?

Je me décolle du mur pour aller lui planter mon écran sous les yeux.

– Sérieux ?! s'écrie notre intellectuel, en s'emparant de mon portable.

Il ne rêve pas. Wolf Larsson a vraiment envoyé une photo de sa fille intubée et dans le coma, gisant sur un lit d'hôpital. Ce cliché date probablement de la nuit où on a tous cru qu'elle avait réussi à se foutre en l'air.

– Mais non ! Mais c'est hard-core ! C'est magnifique, c'est sublime ! continue Gideon qui zoome sur la photo pour en inspecter les moindres détails.

– Il a envoyé ça à tous les parents, mais les miens m'ont transféré le message, lui apprend Alec, hilare. J'imagine que les vôtres aussi…

Le beau gosse lit à voix haute en prenant un ton solennel de président de la République :

– « Chers parents, ouvrez les yeux, vous ne voudriez pas que votre enfant ferme les siens pour toujours. Protégeons-les : éduquons-les. J'y veillerai personnellement. »

– Mon héros… gémit la brune.

– Il est taré, riposte Alec. Taré et mégalo ! Il se prend pour qui, ce boloss, franchement ? Il croit qu'il a des leçons à donner à nos parents ?!

– Pas à mon père, se félicite Sinaï dans un petit sourire méprisant. Qu'il essaie…

Il est le fils d'un haut, *très haut* diplomate.

– Arrêtez de vous en prendre à mon futur mari ! Mon Wolfy a créé l'agence de mannequins la plus cool de ce siècle ! C'est un visionnaire. Et sa sœur Willa une déesse. Franchement, Louve a dû être adoptée pour manquer à ce point de personnalité et de *swag*…

106

– Matez ça, la voilà !

Mes yeux se posent sur la brune aux yeux de loup, qui ouvre son casier, un de ses foutus caramels coincé entre les dents, puis le claque violemment une minute après pour le refermer. La voir en colère me fait sourire et ce détail ne lui échappe pas lorsqu'elle passe près de nous quelques secondes plus tard, après avoir jeté son bonbon pas terminé dans une poubelle.

Mon affront semble la rendre plus furieuse encore.

– Ça te fait rire, Night Bird ?!

Je me contente de la fixer droit dans les yeux en me mordant la lèvre. Je lis dans ses yeux qu'elle crève d'envie de me pulvériser... et ça me fait un truc dément.

– Ça va, ta gorge, ma bichette ? Ça a dû faire mal, ce vilain tuyau...

– Ta gueule, Honor, grogne la Française.

– Comment tu parles à Son Altesse, toi ?

Un surveillant débarque dans le couloir à ce moment-là, alors que Gideon enclenche à nouveau le mode mâle protecteur et se rapproche dangereusement de la paria.

– Vous êtes attendus en cours dans quelques secondes, jeunes gens. Louve, tu viens avec moi ?

– Sauvée de justesse... murmuré-je en la laissant me dépasser.

– Tu aurais adoré ça hein, le voir me brutaliser ? Désolée, Night, ce n'est pas aujourd'hui que tu prendras ton pied grâce à moi.

Sa voix a beau être acerbe, son souffle sent le bonbon.

Et je la perçois enfin, cette rage en elle.

Ça me fait un truc, putain.

***

– Plus tôt vous vous asseyez, plus tôt on peut démarrer...

Le prof d'histoire rabâche joyeusement sa vieille rengaine

depuis mille ans environ, avant de hausser un tout petit peu le ton pour enfin se faire respecter.

– Bon, le prochain qui l'ouvre va faire un tour chez Mrs Duncan et écopera d'une jolie retenue dès demain.

– Demain j'ai une *pool party*, Philip ! s'écrie ma voisine avec une petite moue chagrine.

C'est la spécialité de Honor : appeler nos profs par leur prénom, pour leur rappeler qu'ils sont nos sous-fifres, que nos parents les paient et qu'ils sont à notre service.

– Mon nom est Mr Carpenter et je suis ravi pour toi, Honor, mais ce n'est pas le sujet.

– Et une *pool party* par moins quatre, quel intérêt ? soupire Cassius.

Je jette un œil à notre délégué de classe assis un rang devant. Du genre sérieux, ouvertement gay et fils d'une ancienne star de la NBA – ça aide pour se faire respecter –, Cassius Brown n'a pas beaucoup de sympathie pour les Royals. Il nous fait parfois sentir que nos méthodes lui déplaisent et que le sans-gêne de Honor l'agace, mais le plus souvent, il la ferme pour ne pas être emmerdé.

– J'ai une piscine intérieure, tu crois quoi, Cassie ?

Son Altesse contemple le Noir aux yeux clairs avec tout le mépris qu'elle a en réserve, mais le meilleur élève du lycée ne se laisse pas démonter.

– Appelle-moi comme ça te chante, Honor, ton homophobie et ton ignorance glissent sur moi.

– Je peux ?

Mes yeux se posent sur Louve, qui vient de se planter face à Cassius en pointant du doigt la chaise libre à côté de lui.

– Vas-y.

Un rang devant moi, en diagonale, la paria s'assied rapidement comme si elle craignait qu'il ne change d'avis, puis elle range ses cheveux rebelles derrière ses oreilles avant d'ouvrir son sac à dos comme une bonne petite écolière. Je remarque pour la première fois le petit pin's doré de la tour

Eiffel qu'elle a planté sur l'une de ses bretelles de sac.

– C'est bon, ça se passe bien l'étude sociologique ?

Les mots qu'elle me balance se veulent mordants, mais elle les a à peine chuchotés pour ne pas déranger Carpenter qui a démarré son cours. Je me contente de sourire en coin et de lui balancer un clin d'œil de parfait connard.

Assise à côté de moi, Honor est soudain prise de nausées et quitte le cours pour se précipiter aux chiottes, Gideon vole à son secours alors qu'elle ne lui a rien demandé, le prof fait semblant de les envoyer à l'infirmerie alors qu'ils sont déjà partis et, derrière moi, Alec comate et finit par s'endormir, vautré sur son bureau.

Encore une nuit trop courte et trop arrosée.

– Ah, ils sont beaux, les Royals…

Cassius se marre en entendant la remarque sournoise de sa voisine, puis se concentre sur son manuel. Je cherche Louve du regard, de côté, mais elle me résiste et refuse de poser ses yeux sur moi.

– Tu peux répéter ? lui grogné-je par principe, pour défendre les *miens*.

– Utilise la passoire qui te sert de mémoire, tu as parfaitement entendu.

La coriace ne se retourne pas une seconde, fixant obstinément le grand écran blanc sur lequel le prof fait défiler son cours, m'offrant seulement son profil indifférent. Je ne sais pas pourquoi j'ai tant besoin de plonger dans ses yeux à cet instant, pourquoi je recherche à ce point ce foutu contact. Mais clairement, le fait qu'elle m'échappe commence presque à m'amuser.

Louve Larsson se révèle beaucoup plus divertissante que prévu.

– Fais juste gaffe à ce que tu dis, la paria, murmuré-je d'une voix plus basse encore.

– Sinon quoi ?

– Sinon quoi, à ton avis ?

Ses deux lucioles obliques d'un bleu stupéfiant me fixent enfin.

– Garde tes menaces pour toi, Night. Tu ne me fais plus peur.

– Houuu, ricané-je. C'est qu'on devient courageuse…

– Tu n'es pas intouchable, Lazare. Personne ne l'est.

Sa voix n'a jamais été aussi sûre d'elle. Je plisse les yeux et ravale mon sourire, soudain tendu. Je n'aime pas du tout ce genre de « promesses ».

– Mêle-toi de ton cul et ferme ta jolie petite bouche si tu veux surv…

– Lazare, puisque tu as l'air d'avoir tant de choses à échanger avec ta voisine de devant, vous ferez une parfaite équipe pour le prochain exposé !

Carpenter, qui s'est rapproché sans que je m'en rende compte, dépose une feuille sur mon bureau, puis la même sur celui de Louve.

– Impossible, lâché-je en soutenant le prof du regard. Je suis en binôme avec Honor.

– Honor est là ? Quelqu'un la voit ? Non. Ce sera donc Louve Larsson. Et c'est tout à fait à propos, puisque le sujet qui vous revient est le suivant : l'influence de la France sur les USA depuis la Révolution française ! Merveilleux, non ?

– Mr Carpenter, je serais plus à l'aise avec Cassius…

– Cassius a déjà rendu son projet, Louve. Allez, les jeunes, on arrête de discuter et on s'y met !

Ce putain d'emmerdeur fait comprendre à la paria que la chaise vide à côté de moi l'attend… et je n'ai d'autre choix que de la laisser s'y asseoir en serrant les dents.

Décidément, ça devient une habitude.

– C'est bon, détends-toi, me glisse la brune. On va bosser chacun de notre côté et tout mettre en commun au dernier moment. Donne-moi ton numéro pour qu'on puisse s'organiser.

– Carpenter peut aller se faire foutre et son exposé avec…

– J'ai cru comprendre que t'avais redoublé ta terminale, non ? Ben c'est pas dans mes projets, tu vois. Donc je vise la moyenne et pour ça, j'ai besoin que tu fasses ta part !

Je la fixe d'un sale œil, étonné qu'elle ose me parler sur ce ton. D'habitude, elle se contente de réagir à mes provocations ou de me fusiller du regard, mais là, elle m'attaque frontalement. Ouais, j'ai redoublé. Et non, ce n'est pas son putain de problème.

– Qui t'a dit que tu pouvais me manquer de respect, la paria ?

– Descends de ton piédestal deux secondes, personne ne te regarde, là.

– Louve Larsson…

– Lazare Nightingale…

On se dévisage un long moment, le regard fixe, plein de tension, de colère, de défi. Elle ne frémit pas un instant, ne se laisse pas impressionner et je me dis pour la première fois que, finalement, cette fille pourrait se révéler être une adversaire à ma taille.

Une ennemie presque intéressante.

– Lazare, c'est français, non ? lâche-t-elle soudain.

Je me détourne, ignorant cette énième question débile.

– Tes parents se sont dit que ça ferait chic, c'est ça ? Ils ont hésité avec Louis et Henri, mais les prénoms de rois, c'était déjà pris, ils cherchaient un prénom plus rare, à la hauteur de la destinée incroyable de leur précieux héritier ? Et ils t'ont aussi envoyé en colo en Normandie quand tu avais 12 ans, pour que tu perfectionnes ton équitation et ton escrime ?

– Ferme-la et ne parle plus jamais de mes parents.

Je lui balance mon téléphone déverrouillé pour la faire taire, elle l'attrape au vol juste avant de le recevoir en pleine tête. Elle m'insulte dans sa langue natale, je lui dis de rentrer son numéro avant que je ne change d'avis. Elle s'exécute, en se nommant elle-même « La Paria ».

– Évidemment, tous ces exposés devront être réalisés intégralement à deux, annonce soudain le prof, qui a fini de désigner chaque binôme. Je veux que vous confrontiez vos brillants esprits. Vous me fournirez les preuves de vos séances de travail conjointes, jeunes gens.

– Qu'est-ce qu'il lui faut, des selfies à deux devant un ordi ? soupire ma binôme.

– Putain, je hais ce con !

Derrière son bureau, Carpenter nous sourit, très fier de son coup.

Il paiera, lui aussi.

14

Le beige et le noir

Louve

Le lendemain après-midi, après un interminable samedi passé à éviter l'intégralité de ma famille, en particulier mon père qui tente encore de se faire pardonner pour la photo balancée à tout le lycée, j'enfourche mon scooter garé dehors. C'était le cadeau de mes 17 ans et une sorte de lot de consolation pour avoir quitté Paris et être venue ici, accompagnée de tous ces fous.

J'étouffe dans cette maison, dans ce quartier chic de Boston, dans cette rue de Joy Street d'où la joie semble s'être fait la malle depuis des mois.

Sans trop savoir où je vais, je quitte Beacon Hill et roule vers les quartiers alternatifs, où les façades et les gens ne se ressemblent pas tous. J'observe les fresques de street art, les cafés cool où je n'oserai jamais rentrer, les barbiers pour hipsters, les friperies et les boutiques qui oscillent entre luxe et fantaisie. J'aime le souffle de liberté qui règne ici. Je finis par me garer sur une petite place de Back Bay avec un drôle de sentiment au creux du ventre. Mélange de colère contre ma mère, ma sœur, ma grand-mère et probablement la terre entière. Mélange d'appréhension et d'excitation à l'idée de m'aventurer en territoire inconnu, que je sais très bien être le quartier de Laz Nightingale. J'ai entendu Gideon dire qu'il s'était planté d'adresse l'autre jour, et qu'il s'était pointé au

39 Berkeley Street au lieu du 399. Et puis c'est par là que je l'ai aperçu le soir où je dînais avec Willa. Là que je pourrais à nouveau le croiser à n'importe quel coin de rue.

Et je ne suis donc pas venue là par hasard.

Je me promène dans le froid une bonne heure, les mains au fond de mes poches et une grosse écharpe enroulée jusqu'à mon nez, autant pour me réchauffer que pour me dissimuler. Au cas où. Je me lance quelques défis à moi-même et entre dans des boutiques luxueuses où j'ose répondre à la vendeuse bien mieux sapée que moi : « Merci, mais je regarde juste. » Et même dans une galerie d'art remplie de tableaux d'hommes nus plus vrais que nature.

J'ai presque oublié mon ennemi juré quand je tombe sur ses satanées boucles brunes en partie cachées par un bonnet mal enfilé. Il pourrait être complètement nu que ça me ferait le même effet. Mais il est habillé, assis à la terrasse d'un café, devant la seule table ensoleillée, ses baskets blanches posées sur la chaise face à la sienne.

Sans gêne.

Tout le monde marche dans la rue avec un gobelet à la main et se dépêche d'aller se mettre au chaud quelque part, mais lui non. Il n'y a que Lazare pour boire un café dehors en plein hiver et prendre la peine de s'asseoir.

Son grand corps athlétique est enfoncé dans un sweat beige et un manteau gris, ses longues jambes nonchalantes dans un jean foncé qui fait des plis, sa capuche repose mollement sur ses épaules qui me semblent encore plus carrées que d'habitude et je me demande comment son visage peut avoir l'air aussi dur alors que tout son langage corporel respire la désinvolture. Ses mains recouvertes de mitaines noires allument une cigarette, puis l'abandonnent entre ses lèvres pour aller tapoter des deux pouces sur son téléphone.

Il ne m'a pas vue et je pourrais très bien repartir d'où je viens sans faire d'histoire. Mais Laz sourit à son écran et je me dis que je ne l'ai jamais vu sourire vraiment. En tout cas pas à moi, pas comme ça. Et je me demande qui Night Bird est en train de harceler pour prendre à ce point son pied.

Je ne sais pas ce qui me prend mais je me dirige droit sur lui, je pose mon casque sur la table à côté de son café, tire sèchement sur la chaise qui lui servait de repose-pied et m'y assieds.

– Qu'est-ce que tu fous là ?

Il fronce les sourcils, passe sa main entre son bonnet et son front pour se gratter la tête, et je lui réponds par un sourire d'emmerdeuse. Je vois bien que ça le contrarie de me trouver ici, un samedi après-midi, sur son territoire à lui. Sans jamais me quitter du regard, Laz verrouille son portable et le pose devant lui, tire sur sa clope et me souffle la fumée en plein visage. Ça me pique les yeux mais j'essaie de ne pas me démonter. J'attends que le nuage se dissipe tout en cherchant une repartie.

J'entrouvre la bouche, Laz suit le mouvement de mes lèvres, je m'apprête à prendre le prétexte de notre exposé à faire mais un appel arrive sur son téléphone et nos regards se fuient pour se rejoindre sur l'écran allumé. Je déchiffre à l'envers le prénom « Ellis ». Pas de photo, j'ignore si c'est une fille ou un garçon. Lazare refuse l'appel et retourne son portable face contre table. Puis il me fixe en silence, bras croisés sur son torse, et penche la tête sur le côté comme s'il était prêt à attendre des heures pour savoir ce que je lui veux, tant qu'il n'a pas à le demander lui-même. Ce serait me porter trop d'intérêt.

Son petit jeu m'exaspère autant qu'il me trouble.

– Ellis… C'est ta nouvelle victime, maintenant que tu ne peux plus t'en prendre directement à moi au lycée ?

Il se raidit puis s'affale en arrière sur sa chaise, une main plongée dans la poche centrale de son sweat, l'autre bras ballant avec la cigarette au bout. Son regard ombrageux me happe, sa tête se met à osciller de droite à gauche pour faire non du menton avant que sa bouche ne me le dise.

– Ne prononce plus jamais ce prénom, compris ? Oublie-le et surtout oublie-moi.

– Pourquoi ?

– Ni ton père ni personne dans ce bahut ne me dicte ma conduite, Larsson. Je ne sais pas ce que tu es venue foutre ici mais tu peux te casser et retourner vivre ta misérable petite vie chez papa maman.

Tout son corps se tend et il se penche à nouveau en avant, droit vers moi, ses jambes écartées bien plantées dans le sol.

Plus il se montre cruel et plus je le trouve beau.

Ça me tue.

Face à sa dureté, le courage est en train de me quitter et je me demande ce que Honor, ou une autre, ferait ou dirait à ce moment-là. Elle lui volerait probablement sa cigarette pour tirer une latte en le regardant droit dans les yeux, elle boirait directement à son café pour laisser une trace de rouge à lèvres sur son gobelet, mais ça n'est pas moi.

Je ne suis que la pauvre petite Française qui trouve que son plus grand ennemi au monde est sûrement aussi le plus beau mec de la terre.

Aucune logique. Aucune justice.

Mais je le lui dis, en français dans le texte. Parce que rien d'autre ne me vient. Et parce que ce beige lui va bien, l'adoucit presque :

– En français, on dit : « Tu es beau comme le jour. » Mais toi, Night, tu es beau comme la nuit.

Un infime mouvement de mâchoires qui se serrent.

Ses yeux sombres qui se plissent un peu et ne lâchent plus mon regard.

En une seconde, je comprends qu'il comprend.

Et soit Laz Nightingale est vraiment très bon en cours, soit il parle français. Je n'ai pas le temps d'analyser ça qu'il jette sa clope par terre et l'écrase sous sa basket, se lève de sa chaise et pousse son gobelet de café vers moi.

– Il est froid. Il est à toi.

Lazare me répond ça en français, avec un petit accent américain absolument irrésistible qui m'envoie comme un shot de caféine brûlant dans les veines.

Puis il me plante là.

Et je l'observe bêtement s'éloigner, le souffle coupé.

15

Le même cauchemar

Louve

Le Dr. Geller ne m'avait pas manqué.

Enfermée depuis bientôt une heure dans la salle A5 qui fait office de bureau des pleurs, je laisse le psy du lycée me poser ses questions nulles pour obtenir des réponses nulles.

– Tu fais toujours les mêmes cauchemars ?

– Oui.

– Pourquoi continuer à aller sur les réseaux sociaux si tu reçois des messages de haine ?

– Pourquoi je devrais arrêter et pas eux ?

– C'est puéril, tu ne trouves pas ?

– Et écrire des menaces de mort, des insultes, des blagues sur le physique, c'est quoi ?

– Louve, j'aimerais que tu te concentres sur tes actions à toi.

– Moi, j'aimerais qu'on déploie autant d'énergie à arrêter ceux qui harcèlent plutôt qu'à apprendre à encaisser à ceux qui sont harcelés.

– Je comprends.

Il acquiesce mollement en frottant ses yeux sous ses lunettes en métal doré. Malgré son diplôme de Harvard placardé sur un mur, il n'a absolument aucun pouvoir ici et il le sait aussi bien que moi. Ce psychiatre blond aux mocassins cirés n'est là que pour faire joli, rassurer mon père et les autres parents des quelques rejetons fragiles du prestigieux Lycée international de Boston. Il est là pour justifier le prix qu'on paie pour faire partie de l'élite. Il est là pour donner à Mrs Duncan l'impression d'avoir agi et la satisfaction du devoir accompli.

Le Dr. Geller est là pour décorer.

Et en plus, il faudrait que je l'aide à choisir la peinture des murs.

– Vous savez que Sinaï Mansour est capable de créer un nouveau compte par seconde sur les réseaux ? Et d'effacer toute trace des précédents quand ça le chante ?

– Non, je…

– Vous savez que Honor d'Ortega y Borbón fait sa loi à la cafétéria jusqu'à décider qui a le droit de manger ou pas ?

– Ce n'est pas un peu exagéré ?

– Vous savez que Gideon Must m'a demandé une fellation pour me laisser sortir des toilettes pas plus tard que ce matin ?

– Ce sont peut-être juste de mauvaises plaisanteries de garçons qu'il suffirait d'ignorer, non ?

Je lève les yeux au ciel.

– Oui, jusqu'à ce qu'une fille se sente obligée d'accepter et que ça devienne un viol.

Le psychiatre retire ses lunettes comme chaque fois qu'il est mal à l'aise et me rappelle les règles de ces séances :

– Tout ça doit rester anonyme. Je ne suis pas la police et le secret médical s'applique dans ce bureau, je préférerais que tu ne me donnes pas de nom. Ton ressenti est important, bien sûr, mais tout ce que tu me racontes est sujet à interprétation.

Je secoue la tête, scandalisée par sa lâcheté.

– C'est toujours aux mêmes de se taire. Toujours les mêmes qui sont protégés par le système, grogné-je en regardant le mur.

La peinture est d'un vieux blanc sale, faussement immaculé, comme tout ce qui se passe dans ce lycée.

Geller rechausse ses lunettes et botte en touche :

– La séance touche à sa fin, Louve, je te propose de couper

tous tes réseaux sociaux jusqu'à la semaine prochaine. Je suis persuadé que ça peut être très bénéfique pour toi. On fait le point quand on se revoit ?

Avec cette super ordonnance, je quitte le bureau du psy et rejoins mon casier. J'ouvre la porte métallique, y engouffre ma tête pour ne plus voir ni entendre les autres, pour trouver refuge quelque part. Là, dans le noir, perdue dans mes pensées, un peu dans le brouillard, je ne comprends pas pourquoi ma colère remonte tout à coup, mes souvenirs reviennent, vivaces, et me font mal comme au premier jour. Je ferme les yeux et les poings, je lutte mais je ne suis pas loin de la crise d'angoisse.

Tout me revient.

Mon premier jour ici.

Ma première rencontre avec Lazare, le jour de ma rentrée. Celui où tout a basculé.

***

Je me fais bousculer par le sac à main d'une fille, je m'excuse bêtement, dévie un peu de ma trajectoire, bouscule sans le vouloir un petit mec trapu qui m'envoie un bon coup d'épaule en retour, je chancèle et percute un beau brun bouclé en tee-shirt blanc à manches longues. J'ai juste le temps de voir qu'il ne porte pas sa veste d'uniforme comme tout le monde et qu'il a remonté ses manches sur ses avant-bras musclés. Je pousse un cri d'effroi. Lui ne voit pas la porte de casier ouverte près de son visage, la heurte de plein fouet et s'ouvre la lèvre contre le métal. Pendant une seconde, je crois qu'il joue la comédie. Ses larges épaules qui se figent, son grognement de douleur, sa tête qu'il garde en arrière, dos de la main appuyé contre la bouche, ses « putain » qui résonnent entre ses dents serrées, c'est un truc qu'aurait pu faire un de mes potes de Paris. Avant de sourire et de se présenter au nouveau ou à la nouvelle arrivée. Un peu de cinéma, une belle entrée en matière.

Mais Lazare Nightingale n'est pas là pour plaisanter.

Sourire n'est pas son fort.

Je ne sais pas quelle étincelle ce choc allume en lui mais il me regarde durement, observe le sang sur ses doigts tandis que mes yeux, fuyant les siens, se posent sur les veines saillantes de ses avant-bras. Tout est intense chez lui. Prêt à exploser. Je suis mortifiée, aucun mot ne parvient à sortir de ma bouche qui s'ouvre en vain. Le brun se penche en avant pour revenir chercher mon regard, il me surplombe de toute sa hauteur, l'air à la fois furieux et détaché. Impossible à cerner. Puis il passe sa langue sur sa lèvre blessée… et vrille.

Comme s'il avait une réputation à tenir.

Son honneur à sauver.

Un message à faire passer.

Quelque chose à imprimer pour de bon, dans tous les esprits, pour toute l'année, à tous ceux qui auraient la mauvaise idée d'oser venir le faire chier.

Je ne sais pas pourquoi il décide de me punir à ce point, mais le brun réagit fort, trop fort. Il s'approche de moi en chuchotant des menaces que j'entends à peine, n'écoute pas quand j'essaie de lui dire que je n'ai pas fait exprès, que je ne voulais pas lui faire mal, que je suis désolée, que je ne comprends pas son acharnement. Mes mots ne l'atteignent pas et l'air commence à me manquer. Je cherche de l'aide du regard, autour de moi, mais les autres élèves se contentent de rester passifs, inquiets, ou d'admirer le spectacle en souriant bêtement.

À quelques centimètres de moi, le garçon tendu à l'extrême me paraît soudain immense, déterminé, redoutable.

Il me fait reculer jusqu'aux casiers d'en face, attend que je m'y heurte et se met à me traiter de tous les noms, sur un ton parfaitement calme.

– C'est quoi ton putain de problème, pauvre tache ? Tu

n'as rien trouvé de mieux à faire pour ton premier jour?

Son regard me glace. Son mépris m'humilie. Sa colère me fait peur.

– Première et dernière fois que tu te frottes à moi, compris?!

Je hoche la tête par réflexe, juste pour qu'il me lâche et que ça s'arrête. Mais quand je crois être enfin tranquille, un petit cercle de curieux se forme autour de nous. Ses éclats de voix ont attiré du monde et semblent susciter le respect. Une jolie brune le dévore du regard. Deux mecs musclés l'entourent de leurs bras et lui demandent s'il a besoin d'un coup de main. Un autre se marre et le prend en photo face à sa proie tétanisée. Moi. Le cliché est balancé sur les réseaux alors que je ne suis même pas dans ce lycée depuis cinq minutes.

***

Laz venait de gagner son ticket d'entrée chez les Royals.

En lui servant de cobaye, je venais de tomber dans le piège du harcèlement, qui allait bientôt se refermer sur moi.

De cette scène, je n'ai jamais rien raconté à personne. S'il m'avait crue, mon père aurait sans doute été faire un scandale au lycée et la honte aurait été plus grande encore. Mais plus probablement, il aurait pensé que je mentais, juste pour qu'il me renvoie à Paris. Ma mère, que je faisais mon intéressante, pour attirer son attention et la détourner de ma petite sœur. La proviseure m'aurait cataloguée comme fille à problèmes. Les autres élèves comme une balance, une traîtresse. Dans tous les cas, j'étais déjà foutue. Parler signait mon arrêt de mort social. Me taire : mon arrêt de mort tout court. Même si je l'ignorais encore.

C'était il y a six mois.

Six mois dans le noir.

Et mon cauchemar a assez duré.

Je ressors la tête de mon casier, claque la porte à en faire trembler le mur et cherche mon meilleur ennemi du regard. Tout le monde est là, à cette heure de la fin de journée. Je le repère au bout du couloir, seul, et je fonce droit sur lui pendant que ma colère se transforme en courage, ma rage en détermination. Arrivée à sa hauteur, je plante mes yeux dans les siens et mes ongles noirs dans mes paumes. Je lui murmure en français, de ma voix la plus claire :

– À partir d'aujourd'hui, c'est moi ton cauchemar, Lazare Nightingale.

Une lueur étrange traverse son regard, mélange de surprise, d'amusement et de défi. Ses lèvres s'écartent dans un petit sourire en coin, avant de me souffler silencieusement d'aller me faire foutre.

16

Royal connard

Louve

La lumière du petit jour me sort péniblement de mes songes.

Des cadavres de Carambar jonchent le sol, ce qui explique mon état semi-nauséeux. Encore une fois, il semblerait que je n'aie rien trouvé de mieux que me venger sur le sucre pour tenter de calmer mon anxiété.

La base.

Je me suis endormie il y a deux ou trois heures seulement, après avoir lutté toute la nuit contre mes démons. Il a suffi de cette dernière séance chez le psychiatre, éprouvante, suivie d'un nouveau message de Night Bird sur les réseaux, odieux, pour que je perde pied et voie tout en noir à nouveau.

@Nightbird
Tu prends trop tes aises, la louve.
Hurle encore une seule fois…
et tout recommencera.

Je relis ce message privé qui m'a été envoyé à vingt-trois heures cinquante-quatre, trois, quatre, cinq fois, assise sur mon lit, les paupières à peine entrouvertes. Je relis ce message et je contemple la photo qui l'accompagne. Non, en fait je la frôle du regard, sans oser vraiment la regarder. C'est une photo de moi, prise à la soirée du Nouvel An, juste avant ma tentative de suicide. Je le sais parce que mes fringues sont trempées, mon mascara coule sur mes joues et je suis en train de courir, dans un mouvement flou, pour m'échapper. Tout ce que je veux à ce moment précis, c'est disparaître.

C'est aussi exactement ce qu'attendent de moi les Royals. Et ils sont en train de réussir. Je ne savais même pas que Night avait immortalisé sa victoire. Ça me fait plus mal encore.

Et plus j'essaie de faire taire la petite voix qui me glisse des horreurs et plus elle retentit fort en moi.

Ils vont recommencer.
Tout va recommencer, Louve.
Rien ne sert de les affronter, ils finiront par te tuer.
Night Bird arrivera à te faire craquer.
Lazare Nightingale est le pire de tous...

Sous le choc, soufflée, je n'ai rien osé lui répondre, hier soir. Il faut être un sacré psychopathe pour prendre une photo dans un moment pareil, la conserver dans son téléphone et la balancer à la personne qui a failli crever, juste pour le plaisir de lui nuire. Un psychopathe et un monstre sans cœur. Et face à lui, je ne suis *rien*. Pas de guerrière qui tienne. Ni la stratégie de Willa, ni la protection de mon père, ni mes séances de psy, ni ma résilience ni aucune de mes bonnes résolutions n'y pourront quelque chose.

C'est mort.

Mais j'aurais dû m'y attendre. Finalement, j'ai simplement récolté ce que j'ai semé quand j'ai choisi d'agresser verbalement le roi du lycée en plein couloir : j'ai blessé son ego royal et Laz me fait payer mon audace. S'il cherche à me prouver que le cauchemar c'est bien *lui*, il a réussi.

Je lâche un râle de frustration dans la maison silencieuse, où tout le monde dort encore, tire sur la capuche de mon *hoodie* noir pour qu'elle me couvre la tête et presque les yeux, puis me laisse tomber à la renverse sur mon matelas. Pendant de longues minutes nauséeuses, j'étudie les différentes options qui s'offrent à moi.

Courber le dos pour me faire oublier et redevenir une victime ?

Tenir bon, retourner au front, encaisser les coups pour mener à bien ma rébellion ?

Fuguer, partir loin des Royals, loin des Larsson pour n'être plus jamais ni une proie ni un poids pour ceux qui m'entourent ?

Rentrer en France comme Willa me l'a proposé il y a un mois, en espérant retrouver ma bande de gens *différents mais comme moi* et pouvoir tout oublier ?

Rien de tout ça ne suffira. C'est peine perdue. Où que j'aille, ils seront là. Mes démons, mes souvenirs, mes traumatismes, mes complexes.

– J'ai autant le droit que n'importe qui d'exister, putain !

Je saute de mon lit, rassemble les papiers de bonbons éparpillés, les fous à la poubelle et vais prendre la douche la plus longue et la plus brûlante qui soit. À ma sortie, un SMS m'attend dans mon téléphone. Numéro inconnu : mon sang se glace.

[Devine qui c'est ?]

Mes mains tremblent, mais cette fois je réponds sans attendre.

[Je ne sais pas mais si c'est encore toi, tu vas pouvoir en parler aux flics, espèce de dégénéré !]

[Quoi ?]

[C'est moi, c'est Pia ! La fille du gymnase, puis de la bibliothèque, moitié folle et moitié française.]

Je devrais me sentir soulagée, mais le doute persiste. Des Franco-Américains, il y en a pas mal dans ce lycée international, comme des Mexicains, des Australiens, des Italiens, des Japonais, des Égyptiens… Toutes les nationalités se côtoient pourvu que vous parliez anglais et que vos parents souhaitent « le meilleur » pour vous. Et soient en mesure de le payer.

En tout cas, j'ignore comment elle a mis la main sur mon numéro, même si je sais que ça circule vite sur les réseaux, je reste donc sur mes gardes.

[Besoin d'un code d'authentification ? :)]

Je souris. Ce genre de bêtises, ça lui ressemble.

[Tente toujours.]

[Soutif !]

Et voilà comment la fille aux petits seins mais au courage immense, qui est aussi la fille de mon prof d'histoire, devient officiellement mon amie sur WhatsApp. Et dans la vraie vie.

[Dis, Pia ?]

[Oui ?]

[On monte un club, toi et moi ?]

[Carrément ! Mais de quoi ?
Un club de libération des nichons ?]

[Non, lutte anti-Royals…]

Je souris en pianotant ces mots, consciente de leur ridicule, mais ma nouvelle amie a la gentillesse de jouer le jeu.

[J'en suis ! Et je connais au moins une quinzaine
de filles de première qui pourraient nous rejoindre !
Des petits cœurs brisés par ces salopards…]

[Ah oui ? Par qui ?]

[Tous. Gideon est un porc qui couche
avec des filles bourrées. Alec en allume trois
à la fois mais ne va jamais au bout.
Sinaï est un faux gentil.
Et Laz, je te dis même pas.]

Si. Dis-moi.

[Laisse-moi deviner… Il les séquestre
dans un donjon en or massif
et il les découpe en petits morceaux ?]

[Non, il les saute au premier rendez-vous,
dans une bagnole ou une petite allée sombre
et ne leur adresse plus jamais la parole ensuite.]

Un malaise m'étreint soudain. Et si elle était en train de
me parler de sa propre expérience ?

[Pia… tu ne ferais pas partie
des quinze, par hasard ?]

[Hahaha, plutôt crever !]

[Je suis vierge, si tu veux tout savoir.
Probablement la seule de tout ce lycée,
d'ailleurs.]

[Pas tout à fait la seule, non…]

Décidément, on était faites pour se rencontrer.

Et monter un club de rien du tout.

***

En milieu de journée, alors que je viens de sortir de table après avoir réussi à avaler quelques bouchées de mon assiette et échanger quelques mots normaux avec mes parents – merci Pia et ses propriétés relaxantes –, je regagne ma chambre et découvre un e-mail non lu sur mon Mac.

De : Laz Nightingale
À : Louve Larsson
Objet : Exposé

Tu traites le sujet du point de vue des partisans des idées révolutionnaires, je m'occupe des défenseurs de l'ordre ancien. On se balance tout par e-mail et basta.

Je relis trois fois son e-mail, sans comprendre comment ce mec peut faire preuve d'une cruauté sans nom un jour, puis d'une froideur simplement inamicale le suivant… en prétendant que rien de grave n'est arrivé entre-temps.

Regonflée par ma conversation avec Pia, je lui balance une simple phrase en réponse. Claire et concise.

De : Louve Larsson
À : Laz Nightingale
Objet : Re : Exposé

Tu es schizophrène en fait, c'est ça ?

Un autre e-mail me parvient dans la minute.

De : Laz Nightingale
À : Louve Larsson
Objet : Re : Re : Exposé

Tu délires. Pense à consulter le psychiatre du bahut plus souvent.

De : Louve Larsson
À : Laz Nightingale
Objet : Re : Re : Re : Exposé

Pourquoi ? Tu le connais personnellement ? Tu le paies combien pour récolter des informations croustillantes ?

De : Laz Nightingale
À : Louve Larsson
Objet : Re : Re : Re : Re : Exposé

J'ai autre chose à foutre que m'intéresser à ton insignifiante personne, la paria. Tes petits secrets et tes gros bobos, je m'en bats.

Je soupire, lasse de me battre pour obtenir des aveux qui ne viendront jamais. Je dégaine mon téléphone et lui balance un SMS. Plus simple. Et si je peux l'emmerder au passage en utilisant son numéro de téléphone si difficile à obtenir, tant mieux.

> [On doit bosser ensemble, Carpenter a été clair là-dessus. Je tiens à ma note.]

[Merde, elle est partout. Je bosse en solo.]

> [On se retrouve où ?
> Dans un café ? Chez toi ?
> Chez moi ?]

[Commence pas à rêver…]

[Ta jolie petite gueule ne m'intéresse pas, Night.
Ferme-la et décide, sinon je débarque chez toi !]

[Elle est drôle, en plus.]

[399 Berkeley Street, c'est ça ?
Je peux être là dans quinze minutes.]

Cette fois, la réponse se fait attendre. Une minute. Deux.
Presque cinq.

[Dix-sept heures.
Le café de l'autre fois.]

[Et la paria… File mon adresse à qui que ce soit
et tu ne verras pas le jour suivant.]

[Arrête de m'appeler la paria,
Royal connard.]

17

La lionne et la louve

Louve

Un peu moins de deux heures plus tard, je suis en train de faire des recherches sur le rôle des femmes dans la prise de la Bastille, Dua Lipa dans les oreilles, quand des éclats de voix me parviennent à l'étage d'en dessous, entre deux morceaux.

– Judith, arrête ça !

– Un… deux… trois… C'est plus beau ! Beaucoup plus beau comme ça !

– Arrête, je te dis !

En descendant, j'ai juste le temps de croiser ma grand-mère avec de la peinture bleue sur la joue et son peignoir saumon complètement baissé sur son épaule nue, qui fuit les lieux en proférant des insanités. Curieuse de découvrir son dernier exploit, je me dépêche d'atteindre le salon et y trouve ma mère, si belle, comme toujours – elle n'a pas été mannequin pour rien –, mais les joues rouges, des mèches folles plein le visage, la mine froissée par la fatigue, son téléphone plaqué contre son oreille et un chiffon sale à la main.

Judith vient de peindre un immense chien turquoise en train de déféquer sur le grand écran noir de la télévision.

– Elle a eu 20 mois, papy, souffle ma mère tout en essayant de sauver la télé. Et elle ne marche et ne parle toujours pas. Pas un pas, pas un mot. Je sais qu'elle est plus fragile que les autres bébés de son âge et que sa prématurité lui a fait prendre du retard sur le plan moteur, mais là je sens que même les spécialistes commencent à tiquer. Comme si elle n'allait jamais réussir à rattraper les autres, tu vois ? Et j'ai peur pour elle, si tu savais…

Un sanglot lui échappe – chose rare pour ma mère lionne –, puis elle met fin à son coup de fil avec papy Georges en prétendant que « ça va aller », que « tout va forcément rentrer dans l'ordre un jour ». Et, malgré tout ce que je peux lui reprocher, ça me brise un peu le cœur de la voir mentir à son propre grand-père pour l'épargner, comme si toute sa vie se résumait à prendre soin des autres. Des bébés, des ados, des vieilles folles et des vieux sages.

Alors je l'approche tout doucement, dans ce grand salon baigné de lumière. Je lui prends son chiffon plein de peinture turquoise, le plie en deux et me mets à frotter à sa place. La télé est clairement foutue, mais je veux juste que ma mère se sente épaulée, même si les miennes, d'épaules, sont loin d'être assez larges pour supporter le quart de ses problèmes.

Je voudrais juste ne plus en être un supplémentaire.

C'est évident que ma mère est surmenée, que gérer tout ce monde la prive de liberté, de sommeil, d'appétit, de temps pour elle. Un bébé prématuré, une ado suicidaire, une belle-mère malade et un mari fou d'elle mais occupé à changer le monde et très souvent absent : c'est trop pour une seule femme, aussi battante et solide soit-elle au départ.

On échange un regard, elle et moi, juste un instant, lorsqu'elle réalise que je suis juste venue l'aider, et je lis tant de choses dans le sien : de l'amour, du soulagement, mais aussi tellement d'angoisses, d'incertitudes et d'épuisement.

– Merci, ma Louve, murmure-t-elle.

Et soudain, la sirène Coco retentit.

On est tellement habitués à son silence que les hurlements

stridents de Colombe nous déchirent de part en part. Ils proviennent du petit parc en bois où elle jouait tranquillement à l'autre bout de la pièce, il y a une minute encore.

– Je suis là, je suis là ! s'écrie ma mère en se jetant vers elle. Maman est là, Colombe ! Qu'est-ce qu'il y a ? Tu as mal où ? C'est ton bras ? Tu t'es cognée ? Coincée entre les barreaux ? Montre-moi, Coco !

Je me précipite à mon tour et vois ma petite sœur s'égosiller de douleur dans les bras de ma mère.

– Oh mon Dieu, je crois qu'elle s'est cassé le poignet ! Qu'est-ce que j'ai fait, mais qu'est-ce que j'ai fait ?

– Maman, tu n'y es pour rien…

– Les urgences, on y va, vite ! me crie-t-elle, des larmes plein les yeux. Louve, prends mon sac dans l'entrée ! Les clés de voiture ! Les affaires de ta sœur ! Dépêche-toi, elle a mal ! Merde, le voisin ! Il faut qu'il vienne surveiller Judith !

Si mes parents ont choisi cette maison, c'est en grande partie parce qu'elle se trouve à exactement six minutes de route du meilleur hôpital pédiatrique de Boston… et parce que Mr Smithy du trottoir d'en face est un infirmier à la retraite et ne dit jamais non pour gagner quelques centaines de dollars par-ci par-là. Une fois le cas de ma grand-mère réglé, on saute dans la voiture. Ma mère conduit comme une furie, tandis que je tente de calmer ma petite sœur à l'arrière, qui beugle jusqu'à se faire vomir dans son siège auto.

Apparemment, lui chanter du Dua Lupa n'aide pas.

À notre arrivée dans le service aux murs pastel, ma mère hystérique donne des ordres à tout va et les médecins, inquiets pour la petite ou terrifiés par la grande, prennent en charge Colombe sans attendre. Entre deux rideaux, on s'agite autour d'elle, on prend ses constantes, on lui administre un antidouleur, puis elle est emmenée illico au service radiologie. Ma mère accompagne le brancard roulant sur lequel Coco ressemble à nouveau à un minuscule oisillon tombé du nid, tandis que je suis envoyée en salle d'attente.

– Préviens ton père !

Ce sont les derniers mots que maman me balance avant de courir à côté de sa petite Colombe cassée. Bêtement, je repense à mon brancard, mes douleurs, ma tentative de suicide, mes bips-bips, ma blouse d'hôpital, mes parents inquiets à mon chevet, et mon cœur se serre.

J'ai peur pour ma petite sœur.

Peur que ma mère ne tienne plus le choc, un jour.

Je tombe trois fois de suite sur la messagerie à la voix grave de « Wolf Larsson, indisponible pour le moment », puisqu'il s'est envolé hier pour Berlin et se trouve probablement, à cette heure-ci, au milieu d'un meeting ou d'un dîner de la plus haute importance. Je décide finalement de lui envoyer un SMS, dans lequel je fais tout mon possible pour rester sobre.

> [Coco s'est fait mal au bras, on est aux urgences mais maman gère comme une cheffe ! Appelle-la vite quand même…]

Le verdict tombe vingt minutes plus tard : fracture du poignet. Colombe doit se faire opérer dans l'heure. La chirurgienne et l'anesthésiste ont beau lui rabâcher qu'il s'agit d'une opération très courante, simple et rapide, ma mère est en mille morceaux.

Assises côte à côte dans une nouvelle salle d'attente colorée attenante au bloc opératoire, épiées par tous les animaux de la savane peints sur les murs, trop pudiques pour se tenir la main ou se dire des mots tendres, on compte en silence les secondes et minutes qui s'égrènent en attendant que quelqu'un en blouse verte vienne enfin nous annoncer que « tout s'est bien passé ». Comme dans les films où tout se termine toujours bien.

Mais dans la vraie vie, le temps passe au ralenti.

Et les larmes de ma mère ne se tarissent pas.

Quand mon père finit par l'appeler, ce sont des torrents qui se déversent sur son beau visage. Mais Wolf Larsson sait mieux que personne rassurer la femme qu'il aime, même quand six mille kilomètres les séparent. Dans le haut-parleur, il nous apprend qu'il est déjà en route pour l'aéroport, prêt à venir nous retrouver. Et il nous rappelle avec douceur qu'on est une lionne et une louve, qu'à deux, rien ne peut nous faire peur.

S'il savait comme il a tort.

Lorsque ma mère raccroche, je prends la liberté de glisser ma paume entre ses doigts crispés et, dans un soupir douloureux, elle laisse tomber sa tête sur mon épaule. On ne se dit rien pendant un long moment, puis soudain, des mots saccadés s'échappent de ses lèvres tremblantes.

– J'aurais dû… j'aurais dû sentir. J'aurais dû savoir.

– C'est un accident, maman, Coco a dû se coincer le bras ou juste mal tomber…

– Pour toi, Louve. J'aurais dû faire plus attention à toi. J'ai été aussi nulle que ma propre mère, qui n'a jamais été là quand j'avais besoin d'elle.

Elle laisse échapper un souffle lourd de regrets. Je lutte contre mes larmes. Ça me fait mal et, à la fois, ça me procure un bien fou d'entendre ces mots sortir – enfin – de sa bouche.

– Mais tu as toujours été si forte, si courageuse et déterminée… et Colombe est si fragile…

– Je ne suis rien de tout ça, maman. J'ai une peur bleue d'à peu près tout dans cette vie.

– Pardon, ma Louve…

On se met à pleurer doucement puis on se serre dans les bras, aussi maladroites l'une que l'autre, se soutenant comme on peut dans cette salle d'attente faussement joyeuse. Qui a pu se dire qu'une fresque de la savane saturée de couleurs réussirait à alléger les cœurs et les idées noires ?

À mon tour, je laisse échapper un « pardon, maman » en pensant à ce que je lui ai fait subir il y a deux mois, elle me serre plus fort et je sens le poids sur ma poitrine se faire un peu moins lourd. L'étau se desserrer pour me laisser respirer.

Durant les interminables minutes suivantes, on se venge sur le pipi de chat dégueulasse de la machine à café et sur les barquettes à la fraise bio et sans gluten que maman a toujours sur elle – et fait venir de France par colis juste pour ne pas changer les habitudes de sa petite chérie –, au cas où Coco ferait une crise d'hypoglycémie.

Ces gâteaux se révèlent aussi infects que nos cafés allongés, mais on les avale pour faire passer le temps et la boule dans nos gorges. J'en profite pour faire promettre à ma mère d'acheter des biscuits dignes de ce nom à ma petite sœur.

Et enfin, la chirurgienne se pointe, retire lentement son masque tandis que nos cœurs tambourinent, et nous annonce que Colombe est en salle de réveil et que tout s'est *parfaitement bien* passé.

– Je peux y aller ?! Elle doit avoir besoin de moi !

– Dans quelques minutes, oui. On viendra vous chercher, Mrs Larsson.

« Je peux y aller ?! »

Même si je comprends son soulagement, son impatience, même si notre discussion de tout à l'heure m'a profondément touchée, ma mère vient encore de me laisser de côté.

Ne pas m'inclure, c'est devenu une habitude. Presque un réflexe.

Dans cette saga familiale, entre la lionne et la louve, la mère et la fille aînée, rien n'est encore gagné.

***

Il est presque vingt heures quand je rentre rue de la Joie. Maman va passer la nuit à l'hôpital auprès de Coco qui s'est réveillée et s'habitue tout doucement à son plâtre qu'elle s'amuse à cogner dans le nez de n'importe qui passant par là. Voir ma toute petite sœur dans ce lit à barreaux qui n'est pas le sien, un cathéter planté dans la main et l'air encore plus perdue que d'ordinaire, ça m'a fait une peine immense.

L'arrivée de Colombe a compliqué ma vie et il m'arrive encore de lui en vouloir malgré moi, mais pas aujourd'hui. Pas ce soir. Ce soir, j'aurais aimé qu'elle rentre avec moi, qu'elle retrouve sa maison, sa chambre, les odeurs, les couleurs qui lui sont familières, la couverture toute douce qu'elle traîne partout derrière elle. Mais c'est seule que je passe la porte de chez moi.

En me voyant arriver, le voisin me demande comment va Coco. J'avais presque oublié qu'il était là, lui. Je lui donne des nouvelles rassurantes et en demande de Judith.

– Elle a bien dîné, m'a insulté quand j'ai essayé d'enlever la peinture sur son visage et m'a encore forcé à suivre sa téléréalité préférée. Elle dit que toutes ces paires de fesses sont agréables à regarder, bien symétriques comme elle aime. Elle s'est déjà endormie et, à mon avis, elle est partie pour la nuit.

Je lui souris et dis qu'il peut rentrer, que je gère jusqu'à demain matin et Smithy ne se fait pas prier pour décamper. Judith, c'est toujours mieux à petites doses. Je vais rejoindre ma grand-mère dans sa chambre et constate qu'elle ne se réveillera pas de sitôt. Bouche grande ouverte, elle ronfle comme un camionneur de l'extrême. *Good job*, les somnifères.

Je retire la télécommande qu'elle tient encore dans sa main et n'a clairement pas voulu lâcher avant de sombrer et vais m'asseoir dans le gros fauteuil qui jouxte son lit.

Pas envie d'être seule, ce soir.

Et c'est peut-être pareil pour elle.

Je passe mes doigts dans sa frange grise en désordre

comme tout ce qui se joue dessous. Même endormie, ma grand-mère pas comme les autres a des traits agités. Des rides d'expression là où personne n'en a. Des tonnes de photos entourent son cadre de lit, surtout des portraits, des photos d'elle à tous les âges pour qu'elle puisse retracer son histoire et des photos de tous ses proches pour l'ancrer dans le présent. Tous ces gens qu'elle aime autant qu'elle leur rend la vie difficile. Ces gens qui l'aiment autant qu'elle les épuise.

Judith était très belle avant, même si ses troubles mentaux, ses crises de nerfs, ses TOC et ses grimaces l'ont un peu transformée et lui ont vite donné plus que son âge. 73 ans, ce n'est pas si vieux, mais sa pauvre âme a déjà vécu cent vies : il y a tellement de Judith dans sa tête. Tellement de maux sous son crâne et dans sa peau. Je crois que je sais un peu ce qu'elle ressent. Et la plupart du temps, je la comprends.

Ma grand-mère se retourne dans son sommeil et sa silhouette gracile se recroqueville un peu sur elle-même. Elle est si touchante dans cette position presque enfantine que je sors mon téléphone pour la prendre en photo et l'envoyer à papy Georges à qui elle manque tant. Ils ne font pas partie de la même famille au départ, elle côté paternel, lui côté maternel, ils ne sont même pas de la même génération, ils n'ont à peu près rien en commun, elle l'artiste timbrée, lui le grand sage, mais elle le faisait rire aux larmes, à le traiter de « vioc à chats » avec du « poil de cul dans les oreilles ».

– Eh merde… !

Sept appels en absence.

Tous provenant de Lazare.

Comment j'ai pu l'oublier ?!

Il ne croira jamais à l'acte manqué.

Lorsque je découvre qu'il m'a aussi envoyé un SMS, je l'ouvre à toute vitesse, craignant le pire. Dans ce message qui date de dix-sept heures quarante-sept – Coco venait de sortir du bloc –, pas un seul mot, mais une unique photo.

Sur une table de café, deux petites tasses aux bordures dorées : une vide et une pleine. Entre les deux tasses, quelques mots gribouillés sur l'addition. J'effectue un zoom sur l'écran pour réussir à les décrypter.

Va te faire foutre, la paria.
Tu ne me mettras pas un vent deux fois.

Judith pousse un cri strident dans son sommeil, je sursaute mais ne quitte pas le cliché des yeux. Je relis son petit mot et souris malgré moi, comme une putain de *fangirl*.

Je viens vraiment de poser un lapin à mon ennemi juré et son ego démesuré. Et cette simple idée me remplit de stupeur… mais aussi de bonheur et de fierté.

Oui, c'est la triste réalité : ce mec est une ordure, mais quand il ne me fait pas chialer, il me fait sourire.

Il t'a poussée au suicide, pauvre niaise ! hurle ma petite voix intérieure.

À force de trop fréquenter Lazare Nightingale, il faut croire que je deviens la reine des folles.

Et si, à mon tour, je m'amusais à le rendre fou ?

18

Mordante

Lazare

« *À partir d'aujourd'hui, c'est moi ton cauchemar...* »

J'avoue que ça m'a fait de l'effet, cette promesse de la Française furieuse. Sa voix assassine, son regard fusillant, son petit côté révolté qui sortait de nulle part. Je ne lui avais rien fait, ce jour-là, pourtant. Je l'imagine bien en insurgée de la Révolution, avec sa longue jupe relevée et son poing brandi, à réclamer le droit à l'éducation des filles et à l'émancipation des femmes du joug de leur mari.

Ouais, j'aime plutôt bien quand la fille-loup montre les dents.

Enfin, sur le coup, j'ai trouvé ça marrant, mais il ne faudrait pas qu'elle prenne trop la confiance. Entre ses rafales de SMS où elle s'énerve toute seule, les lapins qu'elle ose me poser, ses excuses bidon à base d'hosto et de petite sœur, comme si ses histoires perso pouvaient m'intéresser, ça commence effectivement à ressembler au début d'un cauchemar. Faut croire que ce n'étaient pas des paroles en l'air.

Après sa petite *punchline* mordante, ses e-mails et textos insolents, la paria a apparemment décidé de me coller aux basques. S'assied à côté de moi en cours sans demander l'autorisation à personne, me mate dans les couloirs sans jamais baisser les yeux, parfois même en suçant ces foutus bonbons au caramel qu'elle traîne partout avec elle, vient me déranger à la bibliothèque du lycée pour me rappeler la date de notre exposé qui approche, m'attend à la sortie pour m'en reparler et zone même dans mon quartier le week-end. Le pire ? Elle joue l'innocente quand je tombe sur elle et l'envoie chier. Ou alors elle prétexte avoir rendez-vous avec Pia justement dans ce café-là, tout près de chez moi.

Évidemment, il fallait qu'elle fasse amie-amie avec cette chieuse de première. C'est quasiment sa seule alliée au lycée, avec l'autre fille à couettes de la classe dont j'ai oublié le nom.

Larsson, je l'ai toujours trouvée différente. Intrigante.

Mais là, elle commence à me déranger franchement.

J'étouffe.

Les Royals le savent bien : OK pour l'amitié, OK pour l'unité, OK pour la loyauté, mais ils ne m'obligent à rien. Je suis un loup solitaire. Je déteste qu'on empiète sur mon espace personnel. Je vis seul. Je bosse seul. J'avance seul. Et depuis l'an dernier, ça vaut mieux comme ça.

Donc quand je la retrouve encore sur le parking du lycée, près de ma caisse, alors que tout le monde sait qu'elle vient en scoot, je pète les plombs.

Je la prends par le col de son uniforme et je la colle contre ma portière.

– Qu'est-ce que tu me veux, bordel ?

– Que tu me lâches.

Je fixe ses lèvres trop pulpeuses, son souffle trop sucré, ses yeux trop sûrs d'eux mais qui se remplissent de larmes et je ne sais plus où regarder. Quoi penser. Tout mon corps se tend contre le sien, je sens que je perds mon sang-froid.

Je n'ai plus le contrôle de moi.

Alors je respire profondément, j'essaie d'ignorer son odeur de bonbon caramélisé, je desserre mes poings autour des pans de sa veste, histoire qu'on ne m'accuse de rien, mais je reste debout face à elle, tout près, pour lui mettre la pression et qu'elle s'explique. Qu'elle arrête de me suivre à la trace une bonne fois pour toutes.

– C'est toi qui dois me lâcher, la paria.

– Je te déteste, souffle-t-elle soudain.

Cash. Clair.

– Je sens que tu caches des trucs, Night, et je vais te faire chier jusqu'à tout savoir. Pourquoi toi tu me détestes à ce point. Pourquoi tu m'as poussée à bout comme ça. Pourquoi tu continues à m'écrire des horreurs. Pourquoi tu me fais subir tout ça depuis six mois, au lycée, sur les réseaux, partout. Je ne lâcherai rien.

Connement, je la crois. Au fond de ses yeux, dans ce bleu stupéfiant, il y a une détermination que je connais. La rage de ceux qui n'ont plus rien à perdre. Et qui ont trop souffert pour avoir peur.

Elle lutte contre son envie de chialer, elle se mord les joues mais elle me tient tête, son regard soutient le mien, son souffle court continue à me caresser la peau et je réalise qu'entre mes dents serrées, moi aussi j'ai du mal à respirer.

Je recule d'un pas. Puis de deux. Il faut que je m'éloigne d'elle et de tout ce bordel.

– Décidément, Larsson, ta vie n'est qu'une succession de mauvaises décisions.

Je lui balance ces mots à la gueule et elle se tire en courant dès que je lui laisse assez d'espace pour le faire.

Si elle a décidé de montrer les dents, il faut qu'elle sache que je mords toujours plus fort.

***

Je crois que le message est passé. Depuis quelques jours, celle qui me collait jusqu'à m'étouffer a pris ses distances. Elle me regarde toujours de travers, avec son petit air fier, mais elle n'est pas revenue me chercher.

C'est moi qui finis par aller la voir à la bibliothèque du bahut, en fin de journée, la veille de notre exposé. Pas le choix. Elle est en train de bosser, seule, et aucun Royal n'est dans les parages. C'est le moment ou jamais.

– Bon, t'es prête pour demain ou pas ?

– Oui.

– On met notre taf en commun ?

– Non.

– Ah, tu vas me faire le plan des réponses monosyllabiques maintenant ? T'es fatigante, putain.

– Quand j'aurai besoin de ton avis sur moi, je te le demanderai. Voilà ma partie, démerde-toi avec ça.

Elle était penchée en avant sur un cahier, en train d'écrire je ne sais quoi, et j'ai un choc quand elle se redresse pour me filer son exposé. Elle qui porte toujours des pulls noirs et amples sous sa veste d'uniforme, elle est moulée dans une sorte de gilet jaune moutarde à petits boutons, dont trois ou quatre sont ouverts. Il fait super chaud dans cette bibliothèque, les températures du mois de mars commencent à s'adoucir dehors mais personne apparemment n'a pensé à baisser le chauffage dans les locaux.

Je pense que la paria ne s'attendait pas à me voir. Si elle avait su, elle serait restée boutonnée jusqu'en haut et n'aurait jamais fait tomber la veste. Mais elle est bien trop fière pour se couvrir devant moi et avouer que mon regard la trouble.

N'empêche, j'ai du mal à ne pas regarder sa bouche. Son décolleté. La peau qui a l'air douce à la naissance de ses putains de seins qui doivent être les plus déments du lycée. Même Honor peut aller se rhabiller. Cette fille bizarre a quand même quelque chose de bandant. Un truc animal. Insolent. Sensuel.

Elle me tend sa liasse de feuilles, entre ses doigts peints en noir, et je me sens à l'étroit dans mon jean, tout à coup.

Son regard est glacial mais tout le reste chez elle me donne chaud.

Trop chaud.

Je la lui arrache des mains, la regarde une dernière fois droit dans les seins et me barre avant d'avoir envie de mordre dedans.

***

Le jour de l'exposé, j'arrive en cours d'histoire confiant et la tête froide. Comme avant.

Finies les conneries.

Je dois avouer que la paria a fait un boulot solide : elle ne s'est pas contentée de recracher des morceaux de manuel comme on le fait presque tous. Elle a trouvé des anecdotes marquantes sur la Révolution française, a fait des comparatifs malins avec notre époque, en a foutu plein la gueule aux États-Unis pour défendre sa patrie, a préparé un speech bien amené, avec de l'esprit, des images percutantes qui devraient faire réfléchir même les plus demeurés d'entre nous, et elle finit sur quelques piques contre les hommes de l'époque qui ont osé vouloir écarter les femmes des émeutes sous prétexte de les protéger.

De mon côté, j'ai rempli ma part du contrat : j'ai bossé juste ce qu'il fallait, histoire de répondre à ses provocations en me faisant l'avocat du diable. Le rôle me va bien. Je ne tiens pas à redoubler une seconde fois et ce con de Carpenter devrait apprécier le jeu de ping-pong entre nous et gober l'histoire du travail d'équipe. J'ai besoin de notes correctes moi aussi, pour valider cette année, laisser derrière moi pour de bon ces putains d'*années lycée*.

C'est tout ce que je demande.

Sauf que le cours commence mal.

– À vous, jeunes gens, nous sommes tout ouïe !

Le prof a à peine lancé les hostilités que cet abruti de Gideon s'amuse à répondre en français : « Oh oui, oh oui, voulez-vous coucher avec moi ce soir ? », avec son horrible accent. Pire : il se met à ponctuer toutes nos phrases de soupirs, de gémissements et autres conneries à connotation sexuelle. Honor s'y met aussi pour faire chier la Française ou m'exciter en me regardant droit dans les yeux et rendre ses mecs jaloux. En tout cas, tout le monde se marre et plus personne n'écoute notre foutue présentation. Je m'adosse au tableau et croise mes bras, blasé par tout ce bordel. Ce prof peut aller se racheter un charisme : il est incapable de se faire respecter par une classe de terminale qui a juste le feu au cul.

Et comme si tout ça ne suffisait pas, à ma droite, ma binôme commence à perdre ses moyens. Je la vois qui pâlit un peu plus chaque minute, le regard fuyant et la voix de plus en plus fluette.

Petite nature.

– Putain, Larsson, reprends-toi. Fais comme s'ils n'existaient pas…

Je me mets dos à la classe, dans le même sens qu'elle, pour lui chuchoter ça discrètement pendant qu'elle cache ses joues qui rougissent maintenant face au tableau.

– Facile à dire pour toi !

– T'as qu'à imaginer que tu me parles juste à moi. Tu m'envoies bien des reparties cinglantes, quand tu veux !

Elle hausse à peine les épaules, je sens que sa détermination se fait la malle. Se tenir debout face à trente connards en uniforme et à leurs mauvaises blagues qui ne sont jamais assez courtes, c'est clairement trop pour elle. Et plus ils la voient flancher, plus ils lui en foutent dans les dents.

La fille-loup a perdu tout son mordant.

– Allez, allez, un peu de sérieux, s'il vous plaît, tente le prof. Et parle un peu plus fort, Louve, on aimerait bien entendre la fin de cet exposé brillant !

– Oui plus fort, Louve, ahouuuuu !

– Calmez-vous et laissez-les finir…

– Oh oui allez, finis, Night, et finis-la bien !

Alec mime une fessée du plat de la main, Gideon soulève son bureau par en dessous avec son bras comme si c'était autre chose, d'autres mecs ouvrent leur grande gueule par effet de meute et la paria décide de se refermer pour ne pas craquer.

Silencieuse, elle fixe un point imaginaire entre ses pompes, ne parlant plus, ne bougeant plus d'un millimètre. Elle fait ça tellement bien que je me demande si elle est toujours là, à l'intérieur de ce corps.

Alors je lui arrache ses feuilles et je termine à sa place. Je déteste ça, lui venir en aide comme un putain de super-héros, elle devrait pouvoir se débrouiller seule, mais je m'attribue son taf et ses petites vannes révolutionnaires. La colère doit se lire sur mon visage et j'arrive assez vite à recapter l'attention de mes congénères surchauffés par l'arrivée du printemps… Carpenter finit par nous coller un A+ en applaudissant tout seul comme un con au fond de la classe.

Super gênant.

La sonnerie de fin du cours fait déguerpir tout le monde et ma binôme en carton s'anime à nouveau pour ranger nos affiches scotchées au tableau blanc, toujours murée dans son putain de silence. Elle finit par me glisser un « désolée… » à peine audible.

– Commence par arrêter de t'excuser, Louve. Ta vie ressemblera moins à un perpétuel désastre.

Elle se tourne vers moi, je me demande une seconde si je vais me prendre un pain ou juste une de ses *punchlines* puisqu'elle ne les réserve apparemment qu'à moi.

Mais la brune me sourit.

– Je rêve ou c'était un vrai conseil et même pas une insulte ou une menace ?

Elle me fixe droit dans les yeux et je refuse de répondre. Ce bleu est décidément abyssal.

– Tu viens de m'appeler par mon prénom, Night. Et ça

doit être la première fois depuis que j'ai mis les pieds dans ce lycée.

Je l'ignore encore, je déteste avoir été pris en flag d'un tout petit peu de... normalité.

– Qui sait ? Tu es peut-être humain après tout.

– Ne rêve pas trop, Larsson, l'homme est un loup pour l'homme. Ça ne va pas changer de sitôt.

Je ramasse mon sac et j'abandonne notre exposé pour prendre la sortie. Je n'oublie pas de la bousculer au passage, juste un petit coup d'épaule pour que la fille qui sent le bonbon se rappelle qui je suis.

– Bonnes vacances, Lazare.

Elle balance ça dans mon dos, en français, en appuyant sur mon prénom. Et je me retourne pour la voir sourire une dernière fois, cette emmerdeuse. Comment elle peut passer de la terreur au culot comme ça, juste en claquant des doigts ? De ses lèvres soudées, muettes, à sa putain de bouche mordante ?

Pas mon problème.

Je me réjouis seulement de ne pas avoir à la calculer pendant deux semaines. *Spring break*, me voilà.

19

Revanche et tentacules

Louve

J'ai passé les dernières vacances scolaires à l'hôpital, un peu dans le coma, un peu dans le coaltar, vraiment dans le brouillard. Alors ce *Spring break* a un petit goût de revanche : je me sens moins mal, les idées moins noires, c'est officiellement le printemps, il fait presque doux dehors et j'ai même décidé de changer de couleur de vernis. J'ai maintenant du bleu nuit scintillant sur les ongles et j'ai envoyé la photo à Pia qui m'a dit qu'elle trouvait ça *so cool*.

Tout ce que je voudrais, c'est montrer ça à mes amis, à Willa, en vrai. J'en ai marre de tous ces silences avec les premiers, de ces échanges virtuels avec la dernière, marre de Boston, je voudrais retrouver un peu de mon ancienne vie. Retrouver Paris.

Ça fait tilt.

– Maman !

– Quoi ?

– Mamaaaaan !

– Mais quoi ?

– …

– Louve, si tu veux me parler, arrête de hurler et déplace-toi ! Je suis dans la chambre de Coco.

Où d'autre ?

151

Je me traîne jusque-là et je trouve ma mère assise par terre en tailleur, une chaussette enfilée sur chaque main, en train de chanter à tue-tête et faire les marionnettes à Colombe qui arbore elle-même une chaussette à fleurs par-dessus son miniplâtre. Mais ma sœur n'agite ni les mains ni rien d'autre, malgré toutes les gesticulations de sa mère pour qu'elle l'imite.

Je sais que ça inquiète tout le monde que cette petite oiselle ne progresse pas. Moi, j'ai pris le parti de me dire que Colombe n'est pas pressée et pas si fragile que ça, qu'elle se mettra à marcher, parler et même faire le grand écart ou des claquettes quand l'envie lui prendra. Quand elle sera prête.

Je me voile peut-être la face, mais en y croyant très fort, ça pourrait finir par devenir vrai. Comme mon plan pour *Spring break*.

– Est-ce que je peux rentrer à Paris pendant ces vacances ?

– Euh… Seule ?

– J'ai 17 ans, maman. Je peux prendre l'avion puis le métro jusqu'à Paris, je suis sûre que Malia me laisserait squatter chez elle !

– Ils ne sont pas déjà quinze dans sa famille ?

– C'est raciste, ce que tu viens de dire. Ce n'est pas parce que c'est une famille africaine que…

– Tu me prends pour qui ? Les Ndungu hébergent toujours plein de cousins et d'amis, Malia s'en plaignait la dernière fois qu'elle a dormi chez nous à Paris ! Ils sont déjà nombreux dans leur petit appartement, Louve, tu ne vas pas aller les déranger pour ça, c'est tout ce que je dis.

– Alors je peux aller chez Willa ?! Ils ont des tas de chambres !

– Ta tante est à Rio… avec Rio, haha !

– C'était censé être drôle ? Bon alors je peux passer quelques jours chez papy Georges, ça lui fera de la compagnie, je suis sûre qu'il sera trop content !

– « Ainsi font font font… » On n'a rien prévu, Loupiote, tu fais toujours des plans à la dernière minute, moi j'ai des tas de rendez-vous pour Coco à l'hôpital cette semaine, ton père est encore en déplacement je ne sais plus quand, c'est trop compliqué…

– Mais là je te parle de *moi*, maman. Pas de Colombe, pas de toi, pas de papa, juste de quelques jours de vacances pour que je puisse voir mes amis… Vous aviez promis en venant ici que vous ne me couperiez pas de Paris.

– Écoute, vois ça avec ton père mais pour moi c'est non, je ne peux pas ajouter ça à ma charge mentale, là…

Une *charge* : voilà ce que je suis pour ma mère.

Je repars dans ma chambre en traînant les pieds et en laissant échapper un grognement de frustration.

– « Les petiteuh marionnetteuh… » Et ne claque pas ta p… !

Je claque ma porte juste à temps pour qu'elle ne puisse pas finir sa phrase. Puis je dégaine mon téléphone et j'envoie une flopée de messages à tous les gens qui comptent pour moi… et qui pourraient m'aider à obtenir gain de cause.

[Papa, maman a dit qu'elle était OK pour que je rentre à Paris cette semaine si toi tu es OK. Dis oui dis oui dis oui, stp stp stp !]

Pas de réponse.

Aux heures de bureau, Wolf Larsson est l'homme le plus indisponible de la planète. On est samedi, mais il est encore aux abonnés absents… sûrement en train de préparer un gala de charité, un défilé haute couture dont il veut casser les codes, un casting de mannequins qui ne ressemblent pas à tous les autres.

Parfois, j'aimerais juste qu'il ressemble un tout petit peu plus aux autres parents.

Louve_Salut les kiki girls… Qu'est-ce que vous diriez
si je faisais un petit stop par Paris pendant
ces vacances ? Trop envie de vous voir…
Vous me manquez !

J'envoie ça à Amel et Malia, même si le décalage horaire
avec Paris et la distance que j'ai laissée s'installer entre elles
et moi depuis des mois ne risquent pas de m'attirer beaucoup
de réponses.

Je tente avec les gars, dans ce groupe WhatsApp que je
viens de recréer :

Louve_Mes kiki boys, je rêve d'un McDo avec vous
sur les pelouses de la place des Vosges,
d'aller faire les cons dans les jeux pour enfants
au square à côté du lycée, de descendre toute la rue
de Sévigné à trois sur un Vélib et de commander
un Coca pour six au café des Musées…
Miss you beaucoup !

J'ai peu d'espoir que Ruben ou Constantin me répondent
autre chose qu'un smiley, histoire de dire, mais Jimmy-
Désiré se laissera peut-être amadouer par nos souvenirs.
Quand tes parents t'ont donné un prénom composé pareil
pour rappeler ton métissage, tu apprends la dualité des
choses.

Bon sang, qu'ils me manquent, tous. JD qui se prend à
moitié pour un Américain, à moitié pour un Antillais, alors
qu'il n'a jamais mis les pieds ailleurs que dans le Marais ;
Amel et sa passion du foot qui n'intéresse qu'elle – et toutes
les hétéros qu'elle arrive à pécho dans les vestiaires ; Consti
et sa famille de bourges catho qui lui rabâchent qu'il ne
trouvera jamais à se marier en étant en surpoids ; Malia et
sa bourse d'excellence, tellement fière d'être plus pauvre et
plus brillante que tous les autres élèves aisés du lycée ; Ruben

qui hésite à porter la kippa juste pour cacher son début de calvitie, à 18 ans c'est vraiment pas de pot.

J'en pleurerais tellement je les aime.

J'en pleurerais tellement je n'ai pas vu, avant d'avoir à les quitter, que j'avais les amis les plus précieux qui soient, juste parce qu'ils étaient différents de moi mais capables de tous s'aimer quand même. Moi comprise.

Quel gâchis.

Ruben_ Salut Louve, pas trop le temps cette semaine, beaucoup de révisions pour le bac blanc. Déso.

JD_ Kiss l'Américaine !

Amel_ Moi je suis en stage de foot toute la semaine, mais fais signe si tu passes, je vois si je peux m'organiser !

Constantin_ Mes relous de parents m'ont envoyé en cure d'amaigrissement chez les scouts, j'ai à peu près envie de mourir et de manger un enfant en bermuda-socquettes. Qui passe des pires vacances que moi ?

Je souris en me retenant de chialer, j'envoie des cœurs à ceux qui m'ont répondu, quatre sur cinq c'est déjà pas si mal, même si personne ne saute franchement sur l'occasion de me voir.

Je me venge sur papy Georges en tentant un appel en Facetime, mais ses gros doigts pleins d'arthrose et ses yeux plissés à l'extrême raccrochent systématiquement à chaque fois qu'il décroche et qu'il crie qu'il ne me voit pas dans ce machin tout noir avec juste un gros bouton rouge au milieu.

– Tout ce que tu as à faire, c'est de ne *pas* appuyer sur le bouton rouge, papy. Ça, c'est pour raccr…

Tut… Tut… Tut.

Je laisse tomber. Il s'est déjà pas mal amélioré en textos, en virgules et en majuscules, il ne m'écrit plus de mots salaces sans le vouloir, je ne peux pas trop lui en demander.

Couchée à plat ventre sur mon lit, je me sens terriblement seule tout à coup. Enfermée dans cette vie que je n'ai pas choisie. Cette ville de Boston qui n'est pas la mienne, ce lycée élitiste à l'ambiance puante, cette classe de terminale où se concentrent mes pires ennemis, les mecs les plus débiles, les filles les plus cruelles, le Royal connard qui me pourrit l'existence.

L'angoisse monte comme une vague qui atteint bientôt mes yeux et les noie.

Je craque.

Je ne devrais pas mais je rouvre les réseaux sociaux. Je tenais bon jusque-là, pas vraiment pour suivre les recommandations du psy mais parce que ça me faisait du bien de rester à distance de toutes leurs histoires insignifiantes. Moins j'en vois, mieux je me porte. Je n'ai pas besoin de savoir qui couche avec qui, qui part en vacances dans quelle villa secondaire, qui boit quoi, qui porte quoi, qui achète quoi, qui vanne qui, qui brise qui.

En quelques clics, je suis parachutée à nouveau dans leur monde et c'est comme un tourbillon qui m'aspire. Je fais défiler les photos de leurs dernières soirées, je me retrouve à lancer des vidéos assourdissantes, chancelantes, sombres et enfumées, où je ne connais personne mais cherche des visages familiers partout, sans même savoir pourquoi. Là, je repère les couettes de Shai et je me demande pourquoi elle est allée se perdre à une de ces fêtes – sans doute juste parce qu'elle y a été invitée, comme moi à une époque – et j'espère qu'elle va bien. Là, je distingue les courbes parfaites de Honor et j'ai l'impression qu'elle fait une sorte de lap dance à… Laz, affalé sur une chaise en train de fumer une clope, apparemment indifférent à ses mouvements de « twerk » pourtant très suggestifs.

Pourquoi faut-il qu'il soit aussi beau ?

Qu'il ait l'air aussi détaché, aussi absent, aussi insaisissable, aussi… différent ?

Il ne l'est pas : je refuse de me faire avoir. C'est un Royal, un vrai, le pire de tous, le prince des bâtards, le champion toutes catégories des connards.

Je laisse Night à Honor et me mets à lire les dizaines et les dizaines de commentaires dégueulasses laissés sur les physiques des unes, les fringues des autres, sous les clichés pris à l'insu de certains qui s'embrassent jusqu'à s'étouffer, d'autres qui se mordent et se lèchent à des endroits qui auraient dû rester privés, d'autres encore qui s'échangent des pilules à même la langue, qui avalent des verres cul sec sous les cris déchaînés d'encore d'autres déjà bien éméchés.

J'en ai la nausée.

Pourquoi ils s'infligent tous ça ?

Qui pourrait y trouver du plaisir ?

Qui voudrait vraiment voir sa dignité tomber plus bas que terre un soir et s'en amuser le lendemain matin ?

Je n'y comprends rien.

@PiaPiaPia
Tiens, t'es connectée toi ? Ça faisait longtemps
que je ne t'avais pas vue traîner sur Insta…

Pia m'écrit en direct dans ma messagerie Instagram.

@Love_Louve
Oui, il faut croire que je m'ennuie…

@PiaPiaPia
Pareil. Mes parents n'ont pas voulu que
j'aille faire la fête à Cancún avec les autres.

@Love_Louve
Pas sûre que tu rates grand-chose, Pia.

@PiaPiaPia
Ouais, sûrement. Mais un Spring break sans break…
Ils veulent que j'étudie !

@Love_Louve
Pauvre petite fille de profs ! :)

@PiaPiaPia
Viens sauver mon samedi, Louve, je t'en supplie !

@Love_Louve
Tu proposes quoi ?

@PiaPiaPia
Je voulais aller à la piscine, tu sais, celle près
du lycée qui est super belle ?

@Love_Louve
Merci pour l'invit', Pia, mais les maillots de bain
et moi, on est pas très copains !
@Love_Louve
Et puis c'est dans cette piscine qu'a eu lieu… la
soirée du Nouvel An, tu vois ?

Je n'arrive toujours pas à le dire ou l'écrire simplement.
Ma « tentative de suicide ». La pire nuit de ma vie. Ma
plongée en enfer. Ma quasi-rencontre avec la mort…

@PiaPiaPia
OK, je comprends, désolée
pour la mauvaise idée. Je file !

Je ne sais pas si Pia est mal à l'aise avec ça ou plutôt insensible, mais je ne lui demande pas de jouer à ma psy ou à ma meilleure amie. Ni même de mener un quelconque combat avec moi. C'est sa fraîcheur et sa légèreté qui me font du bien, pourvu que ça continue comme ça.

Pour le reste je suis seule.

Toujours seule.

Définitivement seule.

Mon cœur rate un battement quand le nom de Night Bird s'invite à son tour dans ma messagerie. Normalement, il m'écrit plutôt tard le soir. Mais ses soirées de *Spring break* doivent déjà être bien occupées. Alors pourquoi a-t-il besoin de moi pour le divertir ? Pourquoi revenir sans cesse me chercher ? Il me semblait qu'il m'avait demandé de le lâcher.

@Nightbird
Ne mange pas trop de bonbons pendant
les vacances, la paria... Tu ne passeras bientôt
plus les portes du lycée avec cette paire
de seins là ! Et je ne parle même pas de ton cul !
Tu me dégoûtes. Fais-moi plaisir, va mourir.
XoXo

Un frisson d'effroi me parcourt comme s'il était là, tout près de moi.

Cette fois, ce n'est pas une vague d'angoisse ou de chagrin qui m'envahit, mais une colère noire qui me monte au nez et me pousse à lui répondre sans réfléchir. Je tapote sur mon clavier de téléphone à toute vitesse, tant que j'en ai encore le courage.

@Love_Louve
Tu t'ennuierais tellement si j'étais morte...
Comment tu feras, Laz, sans ta proie ?

> Même en vacances, tu as besoin de moi.
> Et pour quelqu'un qui ne veut pas parler
> de mon cul, je trouve que tu en parles
> quand même beaucoup...

J'essaie de trouver une bonne chute mais la voix de mon père résonne au rez-de-chaussée.

– Les filles, je suis rentré !

J'efface mon message sans l'envoyer... Comme si mon père et ses yeux perçants pouvaient voir jusqu'ici. Je ne veux pas qu'il sache que ça dure encore, que je suis toujours en danger.

– Léo, Louve, Coco, Judith, descendez ! J'ai quelqu'un à vous présenter !

Je prends le message de Night en photo, comme pour en garder une trace, et puis je le supprime de ma messagerie pour ne plus y penser. Ça n'a aucun sens : accumuler des preuves alors que je ne veux rien ébruiter. Conserver quelque chose puis faire comme si ça n'avait jamais existé. C'est comme me battre contre du vent.

Mais c'est tout ce dont je me sens capable pour le moment.

Bizarrement, les autres messages de harcèlement que je reçois souvent, d'un élève de ma classe ou d'un inconnu du lycée, d'un Royal ou d'une autre bande influente, ne me font pas cet effet-là. Je les lis en diagonale et les efface sans scrupule. Je ne cherche même pas à savoir de qui ils proviennent ou ce que je devrais répondre. Ils glissent sur moi.

Mais ceux de Night Bird, je n'y arrive pas.

– Louve, tu descends ? Il ne manque plus que toi, ma Loupiote !

La voix de mon père s'impatiente et je dévale les escaliers pour découvrir une petite assemblée réunie dans mon salon. Au milieu de tous les visages féminins familiers, celui d'un homme noir d'une trentaine d'années, avec de longues

160

dreadlocks réunies en queue-de-cheval, une sorte de barbichette toute droite, des baskets montantes au style très urbain et une blouse rose bonbon par-dessus son jean cool.

– C'est quoi encore, le projet ? marmonné-je pour moi-même.

Mais mon père m'entend et vient m'entourer de son bras, comme pour me demander d'y croire un peu.

– Les filles, je vous présente Ezekiel. Il est éducateur spécialisé, il a l'habitude d'accompagner dans la vie de tous les jours des adultes qui présentent des troubles du comportement mais qui souhaitent garder leur indépendance, et il a aussi une formation d'art-thérapeute. Ce sera le compagnon idéal pour Judith !

Ma mère lui souhaite bienvenue à la maison et le salue d'un *hug* appuyé comme s'il était son sauveur, pendant que mon père se dirige doucement vers sa mère qui commence à s'agiter dans son peignoir trop grand. Il lui prend les mains pour avoir son attention.

– Je ne veux pas que tu vives dans une institution, on est tous très heureux de t'avoir à la maison, OK ? Mais il faut que quelqu'un veille sur toi quand je ne suis pas là. Et ça ne peut pas être Léonore ni Louve, tu comprends ? Elles ont leur vie. Léo doit s'occuper de Colombe et toi...

– Un, deux, trois... Je ne suis pas un bébé de 21 mois, moi ! Pas une petite chose sourde et muette qui se casse les os, merde ! Pas besoin d'un baby-sitter de chiotte !

– Je sais que ça ne te fait pas plaisir mais c'est pour ton bien et celui de toute la famille. Je suis sûr que vous allez vous entendre à merveille...

Le fameux Ezekiel s'approche en souriant de toutes ses dents et tend une main chaleureuse à Judith.

– Enchanté, tu peux m'appeler Zik.

– Un... deux... Moche, ce poulpe sur la tête, très moche ces tentacules noirs ! Zik, pas un prénom du tout, ça !

Et au lieu de lui serrer la main, c'est le salut nazi qui vient.

Puis Judith mime une envie de vomir avec son doigt enfoncé dans sa bouche. Charmant. Je me retiens d'exploser de rire et je croise le regard de ma mère qui fait la même chose en se pinçant les lèvres.

Mais l'éducateur se marre, pas affolé une seconde par les tics, les TOC, les grimaces et les insultes sur son physique. Il a l'air d'avoir une patience d'ange et une bonne humeur à toute épreuve. Toujours aussi calme, il empoigne une de ses tresses épaisses pour la montrer à Judith en lui expliquant :

– Tu sais que trempé dans la peinture, ça peut faire des merveilles sur une toile ? Tu as déjà participé à un atelier où on dessine avec toutes les parties de son corps ? On pourrait faire ça un de ces jours !

– Pitié… soupiré-je. Je viens de visualiser. Et je ne voulais *pas* visualiser. Tout mais pas ma grand-mère qui peint avec son corps.

Cette fois, ma mère ne peut plus se retenir et sa façon de pouffer de rire ressemble à un gros pet qui fait même sourire Coco. Tout en tenant ma sœur dans ses bras, elle se blottit dans ceux de mon père et lui susurre environ vingt fois merci.

Pendant ce temps-là, Ezekiel et sa blouse rose vif emmènent Judith et son peignoir saumon sur le patio de la maison. Sans plus pouvoir s'arrêter de rire, on les écoute parler couleurs, symétrie, paires de fesses et tentacules…

À moins que ce soit « testicules ».

20

Louve Larsson ne craint personne

Louve

Pour me faire changer d'air et parce que ça se goupillait bien – et aussi j'imagine, parce que c'est sa façon à lui de m'aider à aller bien –, mon père m'emmène faire un saut à Paris juste pour trois jours.

Il ne pouvait pas me faire plus plaisir.

– Bon t'es prête ? J'ai une autre surprise pour toi !

Il m'annonce ça à l'aéroport, alors qu'on débarque juste dans la salle des arrivées.

– C'est quoi ?

– Retourne-toi, tu ne devrais pas la manquer.

Je fais volte-face et aperçois ma tante, dans une combinaison ample en Liberty sous une miniveste en jean déchirée et un immense chapeau de paille. Elle danse sur place en agitant une pancarte où est écrit en capitales multicolores :

LOUVE LARSSON
(NE CRAINT PERSONNE)

Impossible à rater.

Je saute dans les bras de Willa qui me serre à m'en étouffer puis elle m'explique enfin.

– Ton père m'a fait rentrer de Rio juste pour toi, ma Louve. Bon... et aussi pour participer à une campagne

Strange & Strong. Tu penses bien qu'il est incapable de ne pas nous exploiter dès qu'il a trois secondes de liberté.

– Ça s'appelle « mêler l'utile à l'agréable », corrige le boss.

– Non, le droit du travail qualifie ça d'esclavagisme, mais tu t'arrangeras avec mon mec avocat.

Willa dégage son frère d'un coup de hanche et glisse son bras sous le mien en abandonnant sa pancarte au milieu de l'aéroport.

– Raconte tout à tata Willa, il paraît que tu vas mieux, toi ?

– Ça va, ça va…

– Et ton Lazare ?

– Schhhhht !

Elle est ingérable. Jamais dans la demi-mesure.

– Oups, pardon. C'est top secret ? J'ai dû caser mon délicat fessier dans un siège trop petit pour moi pendant onze heures, alors j'ai intérêt à avoir du potin croustillant à l'arrivée, hein !

– On verra ça quand mon père sera occupé… lui glissé-je dans un sourire.

– Roh, parce qu'en plus il faut patienter pour les histoires de cœur !

En entendant ces trois derniers mots, mon père hausse un sourcil dans ma direction.

– Tu sais que même quand tu chuchotes, on dirait que tu fais une annonce pour tout l'aéroport ? grogné-je à Willa.

– Oui. Et c'est justement Wolf Larsson, ma petite chérie, qui m'a appris à faire entendre ma voix !

Elle colle un énorme bisou plein de rouge à lèvres sur la joue de son frère et on quitte l'aéroport parisien tous les trois. Avec une sensation étrange de liberté pour moi, comme si j'arrivais enfin à respirer.

***

Le chauffeur qui nous a récupérés nous dépose sur un plateau de tournage et je suis Willa jusqu'aux loges où elle se fait coiffer, maquiller, habiller, pomponner... et cirer les pompes bien comme il faut. Des techniciens, des assistants ou d'autres mannequins lui demandent gentiment des autographes, des selfies, auxquels elle se prête avec plaisir, et je réalise que l'ancienne actrice et modèle *plus size* a toujours autant la cote. Il est rare qu'elle joue encore les égéries pour l'agence de mon père, mais elle répond toujours présente quand il a besoin d'elle.

Et j'aime toujours autant la voir à l'œuvre.

Là, c'est une publicité pour une collection de lingerie « éthique, sexy et confortable » qui s'adresse à toutes les femmes : de tous les âges, toutes les morphologies, toutes les couleurs de peau, tous les styles, et la marque a demandé expressément la plus grande diversité possible de manne-quins. Je retrouve des femmes que j'ai déjà croisées à l'agence, une jeune métisse avec des taches de vitiligo blanches sur sa peau brune, une femme transgenre avec des jambes interminables et une paire de seins qui me rend parfaitement jalouse, une plus âgée qui arbore deux cicatrices horizontales sur son torse plat et le sourire le plus lumineux qui soit, une jeune mannequin porteuse de trisomie 21 mais apparemment pas portée sur l'épilation et enfin Willa, qui rayonne en brassière noire et culotte taille haute à rayures noires et blanches.

Comme si elle n'était pas à moitié nue devant tout le monde.

J'ai pour elle et toutes ces *queens* une admiration sans bornes.

– Ne laisse personne te dire que tu dois te raser ou que tu es trop ronde pour porter des rayures, OK ma chérie ? lance ma tante à la plus jeune et la plus timide du plateau, qu'elle a décidé de prendre sous son aile.

Quelques personnes s'agitent autour des stars du jour, les placent les unes contre les autres, ajoutent des marquages au sol, font des retouches maquillage ou coiffure, ajustent un tanga, un body, une bretelle de soutien-gorge, contrôlent la lumière puis le tournage commence.

– Allons-y, mes vergetures et moi, on se les gèle ! lance Willa en riant. C'est parti, *ladies*, montrons-leur ce que sont les femmes d'aujourd'hui !

Un dernier mot d'encouragement et puis « Action ! ». Toutes ensemble, les mannequins se mettent à danser, rire, sauter sur place ou se faire des câlins, en suivant les consignes du réalisateur. La lingerie noir et blanc ressort sur tous ces corps différents, mouvants, vibrants.

C'est vraiment beau à voir.

– Ça t'inspire ? vient me demander mon père à voix basse.

– Je les trouve toutes plus belles les unes que les autres…

– Tu sais que tu aurais ta place parmi elles, hein, ma Loupiote ? Je ne dis pas ça parce que je suis ton père. Mais premièrement, ta beauté m'a toujours subjugué. Et deuxièmement, même si je lutte un peu contre ça, je sais que tu es en train de devenir une femme…

– Commence pas, papa.

– OK, OK, j'arrête.

On se tient côte à côte, face à la publicité en train d'être tournée, et c'est plus facile pour moi de lui parler sans le regarder.

– Merci de m'avoir emmenée à Paris, papa. J'avais besoin de ça.

Il m'observe juste le temps d'un sourire et d'un petit coup de menton approbateur.

– Et je les trouve belles parce qu'elles ont l'air fortes, sûres d'elles. Pour ça, j'ai encore du chemin à faire…

Mon père se contente de glisser son bras par-dessus le mien et de serrer mon épaule dans sa main. Juste pour me redire qu'il sera toujours là, sur le chemin.

Mon émotion monte en même temps que mes larmes et je

repense à celui dont l'ombre plane toujours sur moi, malgré la distance. Lazare. Night Bird. Je me demande ce qu'il penserait de toutes ces beautés hors normes. Discrètement, je prends une photo du tournage en cours et je la lui envoie par SMS, presque sans réfléchir. Avec pour légende :

[Elles aussi, tu les aurais jugées et tyrannisées avant même de les connaître… ? Tu dois sûrement passer ton Spring break avec des gens tout aussi parfaits et lisses que toi, je me suis dit que ça te ferait du bien de voir ça.]

J'envoie et je ne m'attends pas à ce qu'il me réponde. Ou alors probablement un *fuck* et une invitation à aller mourir d'une façon ou d'une autre.

[Je ne sais pas qui vous êtes, mais vous ne me connaissez visiblement pas. Effacez mon numéro et foutez-moi la paix. Cordialement.]

Sa façon de me vouvoyer et de se montrer poli tout en m'envoyant balader arrive à me faire sourire. Je réponds du tac au tac :

[Pourquoi moi, Lazare ?]

Il réplique encore plus vite :

[Utilisateur bloqué.]

Je souris à nouveau, mon ennemi juré sait très bien jouer.
Je pense qu'il bluffe mais mon message d'après ne lui parvient pas. Ni aucun des suivants. Et je comprends qu'il a vraiment activé l'option qui m'empêche de le contacter. En tout cas par ce biais-là.

Je lâche un lourd soupir, il a encore gagné.

Mais je ne comprends pas pourquoi je m'accroche comme ça. Pourquoi il me donne l'impression de cacher des choses, de ne pas être le Royal connard qu'il prétend. C'est comme s'il ne répondait jamais vraiment, ou toujours à côté, comme s'il se tenait volontairement à distance des choses et des gens. Je n'ai jamais réussi à le cerner, cet oiseau de nuit et de malheur… Mais maintenant, je n'arrive même plus à le haïr complètement.

***

Après le tournage et un resto en tête-à-tête-à-tête avec ma tante et mon père – qui empêche Willa de me tirer les vers du nez, et tant mieux –, je passe une nuit paisible *chez moi*.

J'oublie Boston et mes problèmes pour de vrai, juste le temps de soixante-douze heures dans ma vie d'avant.

Le lendemain, je me balade seule dans mon ancien quartier, le nez en l'air et les yeux grand ouverts : de la sublime place des Vosges au parvis de l'hôtel de ville ; des tuyaux colorés du centre Pompidou à l'incroyable coupole du BHV, le magasin le plus emblématique du coin ; des petites rues colorées remplies de drapeaux arc-en-ciel de la communauté LGBT aux larges places pavées dont les terrasses sont déjà bondées de touristes et d'habitués, des boutiques d'antiquaires aux bars branchés, des librairies intimistes aux pâtisseries prestigieuses, de la rue des Rosiers à celle des Archives, de l'interminable rue de Rivoli à l'adorable rue Charlemagne, cet endroit est comme un village pour moi. Et je réalise la chance immense que j'aie eue d'y vivre et d'y grandir, en trouvant ça parfaitement normal.

En fin de journée, je retourne flâner dans la rue de Sévigné, aux abords du lycée Victor-Hugo. *Mon* lycée. Enfin, l'ancien. Je ne leur ai pas donné rendez-vous mais je connais les habitudes de mes cinq amis d'enfance. Je les attends à une petite table du café des Musées, tout au fond, et je les vois débarquer un par un, en se chambrant bruyamment.

Ils marquent un temps d'arrêt en me découvrant sur la banquette bordeaux. À l'intérieur de moi, ça tremble un peu. Beaucoup. Mais je fais tout mon possible pour donner le change.

– Laissez-moi deviner : JD, tu n'avais pas révisé le bon sujet pour le bac blanc, Malia, tu as cartonné, Amel, tu as encore brisé le cœur d'une hétéro au foot, Consti, tu t'es fait virer des scouts et Ruben n'est pas là parce qu'il a encore pris rendez-vous chez le coiffeur pour tenter de cacher la misère.

Les bouches rondes étonnées s'étirent et se mettent à rire ou à sourire. Mais le malaise est palpable. Et ils restent tous debout au lieu de venir s'asseoir près de moi, comme s'ils n'arrivaient pas à comprendre ma présence ici et maintenant, dans notre vie d'avant. Comme si la distance était maintenant infranchissable.

– Euh… attendez, les gars.

– Mais non ?!

– Louve, c'est toi ? Je rêve pas ?

– Vous voyez tous la même chose que moi ?

Chacun de mes amis balbutie quelque chose, gêné, surpris, incrédule ou amusé.

– Je suis désolée d'avoir été aussi nulle… bredouillé-je finalement, des larmes plein les yeux.

Ils me regardent, ils se regardent entre eux, et puis Amel se jette sur moi, suivie de Jimmy-Désiré qui ne se fait jamais désirer pour un *group hug*, puis des deux autres qui bougonnent que je ne suis pas si nulle que ça, et je me retrouve étouffée sous une pyramide humaine d'amitié.

Bon sang qu'ils m'avaient manqué. Leur affection, leur spontanéité, leurs rires francs : ça regonfle mon cœur presque aussitôt.

– Il faut que je vous dise quelque chose… Ça ne va pas si bien à Boston. En fait, j'ai voulu mourir. Et j'avais trop honte pour vous le dire…

La bombe est lâchée. À toute vitesse. Je crois que j'avais besoin de m'en débarrasser.

– OK, deux Coca pour quatre, c'est ma tournée ! lâche Constantin en faisant signe au serveur.

Mes amis prennent place autour de moi, tous serrés sur la banquette qu'on a tant usée, et m'écoutent raconter mon calvaire en pleurant avec moi. Malia caresse mon bras jusqu'à le faire rougir, Amel promet de mettre un bon coup de crampons dans les parties des Royals, les gars me demandent à voir tous ces angelots sur les réseaux, JD tombe *in love* de Honor mais se reprend en proposant de pourrir sa messagerie, les filles suggèrent de me kidnapper pour que je ne puisse pas rentrer puis tous s'arrêtent net en découvrant le profil de Night Bird.

– Ah ouais !

– Il est canon, ce fils de p…

– On a dit pas les mères !

– Oui, déso.

– Mais j'avoue, mate un peu le fessier.

– Et cette gueule d'acteur.

– Ces boucles.

– Ce swag.

– Ce petit air de « je domine le monde », là.

– Mais pourquoi les lycéens américains ont tous l'air d'être des adultes, avec des bagnoles, de la drogue gratuite, des soirées de folie, des looks de re-sta ?

– Pendant que nous on boit de la bière pas chère en survêt dans la chambre pourrie de JD…

– Je t'emmerde ! À partir de maintenant, vous m'appellerez « Jay Dee ».

– C'est ça, ouais, et moi je suis Riri mais version Lidl, plaisante Malia en essayant de twerker assise.

Je souris en écoutant leurs bêtises et leurs différentes stratégies pour me venir en aide. Et je décline leur proposition qui consiste à harceler les Royals sur les réseaux sociaux pour guérir le mal par le mal.

– Je crois que vous ne pouvez rien faire pour moi, les kikis. Mais ce que vous êtes en train de faire là, vous ne le savez pas, mais c'est déjà énorme.

Les vannes s'ouvrent à nouveau, les larmes coulent et le câlin groupé s'écroule à nouveau sur mon cœur lourd et mon corps vidé. Grâce à eux, le premier est en train de s'alléger et le second de se remplir de leur force, de leur énergie, de leur amitié.

« Louve Larsson ne craint personne », peut-être… Mais elle a besoin de tout ce monde.

21

Quand les loups sont de sortie

Louve

En remettant les pieds au lycée, je décide qu'il est temps que je sache qui est *vraiment* Lazare Nightingale.

J'ai laissé Paris à regret, mais Boston sous le soleil et par vingt degrés, ça a une autre gueule.

Une autre énergie.

Sans compter que j'ai retrouvé le sol américain habitée par une toute nouvelle force. Je leur ai tout dit. J'ai assumé mes faiblesses, mes erreurs, mes mensonges, ma chute vertigineuse, pour enfin avoir une chance de me relever. Ruben, Amel, Constantin, Malia, Jimmy-Désiré : je les ramène tous un peu avec moi. Et en retrouvant Pia, ce matin, en voyant ses boucles folles s'écraser contre la porte de son casier alors qu'elle trébuche toute seule, je rigole et me dis qu'elle serait parfaite pour notre bande.

Aussi cinglée que nous.

– Je. Ne. Veux. Pas. Retourner. En. Cours, geint-elle en balançant sa tête d'avant en arrière.

– Arrête, tu vas devoir te refaire toute la face si tu continues. Et on finira par te confondre avec l'un des clones de Honor.

Je colle ma paume contre son front avant qu'il ne rencontre la surface en métal, elle se tourne vers moi et plante ses mains sur ses hanches.

– Dis donc, Louve Larsson ! C'est totalement interdit

d'abandonner sa nouvelle meilleure amie pour aller faire la belle à Paris !

– Faire la belle, moi ? ricané-je en m'adossant contre un casier.

– Ne me laisse plus jamais, grogne-t-elle en m'attirant de force dans ses bras.

– Tu as survécu seize ans sans moi, non ?

– L'amour n'a pas d'âge, Louve Larsson.

Ça n'a aucun sens, ou à peu près aussi peu que notre amitié si récente mais déjà si forte.

La sonnerie retentit, je vois passer les yeux sombres et l'air insolent de mon meilleur ennemi, qui trace son chemin entouré des siens après m'avoir survolée du regard. Un regard fugace mais vif, qui provoque un petit quelque chose en moi. Je ne sais pas si c'est Gideon ou Alec que j'entends nous traiter de « gouinasses », puis nous proposer un plan à trois, je suis trop occupée à essayer de me dépêtrer de l'étreinte de Pia. Elle résiste mais ses petits bras maigrichons ne tiennent pas longtemps le choc. Je lui colle une bise sur la joue et lui ordonne d'aller en cours.

La physique, Mr Schwartz et la salle B12 m'attendent.

Juste avant que ne démarre mon plan secret.

Il est temps que je sache qui est *vraiment* Lazare Nightingale.

***

Mon scooter a du mal à suivre sa bagnole-fusée gris métallisé qui file dans les rues de Boston, mais je m'accroche à mon guidon et je file comme le vent en prenant soin de laisser plusieurs véhicules entre nous.

C'est sans doute la filature la moins discrète qui soit, mais j'ai quand même troqué mon jean contre une robe et des collants noirs, ma veste bleu marine contre un gilet beige et mon casque vert sapin contre un modèle noir totalement passe-partout. Je piste Lazare depuis la sortie des cours, en quête d'indices qui me permettraient de dessiner avec plus de précision son profil de psychopathe. Et pour l'instant, je passe incognito.

Le roi du lycée conduit un coupé Corvette de collection, je crois. Probablement un *petit* cadeau qu'il s'est offert à tout juste 16 ans avec sa jolie *petite* fortune d'héritier. Je n'y connais rien en bagnoles, mais la sienne a l'air aussi prétentieuse et chère à l'entretien que l'est son propriétaire. Il prend à nouveau un virage serré, auquel je ne m'attendais pas et je manque de peu le trottoir. Il se croit définitivement dans un film d'espions, ce con.

– Va t'acheter un beau tricycle rose si tu veux faire joujou dans les rues, ma jolie !

J'offre un doigt d'honneur au conducteur de quatre-quatre bien misogyne qui vient de me balancer ces mots doux et repars à la poursuite de ma cible. Je n'ai aucune idée d'où on va mais on atteint maintenant South Boston, quartier résidentiel un peu excentré mais calme et agréable à regarder, avec ses maisons américaines typiques de toutes les couleurs. Ça fait presque trente minutes qu'on roule et l'effort, la circulation, la tension commencent à me coller des crampes dans les bras.

Je ralentis en voyant sa Corvette faire de même, puis se ranger dans une petite allée menant à une jolie façade jaune. J'éteins mon scooter cinq numéros plus loin, le gare derrière un gros chêne et traverse deux pelouses le plus discrètement possible.

Lazare prend son temps avant de sortir de sa voiture et m'octroie sans le savoir quelques secondes supplémentaires pour trouver une planque adéquate. Un muret en briques me sert finalement de cachette lorsqu'il quitte son bolide pour se rendre jusqu'à la maison jaune.

La porte d'entrée s'ouvre avant même qu'il n'ait besoin de sonner et un type que je ne distingue pas bien d'où je me trouve lui lance d'une voix joyeusement tonitruante :

– Le voilà enfin ! Serait-ce le retour du fils prodigue ?

Cette voix me trouble. Je la connais. Je n'arrive pas à lui associer un visage, mais elle m'est étrangement familière, comme si je l'entendais souvent. Peut-être celle d'un acteur, dans l'une des dizaines de séries que je regarde.

– Allez entre, fiston, tu n'as quand même pas oublié comment on passait ce portail. Un petit coup de poignet, tu te souviens ?

C'est le petit rire gêné ponctuant cette phrase qui m'éclaire. Soudain, je sais parfaitement à qui cette voix appartient.

– Mr Carpenter ?! m'écrié-je presque en silence.

De la dynamite explose sous mon crâne.

Je plaque une main sur mes lèvres de la manière la plus théâtrale qui soit, comme le ferait la pire des actrices dans le pire des mauvais films. C'est pourtant le seul réflexe qui me vient, face au choc immense que je ressens. Et ce n'est pas le dernier. Une femme les rejoint alors sur le pas de la porte et prend Lazare dans ses bras. Je devine qu'il s'agit de Mrs Buffet, la prof de français du lycée… et, si je connecte toutes ces nouvelles données, la mère de mon ennemi juré.

Lazare Nightingale est fils de profs.

Il n'est pas l'héritier richissime d'une puissante multinationale, le rejeton d'une famille influente du monde des affaires, de l'art ou de la politique, comme il laisse tout le monde le penser. Et si ça n'a rien de honteux à mes yeux, ça n'a également rien de *royal*.

Et puisque apparemment la mèche continue de brûler, une nouvelle bombe explose lorsqu'un visage me revient. En toute logique.

– Mais alors Pia, murmuré-je. Pia ?!

Un vertige me gagne. Pia qui le déteste, Pia qui le maudit, Pia qui le tacle dès qu'elle en a l'occasion… Pia est sa sœur. La sœur de Lazare Nightingale. La sœur de Night Bird en personne.

J'ignore pourquoi ils ne portent pas le même nom de

famille, mais celle qui prétend être mon amie partage donc le même sang que mon pire ennemi… et m'a surtout menti sur toute la ligne.

Un talent inné, dans cette famille.

***

– Qu'est-ce que tu fous là, Louve ?

Sa voix est assassine, mais pas autant que ses yeux qui me pulvériseraient sur-le-champ s'ils le pouvaient.

– Mais qu'est-ce que tu fous là, putain ?!

À peine une heure après avoir disparu dans sa jolie petite maison jaune, alors que la nuit vient de tomber, le revoilà dehors. Mon ennemi juré qui vient de me voir postée sous un lampadaire, au bout de son allée, se rapproche déjà de moi à grandes enjambées, les mains enfoncées dans les poches de sa veste en jean, mâchoires serrées, l'air absolument furieux.

Affreusement sexy.

Je jubile en voyant à quel point ma présence le déstabilise et le fait enrager, même si je joue probablement ma vie à cet instant.

Non. La peur m'a assez paralysée. Entre elle et moi, c'est terminé. Je suis plus forte que ça, prête à surmonter mes angoisses et à affronter le danger.

Même quand il a cette gueule d'ange.

– Dégage de là, la paria ! Combien de fois il faudra que je te dise de sortir de ma vie ?

Il tente de me contourner pour regagner sa bagnole, mais je l'attrape par la manche et le retiens. Je dois être devenue folle à lier.

– Tu me touches à nouveau et t'es morte, compris ? grogne la bête sauvage.

Sauf que ses menaces ne fonctionnent pas et que mes doigts ne bougent pas d'un millimètre. Je ne veux pas le laisser partir, pas maintenant que je le tiens. On se jauge un long moment en silence, la tension entre nous m'électrise, m'excite autant qu'elle m'effraie. Night s'en rend compte et un sourire sournois se dessine sur son beau visage d'enfoiré. Il regarde une dernière fois mes doigts sur sa manche, fait soudain un cercle avec son bras pour se libérer, avant de venir poser sa main à la base de mon cou.

C'est loin d'être une caresse mais ce contact me trouble terriblement. Nos peaux se rencontrent pour la première fois. Et mon corps me trahit en ressentant ce désir soudain qui n'a rien à faire là.

– C'est pour moi, cette petite robe noire ?

Sa voix grave, presque suave, se fout clairement de ma gueule tandis qu'il me passe en revue de la tête aux pieds. Je tente de dégager sa main de mon cou mais il resserre un peu plus son emprise, l'air terriblement amusé et déterminé à ne pas lâcher. Bizarrement, je n'ai pas peur. Je sais qu'il ne va pas me faire de mal, pas ici, pas maintenant, en pleine rue, juste devant chez ses parents.

Je crois qu'il le sent et il me force alors à reculer.

– Tu as perdu ta voix, hein ?

Quelques pas en arrière et je me retrouve plaquée contre sa Corvette. Le choc fait glisser une manche de mon gilet et dévoile mon épaule, couverte seulement par la fine bretelle de ma robe. Les yeux sombres de Lazare se promènent sur ma peau et la chaleur qui se répand en moi, notre proximité, son intensité me tourmentent.

Je n'ai jamais ressenti ça.

– Tu es venue jusqu'ici pour m'allumer, Larsson ? murmure-t-il.

Ce procès d'intention fait retomber mon excitation. C'est faux. Injuste. Une colère nouvelle me gagne et je parviens enfin à le repousser.

– Regarde ailleurs, sale pervers ! Et va poser tes sales pattes sur une autre.

– Maintenant, tu me dis ce que tu fous là…

Son visage s'est planté à deux centimètres à peine du mien avant de lâcher froidement ces mots. En *français*. Avec cette pointe d'accent américain qui me fait toujours quelque chose.

Évidemment qu'il est parfaitement bilingue, tout comme Pia, puisque le frère et la sœur sont à moitié français par leur mère. Je comprends tout, maintenant. Quelle belle bande de menteurs.

Cette phrase n'était pas une requête mais clairement un ordre, auquel je réponds sans réfléchir, dans ma langue natale.

– Je t'ai suivi pour faire tomber ton masque, Night.

Il inspire profondément, les mâchoires crispées, puis d'une main sort une clope qu'il glisse entre ses lèvres et allume comme je l'ai vu faire si souvent. Sauf que cette fois, il se tient tellement près de moi que j'ai l'impression de fumer pour la première fois.

– Pourquoi tu cherches tant les emmerdes, Larsson ? Tu n'aurais jamais dû te pointer ici…

– Garde tes menaces pour toi, va. Je sais qui tu es maintenant, d'où tu viens et j'ai de quoi te faire chanter. Je parie que tes potes les Royals ne sont pas du tout au courant de qui sont tes parents.

Il se marre, ce con. Son rire dédaigneux s'élève dans la nuit et me donne envie de le gifler. Ou de le mordre jusqu'au sang.

– Tu t'en prends une seule fois à moi et je révèle TOUT à tout le monde, tu entends ?

Il sourit toujours en coin, comme le salopard qu'il est, mais ses yeux se plantent dans les miens et n'ont plus du tout l'air de plaisanter.

– Tout le lycée saura que tu n'es pas celui que tu prétends. Et ta place parmi les Royals ? Tu pourras l'oublier ! « Fils de profs », ça pue beaucoup trop la normalité pour tes potes au super pedigree.

Je fais ma peste, juste pour le déstabiliser et effacer ce satané sourire de son satané visage.

– À partir de maintenant, tu me protèges au bahut, tu es mon allié secret, mon garde du corps personnel. Tu me suis ?

– Tu te prends pour qui, Louve ?

– Pour celle qui t'a démasqué, Lazare Carpenter-Buffet.

Ma dernière pique le rend plus tendu encore.

– Ne fais pas trop ta maligne, la paria. Ne va pas trop loin…

– Alors fais ce que je te demande. Arrête de m'appeler comme ça et protège-moi.

– Sois honnête, petite Louve, souffle-t-il en même temps que sa fumée mentholée dans mon visage. Je t'ai trop manqué pendant les vacances ? T'es tombée amoureuse de moi, c'est ça ?

Je le fixe droit dans les yeux, le dévisage longuement tandis qu'il jette sa clope sur la route et se penche à nouveau sur moi. Pour placer ses lèvres près, très près des miennes.

– Si je t'embrasse, là tout de suite, si je te touche, tu me foutras enfin la paix ?

Mon cœur s'emballe, ce traître.

– Ce n'est pas du tout ce que je…

– Tu veux jouer à la grande avec le mauvais garçon du lycée, c'est ça ? Ta vie manque de sensations fortes ? Tu veux goûter à… *ça* ?

Lentement, sa bouche se rapproche de la mienne et sa main se pose sur ma cuisse pour remonter le long de mon collant. Je frémis, sous l'effet de la panique, mais aussi du désir. Une petite flamme de l'enfer s'allume et grandit dans mon bas-ventre. Ses lèvres sont trop près. Sa main trop… *là*. L'attirance démente que je ressens pour lui à cet instant me fait paniquer. J'en oublierais presque mon objectif. Et à quel point je le hais.

Nos lèvres allaient se toucher lorsque je lui envoie un méchant coup de coude dans les côtes et le vois reculer en grimaçant.

– Putain, il suffisait de dire non !

– Arrête de jouer les mecs irrésistibles et fais-toi une raison : c'est moi qui décide de ton destin, maintenant !

Le garçon le plus beau et le plus imbuvable que j'aie jamais connu secoue la tête et lâche un râle de frustration, puis s'adosse à sa bagnole en me balançant :

– Tu veux quoi exactement, à part faire de moi ton pantin ?

– Que tu m'aides à exposer les quatre autres Royals.

– Que je *quoi* ?

– Je veux les faire tomber les uns après les autres. Cette dictature au lycée a assez duré.

Il soupire, fourrage une main dans ses cheveux bruns bouclés, tapote nonchalamment du pied et regarde au loin pour me signifier son total désintérêt.

– Tu m'as entendue ?

– Tu n'as pas les épaules pour ça, la paria.

– Hé ! Ce surnom, tu l'oublies si tu ne veux pas entendre prononcer le nom de tes parents publiquement, grondé-je en me plantant face à lui.

– Pourquoi tu ne me mets pas dans le même sac qu'eux ?

– Hein ?

– Les Royals sont cinq, pas quatre. Pourquoi tu ne cherches pas à me détruire en même temps ?

– Parce que j'ai besoin de toi pour les atteindre eux, fais-je froidement. Et parce que je commence à avoir des doutes à ton sujet…

– Comment ça ?

Il me fixe à nouveau, d'un sale œil, mais qui a au moins le mérite de me prouver qu'il est attentif à chacun de mes mots.

– Je ne suis pas sûre que tu sois aussi cruel que tu le prétends, Night.

Il lâche à nouveau ce rire sans joie qui me hérisse le poil.

– Tu m'as suivi jusqu'ici sur ton petit scooter et tu crois soudain tout savoir ?

Il se rapproche de moi une nouvelle fois, lentement, de la

même manière qu'un prédateur cerne sa proie.

– Tes yeux perçants n'ont pas percé le moindre de mes mystères, Louve. Et ne rêve pas, tu ne goûteras jamais à ces lèvres. Ni à ces mains.

Il les met en l'air, de chaque côté de sa tête, puis il part à reculons, fait le tour de sa Corvette et s'installe au volant.

J'entends la portière qui claque et le moteur qui démarre. Il ne prend même pas la peine de le faire rugir.

Après tout, c'est inutile.

Ça rugit déjà si fort en moi.

**

Sur mon « petit scooter » qui me ramène bravement chez moi un peu avant vingt et une heures, je me refais tout le film de cette soirée. Mes pensées confuses s'entrechoquent tandis que je tente de respecter le Code de la route et de ne pas renverser un piéton, un panneau ou un caniche.

Lazare a failli m'embrasser.

Sa main m'a touchée.

J'ai aimé ça.

Je ne devrais pas.

Ça chauffe, ça bout et ça s'engueule sous mon casque. N'empêche, il n'est pas né avec une cuillère en argent dans la bouche, il n'a pas d'avenir tout tracé ou d'héritage faramineux qui l'attend, et ça le rend plus mystérieux encore à mes yeux. Je n'arrête pas de me demander ce qu'il cache vraiment – peut-être un cœur qui bat, dans ce corps dément ?

Et qui pourrait battre pour moi.

Je devrais probablement me foutre des claques, mais je suis trop occupée à piloter sans tuer des gens. Et soudain, alors que je tente de me raisonner, la photo de moi qu'il m'a envoyée il y a quelques semaines me revient. Sa cruauté était sans nom. Petit à petit, tous ses messages haineux se rappellent à ma mémoire, un par un.

Je le hais à nouveau.

Je n'ai plus du tout envie qu'il m'embrasse.

Ou si peu.

– Bienvenue au club, Night !

Je réalise que Lazare Nightingale se fait juste passer pour ce qu'il n'est pas au lycée et dans la vie, peut-être par vanité, par excès d'ego et surtout dans l'espoir d'oublier qu'il n'est qu'un simple mortel, un mec normal. Un humain dans tout ce qu'il y a de plus fragile.

L'autre découverte du soir, c'est que Pia non plus n'est pas celle que je croyais. Qu'elle ait honte de son frère qui terrorise tout ce qui bouge au lycée, je peux le concevoir. Qu'il lui ait sans doute interdit de révéler qui elle est pour lui, c'est plus que probable. Mais qu'elle n'ait pas voulu se confier à moi en sachant qu'on est dans le même camp et qu'elle se dit ma meilleure amie, ça me déçoit. Ça me blesse.

Et la prochaine bombe qui me tombera sur le coin du nez, ce sera quoi ? Honor est en fait la fille cachée du Dr. Geller ? Alec et Gideon les amants de Mrs Duncan ? Sinaï n'est pas le fils d'un diplomate tout-puissant mais le petit-fils de l'agent d'entretien ou du gardien du gymnase ?

Oh My God. Si les masques commencent à tomber, on va s'amuser.

22

Trois ou quatre coups

Lazare

Cette Française me les brise.

En retrouvant le 399 Berkeley Street ce soir-là, je monte les marches quatre à quatre et vais me réfugier tout là-haut sur mon toit-terrasse. Pas sûr que cette vue démente sur Boston arrive à m'apaiser, cette fois. Pas sûr que toutes les clopes que je fumerai face à la paisible Charles River arriveront à me faire redescendre.

Elle a osé me suivre.

Osé venir chercher la merde jusque chez mes parents.

Osé foutre ma couverture par terre, avec sa putain de détermination et sa curiosité mal placée.

Elle me tient par les couilles.

Et le pire, c'est l'effet qu'elle me fait quand elle me tient tête. J'ai failli perdre la mienne. Failli l'embrasser comme un con, mettre mes mains partout sur elle. J'en crevais d'envie. Alors que tout ce que j'aurais dû faire, c'est lui coller la pression, lui faire peur, lui donner envie de fuir et de ne plus jamais m'approcher. Mais elle a aimé ça, je le sais, je l'ai vu dans son regard stupéfiant, son bleu était en feu.

Quelle merde.

Elle sait désormais qui est ma famille.

Elle sait que je ne fais pas partie de l'élite.

Elle sait que je ne vis pas chez moi.

Et elle va m'obliger à rejoindre son petit projet révolutionnaire débile, comme si elle pouvait faire tomber les trois
mecs les plus influents du lycée et la minireine d'Espagne
en personne. Comme si elle pouvait mettre fin au harcèlement
alors que c'est la loi du plus fort qui règne en maître dans
ce bahut et tous les autres. Comme si elle était plus forte que
le système.

Le but, c'est survivre. Les règles ? Il n'y en a pas. Si tu
n'es pas assez fort pour ça, tu la fermes et tu attends que ça
passe. Les coups, soit tu les donnes, soit tu les évites.

Personne ne t'a demandé de changer le monde, Louve Larsson.

J'enrage, putain.

Je redescends mon escalier casse-gueule pour aller prendre
une bière dans le frigo. Je referme la porte un peu fort,
décapsule ma bouteille, lance la capsule en l'air et shoote
dedans de toutes mes forces pour l'envoyer à l'autre bout de
la pièce. Ma basket part avec et va s'écraser sur le mur. Alors
je m'énerve tout seul et je balance mon poing dans une
étagère pleine de livres, qui s'écroulent au sol.

Ça fait très longtemps que personne ne m'a mis dans cet
état-là.

J'entends alors la petite vieille du dessous qui met trois
coups de balai dans le plafond et je m'arrête.

Trois coups : c'est qu'il est tard et que je fais trop de bruit.

Quatre coups : elle a besoin d'un coup de main.

Ça fait bientôt huit mois que je vis ici, chez elle, à cet étage
inoccupé de son hôtel particulier. Mrs Van Cleef est une
vieille amie de feu ma grand-mère, Miss Nightingale. Elle
a repris son nom de jeune fille quand mon grand-père
Carpenter s'est barré en lui laissant ses mômes et ses dettes.
Elle était très riche, à une époque, mais elle a connu la
déroute. Et elle s'est relevée. J'admirais beaucoup ma grand-
mère, une femme dure et tenace, indépendante, qui ne se
laissait jamais aller à pleurnicher même quand elle s'est
retrouvée seule et a tout perdu.

À côté d'elle, mon père est un gros mou incapable de se faire respecter et complètement dépendant de ma mère, qui elle ne vit que pour ses élèves qui retiennent à peine son nom mais lui donnent l'impression d'être utile.

Bref, c'est pour ça que j'ai décidé de prendre le nom de ma grand-mère, quand mes parents m'ont obligé à venir m'inscrire dans leur putain de lycée privé. Après tout ce qu'il s'est passé l'an dernier, quand je me suis fait virer du lycée public à cause d'Ellis et que plus personne ne voulait de mon dossier, j'ai accepté de redoubler ma terminale au Lycée international de Boston à trois conditions : je ne porte pas leur nom, personne ne sait que je suis leur fils, et je vis seul de mon côté. Ils me laissent vivre ma vie et je reste loin des ennuis.

Jusque-là, je remplissais ma part du contrat. Eux aussi.

En vivant chez Mrs Van Cleef, dans le quartier chicos mais plutôt cool de Back Bay, je pouvais au moins sauver les apparences et passer pour un de ces gosses de riches sans même payer de loyer. La petite vieille ne peut plus monter les escaliers et elle est contente d'avoir des muscles à disposition pour lui rendre des services, lui faire deux trois courses, promener sa Corvette, s'occuper de ses jardinières ou la relever quand elle tombe.

Il était hors de question que je reste chez mes parents, avec ma peste de sœur qui fourre son nez partout, alors que je me tape déjà ces trois-là toute la journée au lycée. Hors de question aussi que je passe pour un bouffon : redoublant, fils de prof, classe moyenne, exclusion pour violences... Et puis quoi encore ? Je n'aurais pas tenu trois jours dans ce bahut avec toutes ces étiquettes merdiques sur le front.

Hors de question que je me retrouve du mauvais côté, dans le camp qui reçoit les coups au lieu de les donner.

Je grimpe à nouveau sur la terrasse avec ma bière et mon téléphone. Je m'accoude à la rambarde et je bois une gorgée, j'en laisse couler une sur le trottoir et je recommence, trois ou quatre fois. C'est complètement con, comme moi.

L'alcool et la vue imprenable commencent à faire leur effet. C'est beau les lumières de la ville, la nuit. Il y a encore quelques joggeurs qui s'épuisent le long des berges, deux ou trois chiens qui s'ébattent sur la pelouse pour leur dernière balade du soir, quelques couples qui se promènent, sans doute après un resto, et peut-être avant un dernier verre chez l'un ou chez l'autre, pour un plan cul ou un plan *love*.

– N'y allez pas, c'est un piège dans tous les cas, leur soufflé-je comme s'ils pouvaient m'entendre.

Puis je me retourne pour m'adosser à la rambarde. Je prends mon portable et j'écris à Ellis :

[Tu dors, pauvre tache ?]

[Besoin de te parler de quelque chose...]

[Enfin plutôt de quelqu'un.]

Je vide ma bière en attendant sa réponse. Je laisse ma tête aller en arrière, au-dessus du vide, les yeux fermés, et mon abruti de cerveau revoit l'épaule de Louve, ce gilet qui tombe, cette bretelle que j'ai eu envie de lui arracher. Mon nez planté vers le ciel retrouve son odeur de bonbon comme s'il flottait encore dans l'air, ce goût caramel qui s'échappe de sa bouche indécente chaque fois que je l'approche. Et puis mes doigts fourmillent, chauffent autour de ma bouteille fraîche comme s'ils pouvaient sentir à nouveau la peau de son cou dans ma paume, la chaleur de sa cuisse sous mes doigts, quand je me suis aventuré sous sa putain de robe noire et quand j'ai rencontré ces putains de collants qui me séparaient d'elle.

J'aurais voulu la toucher vraiment.

Cette fille-loup qui me dérange suscite en moi des trucs plus dérangeants encore.

Insupportable.

Elle arrive à me rendre fou de désir et fou de colère en même temps.

Pas normal.

Elle me donne envie de lui faire du mal… et de lui faire du bien et des tas d'autres choses.

Pathétique.

Cette paria qui n'est pas mon problème est en train de m'en causer plus d'un.

Je déteste l'idée qu'elle m'ait démasqué, je déteste l'idée qu'elle me fasse chanter, et je déteste encore plus ce qu'elle va s'imaginer : que je ne suis qu'un connard arrogant, superficiel, qui a honte de sa famille et de là où il vient, qui rejette ses propres parents juste parce qu'ils n'ont pas assez de thunes, pas le bon nom, pas le bon arbre généalogique, pas le bon réseau.

Ce n'est pas ça.

C'est tout sauf ça.

Elle ne sait rien. Personne ne sait. Rien de moi, rien d'eux, rien d'Ellis, rien de tout ce qui m'est arrivé. Et qui ne doit plus *jamais* se produire.

Mon portable vibre et la réponse d'Ellis arrive enfin.

[OK, comment elle s'appelle ?
Je veux tout savoir.]

Mais je ne veux déjà plus parler d'elle. Tout ce que je veux, c'est me la sortir du crâne et de partout ailleurs. Des yeux, du nez, des doigts, de partout où elle s'est imprimée.

Je tape : « Laisse tomber » et je vais sur les réseaux pour voir où sont les Royals et où je peux les rejoindre pour me mettre la tête à l'envers. J'écris : « J'arrive » sur notre groupe WhatsApp et je reçois une réponse immédiate de Sinaï qui ne quitte jamais ses portables puis des deux autres mecs qui ont déjà l'air bien entamés.

Sinaï_Ramène-toi, y a de la chair fraîche de 2nde !

Alec_Pas sûr que je t'en laisse, mec…

Gideon_Ouais, y a quelques 7/10 mais nique
sa grand-mère, ça fera l'affaire !

Alec_La levrette ça sert à ça, une fois
qu'elles ont la tête dans l'oreiller,
un Q est un Q…

Sinaï_LOLLLLLL. Je vous laisse, j'ai un Q
dans une main et une seule pour textoter.

Gideon_Gros mytho, le mec est en train de sucer
les boules de la prof de sport par texto…

Sinaï_Bah quoi, elle m'a demandé de lui installer
des applis de yoga, je rends service, moi !

Alec_Putain, moi aussi je veux rendre service
à Mrs Lee en la tenant bien fort par la queue
de cheval !

Gideon_Ouais ? Quelqu'un a parlé de moi, là,
en appelant « Queue-De-Cheval » ?]

Alec_Aussi gros que ton mytho !

Sinaï_Amène-toi, Lazarus. Je les tiens plus, là !

Une belle bande de bâtards surchauffés, qui parlent
beaucoup mais c'est tout. Gideon doit être sous coke ou
ecsta, Alec doit carburer à la vodka-Red Bull comme

d'habitude, et ils doivent suivre Honor partout pour éviter qu'on lui mette la main dessus. Je soupçonne Sinaï d'être toujours puceau, à moins que papa lui paie quelques *escorts* de luxe quand il n'en peut plus. Et ça m'étonnerait qu'Alec et Gideon touchent à d'autres meufs que Son Excellence de mes deux, s'ils veulent encore avoir une chance avec elle.

Ça me surprenait qu'elle reste silencieuse… Mais Honor finit par m'envoyer sa réponse en perso : une vidéo d'elle, en selfie, avec son index qui s'enroule vers elle et sa langue joueuse qui se déroule vers moi.

– Ce n'est pas toi que je veux, princesse des casse-couilles, soufflé-je à mon écran.

Mais puisqu'on fait tous semblant, je peux bien jouer, moi aussi. Il faudra bien ça pour oublier ma nouvelle meilleure amie…

23

Une infime lueur d'espoir

Louve

Encore sonnée par ce qui vient de m'exploser au visage dans le quartier de South Boston, je gare mon scooter dehors et passe la porte de ma demeure en briques rouges. Il n'est pas très tard, pourtant le silence règne dans la maison. Je trouve mon père dans le salon à peine éclairé, debout face à la grande baie vitrée donnant sur le patio. Dans ses bras, un petit oisillon presque endormi, qu'il berce avec patience et tendresse.

C'est fou comme un homme aussi autoritaire, inflexible et dur en affaires est capable de se transformer auprès de ceux qu'il aime. Quand il est là et pas aux quatre coins du globe en train de négocier des contrats ou essayer de changer les mentalités, Wolf Larsson fait de nous sa priorité. Je sais qu'il tient à jouer son rôle de père et à offrir des moments de précieuse liberté à ma mère. Il ne veut pas qu'elle s'oublie. Elle a dû sacrifier tant de choses auxquelles elle tenait, depuis l'arrivée de Colombe.

– Coco a besoin de compagnie ce soir, me glisse-t-il en même temps qu'un clin d'œil. C'était sympa ta soirée ?

– Oui, j'étais chez… Pia.

Ce qui devait être un mensonge n'en est plus un.

– C'est bien que tu te sois trouvé une *bestie*, ma Loupiote.

– Plus personne ne dit *bestie*, le daron, mais bien essayé.

Je lui souris, il rigole doucement en prenant soin de ne pas trop secouer le petit paquet fragile qu'il tient contre lui. Comme tous les Larsson, Colombe sait ce qu'elle veut. Elle aime être bercée de droite à gauche, méthodiquement, ni trop vite ni trop lentement et pas remuée n'importe comment.

– Maman dort déjà ?

Mon père fait non de la tête, un petit sourire facétieux au coin des lèvres. Ses yeux de loup se mettent à briller dans la nuit et je devine ce qui va suivre : une remarque légèrement déplacée sur celle qu'il aime comme au premier jour.

– Elle a mis sa petite robe rouge dos nu qui me rend fou et elle est partie rejoindre sa copine Eugénie qui est de passage à Boston.

– Merci pour les détails, grommelé-je. C'est bien qu'elle s'amuse… Bonne nuit, papa.

– Tu as déjà dîné ? Je te commande une pizza ou un *poke bowl* ?

– Non ça va, pas besoin. Je suis fatiguée.

Encore un mensonge : je m'apprête juste à aller me venger sur une vingtaine de Carambar pour tenter de digérer mes émotions.

– Bonne nuit, ma si belle.

Je regagne ma chambre deux minutes plus tard, laisse tomber mon sac à dos de lycéenne sur le sol et mon corps claqué sur le lit.

– Plus longue journée de ma vie…

Mes pensées m'échappent à nouveau et je ne vois plus que *lui*. Ses lèvres si proches des miennes. Sa main sur ma cuisse, si entreprenante, sans être brusque ni forcer quoi que ce soit. Son souffle. Son intensité. Sa colère. Son aura.

Et son désir, je crois.

Je vais récupérer mon téléphone dans mon sac, en me

disant naïvement qu'il m'a peut-être écrit quelque chose depuis qu'on s'est quittés. Mais rien sur l'écran. Déçue, je vais me planter devant le miroir en pied et je m'étudie, dans cette robe noire qui a eu l'air de lui plaire. Je voudrais revivre cette scène qui me semble déjà irréelle, comme si elle n'avait jamais eu lieu que dans mon imagination bien trop fertile. Je retire mon gilet beige *oversize*, pose mes yeux sur cette épaule qu'il a caressée.

Du regard seulement, mais c'était déjà délirant.

Je contemple ma poitrine, que je trouve énorme et disgracieuse, et qui rend les mecs si primaires. Puis je descends sur ma taille, plutôt fine, mais suivie de ces hanches qui me complexent. Merci, mais je n'en demandais pas tant.

Plus bas, maintenant. Depuis que Lazare a frôlé mes cuisses, je les regarde autrement. C'est stupide. Pire que ça, même. Elles ne sont toujours pas aussi fines que je le voudrais, mais elles ont été touchées par lui. Et ça ne devrait rien changer, mais ça change tout.

Je quitte le miroir pour sauver ce qu'il me reste de dignité, et retourne m'allonger à plat ventre sur mon lit. Je déverrouille mon portable et clique sur l'icône d'Instagram.

Mauvaise idée.

Premier Carambar.

– Qu'est-ce que… ?

Je ne m'attendais pas à cette vidéo pornographique, à ces seins énormes et tombants, desquels giclent des litres de lait. Évidemment, cette merveille a été postée par Night Bird et évidemment, il a eu la gentillesse de me taguer sur ce chef-d'œuvre. Sous la vidéo, une légende qui me fait serrer les dents jusqu'à m'en faire mal.

« Louve Larsson à votre service, 0,99 $ le litre. »

Deuxième papier jaune froissé.

Je mâche pour passer mes nerfs sur le caramel.

Ce genre de chose arrive souvent, sur son compte ou d'autres, à mes dépens ou ceux d'autres victimes, mais au bout de quelques heures, ces photos ou vidéos humiliantes finissent par disparaître comme si elles n'avaient jamais été publiées.

Sur les réseaux, tout va vite.

Mais le mal est fait : dans nos âmes piétinées, elles restent gravées.

Troisième Carambar avalé.

– Saloperies de trolls planqués derrière vos écrans, sifflé-je.

Je marque un temps d'arrêt.

Au quatrième bonbon qui me colle aux dents, je me dis que quelque chose ne colle pas. L'heure précise à laquelle la vidéo a été postée est indiquée… et je suis à peu près certaine qu'elle correspond au moment où Lazare me plaquait contre sa Corvette, devant chez ses parents.

Il n'a pas pu poster cette horreur.

Je me retourne sur le dos d'un bond.

– Night Bird, ce n'est pas lui ?! lâché-je en direction du plafond qui semble prêt à me tomber sur la tête. C'est quoi ce délire ? Mais alors c'est qui ? Et pourquoi il n'a jamais nié, ce Royal connard ?!

Assommée, je passe de longues minutes à cogiter en essayant de comprendre qui s'en prend à moi en se faisant passer pour lui. À moins qu'il ne partage ce compte avec quelqu'un d'autre ? Ou tous ses potes ? Ou bien qu'il ait été piraté ? Dans ce cas-là, les précédentes attaques seraient bien signées Laz ? Quels messages il a écrits lui-même ? À quel point est-il innocent ?

Je ne sais pas, je ne sais plus, je suis perdue.

Une infime lueur d'espoir s'allume en moi et je ne parviens pas à l'éteindre. Ni à me contrôler. Sans réfléchir, je vois mes ongles vernis de bleu nuit s'agiter pour rédiger un SMS.

[Mais en fait, c'est toi Night Bird ?
C'est toujours toi ou pas ?
Réponds-moi.]

Et j'envoie.

J'ai du mal à y croire mais sa réponse me parvient au bout de quelques secondes.

[Ne me donne pas d'ordre.
Et tout ça, j'en ai à peu près rien à foutre.
Pas mon problème, encore moins le tien.]

Ouch. Je ne m'attendais pas à ce qu'il m'envoie balader d'une manière aussi frontale. Trop naïve, trop impatiente, trop spontanée, la Louve. Mais si je peux au moins me reconnaître une qualité, c'est la persévérance. Je tente une autre approche, tout aussi directe.

[Je n'ai pas rêvé.
Tes lèvres en avaient
autant envie que les miennes.]

Il n'en a rien à foutre de *ça*, peut-être, mais pas de moi. Du moins, je crois.

L'inscription *Lu* apparaît presque immédiatement, mais rien d'autre ne vient. S'il veut me torturer, c'est réussi. Ce message-là restera sans réponse ce soir.

Lazare Nightingale refuse de sortir de sa tour pas si dorée pour jouer avec moi. Il a probablement déjà trouvé de quoi faire mumuse avec ses amis royaux, à une de leurs soirées sans limites, où tous ceux qui ne leur ressemblent pas deviennent des proies. Les gens, des choses.

Un peu avant minuit, alors que je suis sur le point d'éteindre, mon portable se met à vibrer mais c'est le prénom de Pia qui s'affiche. Je décline l'appel, je manque d'énergie pour régler mes comptes avec quiconque et préfère disparaître sous ma couette.

Encore une fausse joie.

Encore quelques Carambar à me mettre sous la dent.

***

Huit heures vingt-quatre, le lendemain matin, je suis en place devant le casier de mon meilleur ennemi quand il se pointe, seul pour une fois, sapé tout en noir, tenant sa veste d'uniforme chiffonnée dans une main, l'air profondément agacé de me voir si tôt.

Pas de bol pour moi, la colère le rend plus beau encore.

— Trop occupé pour me répondre hier soir ? Ou juste trop déstabilisé ?

Pas le choix : être cash et concise avant que sa moue renfrognée, son regard ombrageux et ses boucles brunes ne me filent entre les doigts.

— Il est surtout beaucoup trop tôt pour tes conneries, Larsson. Laisse-moi respirer et va crusher sur un autre mec, par pitié.

— Night Bird, ce n'est pas toi ! Ou c'est toi, mais pas tout le temps. Alors, la vérité c'est quoi ? Et pourquoi tu ne me l'as pas dit avant ?

— Je te l'ai déjà dit, je m'en fous de tout ça, la paria. Je m'en bats. Je m'en branle. Ça m'indiffère. Tu comprends quelque chose, là-dedans ?

Exaspéré, il tapote mon front du bout de son index, cinq ou six fois. Un trouble étrange me gagne à nouveau, mais je lutte pour le dissiper et recule d'un pas.

— Quelqu'un se fait passer pour toi et m'envoie des trucs ignobles ! J'ai pas pu dormir de la nuit mais toi, tout ce que tu as à répondre, c'est que ça ne t'intéresse pas ?

— C'est bien résumé.

— Lazare, grogné-je. N'oublie pas notre deal...

– C'est *ton* deal, Larsson. *Ton* plan à la con. Et ça me fatigue d'avance…

– À partir de maintenant, tu me défends. C'est bien clair ?

Il plante ses yeux sombres dans les miens et se rapproche suffisamment de moi pour que mon cœur s'emballe.

– Tu me fais chier, Louve.

Sa voix était tellement basse et sexy qu'elle me fait frémir.

– Laz, tu te ranges de mon côté ou tout le monde saura que…

– Ferme-la, j'ai compris.

– Et tu vas m'aider à trouver qui me harcèle sur les réseaux sociaux.

Son regard frôle ma bouche, puis va se poser loin de là, à l'autre bout du couloir. J'entends les voix de Gideon et Sinaï qui se rapprochent, dans mon dos, et je devine que le leader des Royals est pressé de mettre fin à cette discussion pour ne pas être vu trop longtemps avec moi.

– Je vais vivre ma vie, souffle-t-il, comme je l'ai toujours fait. Et pour le reste, advienne que pourra.

Je ne le retiens pas lorsque ses larges épaules pivotent et qu'il me plante à cette exacte seconde, pour aller retrouver ses « semblables » – qui n'ont aucune idée de tout ce qu'il leur cache.

Je vis ma vie, moi aussi, enchaînant mes deux cours du matin : littérature américaine et informatique. Je me rends ensuite à la cafétéria en espérant y retrouver Shai et Cassius. Il est temps que je me fasse des amis parmi les rares personnes à peu près normales de ce lycée… ou du moins, que j'essaie. Peut-être y aura-t-il une place libre à leur table, un petit espace où je pourrai me glisser et avoir l'air presque à ma place ?

L'espoir fait vivre.

– Louve !

J'accélère le pas, espérant semer la fille à bouclettes qui m'a prise en chasse.

— Louve, attends-moi !

Pia me rattrape devant le self des entrées et pose une assiette de crudités et crevettes sauce cocktail sur mon plateau.

— On partage ?

Je cherche mes mots une seconde de trop et elle enchaîne en m'entraînant en direction des plats principaux.

— Je viens de croiser Laz, lâche-t-elle dans une grimace sans se douter de rien. Tu veux un steak ou un pavé de saumon ? Bref, je viens de le voir envoyer chier une terminale qui essayait juste de lui demander son numéro. Ce mec est vraiment une immense ordure ! Non mais pour qui il se prend ?

— Pour ton frère ?

Ses yeux noisette cessent soudain de s'agiter et fixent l'assiette qu'elle tient dans sa main. Puis elle prend une grande inspiration et ose enfin les lever vers moi.

— Tu me détestes ?

— Un peu.

— Je n'ai pas choisi de sortir du même utérus que lui, gémit-elle soudain.

— Je sais, mais tu n'étais pas obligée de me cacher la vérité. Tu sais ce qu'il m'a fait... On a parlé de lui tellement de fois, toi et moi.

— Je suis vraiment désolée, souffle-t-elle, penaude. Il m'interdit de te le dire. De le dire à qui que ce soit.

Ses mots semblent sincères. Et même si j'ai encore du mal à m'y faire, à les imaginer frère et sœur, je peux comprendre qu'elle choisisse de lui obéir pour ne pas avoir d'ennuis. J'embarque notre plateau en direction d'une table à proximité, elle hésite à me suivre.

— Ça va être froid, dépêche !

Les yeux un peu brillants et le sourire triste, elle vient

s'asseoir en face de moi et s'explique sans que je ne lui aie rien demandé.

– Il a honte de nous. De mes parents, de moi, de notre famille qui ne ressemble pas à celles qu'on envie ou qu'on respecte dans ce maudit lycée. Enfants, on était plutôt proches. J'ai tellement de bons souvenirs avec lui, mais aujourd'hui, Lazare n'assume plus qui il est. Trop normal, trop médiocre. Et il nous le fait payer en nous rejetant. Alors j'ai décidé de l'effacer, moi aussi. Pour qu'il n'ait plus le pouvoir de me blesser, tu vois ?

Oui. Je vois.

Tout comme le regard noir de l'intéressé qui se pose sur nous un peu trop longtemps, depuis l'entrée de la cafétéria.

24

Un grand classique

Louve

Comme chaque semaine, le Dr. Geller et ses petites lunettes dorées m'attendent dans la salle A5.

Je m'y rends durant une heure libre, en traînant un peu des pieds.

Le blond m'observe, sans expression, et tente déjà d'évaluer le degré de sarcasme et de mauvaise volonté que je vais réserver à ses questions.

– Tout va bien à la maison… annoncé-je en me laissant tomber sur la chaise.

– Comment ça ?

Il hoche la tête et me fait signe de continuer.

– Vous alliez me poser la question, j'ai juste anticipé, expliqué-je. Vous commencez toujours par ça, comme si vous cherchiez à trouver un autre coupable que ce lycée.

– Comment ça ?

Ses « comment ça » commencent à me gonfler.

Un silence traverse la pièce et s'installe pour de bon, jusqu'à ce que le psy décide de relancer l'échange.

– Il y a eu du nouveau au lycée ? me demande-t-il alors. Tu as rencontré des difficultés cette semaine ?

– Pourquoi est-ce que je suis la seule à être punie ?

– Comment ça ?

Aaaaah.

– Mes harceleurs ne perdent pas leur temps dans ce bureau, eux ! Vous ne trouvez pas ça injuste ?

– Louve, tu as essayé de mettre fin à tes jours il y a moins de quatre mois.

– Je suis au courant, j'y étais, grommelé-je.

– Tu n'en as peut-être pas conscience, mais tu as besoin d'être accompagnée, entourée.

– Par ceux qui m'ont donné envie de crever ? C'est tellement logique !

– Louve…

– Mrs Duncan voulait faire de la prévention, non ? Sensibiliser tous les lycéens aux questions de harcèlement ? Alors pourquoi mon casier était encore recouvert du mot « pute » ce matin ? Pourquoi laisser Gideon, Alec, Honor, Sinaï et tous les autres continuer à faire leur loi dans les couloirs, les salles de classe, les soirées ? Pourquoi on ne les oblige pas à venir ici pour leur demander si leur papa, leur maman, leur pépé et leur yorkshire sont gentils, eux ?

Il n'aime pas que je cite les coupables, je le sais et je m'en fous. Ce sont ses règles, pas les miennes. Le blond hoche la tête un long moment sans me répondre, gribouille quelque chose dans son carnet puis il retire ses lunettes comme chaque fois que l'heure est grave et ajoute :

– Il manque un nom.

– Comment ça ?

Vengeance personnelle.

– Tu n'as pas cité Lazare, cette fois. C'est pourtant celui dont tu m'as le plus parlé jusque-là.

– Simple oubli.

– Tu en es sûre ?

– Ce n'est peut-être pas le pire de tous, finalement, lâché-je dans un haussement d'épaules.

– Comment ça ?

– Rien.

– Rien ?

– Je n'ai rien à ajouter.

Je me lève, soudain consciente qu'il ne peut pas me retenir ici contre mon gré. Cette séance ne mène nulle part, ses questions m'ennuient, ses interprétations m'agacent : j'en ai assez vu, assez entendu.

– C'est intéressant, tout de même, lance-t-il dans mon dos.

– Quoi ?

– Tu ne te méfies plus de ton plus grand ennemi ?

– Je n'ai pas dit ça...

– Les sentiments nous surprennent parfois, n'est-ce pas ?

Qu'est-ce qu'il me veut, celui-là, avec son petit sourire satisfait ?

– Qui a parlé de sentiments ? rétorqué-je froidement.

– C'est un grand classique, Louve. Un ennemi qui devient un ami... voire plus.

Je prends sur moi pour ne pas lui faire le plaisir de claquer la porte – je ne suis pas chez moi –, mais l'envie ne manque pas. Et parce que je suis lancée et que Geller m'a mise d'une humeur de chien, je ne m'arrête plus. Au lieu de retourner à la bibliothèque avant le début de mon prochain cours, je bifurque en direction des casiers des terminale et je trace jusqu'à atteindre celui de Lazare.

Nightingale, Carpenter, peu importe.

Je me plante devant et attrape le vernis bleu nuit qui se trouve dans la poche avant de mon sac. En lettres capitales, je m'applique à écrire sur la porte métallique.

Qui es-tu, Night ?

Et, parce que je ne suis pas l'une des leurs, que la lâcheté ne fait pas partie de mon ADN, je signe mon crime.

XoXo,
Louve

25

Qui je suis

Lazare

Cette journée merdique se termine et je vais jusqu'à mon casier ranger ces livres qui pèsent trois tonnes dans le sac mais zéro dans le cerveau.

Quand est-ce que les « gens qui décident » se décideront à nous apprendre des trucs utiles à la place des théorèmes ? Et les vrais pans de l'histoire au lieu d'en effacer la moitié, à la gloire des hommes blancs et privilégiés ? Et à décrypter les discours politiques, à repérer les *fake news* qu'on nous sert à longueur de journée dans les médias, au lieu de nous faire décortiquer des textes littéraires d'il y a un siècle sans même savoir si le poète a vraiment voulu dire ça ou s'il était juste bourré, défoncé, un soir, seul dans son lit comme nous tous quand on n'a plus que nos pensées pour se coucher à côté de nous la nuit ?

Je repère de loin l'inscription bleu foncé sur mon casier : ça pète sur le jaune de la porte. Le même jaune presque doré du blason de ce bahut, qu'on m'oblige à porter sur cette veste d'uniforme, pour me rappeler qu'ici on vise l'or, le meilleur, la médaille la plus précieuse, l'excellence et rien d'autre.

Bullshit.

De loin, je me demande qui a eu envie de me faire passer un petit message et bizarrement, je crois que je sais avant

207

même de savoir. Qu'elle ait signé ou non, il n'y a qu'elle pour oser s'en prendre à moi publiquement.

Premièrement, Louve Larsson me tient.

Deuxièmement, tous les autres préfèrent faire leurs coups en douce.

Je souris presque en découvrant ses lettres dessinées au vernis à ongles bleu foncé sur mon casier, bien lisibles, à la fois *dark* comme elle aime se montrer, scintillantes comme elle peut l'être quand elle en a marre de s'excuser d'exister. Ouais, cette inscription, c'est tout elle. Des foutues paillettes dans la nuit bien noire de sa tête.

Qui es-tu, Night ?

Sa curiosité de fouine. Son cran de fille qui n'a plus rien à perdre. Sa détermination à changer le monde. Ça me fait doucement rire... Et les « XoXo » pour faire un trait d'esprit, jouer à la plus maline, « bisous bisous je t'emmerde ». Peut-être aussi histoire de me chauffer un peu, de me rappeler que je n'étais pas loin de l'embrasser, la dernière fois qu'elle est venue me chercher.

Et qu'elle m'a presque trouvé.

Qui je suis, ça ne te regarde pas, la paria.

C'est ce que je pourrais aller taguer sur son casier.

Et qui est Night, celui qui s'amuse à pirater mon compte pour se faire passer pour moi sur les réseaux, à utiliser une partie de ce nom de famille qui n'est même pas vraiment le mien, ça ne m'intéresse pas.

Si les gens ont besoin de se donner du courage avec une autre identité que la leur, s'ils croient être plus forts cachés derrière leur écran, s'ils veulent créer des comptes en se servant de Night Bird, s'ils essaient de brouiller les pistes entre un « oiseau de nuit » et un gros lâche de jour, ce n'est toujours pas mon problème.

J'ai dit que je ne voulais pas d'histoires cette année : je

vais continuer à me tenir loin de tout ce bourbier. Il ne me reste que quelques mois à tirer avant le diplôme, je vais finir ma terminale et quitter ce putain de lycée pour vivre ma vie. Ni cette fille *différente* ni personne ici ne me détournera de cet objectif-là.

Je ne sais pas qui l'a déjà vu, mais je décide de laisser son petit mot pour ne pas avoir l'air de craindre qui que ce soit ou d'avoir des choses à cacher. Le seul truc que j'efface, en grattant avec mon ongle, c'est son nom. Par loyauté, les Royals pourraient vouloir s'en prendre à elle ou le lui faire payer. Par jalousie, peut-être. Peu importe, je ne veux pas d'ennuis. Elle a de quoi me faire chier.

Et elle a pris suffisamment de coups.

Je finis d'effacer son nom et je me marre tout seul en laissant les « XoXo ». Mon foutu cerveau pense aussitôt à sa bouche plus que pulpeuse que tout le monde charrie tout le temps. Oui, cette bouche a quelque chose d'obsédant. Et je ne peux pas m'empêcher de me demander comment elle embrasse, cette fille qui a toujours l'air prête à mordre.

Cette fille-loup de plus en plus dangereuse.

– Ça va, mec ?

Alec m'envoie une grosse tape dans le dos et me fait sursauter.

– Ouais, ouais, pas de souci.

– On fait sa fête à qui ?

– Quand j'aurai besoin de toi pour régler mes problèmes, je te ferai signe, Ballmer.

Je lui mets une petite claque affectueuse sur la joue et Gideon se pointe avec sa voix de roi des bœufs. En rut.

– Qui je suis ? Oh, viens là que je te montre qui je suis, femelle !

Ses mouvements de bassin saccadés accompagnent ses « Je vais te montrer ! Je vais te montrer ! », qui deviennent peu à peu des « Je vais te monter ! », qui glissent facilement vers « Je vais te démonter ! » et… je me lasse avant lui.

Je quitte le bahut pour aller m'allumer une clope dehors et je reçois au même moment un SMS d'Ellis. Une sorte de montage « avant/après » qui montre d'abord une photo de nous deux, l'année dernière, les gueules en sang, puis l'image clignote et devient un portrait de deux caniches royaux toilettés à l'extrême. Un même évolutif que j'ai vu passer pas mal de fois ces derniers jours sur les réseaux sociaux. Je rigole face à mon écran et réponds à Ellis :

[Il y a pile un an, hein ? Ouais, on revient de loin…]

26

Comme avant… ou peut-être pas

Louve

C'est le comble, le roi du lycée qui fuit la paria de service depuis plus d'une semaine.

Le mois de mai est presque là et mon meilleur ennemi n'est plus qu'un courant d'air : dans les couloirs, le gymnase, sous le préau, dans la cour, à la cafétéria ou la bibliothèque, il suffit que nos regards se croisent et le voilà déjà parti, évaporé, se dérobant comme le plus agile des criminels en cavale. Comme si une fille aussi insignifiante que moi représentait un réel danger et pouvait renverser son trône…

Sauf que j'ai bel et bien les moyens de le faire redescendre brutalement de son piédestal.

Il faut croire que je ne suis plus *si* insignifiante que ça.

– Où est-ce que tu te caches encore, Royal emmerdeur ?

Je passe devant son casier en me rendant en cours d'histoire, me demandant s'il va sécher aujourd'hui encore, juste pour m'éviter – et nier ce père qu'il n'assume pas. Un regard vers sa porte métallique jaune qui a été nettoyée depuis de ses jolies lettres au vernis bleu pailleté et je repense en souriant à mon petit acte de bravoure.

Que ce soit la direction ou les élèves, et même parmi les Royals, personne ne me l'a fait payer, ce qui constitue une sorte de miracle dans ce lycée.

Quoi qu'il en soit, mes SMS et mes messages sur les réseaux sont restés sans réponse depuis, et notre pacte n'a clairement pas l'air de faire partie de ses priorités. Et je commence à me demander si le roi des indifférents m'agace prodigieusement... ou s'il me manque.

– Tu rentres ou tu sors, mademoiselle Dans-la-lune ?

Je me retourne vers Cassius – qui parle français comme je joue au basket – et lui souris timidement, m'écartant pour le laisser entrer en salle de cours. Il rit un peu et me dépasse pour aller s'asseoir au premier rang. Je me remets en marche et j'observe alors le reste de mes camarades : Shai me fait un petit signe de la main, puis reprend sa discussion avec Milena, dont l'accent slave et la diction très lente semblent horripiler Honor, assise dans l'allée d'à côté. Sinaï et Alec entourent la princesse, l'un assis sur une chaise, l'autre directement sur la table. Et derrière la silhouette du beau gosse qui parle bien trop fort et uniquement de fric et de cul, je *le* repère.

Lazare est bien là, à quelques mètres de moi, posé avec son éternelle nonchalance sur une chaise, comme si le monde entier l'ennuyait, une cheville remontée sur son genou, un stylo prisonnier entre ses lèvres et le regard planté vers le grand écran blanc. Il semble sentir ma présence et tourne brusquement les yeux pour les pointer sur moi.

Boum.

C'est violent.

Intense.

Grisant.

Mon cœur se met à battre beaucoup trop fort, puis à dégouliner. Ce garçon est le seul au monde à pouvoir me faire fondre alors que je le crains et le déteste à la fois.

À trois ou quatre rangs de distance, on se jauge lui et moi, parfaitement immobiles et concentrés, pendant de longues secondes. Nos regards se parlent en silence, se font la guerre, se mettent en garde, se promettent le pire... mais autre chose aussi.

Troublée, le souffle un peu coupé, je romps le contact la première et me laisse tomber sur la chaise la plus proche. Une place isolée, à côté d'une chaise vide.

Comme avant.

Comme avant ? Hors de question. Un sursaut de fierté, d'énergie, de combativité m'aide à me dresser sur mes pieds et tout à coup, je me retrouve à traverser la salle de classe la tête haute, sans fixer mes pompes. Honor lâche un rire malveillant en me voyant passer, je choisis de l'ignorer, sans changer de trajectoire.

– Elle se prend pour qui, cette meuf ? râle l'un de ses toutous.

– Et on en est où, niveau réduction mammaire ?

Je les laisse dire, je les laisse rire, avançant jusqu'à une place en particulier.

Une place qui m'est interdite, mais que je convoite quand même.

– Bouge, siffle soudain Gideon en apparaissant à ma droite.

Il balance son sac à dos exactement là où j'espérais poser le mien : à côté de Lazare. Mais je ne m'écarte pas, lui bloquant l'accès à la chaise libre. Je suis arrivée avant lui. Je croise le regard noir de la brute de service, il me contemple avec mépris sous ses sourcils épais, mais je ne baisse pas les yeux. Je refuse de me soumettre une fois encore.

Au nom de quoi ? La loi du plus fort ?

Mon cœur s'emballe alors que je prends conscience de mon audace : je suis réellement en train de défier un membre des Royals en attirant tous les regards sur moi. Et en prenant tous les risques.

Si je recule, c'est l'humiliation. Si je tiens bon, qui sait ce que ça me coûtera ?

– La place est prise, prends ton cul et retourne là-bas, m'ordonne froidement Gideon.

Je n'en fais rien. Au milieu du silence étouffant, alors que le spectacle qui se joue en ce moment tient toute la classe en haleine, je campe sur mes positions et vais même plus loin : je m'assieds. À ma gauche, Lazare me grogne tout bas, d'une voix furieuse :

– Tu joues à quoi, là ?!

– Prouve-moi ta loyauté, Night, lui sifflé-je entre mes dents serrées.

– Tu es en train de signer ton arrêt de mort...

– C'est ta dernière chance.

– Pas comme ça, putain !

Je crois que personne ne perçoit nos chuchotements. Gideon est trop occupé à faire le malin en prenant Alec à partie pour trouver du soutien. Je fixe soudain Lazare droit dans les yeux et le menace en silence, décidée à le balancer à voix haute et claire s'il ne coopère pas. Je me racle la gorge comme pour m'y préparer et il le devine très bien, puisque son regard s'embrase un peu plus fort, avant de se tourner vers son pote. Il lui fait signe de passer son chemin et, la seconde suivante, Mr Carpenter fait son entrée dans cette classe étrangement silencieuse, tendue à l'extrême.

– J'ai raté quelque chose ?

Le prof, qui ne se doute de rien, observe l'assemblée d'un œil étonné.

– Phil, on va reparler de décapitation aujourd'hui ? demande soudain Honor de sa voix grinçante. Ça m'intéresse...

Quelques rires fusent çà et là, tandis que Gideon ne bouge toujours pas d'un centimètre.

– Maintenant tu dégages, la vache laitière.

Je me prends cette gifle en plein visage. Ce n'est pas la première fois qu'on m'adresse ces mots humiliants, mais là, juste à côté de Lazare que je défie de me choisir, ça me mortifie. Et me fait monter les larmes.

– Gideon, tu comptes t'asseoir quelque part ? demande le prof.

– Ouais, sur Louve si elle ne dégage pas dans la seconde. Elle a l'air moelleuse, ça devrait le faire.

Nouveaux éclats de rire, que Carpenter tente de dissiper mollement.

– Allons allons, un peu de sérieux…

– Laz, tu vires ta boîte à meuh ? tente encore le baraqué-demeuré.

– T'es assez grand pour te trouver une place, mec. Dégage et fais pas chier.

Silence de mort entre les deux amis.

– T'es sérieux, frère ?

– On n'a pas de lien de sang, tu te détends, souffle le leader. Et arrête de faire durer ce supplice, va poser ton cul ailleurs. On a tous mieux à faire…

Je retiens mon souffle, tandis que Brutus me dévisage une dernière fois et décide enfin de passer son chemin. Je me suis rarement sentie aussi soulagée de toute ma vie.

– Merci, murmuré-je alors que le cours démarre.

– Ferme-la, Larsson. J'étais contraint et forcé.

– Parce que tu crois que moi j'ai choisi d'être votre jouet ? De me faire harceler, humilier, traiter comme un animal ?

J'essuie une larme de rage qui s'échappe sur ma joue tandis que Lazare fixe la feuille devant lui, sur laquelle il ne fait même pas semblant de prendre des notes. Sous ses boucles brunes en bataille, ses mâchoires sont crispées, son front soucieux, tout son corps tendu.

Et encore une fois, au pire moment possible, je le trouve beau à tomber.

– Comment tu peux estimer des gens pareils ? marmonné-je tout bas.

– Tu me les casses, Larsson. Arrête de faire ta rebelle et surtout, arrête d'essayer de me comprendre et de m'analyser.

Sa voix rauque, qui tient à rester discrète, se brise plusieurs fois et ça me fait un effet dingue.

– Je ne peux pas…

– Arrête ça, je te dis.

– Commence par arrêter de me donner des ordres, Night.

Son regard se plante soudain dans le mien, traversé par une ombre inquiétante.

– Sérieusement, va te frotter à un autre connard, Louve. Circule, y a rien à voir chez moi.

– Je crois que c'est tout le contraire, lui soufflé-je. Et si je me souviens bien, ce n'est pas moi qui me suis *frottée* où que ce soit…

Ses yeux descendent sur mes lèvres, plus intenses que jamais, puis se détournent vite comme si ça le brûlait.

– Tu ne m'intéresses pas, la paria, arrête de perdre ton temps.

– Tu mens…

Il soupire, envoie voler sa feuille et passe une main lasse dans sa nuque. Puis il s'affale en avant sur son bureau et j'en déduis que la discussion est close. Alors je réunis toutes mes forces pour me concentrer sur ce qu'il se passe en cours.

Et plus sur lui.

– Avec votre voisin de table, vous ferez une étude comparée de l'avancée des droits des femmes dans l'histoire de chacun de vos pays. Si vous êtes de la même nationalité, le choix du deuxième pays est libre.

Tout en l'énonçant, Mr Carpenter pointe du doigt le sujet qu'il vient d'écrire au feutre sur le grand tableau blanc.

– Et encore un truc de gonzesses, on en a plein le dos… soupire Alec depuis le dernier rang.

– Il voulait dire « plein le cul », ajoute Gideon de sa voix toujours aussi furieuse.

– Tu veux peut-être aller expliquer ça directement à Mrs Duncan ?

Le prof brandit la carte « proviseure » comme chaque fois qu'il se fait un peu malmener dans son cours.

– On peut choisir nos binômes ? demande alors Cassius en levant la main.

– J'ai dit « voisin de table », ne commencez pas. Il y a suffisamment d'origines différentes dans cette classe pour que vous trouviez chaussure à votre pied juste à côté de vous.

À côté de moi, justement, le roi du lycée se redresse sur son bureau d'un mouvement lent en lâchant un râle exaspéré.

– Eh bordel… T'es contente, j'espère ? siffle Lazare Nightingale, dans ma langue natale, avec son léger accent américain qui vient me titiller dans le creux des reins.

Contente ?

Le mot est faible.

27

Voir sans être vu

Lazare

À partir du mois de mai, il y a des soirées presque tous les week-ends. C'est fou comme quelques degrés en plus et trois rayons de soleil donnent à tout le monde envie de se foutre à poil au bord d'une piscine chauffée aux frais de la planète ou d'un jacuzzi dans lequel tout le monde a déjà baisé.

Ce samedi, c'est Cassius Brown qui reçoit chez lui. Son père est un ancien joueur de basket professionnel et sa baraque perchée sur une colline, au sommet de Gateway Terrace, vaut le coup d'œil. En fait, le type possède tout l'immeuble et s'en est fait un loft familial sur quatre étages avec *penthouse* et ascenseur intérieur, bain à remous sur le toit-terrasse qui fait quasi tout le tour du building et vue panoramique sur Peter's Park.

Je serai surpris si personne ne finit par tomber du balcon et s'écraser quelques étages plus bas sur le trottoir.

Pour la fête, on n'a accès qu'au dernier niveau, mais déjà rien que ça valait largement le déplacement jusqu'à South End. Une DJ passe de la bonne musique, un chef cuisinier s'affaire derrière deux grills et trois serveuses en tailleur blanc s'assurent que personne n'a soif. Les cocktails servis sont sans alcool – puisque aucun de nous n'a atteint l'âge légal de 21 ans – mais bizarrement, tout le monde est gentiment en train de se bourrer la gueule.

Notre délégué a invité toute la classe, sans exception, et possiblement l'intégralité des terminale : le fait d'être noir, gay *et* de s'assumer lui donne de grandes envies d'inclusivité. J'ai entendu dire que Brown s'était bien fait emmerder en première mais que son père était venu faire un petit speech du haut de ses deux mètres dix et que ça avait calmé tout le monde.

Cassius est peinard.

Mais ce n'est pas pour ça que c'était une bonne idée de mélanger les Royals et les bouffons du roi, les mecs populaires et les losers, les filles de la haute et les « meufs normales » : ajoutez des bulles et des remous, ça ne peut que mal finir.

Je bois un verre accoudé à la rambarde en Plexiglas, dans un angle, je profite de la vue imparable sur ce coin de Boston que je connais mal, puis je tourne le dos à la ville pour jeter un œil à la petite foule qui s'enjaille en tenues de basket-ball.

Je déteste les soirées à thème.

Je suis habillé normalement, jean baskets et *hoodie* vert kaki, mais tous les autres ont joué le jeu. Les mecs musclés sont trop contents de montrer leurs biceps dans un débardeur en jersey aux couleurs des Celtics de Boston, des Nets de Brooklyn ou des Knicks de New York. Les autres friment avec des maillots collector qui doivent valoir des dizaines de milliers de dollars, parfois signés de stars de la NBA. Et les filles les plus audacieuses se sont fait des minirobes avec un débardeur pour homme et rien en dessous.

Face à moi, Honor est moulée dans un maillot rouge des Chicago Bulls qui lui arrive vraiment juste sous les fesses. Pieds nus, un verre à la main, elle le remonte encore un peu pour aller s'asseoir sur le rebord du jacuzzi et plonger ses jambes bronzées dans l'eau chaude qui bouillonne. Elle pousse de grands cris, lâche de grands éclats de rire, fait de grands gestes et vérifie qu'on la regarde.

Que *je* la regarde.

– Viens faire trempette avec nous, Lazarus, et retire un peu ces fringues !

D'autres filles se marrent, d'autres mecs m'observent en se demandant pourquoi je ne me désape pas dans la seconde pour rejoindre cette bombe. Moi, je me contente de sourire, imperturbable, et je cherche Alec et Gideon du regard : je ne sais pas lequel des deux elle fait courir en ce moment, mais je m'attends à tout moment à en voir un faire une bombe tout habillé dans le spa pour arroser les autres et faire rire la princesse volage.

Mais aucun de mes potes ne plonge, je ne les vois même pas dans les parages : ils ont peut-être fini par se lasser d'être pris pour des pions interchangeables par la reine girouette et font mumuse à un autre endroit de la terrasse.

Tant mieux pour eux.

Dans mon champ de vision, en revanche, pile dans l'alignement du jacuzzi, je tombe sur *elle*. Louve parle à sa copine, Shay ou Shane, un truc comme ça, qui a rangé ses couettes dans une casquette de basket vert et blanc. En slim brut, tee-shirt à manches longues genre marinière et Converse moutarde qui me rappellent la couleur des casiers et son brave petit graffiti, la Française n'a pas l'air d'avoir changé quoi que ce soit à ses fringues pour la soirée. En fait, c'est déjà inouï qu'elle soit venue se mouiller jusqu'ici.

Je l'observe.

Louve Larsson est définitivement différente : elle ne picole pas, elle ne danse pas, elle ne tient pas de verre ou de cigarette pour se donner une contenance, elle ne prend pas de photo ou de vidéo pour pouvoir étaler dix secondes de sa soirée sur les réseaux sociaux, elle ne rit pas fort, ne crie pas d'injures à qui que ce soit, n'essaie pas de sociabiliser avec d'autres pour gagner en popularité et ne parle même plus à personne quand sa pote se dirige courageusement vers le barbecue.

Mais ça n'a pas l'air de l'inquiéter plus que ça. C'est peut-être sa vraie nature. Je la vois prendre une grande inspiration qui gonfle encore un peu plus ses seins déments : je crois qu'elle respire enfin mieux quand elle n'a plus besoin de jouer à qui que ce soit devant quelqu'un.

Elle voudrait être là sans qu'on la voie.

Tout voir mais ne pas être vue.

Ce sentiment, je ne le connais que trop bien.

Nos regards se croisent, comme si elle devinait mes pensées. Son bleu glacial est plus clair encore que l'eau du bain à remous. Et ses yeux m'envoient un truc qui me remue. Comment est-ce qu'elle arrive à me donner chaud sans rien faire ? C'est un mystère. Pour qu'elle arrête d'avoir le dessus, même si elle l'ignore, je lève mon verre dans sa direction, histoire de la déstabiliser. Je trinque avec celle qui ne veut pas trinquer et je ne lui laisse pas le choix.

En réponse, elle lève ses yeux au ciel et ça suffit à me faire marrer. Un tout petit sourire en coin que je réprime. La Française se retourne pour regarder ailleurs, loin à l'horizon, dans le vide, comme si c'était plus intéressant que moi.

Touché, bien joué.

Elle est de profil et je sais très bien qu'elle me garde à l'œil. J'essaie de les retenir mais mes yeux à moi vont se balader sur elle, sa poitrine, ses hanches, toutes les courbes de son corps que j'essaie d'imaginer sans tout ce tissu par-dessus.

Je finis par détourner le regard, un peu tard, je sais que la paria m'a vu faire mais ce n'est pas la seule. Honor me fixe droit dans les yeux et sort du jacuzzi, pieds nus, dégoulinante, pour venir se planter face à moi en dansant sur du Doja Cat.

Je sais pertinemment ce qu'elle est en train de faire : m'allumer pour que j'arrête d'en mater une autre. Elle ne supporte pas ça.

– Danse avec moi, Nighty Night…

Sans façon.

Je gagne du temps en sirotant mon verre, mais la princesse espagnole me le prend des mains et le vide d'un trait. Puis elle balance le gobelet vide par-dessus la rambarde et vient se coller à moi, en continuant à onduler son petit corps sexy. Au-dessus de sa tête, je vois Louve qui nous scrute sans même s'en cacher. Elle cherche au fond de mes yeux à savoir ce que je ressens vraiment… et je ne lui donnerai rien. Pas le moindre indice.

Je retourne me concentrer sur Honor qui danse vraiment bien, dans ce long maillot de basket qui épouse tous ses mouvements. Je lui souris amicalement.

– T'en as pas marre de ce petit jeu, Ton Excellence de mes deux ?

– Pas tant que tu n'auras pas joué avec moi…

Elle fait non de la tête avec ce petit air de peste trop gâtée qui déteste qu'on lui refuse quoi que ce soit.

– Ça ne te suffit pas de passer d'Alec à Gideon ? Décide-toi, Honor…

– Nan, je veux Night, l'oiseau de nuit que personne ne peut avoir. Et normalement mes désirs sont des ordres, tu te rappelles ?

Et la *bomba* relève ses cheveux, se retourne et se cambre pour frotter ses fesses contre moi.

Je rigole et j'étends mes bras le long de la rambarde pour éviter de toucher à la tentation qui se trémousse devant moi. Je relève la tête de son petit cul bombé et tombe sur Louve qui n'est plus seule : en quelques secondes d'inattention, un type est venu l'aborder et lui parle à l'oreille. Un mec qui traîne souvent avec Cassius, je crois, pas très grand mais stylé, un *man bun* au sommet du crâne et le reste de la tête rasé, avec un débardeur de basket par-dessus un tee-shirt blanc moulant à manches longues qui font ressortir ses bras musclés.

Je ne le connais pas mais je ne peux déjà pas le blairer.

La musique est trop forte et il continue de lui glisser des trucs à l'oreille. Il lui offre un verre et ne pas savoir ce qu'il y a dedans m'emmerde. Ne pas entendre ce qu'ils se disent m'insupporte. Je ne sais pas ce qu'il peut lui raconter mais il arrive à la faire sourire. Pourtant, c'est moi qu'elle regarde fixement pendant qu'il la baratine, penché au-dessus de son épaule.

Je ne rêve pas : Louve me défie du regard et ça me rend dingue. Honor se déhanche juste sous mon nez et je n'ai d'yeux que pour la Française trop habillée, à quelques mètres de là, qui me provoque juste du bout des yeux.

Trop bleus.

Trop clairs.

Trop froids.

Trop fiers.

Trop perturbants.

L'alcool me monte à la tête et je ne sais plus laquelle des deux m'excite.

La brune qui m'allume en direct se tourne à nouveau face à moi et enroule ses doigts autour de mon cou. Elle continue à danser entre mes jambes écartées et je pose une main juste en haut de ses fesses pour suivre son déhanché. Et voir l'effet que ça fait sur l'autre brune, plus loin.

Rien.

Je ne sais pas pourquoi mais j'ai toujours cette envie débile de péter les dents du mec qui parle si près de sa bouche. Et juste pour la faire chier, je colle la mienne à celle de Honor, qui ne se fait pas prier pour arriver à ses fins. Mais en embrassant la princesse, je fixe la paria… qui me fixe en retour.

Je suis en feu mais ce n'est pas ce baiser, cette langue, ce goût de vodka et de gingembre qui me réchauffent : c'est ce regard bleu qui me fusille sur place.

Et tout à coup, Louve se penche et embrasse son basketteur à chignon. Il a l'air aussi surpris que moi mais il se colle à elle et je deviens fou à l'idée qu'il goutte à son parfum caramel, à sa bouche pulpeuse, qu'il y glisse sa langue et qu'elle aime ça.

La Française a gardé les yeux ouverts et les braque toujours sur moi.

Tu veux quoi à la fin, la fille-loup ?

Que j'implose ?

Que je morde ?

Je repousse Honor et colle le dos de ma main à mes lèvres humides qui portent son goût à elle. Je n'en veux pas.

– C'est une connerie, ça.

Je grogne cette phrase et me barre de cette terrasse où j'étouffe. J'entre dans l'appart de luxe de Cassius, histoire de m'isoler, cherche une salle de bains, des chiottes, une cuisine, n'importe quel robinet pour m'asperger d'eau et me refroidir les idées. Après trois portes fermées à clé, je mets un coup d'épaule dans une quatrième et tombe dans une pièce obscure. J'allume la lumière d'un grand coup du plat de la main dans le mur et je découvre Alec et Gideon par terre en train de se mettre sur la gueule et de rouler l'un sur l'autre à même le sol.

– Qu'est-ce que vous foutez, putain ?

Je les sépare, les relève, les colle chacun contre un mur mais ils tiennent à peine debout. Et se regardent de travers. Je ne sais pas s'ils ont trop bu, s'ils crèvent de chaud comme moi, s'ils ont honte de s'être battus comme des gamins, alors qu'ils sont censés faire partie du même camp, mais ils ne parlent pas. Alec ajuste ses fringues, Gideon essaie de recoiffer sa tignasse roux foncé qui a perdu tout son gel et aucun ne me regarde dans les yeux.

– C'est quoi, ce bordel ?

– Rien, dit le premier, on s'embrouillait à propos de Honor.

– Pour changer, soupire le deuxième.

Je me fous bien de la princesse espagnole, j'espère juste que ses deux clébards ne m'ont pas vu l'embrasser et que personne ne s'amusera à leur raconter ça. Ou pire, à diffuser des images sur les réseaux.

– Vous êtes fatigants, sérieusement, vous ne voulez pas changer de hobby ? Et de meuf, surtout ?

– Cette soirée est nase, j'ai envie de me casser, marmonne Gideon.

– Moi aussi, avoue Alec. On va en boîte ?

– Grave.

– Laz, tu viens ?

– Non, je passe.

– Et Sinaï, tu l'as vu ?

– Pas depuis un petit moment, fais-je en me rappelant que j'étais un peu occupé à autre chose, sur ce coin de la terrasse.

– Au fait, on lui dit ou pas ?

Les deux mecs se regardent et je n'aime pas ça.

– Me dire quoi ?

– On a vu Sinaï servir des shots à une meuf de première en début de soirée, sur la terrasse à l'arrière.

– Et ? En quoi ça me concerne ?

– Et comme en début d'année, tu nous avais dit : « Pas touche à elle »…

– Mais qui, bordel ?!

Si Sinaï Mansour s'amuse à faire boire Louve Larsson pour la pousser à bout à nouveau, je vais me le faire, père diplomate ou pas.

– Pia Carpenter, la fille du prof ! lâchent mes deux potes en même temps.

– Putain, mais qu'est-ce qu'elle fout là ?

En début d'année, je leur ai laissé croire sans le dire qu'elle faisait partie de mon tableau de chasse… et qu'ils n'avaient pas intérêt à essayer de passer après moi. C'était plus simple comme ça. Pas envie qu'ils se frottent à ma sœur. Et les Royals mâles n'ont jamais posé de question jusque-là ni tenté quoi que ce soit avec elle. Avant ce soir. Je pars à sa recherche en poussant un grognement. Ma sœur n'a rien à faire ici.

Pourquoi toutes les meufs de la terre s'obstinent à m'attirer des ennuis ?

***

Je retourne sur la terrasse, me faufile entre les grappes de lycéens de plus en plus éméchés, ceux qui dansent, ceux qui boivent, ceux qui jouent au *air basket*, ceux qui ont fait tomber le maillot, ceux qui se prennent en selfie et ceux qui se prennent la bouche… Puis je retrouve enfin Pia de dos, dans un coin discret, penchée en avant.

Je m'apprête à l'engueuler quand je réalise qu'elle est en train de vomir ses tripes dans le pot blanc d'une immense plante verte. Dans la pénombre, je n'avais pas remarqué la fille en train de lui tenir les cheveux et lui caresser le dos : Louve en personne.

Je m'arrête net.

Elle aussi.

– Qu'est-ce qui s'est passé ? Elle était avec un mec ? Il l'a touchée ? Droguée ? Elle va bien ?

– Ah parce que tu es un grand frère protecteur maintenant, *Lazarus* ?

La fille-loup utilise le surnom que me donnent d'autres en m'aboyant dessus, prête à mordre.

– Ah parce que tu as des amis maintenant, la paria ?

S'il le faut, je peux aussi montrer les dents. Qu'elle ne me chauffe pas trop, je l'ai vue chopper la bouche de ce connard quinze minutes plus tôt.

Entre deux haut-le-cœur, Pia se redresse, les yeux injectés de sang et ses cheveux bouclés dans un désordre total.

– Laissez-moi vomir en paix et prenez une chambre, bon sang !

Sa petite repartie fait sourire Louve. Je l'ignore, ça ne m'amuse pas du tout. Je n'ai aucune idée de ce que Pia sait exactement sur Louve, moi et tout ce bordel, mais ce soir, je préfère ne pas creuser.

– C'est toi que je vais ramener dans ta chambre, sifflé-je à mon insolente de sœur. Tu as 16 ans et rien à foutre à cette soirée de terminale. Et encore moins ivre morte ! Les parents vont te tuer s'ils te voient comme ça. Et moi avec !

Pia se retourne dans un soubresaut et gerbe à nouveau dans un bruit atroce.

Pauvre plante.

Pendant ces quelques secondes interminables, j'échange un regard assassin avec la Française qui ne me lâche pas. Ses yeux bleus passent sur ma bouche et j'ai du mal à décrocher les miens de ses lèvres fermées. Fâchées. Mais tellement hot.

Je crève d'envie de sa bouche.

De tellement plus que ça.

En silence, on s'envoie des trucs à la gueule qui parlent d'embrasser n'importe qui, de se mater toute la soirée et de ne jamais oser se dire quoi que ce soit.

Moi vivant, je ne lui avouerai jamais le quart ou le dixième de ça. Mais je suis à peu près convaincu qu'elle pense exactement la même chose que moi.

Après m'avoir forcé à la choisir elle plutôt que mon pote en plein cours, sous les yeux cons de mon père, après m'avoir obligé à faire équipe avec elle pour un deuxième putain d'exposé en s'asseyant là où il ne fallait pas, maintenant ça : un baiser à la mauvaise personne juste pour se venger.

Connerie.

Je déteste tout ce que cette fille me fait faire.

Et je me déteste encore plus de la vouloir si fort.

– Viens, Pia, on se barre de là, soupiré-je en attrapant ma sœur par le bras.

Louve recule d'un pas pour nous laisser passer, mais c'est trop tard : son odeur sucrée est venue jusqu'à moi.

Et ne me quittera plus de la nuit.

28

Rien de transcendant

Louve

– Louve, ton petit déj est prêt !

– Pas le temps, maman !

– J'ai fait du granola maison au caramel juste pour toi, soupire-t-elle en me voyant débarquer dans la cuisine en catastrophe.

Je lui balance un petit sourire contrit, puis chatouille le cou grassouillet de Coco, assise dans sa chaise haute et enfin libérée de son plâtre. Je vide mon verre de jus de grenade et enfile ma veste en jean en vitesse, sur mon débardeur noir que je trouve trop court pour moi mais qu'Amel, Malia et Constantin ont jugé canon. Les deux autres ne se sont pas prononcés. Comme s'ils avaient mieux à faire que donner des notes à mes tenues, franchement.

– C'est le repas le plus important de la journée, me rappelle Ezekiel en balançant un clin d'œil à ma mère.

Lui, je le suspecte d'être un peu trop fan de Léonore Dumas-Larsson. Qu'il retourne plutôt peindre avec ses dreadlocks.

– Un, deux, trois… Pourquoi on ne m'en propose pas, à moi, du granola ? Pourquoi je dois manger cette bouse ?

Assise au bout de la grande table, ma grand-mère se met à s'agiter et repousse le *breakfast bowl* beaucoup trop *healthy* que lui prépare son nouvel ami chaque matin. Ça part d'une très bonne intention, mais Judith soupçonne Ezekiel de vouloir l'empoisonner à coups de yaourt, de fruits frais et de graines.

– Un, deux, trois… Je veux Smithy. Rendez-moi Smithy. Le voisin me nourrissait convenablement, lui. Pas comme l'autre poulpe qui doit cacher des trucs nocifs là-dedans…

Elle se met un doigt dans la bouche et tire la langue pour faire comme si elle allait vomir, son geste obscène préféré du moment depuis qu'elle a abandonné le salut nazi et le banal doigt d'honneur qui ne fait plus réagir personne.

Ce genre de remarque coule sur Zik, qui a l'air d'être le mec le moins susceptible du monde et se contente de sourire tranquillement à celle qui vient de l'insulter. Ma mère, elle, se mord les joues, hésitant probablement entre éclater de rire ou prendre sa belle-mère par le peignoir pour la secouer. Voire la jeter par la fenêtre.

Je l'y aiderais si elle me le demandait.

Je m'apprête à filer quand deux bras solides s'enroulent autour de moi et me retiennent sur place.

– Qu'est-ce que j'entends ? C'est la révolution dès le petit déjeuner, dans cette maison ! lâche joyeusement mon père en débarquant derrière moi.

Il a troqué son costard pour un survêtement gris, ce matin, et après m'avoir libérée, il va embrasser sa femme sur la bouche et Colombe au sommet du crâne. Alerté par une vibration provenant de sa poche, il colle son portable à son oreille.

– Ouais, Matthias, dis-moi que tu n'es pas loin et que tu as mis des vraies pompes pour venir courir…

J'ignore ce que lui répond son meilleur ami et associé depuis plus de vingt ans – basé à Paris et de passage à Boston pour visiter la nouvelle agence –, mais je vois mon père sourire comme un gamin.

– C'est ça oui, va te faire tatouer la plante des pieds ! Il ne te reste plus que ça de vierge, non ? Je te préviens, je t'attends encore quinze minutes et je me casse sans toi…

Puis le loup soi-disant redoutable raccroche aussi sec, se marre tout seul et va se servir directement dans le bol de sa mère.

– Qu'est-ce que tu racontes, Judith ? C'est délicieux cette mixture !

Mais elle boude toujours le petit déj d'Ezekiel, en matant d'un sale œil le granola que m'a préparé ma mère. Je prends la liberté de le glisser jusqu'à elle, sous l'œil tolérant du garde-malade, éducateur et art-thérapeute. Ma grand-mère se jette sur son nouveau bol et se met à dévorer les copeaux croustillants en produisant toutes sortes de bruits gênants.

Même ma mère éclate de rire devant tant de bonheur.

– Sur ce, je dois vraiment y aller, annoncé-je soudain en m'apprêtant à quitter la cuisine de Joy Street.

– Sois là à onze heures sans faute, hein ?

– Quoi ?

– Louve, tu n'as quand même pas oublié ?!

– On a rendez-vous pour ta sœur, Loupiote, tu te souviens ? Évidemment, j'avais zappé.

– Tu es censée venir apprendre la langue des signes avec nous, continue mon père, calmement.

– Coco ne prononce toujours aucun mot à 22 mois, soupire ma mère, comme si je l'ignorais. Il faut qu'on l'aide, qu'on trouve d'autres moyens de communiquer.

– Je suis désolée, aujourd'hui j'ai…

– Tu as mieux à faire ?

– Même Judith et Ezekiel seront là, ma Loupiote, fais un petit effort pour ta famille, OK ?

– Je ne peux pas annuler ce que j'ai de prévu, murmuré-je. Je suis vraiment désolée, je viendrai à la prochaine séance.

– Tu es désolée ? Tu veux dire *égoïste*, plutôt. Mais ça ne devrait pas m'étonner… Plus rien ne devrait m'étonner.

Ma mère s'agace et m'envoie toutes ces gentillesses dans les dents à travers la cuisine.

– Léo… tente de tempérer mon père.

– Non, je le pense vraiment. Tu peux y aller, Louve. Va vivre ta vie sans te préoccuper de ta petite sœur qui n'est pas née avec les mêmes chances que toi. Va donc !

Traversée par un sanglot, elle prend sa fille dans ses bras et quitte la pièce. Ma mère n'était jamais dure comme ça, avant l'arrivée de Colombe et le raz-de-marée que ça a déclenché dans nos vies.

Alors OK, je n'aurais pas dû oublier ce rendez-vous.

Mais comment je pourrais annuler celui que j'ai avec *lui* ?

***

Essayant de ranger ce qui vient de se produire dans un tout petit coin de ma tête, j'enfourche mon scooter et prends la direction du quartier de Back Bay. Un peu à la bourre, je roule plus vite que d'habitude et atteins rapidement le 399 Berkeley Street.

Mes doigts aux ongles bleu canard tremblent au moment de fermer mon antivol.

– Tu peux le faire, Louve…

Depuis la rue, j'observe l'impressionnante façade rouge brique de l'hôtel particulier qui abrite le mystérieux Lazare Nightingale. Toujours aussi fébrile, je me décide à passer le portail, traverser la cour et aller sonner à la grande porte blanche ornée de moulures.

Si mon meilleur ennemi m'a donné rendez-vous ici, chez lui, pour bosser notre nouveau projet d'histoire, c'est probablement pour ne pas être vu avec moi à l'extérieur. Et comme le roi du monde a un emploi du temps royalement chargé même le samedi, il m'a imposé l'horaire neuf heures-treize heures.

Mes parents et ma petite sœur le remercient.

Quand la porte s'ouvre enfin, je tombe nez à nez avec son putain de charisme débordant. Tee-shirt blanc, fute noir. Regard sombre, sourcils légèrement froncés, bouche indolente, cheveux humides, serviette de bain posée sur ses épaules carrées.

– Désolée, je me suis réveillée tard et…

– C'est bon Larsson, je t'ai déjà dit d'arrêter de t'excuser. Je suis à la traîne aussi.

Je me demande bêtement quelle fille a bien pu l'occuper cette nuit, pour lui faire rater son réveil, mais j'acquiesce simplement, sans savoir quoi ajouter. L'un de ses sourcils se soulève, comme s'il était étonné par mon manque de repartie.

– Allez, entre.

Il s'empare de sa serviette et se met à frotter ses cheveux bouclés, tout en me guidant à travers l'immense demeure. Je scrute un peu partout, découvrant du mobilier ancien, des tableaux plus ou moins beaux, des babioles qui ne ressemblent pas à la déco d'un mec de 18 ans qui a la chance de vivre seul.

– Chez qui on est, exactement ? demandé-je alors.

– Le jeu des confidences, tu l'oublies. On monte, on bosse et tu reprends ton chemin.

– Charmant…

– Je n'ai jamais prétendu l'être.

Lazare se tourne brusquement vers moi et se met à marcher à reculons, ses yeux plongés dans les miens. Il remue décidément beaucoup trop de choses en moi.

– Tu n'es pas aussi mauvais que tu veux bien le montrer, glissé-je sans me laisser démonter.

– Arrête de te faire des films, Louve. Je ne vais pas me transformer en *boyfriend* idéal juste parce que tes beaux yeux bleus sont incapables de mater un autre que moi.

– Ma bouche a été capable d'en embrasser un autre, pourtant…

C'est sorti tout seul. Et je le regrette instantanément.

Je vois son visage se contracter, son regard s'assombrir un

peu plus encore et me dévisager avec hargne, colère, mépris. Et je me remémore soudain ce que j'ai ressenti en le voyant glisser sa langue dans la bouche de Honor. J'aurais pu le trucider. La jeter par-dessus cette rambarde. Ou mourir sur place, au choix.

Cette bouche qui mord sans arrêt et retient tant de secrets, je veux qu'elle ne soit qu'à moi.

– Qui est cette beauté ? retentit soudain une voix aiguë et traînante, dans mon dos.

Je me retourne vers une petite dame habillée en Chanel de la tête aux pieds – Agnès, mon autre grand-mère que je fréquente peu, a la même addiction. Elle me fixe de ses yeux bleus plissés par les rides mais étonnamment scintillants.

– Je suis Louve, lâché-je sans faire de manières.

– Louve ? C'est original ! Bienvenue à la maison, déclare-t-elle en me souriant. Lazare, tu lui offres le thé ? J'ai de délicieux petits biscuits, si vous voulez.

– Ça va aller, Mrs Van Cleef. On va monter, elle est juste venue pour travailler…

– Oh, je vois. Alors ne me laissez pas vous retenir, allez étudier ! Et quand vous aurez terminé, tu n'oublieras pas d'aller acheter du terreau pour mes petites protégées ? Et de…

– C'est prévu, ne vous inquiétez pas.

La main de mon ennemi juré se referme sur mon poignet et il m'embarque dans les escaliers pour se débarrasser de sa colocataire aux 80 ans bien tassés. On grimpe un étage, puis deux, et enfin un troisième. Il ne me lâche pas et sentir sa peau toucher la mienne me donne une étrange sensation de douce brûlure.

Et on atterrit chez lui. Vraiment chez lui, cette fois. Dans son monde.

Mon hôte disparaît en m'annonçant qu'il revient, et je mets un moment à réagir, perturbée par le fait que sa main s'est détachée de mon bras. Je prends la liberté de découvrir tout ce qui m'entoure. Une grande pièce lumineuse, dotée d'une belle double-fenêtre entrouverte, qui donne accès à une volée d'escaliers encore plus raides et à ce que je devine être un toit-terrasse juste au-dessus de ma tête. Je pose mon regard sur un canapé clair bordé d'une table basse toute simple face à un écran plat. J'imagine Lazare passer une partie de ses soirées ici, seul ou accompagné. Je continue mon inspection, déniche le petit coin cuisine et une autre pièce de l'autre côté du couloir.

Et sans demander la permission à personne, je pénètre dans la chambre à coucher de Lazare Nightingale.

Je sais que c'est mal.

Mais c'est plus fort que moi.

Comme tant de choses avec lui.

Je promène mes yeux sur les quelques photos qui traînent, où je ne reconnais personne, sur son grand lit à la parure bleu marine, sa bibliothèque bien remplie, son bureau un peu en bordel et ses fringues posées sur un large fauteuil en cuir.

– Ça va, la visite se passe bien ? râle-t-il en me rejoignant.

– Je n'ai pas vu de panneau « Défense d'entrer ».

– Tu veux bosser dedans ou dehors ?

Il s'est débarrassé de sa serviette et a enfilé un sweat vert foncé entre-temps.

– Ça m'est égal…

– On bosse sur ordi ou sur papier ?

– Comme tu veux.

– Qu'est-ce qui t'arrive aujourd'hui, Larsson ? Pourquoi tu ne t'amuses pas à me compliquer la vie ?

Il a murmuré ces mots et ça cogne, dans ma poitrine. Ses yeux méfiants m'observent un instant, puis descendent sur ma bouche. Pour y rester. Pour me torturer. En moi, les battements s'intensifient.

Est-ce que le désir déferle dans ses veines, à lui aussi ?

On se contemple en silence, face à face, dans cette chambre où je n'aurais pas dû mettre les pieds.

Son lit n'est qu'à un ou deux mètres de là, me glisse ma petite voix intérieure.

J'entrouvre mes lèvres, prête à dire ou à faire quelque chose que je vais probablement regretter, mais Lazare m'interrompt avant que j'en aie la chance.

– Redescends sur terre, Louve. Au boulot…

Le Royal connard détourne le regard, glisse ses mains dans les poches de son pantalon puis se casse déjà en direction du salon.

Comment peut-il garder la tête aussi froide quand je suis à ce point en ébullition ?

– Non mais sérieux ? grommelé-je en tournant sur moi-même. Est-ce que ce mec a la moindre faiblesse ?

***

– Il faut parler de l'accès à l'avortement qui n'est pas garanti partout aux États-Unis ! m'échiné-je à lui répéter, une heure plus tard.

– Je ne dis pas le contraire, je propose juste de ne pas démarrer par ça. Tu peux écouter au lieu de gueuler ?

– Notre intro doit avoir un effet coup de poing, nous plonger directement dans la réalité du sujet !

Le brun me regarde de haut, assis sur son canapé, tandis que je me suis installée en tailleur à même le sol, entourée de papiers de Carambar.

– Ton problème, Larsson, c'est que tu penses la France supérieure aux States.

– Et tu penses exactement le contraire, espèce de patriote à deux balles !

– Insulte-moi encore une seule fois et je m'arrange pour qu'on ait un F… me menace-t-il.

– Tu ne fais que ça, m'insulter ! Depuis neuf mois !

Le roi des orgueilleux s'apprête à me rembarrer, mais décide de lâcher l'affaire. Il pousse un long soupir, puis se

236

laisse retomber en arrière sur son canapé.

Il y a tellement de tension dans l'air, tellement d'électricité entre nous qu'on ne va nulle part.

Ou juste dans le fossé.

– Tu as faim, la paria ?

– Pourquoi ? Tu veux me faire bouffer du cyanure ?

– Si seulement j'en avais sous la main…

En ricanant tout bas, il me plante là et part en direction de la cuisine. Je le suis du regard, avant de le suivre tout court.

– *Grilled cheese* ? me propose-t-il, la tête plongée dans son frigo.

– Pas faim. Mais je boirais bien quelque chose.

– Soda ou jus ?

– Tu n'as pas une bière ?

Je ne sais pas ce qui m'a pris, encore une fois. Je suis ridicule à vouloir jouer les *grandes* à même pas onze heures du matin, juste pour impressionner le mauvais garçon du lycée.

Lazare se redresse et me dévisage, l'air amusé.

– Tu vas me faire croire que tu es le genre de meuf qui picole avant midi ?

– Tu n'as aucune idée de quel genre de meuf je suis, Night.

– Ah ouais ? Pourtant, j'ai ma petite idée…

Il se rapproche lentement de moi, un sourire insolent vissé au coin des lèvres.

– Je suis quoi, alors ?

– Tu es…

Il marque un silence, puis murmure :

– Fière.

Je le laisse dire.

– Bornée.

Peu importe ce qu'il pense de moi.

– Complexe.

Et peu importe que son souffle chaud et mentholé me balaie le visage.

– Sucrée.

237

Il est fort, cet oiseau de malheur.

– Sexy.

Sa voix est devenue dangereusement rauque et j'ai du mal à respirer.

– Vierge…

Là-dessus, je me crispe, prête à lui balancer à la tête la première chose qui me passe sous la main.

Mais Lazare ne m'en laisse pas l'occasion.

Ses lèvres fondent sur les miennes et emportent tout sur leur passage.

Mes envies de meurtre.

Ma combativité.

Mes peurs.

Ma pudeur.

Mon dos heurte le mur derrière moi et nos bouches se frôlent, se cherchent, s'esquivent puis s'attrapent, se mélangent, se sucent, se mangent.

Qui a dit qu'un premier baiser se devait forcément d'être doux ?

Je défaille.

Littéralement.

Mes jambes me lâchent, je perds l'équilibre, mais ses mains se posent sur mes hanches et me ramènent contre lui.

Je ne rêve pas, il est dur. J'en gémis.

Sa langue s'insinue dans ma bouche, je la goûte, la laisse me tourmenter dans des volutes grisantes et folles, enivrantes et sensuelles. J'adore ça. Mon corps n'est plus un fardeau lorsqu'il est entre ses mains, plaqué contre le sien. Il devient léger, brûlant, vibrant, frémissant. Plus vivant, plus habité qu'il ne l'a jamais été.

Mes lèvres soudées aux siennes, mon corps soutenu par son corps, je ne suis plus la même. Ce n'est pas mon premier baiser, mais c'est le premier qui compte.

Je n'ai jamais connu ça, une telle intensité, une telle brûlure à l'intérieur, et je serais prête à tout pour lui, à cet instant.

Prête à tout pour mon plus grand ennemi.

Je laisse mes mains se promener le long de son dos musclé, dont je devine les courbes à travers le tissu fin. Je les glisse sous son sweat et son tee-shirt, je m'aventure là en tremblant, touche pour la première fois cette peau cachée, si douce et si chaude. Lazare se tend à ce contact, mais il a l'air d'apprécier mon audace et notre baiser s'approfondit encore.

Des envies jusque-là inconnues se répandent en moi.

Nos bouches se dévorent, nos langues s'enroulent, son torse se presse contre mes seins, nos souffles ne font plus qu'un, nos corps étrangers s'effleurent, s'épousent, se frottent, se percutent, je ne compte plus mes gémissements et ses soupirs.

Et soudain, le garçon qui vient de m'ouvrir une nouvelle dimension s'arrache à moi.

Lazare me repousse brusquement et recule de deux ou trois pas, en passant le revers de sa main sur ses lèvres humides et gonflées de m'avoir trop embrassée.

– Il fallait que je goûte, explique sa voix rauque.

– Quoi ?

– Ces bonbons que tu bouffes tout le temps…

Je suis à court de mots, à bout de souffle, de pensées rationnelles, totalement désemparée.

– Je voulais juste goûter, répète-t-il.

– Et ? fais-je, pleine d'espoir.

– Rien de transcendant.

Il hausse les épaules, puis tend la main pour attraper une clope. Sans rien ajouter, sans la moindre expression sur ses beaux traits, face à mon visage défait, il la glisse entre ses lèvres et l'allume.

Je n'ai jamais lutté aussi fort contre mes larmes.

La gorge serrée, je réunis mes affaires en silence, passe devant lui sans le regarder et quitte l'hôtel particulier.

Le cœur en miettes.

Trois minutes plus tard, je chiale comme jamais sur mon

scooter, dans les rues bondées de Boston un samedi après-midi de mai.

À un feu rouge, pendant quelques secondes, je me demande si je ne devrais pas aller sur les réseaux et balancer tout ce que je sais sur Lazare Carpenter.

Sauf que je ne suis pas comme eux.

Pas comme lui.

Je suis incapable de briser des vies.

29

No justice

Louve

– Non mais qui a bien pu inventer un petit con pareil ?

Willa s'arrache les cheveux de l'autre côté de l'Atlantique, en m'entendant lui raconter en Facetime le dernier exploit de Lazare.

Ce baiser qui a révolutionné ma vie… mais qui n'était qu'une sombre blague pour lui. Une manière cruelle de me tester.

– J'imagine que ses parents y sont pour quelque chose… tenté-je de plaisanter. Enfin, pour ce qui est de sa conception, au moins.

– J'ai une théorie.

– Laquelle ?

– Elle ne va pas te plaire…

– Willa, je n'ai plus rien à perdre.

– Il est amoureux de toi, ma Louve.

Je cesse de mâcher mon Carambar pour la fixer droit dans les yeux, à travers l'écran de mon téléphone.

– Mes lèvres ont touché les siennes il y a moins de vingt-quatre heures, c'est beaucoup trop tôt pour l'humour, là…

– J'ai l'air de rigoler ?

– Arrête les comédies romantiques, Willa.

– Et toi, arrête de voir tout en noir. Tes séries de zombies te montent à la tête !

Je lui tire la langue comme une gamine, elle pince ses belles lèvres peintes en rouge et me glisse :

– Rio ne m'a pas épargnée non plus, au début… Mais j'étais consentante pour jouer à son jeu troublant et dangereux. Et je crois que tu l'es aussi.

Et ma tante se met à sourire de cet air malicieux, un peu canaille, comme à chaque fois qu'elle pense à son mec. Malgré les années, la flamme continue clairement de brûler entre eux.

Tandis que je vis l'un des pires dimanches de mon existence. Et le plus gros fiasco amoureux de ma vie.

– Et moi qui te prenais pour une féministe pure et dure ! marmonné-je. Quand est-ce qu'on arrêtera de penser que les odieux connards sont ce qui se fait de mieux en matière d'hommes ?

– Attention, je ne parle pas des violeurs, des forceurs, des cogneurs qui sont hors catégorie. Mais je crois que les autres, souvent, ne sont pas odieux pour rien.

– Traduction ?

– Ton Lazare doit avoir des choses à régler avec la vie… Alors pour l'instant, il garde la porte verrouillée.

Je soupire, agacée que même elle, cette guerrière des temps modernes, se range de son côté.

– Que je sois bien claire, ma Louve : j'ai envie de gifler sa petite gueule d'ange presque autant que toi, précise-t-elle en lisant dans mes pensées. Mais s'il avait voulu te sauter et passer à autre chose, se servir de toi en ne pensant qu'à lui, il l'aurait déjà fait. Et à ce moment-là, je l'aurais émasculé avec joie !

– Mais… ?

– Mais je pense que son attitude ambiguë cache quelque chose. Et que ce « quelque chose » pourrait être exactement ce dont tu as besoin.

– Quoi, que le garçon qui me plaît me marche dessus ? ironisé-je.

– Non, qu'il ait besoin de toi autant que tu as besoin de lui…

***

Lundi matin, le Dr. Geller ne me reproche pas mes douze minutes de retard. Ni mon silence qui s'éternise.

Inutile de préciser que je ne compte pas lui raconter les derniers événements – ni mon baiser idiot avec le mec à chignon, ni celui échangé avec un certain brun bouclé et qui m'a tant ébranlée. Tout comme je me retiens de lui dire que si je suis en retard, c'est parce qu'en chemin, j'ai dû me planquer dans un cagibi pour ne pas avoir à affronter mon pire ennemi qui passait par là.

– Du nouveau avec les Royals ? tente à nouveau le psychiatre.

– Ça ne vous choque pas qu'ils se fassent appeler comme ça ?

– Disons que ça démontre une certaine estime d'eux-mêmes, admet Geller.

– Et un mépris certain des autres, non ?

– Pas forcément.

– Ça m'aurait étonnée…

– Quoi donc ?

– Que vous ne les défendiez pas.

Le blond décroise ses jambes fines derrière son bureau, pour les croiser à nouveau de l'autre côté.

– Je ne suis pas là pour défendre qui que ce soit, Louve. Je suis là pour…

– Leur trouver constamment des excuses, sifflé-je en lui coupant la parole. Mais vous ne les avez pas vus à l'action. Vous n'avez jamais été leur victime. Vous étiez où, quand ils me balançaient leurs plateaux-repas au visage ? Quand ils parlaient de moi comme d'un animal, en faisant des bruits de vache sur mon passage ? Quand ils m'humiliaient en plein cours, en diffusant sur grand écran des photos de moi en maillot de bain ?

Je refuse de pleurer devant lui, mais je ne suis pas loin de craquer et ça me rend plus furieuse encore. Ce psychiatre horripilant a au moins le mérite de réveiller ma colère.

Je crois qu'il serait capable de faire l'autruche jusque dans son postérieur si ça pouvait arranger tout le monde. Et c'est précisément son immobilisme qui me fait bondir.

Je jaillis de mon siège dix minutes avant la fin du temps réglementaire.

– Rassieds-toi, Louve, la séance n'est pas terminée.

– Vous savez ce que je vais faire ? Je vais les arrêter *moi-même*. Et vous, les responsables, les décideurs, tous les adultes de ce lycée, vous ne pourrez rien me reprocher. Parce que quand vous aviez l'occasion de changer les choses, vous ne l'avez pas fait.

En libérant ma parole, il fait sauter tous mes autres verrous. Je pars et claque la porte de son bureau derrière moi, à en faire trembler les murs et les casiers.

30

Ta sœur en maillot de bain

Louve

> **Louve**_Les petits kikis, la dernière fois j'ai un peu
> tardé à vous raconter ce qui se passait dans
> ma vie ici (comme par exemple essayer
> de mourir… hum) et vous m'avez bien dit
> de ne plus recommencer, donc là
> je vais y aller cash. Prêts ?

Je balance ce message sur le groupe WhatsApp de mes
amis parisiens où tout le monde participe à nouveau. Mais
huit heures trente à Boston égale quatorze heures trente à
Paris : ils doivent tous être en cours et dans mon ancien lycée,
les portables sont interdits en classe. Et contrairement à ici,
la plupart des gens normalement constitués respectent à peu
près les règles sans se croire au-dessus de tout.

Je n'aurai pas de réponse tout de suite et tant mieux, je
vais pouvoir vider mon sac.

> **Louve**_Bon, J'ai embrassé mon ennemi juré, voilà.
> Allez bye.
> **Louve**_Enfin non, c'est lui qui m'a embrassée.
> Allez ciao !
> **Louve**_Ah et c'était beaucoup trop bon.
> Allez salut !

Louve_Ah oui et il a dit que ce n'était pas transcendant
et depuis il ne m'adresse plus la parole.
Sauf que pile aujourd'hui, on doit faire un exposé
ensemble.
J'adore ma vie.
Louve_Je vous Louve !

Je verrouille mon portable et je prends une grande inspiration avant de pousser la porte du Lycée international de
Boston ce mardi matin. Je n'aurais jamais pensé que le
Royal connard embrasserait si bien. Ni qu'il ne m'enverrait aucun signe de vie depuis samedi. Je ne sais pas si
c'est de la lâcheté, du regret, une façon de me faire payer
ce geste qu'il voudrait oublier, ou juste de me signifier
que ça ne se reproduira plus jamais, mais quelque chose
est différent chez lui.

Non seulement Laz ne me calcule pas mais il ne soutient
même plus mon regard. Les rares fois où on se croise, par
hasard, il se tend et détourne les yeux. Puis tout le corps.
Il ne veut clairement plus avoir affaire à moi.

La chose qu'il désire le plus, je crois, c'est que je
n'existe pas.

Ce baiser l'a dégoûté de moi.

Pour le projet qu'on devait faire ensemble, Night n'a
même pas cherché à me rembarrer. Mes e-mails et mes
textos de dimanche et lundi sont tous restés sans réponse.
Sans exception. Il a bossé dans son coin, je l'ai encore vu
hier, concentré sous ses boucles à la bibliothèque devant
un livre d'histoire, mais il n'a pas pu supporter ma simple
présence dans la même pièce que lui. Il m'a griffonné sur
un bout de papier :

Partie I, c'est bon, je démarre l'exposé demain.

Puis il l'a glissé sur ma table, l'air ombrageux, avant de

se tirer sans un regard pour moi. Pas même une petite pique à l'écrit. Il ne joue plus au dur, plus au tendre.

Lazare Nightingale ne veut juste plus jouer.

Dommage.

Parce que je dois le faire parler.

Et j'ai prévu de frapper fort pour ce projet d'histoire. Je ne sais pas si c'est ce baiser, cette envie d'en découdre avec les Royals, cette entrevue avec Geller qui m'a revigorée, ce soleil de mai qui me redonne l'envie de vivre et surtout d'exister, mais quelque chose en moi s'est réveillé. Je me sens l'âme d'une guerrière à nouveau, je me sens la digne héritière de toutes ces femmes révolutionnaires qui m'ont inspirée : je me dois d'être à leur hauteur et de continuer leur combat.

Si je trouve la force en moi.

Juste avant d'entrer en cours d'histoire, je jette un œil à mon portable : j'ai une photo d'Amel qui ouvre grand la bouche en faisant les yeux ronds et demande « WHAT ?! », environ cinquante smileys de Malia avec des cœurs et des étoiles dans les yeux, et à peu près autant de textos des mecs qui veulent des détails ou me félicitent comme si j'étais l'un des leurs. Un BG. Un *lover*.

Bref, une *warrior* qui a réussi à « pécho le prince des bâtards ».

Je ne sais pas si c'est vrai, mais ça me donne le dernier élan qui me manquait pour aller au bout de mon projet. J'entre dans la salle, jette mon sac sur une table et vais prendre place à côté de Laz sur l'estrade. Il a son beau visage fermé, son petit air à la fois agacé, un peu blasé et totalement détaché qui le rend si sexy. Si difficile à cerner. Je crois qu'il a envie d'en finir : et ça tombe bien, moi aussi.

Il débite sa moitié d'exposé avec sa désinvolture habituelle, main dans une poche arrière de jean, l'autre qui pianote parfois sur ses lèvres comme s'il avait envie de fumer. Sa voix nonchalante sort quelques petites blagues bien senties sur les droits des femmes aux États-Unis, censées faire rire ses copains et agacer son prof slash père.

— Tant mieux pour elles, mais on peut quand même se demander si c'était une super idée de laisser le droit de vote aux femmes en 1920, sachant qu'on s'est tapé Bush et Trump depuis…

— Lazare, un peu moins de sarcasme et un peu plus de sérieux, s'il te plaît.

Mais Mr Carpenter sourit et le reprend si mollement que sa voix peine à couvrir les rires gras des groupies de Night. Le roi du lycée sait pertinemment que son père a une grande tolérance pour ce genre de débordements gentillets et, surtout, qu'il n'osera jamais s'opposer à lui frontalement en plein cours. Laz pourrait avoir la bonne idée de défier son autorité. Conclusion : le père marche sur des œufs et le fils sait parfaitement en jouer pour abuser.

— En tout cas, conclut Lazare, le féminisme a de beaux jours devant lui tant que les femmes s'amuseront à élire le plus beau bout de viande du pays en participant à cette mascarade de Miss America. Voilà, c'est tout pour moi.

Les mecs l'applaudissent par principe, je vois certaines filles de la classe le mater avec envie, si ce n'est toutes, et même Cassius baver face à son probable fantasme secret. Le brun recule d'un pas pour poser ses épaules carrées contre le tableau vide derrière lui, croise une jambe par-dessus l'autre et reste parfaitement stoïque, imperméable à ce qu'on peut bien penser ou désirer de lui. Inatteignable. Insolemment sexy.

Puis le prof d'histoire me donne la parole et je sens que je ne vais pas pouvoir capter facilement l'attention de ma classe. Heureusement que mon petit happening devrait fonctionner tout seul.

Je commence mon intro avec la voix qui tremble. La plupart n'écoutent pas. Mais les regards ennuyés ou occupés ailleurs se rejoignent tous sur moi quand je démarre mon plan un peu fou. Lentement, tout en égrenant les chiffres désolants des agressions de femmes en France, du petit pourcentage de plaintes déposées, du peu de procès qui aboutissent et de tous les dossiers classés sans suite, de l'accès des filles à certaines filières d'études supérieures, puis au monde du travail, du nombre ridicule de femmes aux postes à responsabilités, tout en scandant tous ces nombres qui me révoltent, j'ouvre ma veste d'uniforme.

Je la retire.

– Il y a toujours seize pour cent d'écart salarial entre un homme et une femme au même poste de nos jours.

Je déboutonne mon gilet.

– Seulement trente-neuf pour cent des députés de l'Assemblée nationale sont des femmes, malgré la loi exigeant la parité.

Je laisse glisser mon gilet jusqu'à ce qu'il tombe par terre à mes pieds.

– Quatre-vingt-deux pour cent des parents élevant seuls leurs enfants sont des femmes.

J'envoie valser une chaussure.

– Trente-six pour cent de ces familles monoparentales vivent sous le seuil de pauvreté.

Puis l'autre.

– Une femme sur deux a déjà été confrontée au harcèlement sexuel sur son lieu de travail.

Je baisse rageusement mon pantalon jusqu'à mes chevilles et les rires, les sifflets, les moqueries commencent. Le prof se lève et me demande d'arrêter.

Mais je tiens bon.

– Qu'est-ce que tu fous, Larsson ? Tu veux mourir, tu joues à quoi, là ?

Laz s'est avancé pour me grogner ça, apparemment inquiet pour moi. Ou peut-être juste d'être associé malgré lui à mon projet fou. Je le fusille du regard et prononce la phrase

249

suivante sans jamais le quitter des yeux, tout en marchant sur mon fute pour m'en débarrasser.

– Plus de cent quarante femmes ont été tuées par leur partenaire ou leur ex-partenaire juste l'année dernière.

Voilà, je me retrouve en maillot de bain devant toute la classe. De mon plein gré, cette fois. Immédiatement, mon binôme aux yeux noirs se place devant moi, pour me cacher du regard des autres ou pour m'intimider, je ne sais pas, mais je le pousse sur le côté pour affronter la classe et finir mon laïus. J'ai le cœur qui cogne à toute allure mais ma voix porte :

– Quatre-vingt-dix-neuf pour cent des femmes déclarent avoir essuyé un commentaire sexiste au moins une fois dans leur vie. Ça veut dire que toutes vos sœurs, toutes vos mères, toutes vos copines, toutes vos futures filles vivront ce cauchemar !

Mr Carpenter, qui s'agite depuis quelques minutes, commence à hausser le ton aussi.

– Louve, je vais te demander de te rhabiller, s'il te plaît.

Et bien entendu, Honor en profite pour me balancer une vacherie.

– Oui, s'il te plaît, ma rétine saigne de voir ça. Arrête un peu de jouer les Femen et épargne-nous tout ton gras.

Ça me révulse que cette phrase puisse sortir de la bouche d'une fille pour en blesser une autre. Mais je décide que ça ne m'atteindra pas. Je laisse glisser. Et je reste en maillot de bain une pièce noir sur l'estrade, face à tous ces lycéens qui me dévisagent. Me jugent. C'est sans doute l'une des plus grandes épreuves de ma vie mais je ne peux plus reculer. Je vais au bout. Déterminée.

– Est-ce qu'on peut vraiment faire un exposé sur le droit des femmes sans parler du harcèlement qu'on subit continuellement ? De nos jours, en France comme aux États-Unis, on est censées avoir les mêmes droits que les hommes et on doit pourtant continuer à se battre, chaque jour, contre les inégalités de salaire, de traitement, de répartition des tâches domestiques, contre les discours sexistes, contre les agressions et le manque de considération. Et vous savez quelle est devenue la meilleure arme des mouvements féministes pour mener ce combat ? Nos corps eux-mêmes ! Vous voulez les regarder ? Vous voulez les désirer ? Vous voulez les dénigrer ? Eh bien allez-y, regardez ! Mais désormais, vous aurez aussi des choses à lire, à apprendre et à comprendre. Si c'est ma peau que vous voulez, la voilà !

En tremblant à moitié, j'essaie d'expliquer ma démarche à cette classe, mi-hébétée mi-intéressée. Seulement couverte de ce maillot, je brandis un poing, écarte un autre bras et je les laisse découvrir les inscriptions au marqueur sur ma peau :

Mon corps, mes choix.
Une femme, pas un paillasson.

Je me retourne et leur dévoile le slogan qui barre l'arrière de mes cuisses en capitales noires :

NON C'EST NON.

Derrière moi, c'est un peu la folie. Des élèves se lèvent, crient, se marrent, certains quittent le cours, d'autres s'invectivent, me défendent ou m'enfoncent. Le prof tente de calmer le jeu et de ramener le calme mais c'est trop tard. Moi qui voulais susciter des réactions, ce pari est réussi.

Je souris au tableau blanc et croise le regard troublé de Lazare. Ses yeux sombres descendent rapidement jusqu'à mes pieds puis remontent, s'arrêtent une demi-seconde sur mon décolleté, balaient ma bouche et reviennent se planter dans les miens.

C'est comme s'il m'avait déshabillée en entier.

Son corps est tendu, son visage intense. Il se penche sur moi, me glisse quelque chose à l'oreille mais je n'entends pas. Probablement une insulte, une manière de me rabaisser ou me tourner en ridicule.

Je choisis de l'ignorer. C'est *mon* moment.

Je me tourne à nouveau vers l'auditoire et je vois bien que ça dérange certains et certaines, surtout des filles, que ça en déchaîne d'autres, surtout des garçons, et pas forcément pour les bonnes raisons. J'essaie de les alpaguer, tous, de ma voix la plus assurée.

– Pourquoi une fille en maillot devrait se cacher alors que les mecs se baladent torse nu à longueur de rues et de journée ? Pourquoi le corps des femmes est à ce point tabou dans nos sociétés alors qu'on l'affiche partout, quasi nu, dans les magazines et à la télé ? Pourquoi les fesses et les seins continuent à faire vendre des vêtements et des parfums, et même des aspirateurs et des voitures ? Ça n'a absolument aucun sens !

– Ouais...

– C'est vrai ça...

En entendant l'approbation d'un ou deux camarades, je reste sur ma lancée.

– Pourquoi on continue à sexualiser le corps des jeunes filles alors qu'on les traite de putes à tout bout de champ à la seconde où elles ont une sexualité ? Pourquoi on invisibilise les vieilles, les grosses, les femmes de couleur alors qu'on étale à ce point les corps lisses, jeunes, fermes, blancs comme si c'était l'unique modèle acceptable ? Vous nous avez bien regardées ?!

Quelques mecs commencent à joindre leur voix à la mienne et à se raconter entre eux des trucs subis par leurs cousines, leurs grands-mères, leurs voisines. Mais la plupart continuent à faire des blagues ou des gestes obscènes, profitant du bordel ambiant pour se lâcher.

– Pourquoi on perpétue ce système insensé des femmes-objets et des hommes qui les consomment, des femmes-proies et des hommes-prédateurs ? On ne mérite pas ça et vous valez mieux que ça !

Deux ou trois filles lèvent le poing et crient avec moi. D'autres se regardent, gênées. Ou se moquent carrément. Des mecs restent muets, interloqués, quand d'autres se mettent à beugler des choses plus ou moins intelligentes. Mr Carpenter commence à saturer et tente de me dire par-dessus le vacarme que je suis hors sujet, puis se rue enfin sur l'estrade pour ramasser mes fringues et me les tendre. Il me cache avec ma veste d'uniforme tout en demandant à ses autres élèves de se rasseoir et de se taire.

Il est dépassé.

Et puis c'est l'emballement.

En le voyant essayer de me museler ou de me couvrir, une petite partie des terminale entre en rébellion.

Shai, qui est devenue une vraie amie, monte la première sur une table et commence à retirer ses fringues pour se joindre à ma révolution. Alec et Gideon ne se font pas prier pour lancer leurs uniformes, leurs tee-shirts et même leurs jeans à travers la classe. Démarre alors un strip-tease général pour une dizaine d'élèves galvanisés par mon exposé... ou peut-être juste par l'envie de transgresser les règles ou de se faire remarquer. Mais c'est beau, c'est bruyant, c'est incontrôlable. Je ne suis pas certaine qu'ils aient tous saisi le message, je déteste certains d'entre eux, mais je crois qu'au bout d'un moment, la moitié des élèves de ma classe se retrouvent en culotte, en boxer, en soutif dans un immense bordel collectif.

Mais pas Lazare.

Évidemment.

Lui ne me quitte pas du regard, adossé au grand tableau blanc, bras croisés, tête posée en arrière comme s'il faisait tout son possible pour rester en dehors de ça. Encore une fois. Impossible de savoir ce qu'il pense de moi à ce moment-là. De déchiffrer si la petite flamme au fond de ses yeux m'en veut, m'admire, me juge ou me désire.

Peut-être tout ça à la fois.

31

La punition

Louve

J'atterris dans le bureau de la proviseure et j'attends, rhabillée, que mes parents viennent me chercher.

C'est la première fois de toute ma vie que je me fais virer de cours et que je me prends un savon. Mais bizarrement, je ne ressens aucune honte. Pas le moindre remords. J'ai au creux du ventre une pointe de fierté qui m'anime encore. Je me rejoue la scène indéfiniment sans pouvoir m'empêcher de sourire. J'ai des images plein la tête de cette petite émeute dévêtue. De tous ces visages hilares, guerriers, abasourdis, déconcertés, perplexes, blasés, et surtout ceux qui ont oublié pendant quelques minutes le poids des apparences, nos défauts à tous, pour ne faire qu'un dans ce combat qui avait un sens.

Du moins pour moi.

Je ne suis pas naïve au point de penser que j'ai changé le monde ou juste les mentalités. Je sais que dès demain, les filles se prendront des mains au cul dans les couloirs du lycée, elles se montreront cruelles entre elles, les mecs feront des commentaires sur les fringues et les bourrelets en oubliant de se regarder, les couples comme les amitiés se feront et se déferont sans le moindre respect, il y aura encore des baisers forcés, des mots haineux dans les messageries, des cœurs brisés aux soirées. Mais cet exposé aura eu le mérite d'exister et, j'espère, de les marquer.

Moi, je ne suis pas près de l'oublier.

– Louve Larsson, tu es tellement punie jusqu'à tes 20 ans !
me lance ma mère en arrivant au pas de course.

Mrs Duncan la fait asseoir pendant que Léonore Dumas
se confond en excuses pour éviter que mon comportement
ne me fasse renvoyer définitivement du lycée. Pendant ce
temps-là, mon père – qui porte ma petite sœur dans ses
bras – me chuchote à l'oreille :

– Willa serait super fière de toi… Et moi, tu n'imagines
pas !

Il cache son petit sourire dans les cheveux de Coco et
assure à la proviseure que des sanctions seront prises à la
maison. Mrs Duncan me rappelle les règles du prestigieux
Lycée international de Boston, le respect dû aux professeurs et la discipline nécessaire à un enseignement
d'excellence, elle m'accorde quelques circonstances
atténuantes liées à ma « situation » – comprenez : « On
aimerait bien que tu n'essaies pas à nouveau de te tuer » –
puis j'écope de trois jours d'exclusion, sans compter ce
mardi-mutinerie.

Avec le week-end, je ne serai donc pas de retour au lycée
avant lundi prochain. J'ai vraiment l'impression d'avoir
décroché le gros lot. Même si je sais pertinemment qu'un
certain garçon bouclé va me manquer.

Alors qu'on s'apprête tous à quitter le bureau de la
proviseure en tailleur strict et chignon encore plus rigide,
elle fait un petit sourire à Coco et agite ses doigts devant
son visage pour lui dire coucou. Grosse erreur. Ma petite
sœur choisit ce moment pour lui faire sa plus belle démons-
tration de langue des signes : elle enfonce un doigt dans
sa bouche grande ouverte, tire la langue et fait semblant
de vomir en fermant fort les yeux, exactement comme
Judith le lui a montré.

– Vous voyez qu'elle apprend vite ! glissé-je à mes parents
furieux.

– Chut ! Vous vous taisez et vous ne bougez plus, toutes les deux !

Ma mère meurt de honte et mon père se retient de rire jusqu'à ce qu'on quitte le lycée élitiste où, décidément, les Larsson n'ont pas leur place.

***

De retour à Joy Street, je suis punie dans ma chambre pendant que mes parents réfléchissent à ce qu'ils vont faire de moi pour que je tire une vraie leçon de cette exclusion. Peu importe. Pendant plusieurs heures, je n'arrive toujours pas à redescendre de mon petit nuage révolutionnaire. Je guette les réactions de mes camarades de classe sur les réseaux sociaux et je me dépêche de raconter mes exploits à mes copains parisiens qui risquent d'adorer cette histoire.

Mais en fin de journée, je suis interrompue par un appel de Pia.

– Purée, on m'a tout raconté, comment ça va ?

– Plutôt bien !

– Louve, t'es mon idole !

– Je n'en demande pas tant.

– Tu as besoin de quoi pour ces trois jours ? Tu veux que je t'apporte un kit de survie et que je te le balance par la fenêtre ? Bouffe, flasque de téquila, portable de secours ?

Je ris à sa proposition qui me touche : son amitié compte beaucoup pour moi, alors que son père doit m'en vouloir à mort d'avoir foutu en l'air son cours et mis à mal son statut de prof sympa mais déjà si peu respecté.

Ce sont toujours les plus gentils qui trinquent.

– Merci, Pia. Ça devrait aller, mes parents sont cool… Et je n'ai pas eu le temps de le faire moi-même mais je voudrais m'excuser auprès de Mr Carpenter. Si tu peux lui faire passer le message, je suis désolée, c'est sincère.

– T'inquiète pas pour ça, il m'a dit que tu aurais sûrement

zéro mais que c'était plutôt courageux de ta part.

– Ah oui ?!

– Et après, j'ai subi un speech d'un quart d'heure.

– Quel genre ?

– Du bla-bla sur mon corps qui m'appartient et qui est un temple et dont je dois prendre soin pour respecter son intégrité bli-bla-blou rien compris. Je crois que mon père a juste ouvert les yeux sur ce qu'on subit même à 16 ou 17 ans et même dans le milieu le plus privilégié qui soit. Alors merci pour ça.

Je ris encore et trois coups résonnent contre ma porte. J'ai à peine le temps de raccrocher que mon père entre dans ma chambre et souffle :

– Loupiote, tu ne vas pas aimer, mais téléphone confisqué.

– Hein ?! C'est une blague ?

– Non. Tu peux l'éteindre s'il te plaît ?

– Vraiment ? Je suis privée de portable ? Pendant trois jours ? C'est ça votre punition, me couper du monde alors que je viens juste de faire un truc qui va enfin m'attirer un peu de sympathie ? Ce n'était pas le but, mais là j'existe enfin aux yeux des autres, tu vois ?!

– Je t'aime, Louve. Décision parentale, désolé.

Un bisou sur ma tempe et mon père récupère mon téléphone puis repart. Heureusement pour moi, mes parents n'ont pas la moindre idée de tout ce qu'on peut faire avec une tablette tactile. C'est-à-dire exactement la même chose que sur un portable.

Un peu plus tard dans la soirée, entre les messages de Shai et de Cassius, les vocaux de mes potes parisiens surexcités et quelques demandes d'inconnus du lycée pour faire partie de ma liste d'amis, je reçois un message de Lazare.

Pas de Night Bird, non. Du numéro de téléphone de *Laz Nightingale* en personne.

Laz_Impressionné… T'es plus féroce
que tu veux bien le faire croire, la fille-loup.

Et t'étais belle, en train d'essayer de changer
le monde. Si j'avais su que ton caramel
pouvait avoir cette saveur-là...

Ce message sur WhatsApp me fait l'effet d'un feu d'artifice en pleine poitrine. Je lis et relis ces quelques phrases explosives sur le grand écran de ma tablette, planquée sous ma couette, ça me picote au bout des doigts, ça me chauffe les joues, ça me brûle au fond du ventre, ça pétille partout en moi.

« T'étais belle, en train d'essayer de changer le monde. »
C'est donc ça, qu'il a essayé de me glisser à l'oreille pendant mon exposé ? Ce n'était pas pour se foutre de ma gueule ou m'ordonner de la fermer ? C'était ça, l'émotion dans son regard qu'il n'arrivait pas à réprimer ? Je retourne encore lire son message, comme si j'avais du mal à y croire... Mais à la place, je ne vois plus que cette mention grisée : *Ce message a été supprimé.* Il l'a effacé, l'enfoiré. Comme pour ne pas laisser de trace.

Peu importe. En moi, c'est gravé. Je connais déjà ses mots par cœur.

Je peux presque entendre, sentir, voir sa bouche les prononcer.

Et je voudrais l'embrasser encore. Qu'il m'embrasse. Si bien et si fort. Revivre ce tourbillon-là. En fait, je voudrais ne faire plus que ça. Je n'ai jamais trop su ce que je voulais faire dans la vie mais si je devais remplir mon dossier d'orientation maintenant, je choisirais cet avenir précis : embrasser Laz Nightingale jusqu'à l'infini. Et plus encore.

Trois nouveaux coups à la porte et je dois sortir ce fantasme de mon esprit pour revenir à la réalité.

– Tu me prends pour une truffe, c'est ça ?

– Maman, plus personne ne dit ça depuis le début du XXIe siècle, soupiré-je.

– Donne-moi ta tablette, Louve. Et réfléchis à ton attitude

de truffe qui va se retrouver bien truffée comme il faut quand elle n'aura plus ses truffes de parents pour la détruffer de temps en temps !

Je plisse les yeux, elle aussi, on réalise en même temps que ce qu'elle vient de dire ne suit absolument aucune logique et je sors doucement la tablette de sous ma couette pour la lui tendre.

– C'est injuste ! Je suis déjà exclue du lycée, c'est ça ma punition ! Je demande seulement à pouvoir continuer à communiquer avec des gens !

– Il fallait y penser avant ton petit putsch féministe…

– Mais tu devrais me féliciter pour ça, maman !

– Le lycée, c'est fait pour apprendre, se construire, avancer, grandir. Pas tout foutre en l'air en maillot de bain !

– Mais vous ne voyez pas que je suis fière de moi, pour une fois ? Il faudrait savoir ce que vous voulez !

Je m'époumone depuis mon lit mais ma mère referme la porte de ma chambre sans m'écouter. Ou en faisant très bien semblant.

J'enrage.

Je n'ai même pas eu le temps de répondre à Lazare qui va croire que je le ghoste volontairement.

Peut-être que je devrais.

Ou pas.

Je voudrais juste AVOIR LE CHOIX.

J'attends de ne plus entendre le moindre bruit dans le couloir pour sortir discrètement mon ordinateur, m'allonger à plat ventre sur mon matelas et l'ouvrir en crevant de chaud sous ma couette rabattue par-dessus ma tête.

Au moins, j'ai encore accès aux réseaux sociaux et à la messagerie où je peux joindre mon oiseau de nuit.

Non.

Night Bird n'est pas à moi. Mais il a avoué avoir aimé mon goût et mon coup d'éclat. C'est un miracle en soi. Et j'ai toujours pour objectif premier de le faire parler.

Toc toc toc.

– Ordinateur, Loupiote.

C'est mon père qui revient au front et fait un geste de l'index qui s'enroule de moi à lui.

– Mais j'en ai besoin pour travailler !

– Prends du papier, un stylo, des livres et des dicos, tu devrais t'en sortir. Comment on faisait tu crois, à notre époque ?

– Pff, c'était la préhistoire !

J'essaie de l'emmerder autant qu'il m'emmerde, mais mon père se marre, même pas assez vieux pour se vexer.

– Je vais aller frotter des cailloux pour réchauffer ta mère, bonne nuit ma punie, fait-il dans un petit sourire en repartant.

Je lâche un grognement de frustration digne d'une louve enragée.

– Vous êtes censés être des parents cool ! Et vous me privez de tout ce que j'ai ! Vous ne voulez pas me prendre un ou deux organes aussi ?!

Je balance un coussin sur la porte qui se referme derrière lui.

32

Black cassis

Lazare

La paria n'a jamais porté si bien son nom : exclue trois jours du lycée, c'est une belle perf. Et même cinq, si on compte le week-end qui arrive. Pourtant, on n'a jamais autant parlé d'elle qu'en ce moment. En cours, à la cafète, sur les réseaux sociaux, Louve Larsson occupe les esprits et délie les langues. Il y en a toujours quelques-uns pour se foutre de sa gueule, Honor et Gideon en tête, mais la Française a globalement gagné des points en osant se désaper devant tout le monde, en foutant le bordel dans un cours et surtout en réussissant l'exploit d'unir les mecs et les meufs.

Juste le temps d'une heure.

Depuis, ça recommence à partir dans tous les sens. Il y a des vidéos d'elle qui circulent, avec son maillot de bain noir et son poing levé, certains ont fait des mèmes en détournant son : « Non c'est non », par des : « Oui c'est quand tu veux ». D'autres commentent à nouveau la taille de ses seins, de son cul ou de sa bouche. Les blagues dégueulasses ont remplacé les slogans féministes, évidemment, mais pas mal de filles se sont mises à prendre sa défense dans les commentaires. Et même s'ils avancent masqués, quelques mecs ont l'air de vouloir la choper plutôt que l'enfoncer.

Ça, c'est nouveau.

Et l'autre nouveauté, c'est que ça me donne envie de les buter.

Mais la belle révolutionnaire est injoignable et garde le silence depuis son happening. J'imagine que ses vieux l'ont privée de tous ses moyens de communication. Papa Loup a dû se fâcher tout rouge et il paraît qu'on ne négocie pas avec Wolf Larsson et ses dents qui rayent le plancher. Le type a la réputation d'obtenir ce qu'il veut de qui il veut, ça doit être valable aussi avec sa louve de fille.

Mon daron aurait été incapable de me couper de l'extérieur, il est à peu près aussi nul en nouvelles technologies qu'en autorité naturelle. Je n'ai pris aucun de ses appels depuis l'exposé qui a dérapé, je l'ai esquivé lui comme ma mère dans les couloirs du bahut pendant trois jours, j'ai juste pris sur moi pour demander à Pia si elle avait des *news* de sa copine Louve et ma peste de sœur m'a envoyé chier.

Il paraît que tout ça, c'est ma faute.

Encore et encore.

Bref, je ne dis pas que ça me manque de parler à la Française, de la voir en cours, de tomber sur son regard bleu glacial qui me chauffe là où il ne faut pas. Ça fait juste trois putains de jours, faut pas pousser. Mais ce vendredi, je suis quand même en train de rouler jusque chez elle, comme un con, après la fin des cours. Shai m'a donné son adresse et je lui ai fait remarquer que si j'étais un violeur, ou juste le connard que tout le monde croit, elle venait d'envoyer sa meilleure pote dans la gueule du loup.

En vrai, je ne sais même pas pourquoi j'y vais.

Mais j'y vais.

Je gare la Corvette de Mrs Van Cleef dans une petite rue de Beacon Hill, histoire que personne ne me voit stationner dans Joy Street, et finis le chemin à pied jusqu'à la maison des Larsson et sa façade typique en briques rouges.

Je sonne en me demandant qui va ouvrir, un vendredi à dix-huit heures. Avec la ferme envie de repartir d'où je viens.

Trop tard.

Wolf Larsson lance ses éclairs sur moi : non seulement il

a les mêmes yeux glaçants que sa fille, mais il a l'air de très bien savoir qui je suis. Soit il n'oublie jamais un visage et il se souvient instantanément qu'il m'a repris quand je m'endormais à sa petite réunion de l'auditorium, soit Louve lui a parlé moi. Dans tous les cas, j'ai intérêt à faire profil bas et à jouer le mec bien sous tous rapports.

– Bonjour. Je suis Lazare Nightingale, le binôme de Louve en histoire. Je me disais qu'elle aurait sûrement envie de rattraper les trois jours manqués, je lui ai apporté les cours. Mais comme je ne peux pas la joindre…

– Bonjour, lâche-t-il seulement en me dévisageant.

Il me fait poireauter sur le perron, fixe l'écusson jaune de ma veste d'uniforme, et a l'air de négocier avec lui-même, en silence, ce qu'il va bien pouvoir faire de moi. Ça commence à devenir long et j'ai envie de lui demander s'il a décidé à quelle sauce il allait me manger, mais pas sûr que ce soit le moment de faire l'insolent. Alors je joue la carte française.

– Je crois qu'elle aime bien les Carambar… J'en ai trouvé au goût « black cassis », je me suis dit qu'elle ne les connaissait peut-être pas, ceux-là.

Je sors de mon sac à dos le paquet que j'ai trouvé dans une petite épicerie française à un prix délirant, et je tape dans le mille. Le père Larsson m'ouvre sa porte et soupire :

– Ça lui fera plaisir.

Puis il appelle sa fille en annonçant qu'elle a un visiteur, la Française dévale les escaliers tout en se recoiffant à la va-vite. Elle ne s'attendait clairement pas à voir quelqu'un aujourd'hui. Et encore moins moi. Elle porte un legging noir, un *crop top* bleu ciel un peu ample et elle est en train d'enfiler par-dessus un gilet à capuche mais ses mains nerveuses s'agitent, le Zip lui résiste et elle n'arrive pas à le refermer.

Si son père n'était pas là en train de nous scruter, je la boufferais du regard.

– Salut, bredouille-t-elle en fixant ses pieds nus.

– J'avais ça pour toi.

Je lui tends les Carambar et je la vois qui rougit.

Touchée.

– Cassis, tu avais déjà goûté ?

– Non… Merci.

Elle met sa capuche de sweat sur sa tête et je crois que c'est en partie pour cacher son sourire à son père qui ne nous lâche pas. Puis elle attrape le paquet de bonbons, nos doigts se frôlent à ce moment-là et la tension grimpe encore d'un cran.

Si elle savait tout ce que j'ai envie de lui faire, elle rougirait encore bien plus fort.

Putain de daron protecteur.

Soit je me tire et je serai venu pour rien, sans avoir pu lui parler, soit j'insiste en risquant de passer pour un gros lourd. Je joue ma dernière carte en parlant des cours et en espérant me faire inviter dans sa chambre, dans un bureau, n'importe quoi pourvu qu'on soit un peu seuls.

– J'ai aussi des tonnes de cours pour toi dans mon sac.

Larsson père répond à sa place :

– Bien essayé mais sa chambre est une zone interdite. Vous pouvez aller bosser sur le patio.

Je hoche la tête comme si ça m'allait très bien. Et que je n'étais absolument rien venu chercher d'autre. Louve me montre le chemin et son père m'arrête sans me toucher, juste d'un pas vers moi, pour me murmurer :

– Je ne sais pas si tu fais partie des méchants ou des gentils et je m'en fous. Même si j'ai ma petite idée. Juste, comporte-toi bien avec elle et on n'aura pas de problème, toi et moi.

– Bien reçu.

Je serre les dents et soutiens son regard. Même mon propre père ne me parle pas comme ça, de loin, et j'ai du mal avec l'excès d'autorité de ce garde du corps en jean et polo griffé. Il fait bien plus jeune et bien plus cool que mon paternel. Bien plus chiant aussi. Et s'il a envie que sa petite fille chérie n'ait jamais de mec, surtout qu'il continue comme ça.

– C'est bon, papa ?

Bien refroidi, je suis Louve jusqu'à la petite cour intérieure de sa baraque. Elle referme la porte-fenêtre derrière nous et je peux enfin respirer. Elle s'assied sur un muret, referme les pans de son gilet et croise les bras par-dessus. Si elle pense me cacher ses seins déments, c'est raté. Je suis à peu près certain qu'elle ne porte pas de soutien-gorge, là-dessous, et cette seule idée me rend fou.

– Qu'est-ce que tu es venu faire ici, Night ?

– T'apporter des Carambar qui m'ont coûté environ deux mille dollars. De rien.

Elle réprime un nouveau sourire et je la trouve belle à tomber, sans maquillage, sans coiffure, sans les fringues *dark* et souvent trop grandes dans lesquelles elle se cache d'habitude.

– Arrête de faire ta fille froide et nonchalante, Larsson, ça ne te va pas. Je sais que tu crèves d'envie de goûter.

Son bleu stupéfiant me fusille. Bien sûr que j'ai raison. Et bien sûr que je ne parle pas seulement des bonbons. À sa façon de me regarder, je sais qu'elle me veut. Qu'elle pense à m'embrasser. Mais la louve trop fière et trop bornée déteste l'idée même de céder, l'idée que je la connaisse si bien, l'idée que mon petit cadeau puisse seulement lui faire plaisir.

L'idée que je ne sois pas *juste* un immense connard.

– Au fait, murmure-t-elle, c'était quoi ce message hier soir ? Je l'ai à peine reçu qu'il avait disparu.

– Un message ? Quel message ?

Je souris en l'entendant grogner de frustration. C'était une erreur, je n'aurais jamais dû lui envoyer ça.

Putain de canard.

– On n'est pas amis, Lazare. Je ne sais pas ce que tu fous là mais tu ne vas pas m'acheter avec du sucre ou me faire changer d'avis sur toi. Tout ce que je veux, c'est faire tomber les quatre ordures. Si tu n'en es pas une toi-même, ce qui n'est pas si sûr.

Je me marre en coin. Et je vais m'asseoir sur le même muret, à un petit mètre d'elle, mes jambes étendues devant moi.

– Tu veux savoir quoi ?

– Des trucs compromettants sur Honor, Alec, Gideon et Sinaï. Quelles sont leurs failles. Leurs petits secrets. Pourquoi ils ont absolument besoin de faire souffrir les autres. Ce qu'ils raconteraient à un psy s'ils avaient seulement le courage d'y aller…

– Avec tes conneries, on va tous devoir se taper des séances chez Geller. La proviseure a décidé de mettre en place des ateliers obligatoires et des putains de groupes de parole à partir de lundi.

– Enfin, souffle la brune. Ils se bougent.

– Fière de toi, la paria ?

– Je t'emmerde, le lâche.

Elle a répondu ça du tac au tac et ça m'arrache un sourire. Elle me connaît si mal. On échange un long regard, le sien est plein de colère, je bifurque sur sa bouche et elle descend sur la mienne. Je finis par lui arracher le paquet de Carambar des mains, l'ouvrir et lui en tendre un.

– Tiens, ça te fera du bien.

– Va te faire foutre, Night. Tu éludes mes questions, tu laisses faire tes potes alors que tu pourrais m'aider à les arrêter, tu fais toujours en sorte de rester en dehors des histoires, pour te protéger de je ne sais quoi, tu m'envoies des messages troublants puis tu les effaces, tu viens jusqu'ici pour jouer avec moi… J'aurais dû suivre mon premier instinct, tu es le pire de tous.

Je reprends le Carambar qu'elle refuse et me le plante en plein cœur, comme si la Française venait de me blesser avec ses quatre vérités. Elle me regarde faire, de plus en plus furieuse, puis vient me prendre le bonbon des mains, l'ouvre et l'engloutit avant de me jeter le papier noir en pleine tête.

Je souris.

Elle mâche.

– Alors, c'est comment ?

Elle ignore ma question. Déguste son bonbon. Me fixe droit dans les yeux et m'allume, debout face à moi, toujours assis. Elle me défie de ne pas regarder ses lèvres dont je sens d'ici le parfum sucré. Je résiste.

Putain.

Louve avale et siffle :

– Rien de transcendant.

Un rire s'échappe de ma gorge et sa repartie me plante une flèche en plein dans le boxer. Ça fait longtemps que je n'ai pas souri autant. Et désiré une meuf si fort. La fille-loup va me rendre dingue : il faut que je sorte d'ici.

J'étais venu pour la voir, la troubler, lui rappeler qui contrôle qui, reprendre l'ascendant sur elle, malgré ce qu'elle sait sur moi.

Mais elle me tient tête, la fausse paria.

Je n'avais pas prévu ce legging moulant, ce *crop top* pas assez moulant, justement, ce *sweat* ouvert qui me laisse entrevoir la peau claire de son ventre, pour la première fois, ce visage nu sans maquillage, beaucoup plus doux que d'habitude sans ces traits noirs sur ses paupières, et puis ces yeux furax, encore plus puissants que dans mes souvenirs.

Et enfin sa bouche pulpeuse, toujours aussi indécente. Que je n'embrasserai pas aujourd'hui. Ni peut-être plus jamais.

Dommage, j'aurais bien goûté au parfum « black cassis » directement sur sa langue.

Je file mes cours à la Française et je la plante sur son patio, avec son garde du corps qui me regarde partir avec un petit sourire.

33

La page blanche

Lazare

Au moins, j'aurai de quoi me changer les idées ce week-end. Ellis débarque chez moi ce samedi, après presque onze mois sans se voir. À Toronto, ils ont un break de quelques jours à ce moment-là de l'année et ses parents l'ont enfin autorisé à venir me voir. Je n'aime pas les titres honorifiques et les étiquettes, mais c'est la personne dont j'ai été le plus proche dans ma vie.

Être séparés à la fin de l'année dernière, ça a été pour nous deux un putain de calvaire.

Après ce qui est arrivé, ses parents l'ont traîné au Canada, le plus loin possible de Boston et de moi, et les miens m'ont inscrit de force dans leur lycée privé.

Finie l'amitié, merci au revoir, circulez.

Mais Ellis me tombe dans les bras comme si on ne s'était jamais quittés. Je ne suis pas du genre démonstratif, sauf avec cette pauvre tache qui m'a manqué.

Je l'emmène direct sur mon toit-terrasse, lui décapsule une bière et l'observe se débarrasser de ses affaires. C'est un choc pour moi. Ellis ne ressemble plus vraiment à l'Ellis que je connaissais. Sous sa casquette passe-partout, des cheveux teints en blond clair, presque blanc, rasés d'un côté du crâne mais pas de l'autre. Sous son long manteau beige qui traîne presque par terre, des fringues plus colorées qu'avant, un short en jean déchiré sur des collants noirs, des gros rangers aux pieds mais un *crop top* rouge vif en haut qui me rappelle aussitôt celui de Louve. Je ne suis pas un expert mais je crois qu'il y a du maquillage sur ses yeux, peut-être même sa bouche. De nouveaux tatouages sur ses bras déjà bien remplis. Du vernis de plusieurs couleurs pastel sur ses ongles. Et beaucoup plus de bracelets et de bagues à ses mains, en acier, en or, en cuir noir, en perles fluo.

Ellis a toujours joué avec les codes du genre. Et je l'ai toujours soutenu dans sa non-binarité. Mais j'ignorais qu'il avait fait tant de chemin pour l'assumer.

Pardon, iel.

– Alors on dit « iel » maintenant, c'est ça ?

– Toi tu dis ce que tu veux, mec. Mais t'imagines pas comme les Canadiens sont ouverts d'esprit là-dessus. J'ai annoncé mon nouveau pronom en début d'année, tout le monde respecte, ce n'est même pas un sujet.

– Je promets pas que je ne vais pas me tromper, mais je suis content pour toi, Ellis.

Et je le pense. Notre première terminale a été une année tellement difficile. Celui que j'ai connu garçon n'était considéré que comme un mec bizarre, un peu gay, mal sapé, trop fragile. Il ne rentrait dans aucune case. Il jouait à l'hétéro cisgenre pour ne pas se faire mal voir, mais avec sa voix, ses gestes, ses goûts, il se trahissait sans cesse. Dans notre lycée public, il y avait plein de minorités. Mais faire partie des opprimés n'a jamais empêché personne d'oppresser les autres. Ça se saurait.

Tant mieux si Ellis se sent en sécurité ailleurs. Et libre d'assumer qui iel est.

J'ai détesté qu'il s'en aille, l'été dernier, j'ai serré les dents sans lui. Mais je sais que pouvoir démarrer cette page blanche, il en rêvait.

– Tu vas en cours comme ça, au Canada ?

– Ouais, bien sûr ! Bon, ils adorent pas mon anneau dans le nez… Mais au lycée, il y a des toilettes pour filles, des toilettes pour mecs et des toilettes pour tous ceux qui ne se sentent ni l'un ni l'autre. Ou les deux. Pareil pour les vestiaires, ça change vraiment la vie !

– Je veux bien te croire. Et en cours de sport, tu joues dans quelle équipe ?

– Pour ça je suis toujours chez les nuls, ça ne change pas !

Ellis se marre puis s'allume une clope, avant de m'en proposer une. Je vais m'accouder à la rambarde, face à la vue, pendant qu'iel me raconte sa nouvelle vie avec les yeux qui brillent.

– Même pour mes papiers officiels canadiens, j'ai pu choisir le genre neutre, c'est très cool.

– Qu'est-ce que ça peut foutre aux gens, sérieusement, de mettre un F ou un M sur un permis de conduire ?

– Oh mon Lazzy !

Et ce fragile vient m'entourer de ses petits bras maigrichons tout peinturlurés, en se serrant contre mon dos.

– Tu m'as manqué aussi mais lâche-moi, p'tit pédé.

On rigole en même temps, je coince ma clope entre mes lèvres et je ceinture Ellis pendant qu'iel se met à pleurer. Si on exclut les fringues et les bijoux, je crois que chialer est son activité préférée.

– Qu'est-ce que j'aurais fait sans toi l'an dernier, Laz ? En fait je sais, je serais morte, je crois.

Je suis habitué à l'entendre parler de lui parfois au féminin, parfois au masculin. Je m'en fous. Je voudrais juste qu'il chouine un peu moins.

– C'est pas passé loin…

Je ne voulais pas lui rappeler ces mauvais souvenirs mais c'est sorti tout seul. Pendant une longue minute silencieuse, on regarde tous les deux la Charles River s'écouler sous le soleil, les enfants qui jouent sur les pelouses, les avirons qui ont l'air d'avancer sur l'eau comme dans les airs, les oies qui se font la malle sur les berges. Je crois que ça lui fait du bien.

Je finis par enchaîner :

– Bon et t'as pécho, à Toronto ?

– J'avais crushé sur un mec en début d'année… Mais il sent trop mauvais de la bouche. Le gars doit manger de la poutine au petit déj.

Je me marre et retrouve mon BFF, aussi langue de pute que je le connais.

– C'est quoi ?

– Des frites au fromage noyées sous une sauce *gravy*. Ils mangent ça à tous les repas, dans toute la province d'Ontario, j'en peux plus…

– OK, donc pas le mec qui pue de la gueule. Qui d'autre ?

– Je suis sorti avec cette fille un peu punk, pas de problème d'haleine, mais on n'avait rien à se dire. Elle voulait juste mes conseils *makeup*, je crois.

Sa fluidité concerne son identité de genre comme son orientation sexuelle. Ellis s'en fout. Et je me fous qu'il ou elle s'identifie comme non binaire, fluide, bisexuel ou pan, du moment qu'il ou elle va bien.

Ça m'emmerde que ce soit aussi loin de moi, mais je ne l'ai jamais vu si épanoui.

– T'as plus envie de changer de prénom ? lui demandé-je en jetant mon mégot dans ma bouteille vide.

– Le seul truc cool que mes parents m'ont donné, c'est ce prénom mixte qui ne me range pas dans une case. Alors je crois que je vais le garder, finalement. Je leur en ai assez fait baver avec les tatouages, les piercings, mes looks qui leur font honte et les pronoms qu'ils mélangent tout le temps.

– OK. Ils vont bien ?

– Tu verrais mon père s'étouffer quand je me gratte les couilles en me remettant du gloss de l'autre main !

Ellis me mime le truc et j'éclate de rire.

– Ma mère est géniale, elle essaie de ne pas me mégenrer et elle lit des tas de trucs sur la transidentité. Bon quand elle m'engueule, je suis toujours son « petit coco ». Mon paternel me demande une fois par semaine si je veux me la couper, mais sinon ils font vraiment des efforts.

– Tant mieux. Ils ont fait du chemin, eux aussi.

– Ouais, c'est pas simple… En vrai, je crois que moi non plus j'aimerais pas avoir un gosse comme moi.

– Ils ont signé pour les complications, c'est leur job de parents, Ellis ! Et ils préfèrent ça que te voir te faire casser la gueule un jour sur deux dans ce lycée pourri, non ?

Le harcèlement scolaire ne concerne pas que les bahuts élitistes et les gosses de riches. Les pauvres aussi font de la merde. Les Blancs, les Noirs, les Latinos, tous les défavorisés qui se prennent pour des caïds, ceux qui ont des revanches à prendre, les filles les plus *badass* et les plus discriminées : personne n'est épargné.

La loi du plus fort règne partout, je l'ai appris à mes dépens. Et la petite gueule d'Ellis s'en souvient.

– Bon, assez parlé de moi. Elle s'appelle comment ?

J'esquive comme je peux.

– Si tu parles de ta mère, ça fait longtemps que je n'ai pas fait un saut à Toronto pour la…

– Oh la ferme ! beugle Ellis pour m'empêcher de finir ma phrase.

Iel passe une main pleine de bagues dans ses cheveux décolorés et plisse les yeux fort dans ma direction.

– Quoi, Ellis ?

– Tu sais que moins tu m'en parles et plus je vais chercher à creuser, hein ?

– J'ai rien à cacher.

– Alors ça tombe bien, mon petit Lazzy, parce que je t'ai stalké sur les réseaux sociaux avant de venir. Et cette Louve a des yeux *de ouf*.

Putain.

Iel me connaît trop bien.

– Que ce soit clair : ce n'est pas ma meuf, pas mon plan cul, elle n'est *rien*.

– Mais… ?

J'hésite.

– Mais Louve Larsson est une chieuse de première.

– Et Lazare Carpenter est *in looooove*.

– Redis ça encore une fois et je te donne une bonne raison de pleurer !

Je me jette sur mon meilleur pote qui se met à sautiller sur ma terrasse en criant que je me mens à moi-même, que je ne parle d'aucune autre meuf depuis des mois, que je ne suis plus le même et je finis par l'attraper avant qu'Ellis ameute tout le quartier de sa voix suraiguë.

Et ce week-end ne fait que commencer.

34

Sensibiliser

Lazare

Elle est de retour.

Et il a fallu qu'elle se fasse virer trois jours de ce bahut pour que je me rende compte à quel point les choses avaient changé. À quel point je ne contrôlais plus rien. Me pointer au Lycée international de Boston chaque matin en sachant qu'*elle* ne serait pas là, ça n'avait plus la même saveur.

Son caramel m'a rendu accro.

Personne n'avait jamais réussi cet exploit.

Après un week-end entier à me faire charrier par Ellis, je me voile un peu moins la face.

Lundi matin, Louve Larsson promène à nouveau son regard dément dans les couloirs du lycée et tout en moi se réveille. Mais ses yeux ne se posent pas une seule fois sur moi. Adossé à mon casier, un stylo à la bouche en guise de clope, je la vois échanger quelques mots avec Cassius, puis passer à Pia qu'elle serre dans ses bras. La fille à couettes débarque à son tour et se joint à elles dans ce câlin groupé absurde.

C'est moi qu'elle devrait serrer comme ça.

Moi qui devrais sentir son odeur.

Capter sa chaleur.

Embrasser ses lèvres folles.

– Putain, Geller vient de prendre le contrôle !

Alec se pointe devant moi, talonné par Gideon et Sinaï.

– Hein ?

– Le cours de sport saute, on est tous réquisitionnés au gymnase, mais pour se faire triturer le cerveau !

– Ah, alors ça y est, ils ont casé ça dans notre emploi du temps ? soupire le geek en consultant ses deux portables.

– C'est encore l'autre cassos qui leur a donné cette idée avec son happening… grommelle le musclé en se faisant craquer les doigts.

Je lui fais signe de la boucler – pas d'humeur –, puis je prends la direction du gymnase sans les inciter à me suivre.

J'ai de plus en plus de mal à jouer le jeu.

À prétendre faire partie des leurs.

***

Planté au milieu du terrain de sport, face aux gradins, débitant son speech depuis dix bonnes minutes, le psychiatre en costard de minet se prend un peu trop pour Dieu. Mais il peut se prendre pour qui il veut : son show m'indiffère totalement. Je suis bien trop occupé à observer Louve en coin, qui est allée s'installer le plus loin possible de moi.

Sauvage, la louve.

Sauvage et, surtout, plus vraiment paria.

Il faut croire que mes provocations de vendredi ne lui ont pas plu. Et notre petit jeu de « Fuis-moi je te suis, suis-moi je te bouffe du regard », ça m'amuse et m'excite autant que ça me les brise.

– Lazare.

Pourquoi, quand j'accepte enfin de m'intéresser à elle, elle arrête tout à coup de me calculer ?

– Lazare ?

Elle veut quoi ? Être avec moi ou m'utiliser comme un pion dans son plan révolutionnaire ?

– Lazare Nightingale !

– Ouais ! beuglé-je soudain en me levant, tandis que tous les regards sont tournés vers moi.

Tous, sauf le sien.

– Tu fais partie du groupe cinq, m'explique le blondinet à lunettes. J'ai créé ces groupes de parole mixtes pour que vous puissiez échanger avec vos camarades en toute transparence. Tout pourra être exprimé, ici, tant que c'est fait dans le respect et la tolérance des opinions de chacun.

Son baratin de psy m'entre dans le cerveau pour en sortir aussitôt. Je suis le mouvement et pars en direction de la table numéro cinq, située à l'autre bout du gymnase, près des vestiaires. Mais en dépassant la table numéro trois, je vois Louve et sa copine Shaï s'y asseoir... et je décide de me laisser tomber sur la première chaise libre.

– Tu n'es pas censé être là, lâche celle qui me fuit comme la peste.

– Lazarus ! s'écrie alors Honor en débarquant au bras de Sinaï. Chéri, tu ne peux vraiment pas te passer de moi !

Celle qui a également écopé du numéro trois choisit mes genoux plutôt que le dernier siège vacant et je jubile un peu en sentant deux yeux bleus stupéfiants me lancer des torpilles.

– Lazare, tu n'es pas à ta table ?

– Il s'est perdu en chemin, commente l'insolente en direction du psy.

Ça me fait doucement marrer.

– Il confond encore les chiffres, son QI est un peu limité, chuchote-t-elle en prenant un malin plaisir à me chauffer.

Le psychiatre la contemple un instant, évaluant la situation derrière ses lunettes dorées, puis décide que ce combat ne vaut pas la peine d'être mené.

– Lazare, tu peux rester. Honor, tu t'assieds sur une chaise s'il te plaît ?

– OK, soupire la princesse capricieuse. Vous avez un trône ?

Geller lâche un petit rire de loser et nous quitte pour aller gérer le cas Gideon, allongé en travers de la table numéro quatre… en train d'essayer de copuler avec le mobilier.

– Tu arrives vraiment toujours à tes fins, hein ? souffle Louve entre ses lèvres pincées.

Je rêve de les détendre à l'aide de ma bouche et de ma langue.

– Pas toujours ces derniers temps, non, justement, réponds-je tout bas.

Elle se détourne, exaspérée par mon sourire en coin ou peut-être gênée par mes insinuations. Honor glisse alors une main sur ma cuisse en se penchant à mon oreille.

– Et si on allait faire un petit tour dans les vestiaires ?

– Pas vraiment le moment, Ton Altesse…

– Mais on n'a jamais terminé ce qu'on a commencé chez Cassie !

Sinaï balance rageusement son téléphone sur la table et la glu se décolle enfin de moi.

– Putain, je viens de perdre 100 K !

– Cent mille ? répète la fille à couettes. Cent mille quoi ? Cent mille roupies, cent mille yens ?

Louve ricane et fait signe à sa pote de lâcher l'affaire.

– Prêts pour le jeu de rôle ?

Geller est de retour avec ses plans à la con censés nous sensibiliser à l'importance du consentement. Les autres groupes ont déjà commencé et des éclats de rire résonnent un peu partout dans l'immense salle qui sent le plastique, la sueur et l'excitation.

Sinaï et Honor s'y collent en premier. Sous nos yeux amusés, ils imitent un couple dans lequel la femme force l'homme à accomplir un acte oral, en tournant évidemment l'exercice au ridicule. Si bien que le psychiatre soupire et met rapidement fin à l'exercice. Puis vient mon tour et, alors que Shai se propose pour jouer la comédie avec moi, je pointe Louve du doigt.

– C'est non, lâche-t-elle.

— Un petit effort, Larsson. On est tous là à cause de toi, je te rappelle…

— Vas-y, Louve, montre-leur de quoi tu es capable.

Couettes l'encourage, Sinaï bâille d'ennui, Honor la fixe d'un sale œil et la brune aux yeux bleus finit par se lever pour venir me retrouver de l'autre côté de la table.

J'attaque sans attendre.

Dans ce scénario, un mec embrasse une fille sans y avoir été invité. Sous les yeux du psy qui s'est mis en retrait mais nous observe derrière ses petites lunettes, j'avance en direction de Louve, de sa bouche qui m'appelle et pas seulement pour jouer, tandis qu'elle recule jusqu'à se retrouver coincée entre la table et moi.

Elle est belle, quand ses yeux brillent de défi, que tout son corps a envie de mordre mais que sa bouche entrouverte semble déjà prête pour ce baiser.

Plus que belle, quand ma main s'empare de sa nuque pour la ramener à moi et qu'elle se laisse faire comme une poupée docile, tout en me balançant ces mots rebelles qui me tordent le ventre.

— Tu ne m'auras *jamais*, Night…

Elle me rend fou.

Ses seins se pressent contre moi, juste une seconde, avant que ses mains plaquées sur mon torse ne me repoussent brutalement.

C'est cruel. C'est divin.

— Non, c'est non ! scande à nouveau la révoltée.

J'accuse un peu le coup. Shaï nous applaudit et rompt définitivement ce moment suspendu. Mais notre petit spectacle n'a pas fait que des heureux.

— Bon et sinon, quand un mec abuse ou quand tu veux te débarrasser d'une personne *indésirable*, il suffit de sortir ça !

Honor extirpe de son sac une petite bombe lacrymo argentée et la débouche d'un air machiavélique. Puis elle la pointe en direction de Louve et… actionne le jet.

– Oh non ! Oh mais zut ! Qu'est-ce que j'ai fait ?

Tout en essayant à peine de faire croire à un accident, la reine des pestes admire son œuvre : face à elle, face à moi, face au psy qui se jette sur elle, Louve prend son visage entre ses mains en hurlant de douleur.

– Ça brûle ! gémit-elle. Mes yeux ! Je ne vois plus rien !

***

L'infirmerie est ouverte, mais aucun signe de l'infirmière qui s'est contentée de laisser le mot *De retour dans une heure* scotché sur la porte. J'imagine que ce serait trop demander, que quelque chose tourne rond dans ce lycée.

– Assieds-toi là, la borgne.

Je tente de faire sourire la blessée, mais cette audace me vaut un coup de griffe. Je râle un peu, pour le principe, puis la force à se poser sur le lit étroit paré de blanc. Ça couine sous ses fesses lorsqu'elle s'assied et je me marre tout bas.

– Te fous pas de moi, je suis en train de devenir aveugle, grogne-t-elle en se frottant les paupières.

– Arrête de toucher tes yeux et colle ça dessus.

Je lui tends la compresse que je viens de trouver et de passer sous l'eau, elle l'applique sur son visage en lâchant un léger soupir de soulagement. J'essaie de ne pas le montrer, mais ça bouillonne à l'intérieur de moi quand je la vois comme ça. La vérité, c'est que je ne supporte plus qu'on la maltraite dans ce foutu bahut. Mais Louve n'a pas besoin de le savoir.

– Le froid te fait du bien ? deviné-je.

– Un peu mais ça me brûle toujours…

Sa voix gémissante me donne envie d'aller crever les yeux de l'autre princesse de mes deux. À la place, je vais fouiller dans les placards, ouvre tous les tiroirs de cette infirmerie, espérant mettre la main sur du sérum physiologique. Et je finis par en trouver. Un bidon entier.

Je me rapproche de Louve et pose une main sur son épaule.

Ne m'ayant pas vu arriver, elle se tend brusquement, avant de lever la tête vers moi.

– Ouvre les yeux, lui glissé-je.

– J'essaie mais je n'y arrive pas.

– Essaie plus.

Elle marmonne je ne sais quoi en français, puis parvient enfin à entrouvrir un peu ses yeux rouges et pleins de larmes. Je fais couler du sérum dessus, pour les débarrasser des substances chimiques qu'ils ont reçues.

Aucun doute, la lacrymo, ça marche.

– Doucement, ça me mouille partout !

– Tu veux sauver tes yeux de loup ou ton précieux débardeur, la Française ?

Elle me tire la langue comme une gamine, puis la rentre juste avant que je ne décide de la croquer.

Contrôle-toi, Laz.

– Qu'est-ce que je lui ai fait, encore ? maugrée la brune en repensant à celle qui l'a aspergée.

– Rien. Honor n'a pas besoin de raison valable pour attaquer…

– C'est ta faute, Night !

– Tiens donc… murmuré-je, amusé.

– Elle ne supporte pas que tu aies le moindre contact avec une autre fille. Elle est jalouse, ça crève les yeux !

– Non, mais apparemment ça les brûle…

Une fois encore, mon trait d'esprit ne la fait pas rire.

– Ne m'approche plus, comme ça, il ne m'arrivera plus rien, ajoute la boudeuse. Tu n'aurais jamais dû m'accompagner à l'infirmerie.

Elle m'arrache la bouteille de sérum des mains, s'assied un peu plus loin sur le lit grinçant et continue à se rincer les yeux elle-même.

– On a repris du poil de la bête, hein ?

Je la contemple tandis qu'elle sèche son visage avec une nouvelle compresse.

– Tu aurais préféré que ce soit Shai, peut-être ?

Elle choisit d'ignorer cette question : on connaît tous les deux la réponse. Alors j'en pose une autre.

– Ça commence à aller mieux ?

– J'ai moins mal, mais je vois flou.

– Flou comment ?

– Bah flou. Tu connais différents flous, toi ?

Sa mauvaise humeur et sa voix mordante me font sourire. Je me rapproche d'elle lentement, sans qu'elle ne s'en rende compte. Quand elle lève les yeux vers moi, mon visage n'est plus qu'à quelques centimètres du sien.

– Qu'est-ce que tu me veux ?

Elle fait la fière, mais son assurance l'a quittée, sa voix s'enraye et je la vois déglutir difficilement.

Elle est fâchée, elle est belle et elle sent bon.

Le trio gagnant.

Son débardeur noir est mouillé et lui colle à la peau.

Alléchante à crever.

– Lazare, je vois flou mais je sais très bien que tu me mates… grogne-t-elle à nouveau.

– Et ça te dérange ?

– À ton avis ?

– Je ne sais pas… Tu as l'air de souvent changer d'avis à mon sujet, la paria.

Ce surnom m'a échappé et je la vois tiquer.

– Je ne changerai jamais d'avis sur toi, Royal enfoiré.

– *French* menteuse…

Je souffle ces mots en deux langues, tout en promenant mes yeux sur sa bouche pulpeuse et je crève d'envie d'en prendre possession.

Mais j'ai d'abord besoin qu'elle dise oui. Je m'approche encore un peu plus, en ne laissant plus qu'un centimètre entre nous.

– Tu es consentante, fille-loup qui me rend fou ?

Cette question murmurée la trouble autant que moi, je le

lis dans ses yeux humides et sur sa peau frémissante.

– Non.

Je souris en entendant sa voix qui n'est plus qu'un souffle. Je tente à nouveau, plus bas encore, en gagnant un ou deux millimètres vers sa bouche.

– Et maintenant ?

Nerveuse, elle se lèche les lèvres et mon désir pour elle me prend aux tripes. Mais de sa petite tête bien faite, elle fait non.

Qui est cette créature et qu'a-t-elle fait de moi ?

– Dernière chance… lui susurré-je alors.

Je me prépare à capituler, à disparaître de cette infirmerie pour aller calmer mes ardeurs ailleurs, quand la fille qui me tourmente glisse ses doigts tremblants sur moi.

Sur ma joue.

Tendrement.

Je *déteste* la tendresse.

Louve se relève et supprime l'écart entre nous. Elle se hisse à ma hauteur et vient coller sa bouche à la mienne pour y déposer un baiser. Un simple baiser, chaste, doux, qui me charme, me trouble… me paralyse.

– C'est ça que tu voulais, Lazare ?

Je ne sais plus quoi répondre, soufflé par son geste. Peut-être que je ne déteste pas tant que ça.

Je suis tenté de fuir, de me barrer pour la laisser en plan ici et lui faire comprendre que le monde des Bisounours et les petits bisous dans le cou, ce n'est pas ma came. Mais quelque chose me force à rester.

Une force invisible qui me retient prisonnier.

Ces putains de sentiments qui ne cessent de grandir en moi.

– Ou peut-être pas… souffle-t-elle en s'apprêtant à s'éloigner.

Mes bras la retiennent en une fraction de seconde.

Je colle ses fringues mouillées contre mon corps en feu, ma langue dans sa bouche et je l'embrasse comme je n'ai jamais embrassé de ma vie.

Comme si j'allais en crever.

Ses lèvres sont une drogue. Charnues, douces et sucrées, comme un bonbon dont on ne peut plus se passer. Elle se laisse faire et j'adore ça, quand elle rend enfin les armes. Mon désir et son abandon me rendent plus entreprenant que prévu. Je caresse ses seins pleins à travers son débardeur, elle gémit de surprise, puis d'excitation et je ne me fais plus prier : je glisse ma main sous ses fringues pour aller les toucher vraiment.

À travers son soutien-gorge… puis en dessous.

Jamais touché une parcelle de peau aussi douce, moelleuse et chaude.

Bandante.

Louve lâche un soupir lascif, presque un couinement de plaisir, et me rend plus fou d'elle encore.

– Lazare… souffle la fille-loup. Quelqu'un pourrait…

– On s'en fout.

Je la renverse sur le lit, l'embrasse de plus belle tandis qu'elle rit contre ma bouche et promène ses mains sur mes abdos. Lorsque ses doigts fébriles s'aventurent un peu plus bas, mon envie d'elle devient douloureuse. Je lui mords la lèvre pour me venger, elle se tortille sous moi en me faisant bander encore plus fort.

– Tu veux ma mort, c'est ça ?

Tandis que ma langue joue avec sa bouche, je vais déboutonner son jean. Je m'attends à me prendre un vent, pas parce qu'elle n'en a pas envie, mais parce qu'elle pourrait avoir peur de moi, peur de nous.

Mais la brune ne se défile pas.

Je crois même qu'elle n'attend que ça.

En retenant mon souffle, je fais coulisser mes doigts sous sa culotte, lentement, jusque tout en bas. Elle est mouillée et savoir que je l'excite, ça réveille un truc sauvage en moi. J'essaie de rester doux. Je la caresse là où personne ne l'a jamais caressée, d'après ce que j'ai compris, mon regard plongé dans son bleu abyssal.

Elle voit peut-être flou, mais moi, je la vois *vraiment*, avec une clarté absolue.

Et plus ça va, plus j'aime ce qu'elle a à me montrer.

La porte de l'infirmerie s'ouvre brusquement. Louve lâche un cri, je récupère mes mains, saute sur mes pieds et tente de la dissimuler derrière moi le temps qu'elle se rende présentable.

– Vous êtes venus pour quoi ?

Dans ses sabots en plastique rose et sa blouse blanche, la rousse nous observe d'un œil soupçonneux.

– Oh, juste pour profiter de ce lit. Par contre il grince, il faudrait songer à le changer… plaisanté-je à moitié.

– La ferme, Night. J'avais un truc dans l'œil mais c'est parti !

– Montrez-moi ?

– Non vraiment, c'est inutile, assure-t-elle.

Louve passe devant l'infirmière et se retourne vers elle juste avant de franchir la porte.

– Lui, par contre, il n'osera jamais vous le dire, mais ça brûle quand il pisse ! Il faudrait contrôler, vous ne croyez pas ? On ne sait jamais, il pourrait refiler des trucs à des filles du lycée. À des mecs aussi, qui sait ?

Et avec ses yeux rouges et sa bouche en feu, elle me sourit en se foutant ouvertement de ma gueule.

La petite maline.

35

Des racines, des ailes

Louve

Ce lundi soir, j'ai du mal à penser à autre chose que Lazare.
Ses mains sur moi.
Sa bouche sur moi.
Son odeur partout sur moi.

J'ai l'impression de le sentir encore. Et que le feu à l'intérieur de moi peut se lire sur mon visage. Au dîner, je ne parle pas. Même Coco fait plus de bruit que moi. Ma mère m'observe et me demande si ça va. Mon père me sourit et me demande si je ne devais pas aller au cinéma. Je réponds à moitié et laisse mon regard dans le vague. Je ne vois que lui, ses boucles qui volent quand il me plaque sur ce lit, sa bouche qui sourit quand elle m'embrasse, son regard si profond quand il franchit la barrière de mes fringues, ses gestes si doux quand ses doigts se sont aventurés… là.

C'était bon à mourir.

J'aurais pu le laisser me faire n'importe quoi.

Judith, qui était toute calme jusque-là, se met à taper du plat de la main sur la table et me fait sursauter en criant qu'elle s'ennuie.

– Un, deux, trois… Je vais me coucher ! Nulle, cette vie ! Tous abrutis !

Charmante, ma grand-mère.

La vérité, c'est que quand Ezekiel n'est plus là – parce

qu'il arrive à ce pauvre homme de rentrer chez lui, parfois –, elle ne sait plus quoi faire d'elle-même.

J'ai presque envie de lui dire que je comprends, que mon monde aussi s'écroule sans Lazare dedans. Qu'il me manque juste quand il change de pièce. Qu'attendre demain matin pour le revoir me semble le bout du monde. Et que je ne sais même pas s'il va me ghoster comme la dernière fois. Et faire comme si rien n'était arrivé.

– Je vais annuler le ciné pour rester avec vous, je crois.

J'ouvre WhatsApp et envoie un message à Pia avec qui j'avais rendez-vous.

Louve_Désolée, je me sens pas super bien ce soir, on peut reporter ?

Pia_Pas de souci, ça m'arrange !
Ellis est là.

Louve_Ellis ? C'est qui déjà ?

J'ai déjà vu apparaître ce prénom sur l'écran de Laz et je n'ai jamais réussi à mettre une étiquette dessus. Fille ? Garçon ? Ami ? Ex ? Amour ? Je déteste ne pas savoir.

Pia_BFF de mon frère.

Merde, réponse laconique qui ne raye aucune de mes questions. Mais je vois les trois petits points qui clignotent : Pia est encore en train de taper et mon espoir cogne dans ma poitrine au même rythme.

Pia_Et aussi la raison pour laquelle Laz
a redoublé et changé de lycée… Mais ça,
je n'ai pas le droit de te le raconter.
Pia_D'ailleurs je t'ai rien dit ! Bye !

La sœur de mon meilleur ennemi ajoute un clin d'œil, une petite tête jaune qui fait « chut » puis une autre qui m'envoie un bisou. Et puis elle efface toute la conversation dans la foulée.

Ma mère râle pour mon portable à table et je suis obligée de le ranger sans poser plus de questions à ma copine. Je sens la jalousie me picoter au fond du ventre et serrer un peu son étau stupide autour de mon cœur.

Ellis.

Qui es-tu ? Et qu'est-ce que tu veux à « mon » Royal enfoiré ?

Je sais qu'il n'est pas à moi, loin de là. Mais personne ne m'a jamais touchée comme ça. Embrassée comme ça. Et il m'a enlacée devant tout le monde, dans ce gymnase, il m'a plaquée contre lui sous les yeux de la princesse furieuse et de tous ses potes, il a osé s'approcher de la paria, même si c'était un « jeu de rôle », il leur a montré à tous qu'il n'était ni dégoûté par moi ni même honteux d'avoir à jouer le jeu.

Et rien que pour ça, je le déteste un peu moins.

Dans cette infirmerie, en tout cas, il ne jouait pas. Je l'ai vu dans ses yeux.

C'est le vrai Laz qui avait envie de moi.

Judith quitte la table en faisant un gros prout avec sa bouche en direction de Coco qui éclate de rire et se met à signer « encore prout » avec ses petits doigts qui s'agitent. Ma mère écarquille les yeux, regarde Colombe, regarde mon père, me regarde moi puis saute de joie, nous demande si on a tous vu ça, cet exploit, ces signes tellement clairs de sa fille tellement intelligente et elle court l'embrasser, elle crie « encore prout ! encore prout ! » au moins dix fois en levant les poings comme si Coco avait marqué un but en pleine coupe du monde.

C'est à la fois ridicule et touchant, mais je me joins à la liesse générale et je me retrouve à signer avec mes parents les nouveaux mots préférés de ma sœur, « pipi », « caca »,

« prout » et « encore ». J'ai loupé le premier cours de langue des signes mais pas les suivants et j'ai moi aussi appris tous ces petits mots censés nous faciliter la vie et aider Colombe à s'exprimer à sa manière. Résultat, on ressemble probablement à des fous en train de gesticuler tout en criant autour de cette table. Et mon père nous couve toutes du regard en murmurant :

– Oui, bien *strange and strong*, les femmes de ma vie.

Et finalement, oui, peut-être que moi aussi.

***

Tout le monde va se coucher tôt, ce soir-là. Et je passe ma soirée sur les réseaux, à m'empiffrer de Carambar au cassis qui colorent la langue et à essayer de trouver la trace d'un ou d'une Ellis dans les contacts de Night. Rien.

Je repasse au caramel, valeur sûre.

Je me demande à nouveau qui peut essayer de se faire passer pour lui, quand « Night Bird » m'envoie des messages qui ne sont pas signés de Lazare. Et pourquoi il s'en fiche à ce point de savoir qui se sert de son compte. À l'époque, on n'était que des étrangers, il ne voulait rien avoir à faire avec moi, mais tout est différent entre nous maintenant.

Non ?

Depuis que je me suis mise en maillot de bain en plein cours d'histoire, je reçois moins d'insultes. Bien sûr que je suis allée lire les centaines de commentaires sous les vidéos de mon happening, bien sûr que mes seins et mes fesses ont fait parler, que j'ai encore été comparée à une vache à lait et autres métaphores animalières hyper avantageuses. N'empêche que dans l'ensemble, je sens que les regards qu'on pose sur moi ont un peu changé.

Depuis que j'ai fait entendre ma voix, on me propose moins de réductions mammaires, on m'invite moins souvent à aller mourir, et on ne me menace presque plus de me couler dans une piscine. Bon, en contrepartie, je reçois peut-être un peu plus de *dick pics* absolument pas sollicitées et d'autres GIF débiles de mecs qui s'étouffent dans une grosse poitrine. Si je dois me sentir flattée, c'est raté. Mais je dois bien avouer que je me sens juste un peu moins en danger, et c'est déjà un gros progrès.

Je retire mon casque à la fin de mon épisode de série et j'entends comme des sanglots de l'autre côté du mur. Pas des pleurs de bébé. Pas des gémissements de grand-mère agitée dans son sommeil. Je tends l'oreille, regarde l'heure, minuit passé, et je m'aventure dans le couloir à petits pas pour aller écouter à la porte de la chambre de mes parents. Elle est restée entrouverte d'un minuscule centimètre.

Peu à peu, leurs voix parviennent jusqu'à moi.

– Tu as le droit de craquer, Léo…

– J'ai tellement peur pour mes filles. Ça me rend beaucoup trop dure avec Louve, beaucoup trop sensible avec Colombe. Comment tu fais pour être aussi serein, toi ?

– Je ne le suis pas… mais j'essaie de leur faire confiance. Je savais que Coco finirait par progresser. Je sais que Louve a toutes les ressources en elle.

– Mais ça ne suffit pas, ça. Le monde est si violent, la vie si compliquée…

– Je sais. Et maintenant, il va y avoir des histoires de garçons, ça me crispe rien que d'y penser.

– Tu crois que notre Louve est assez armée ?

J'entends mon père soupirer, hésiter. Je perçois des bruits de draps et je crois qu'ils se resserrent l'un contre l'autre avant de continuer.

– Je suis désolé de vous avoir toutes entraînées à Boston. Je ne sais même pas si c'était le bon choix pour notre famille. Louve avait l'air plus heureuse à Paris, dans son élément, avec ses repères, ses amis. Toi tu es loin de papy Georges, de tes amis, tu as dû arrêter de bosser… On cohabite avec Judith et ce n'est simple pour personne. La vie que je vous offre est peut-être trop bordélique pour…

– Arrête de te torturer, Wolf. On fait des choix qui impactent forcément nos enfants, c'est comme ça. On voulait rester tous ensemble, on l'a fait. Et c'est toi qui me le répètes tout le temps : il faut accepter de ne pas être des parents parfaits. Les nôtres ne l'ont pas été non plus et on a survécu.

– Il faut voir dans quel état.

Je reconnais le petit rire de ma mère et je crois que mon père l'embrasse.

– J'espère juste que Louve et Colombe seront heureuses, souffle-t-elle. Et qu'elles savent qu'on les aime, même quand on les prive de portable ou qu'on les empêche de dessiner sur les murs.

Ma mère se remet à pleurer.

– Et qu'elles se souviendront juste qu'on a fait de notre mieux…

La voix de mon père se brise un peu et je n'entends plus rien à part des sanglots étouffés.

Des larmes plein les yeux, je frappe doucement à leur porte et j'entre dans leur chambre faiblement éclairée.

– Pardon mais j'ai tout entendu… bredouillé-je. Je vous pardonne d'être des parents pas tout à fait parfaits et surtout je m'excuse d'être une fille aussi peu parfaite.

Je me mets à pleurer comme un bébé, ils me tendent les bras tous les deux et je vais me faufiler entre eux, sur le lit, comme quand j'étais toute petite et que ma sœur n'existait même pas. Ni tous mes problèmes et les leurs.

Ma mère me prend dans ses bras, me berce tendrement et ça fait très longtemps qu'une telle chose n'était pas arrivée. Mon père m'embrasse sur la tempe, une dizaine de fois, puis sèche les larmes sur mes joues. On se met à discuter tous les trois à voix basse, et surtout à cœur ouvert, de cette vie coriace, de l'enfance, de l'adolescence, de la vieillesse ; de la peur de la mort et de l'abandon ; du sentiment d'apparte-nance et de l'envie de liberté ; des racines que nous offrent nos parents pour pousser mais aussi des ailes à ouvrir soi-même pour s'envoler. On parle d'amour et ça me bouleverse plus que je ne l'aurais jamais imaginé.

– Tu sais, ma Loupiote, on t'a toujours dit que tu pouvais aimer qui tu voulais, une fille, un garçon, les deux ou personne, c'est ton choix…

Et puis mon père se racle la gorge comme si la suite ne voulait pas sortir.

– J'ai deviné que tu éprouvais quelque chose pour le garçon qui est venu à la maison l'autre fois. Mais je crois qu'il fait partie de la bande qui t'a harcelée, non ?

J'acquiesce en silence.

– Moi je ne devine jamais rien, soupire ma mère. Mais ça ne m'étonne pas plus que ça. Moi aussi je suis tombée amoureuse du pire garçon qui soit… Un certain Wolfgang Larsson.

Mon père sourit et adresse à ma mère le regard le plus dégoulinant que j'aie jamais vu. Je connais leur histoire. Lui, son bourreau sans le vouloir. Elle, qui apprend à lui pardonner. Leur amour plus fort que les erreurs, les regrets, les cicatrices. Je les ai toujours admirés pour ça. Et je m'étais toujours promis que je ne ferais pas les mêmes choix, histoire de me simplifier la vie.

Raté.

Mon père protecteur en remet une couche.

– Je devrais sûrement t'engueuler de te rapprocher du diable. Te mettre en garde contre ces mecs de 18 ans qui n'ont aucune idée de la portée de leurs gestes, qui sont incapables de penser aux autres, de ne pas se faire passer en premier ou se comporter comme des animaux.

– Mais ma Louve sait mordre quand il faut, glisse ma mère en me serrant contre elle un peu plus fort.

Je lui souris, j'hésite et puis je m'entends leur murmurer :

– Lazare n'est pas comme ça. Pas *vraiment*, je crois.

Mes parents se regardent. Ont l'air de se comprendre sans

se parler. J'ai le cœur qui se met à battre plus fort en pensant à *lui*.

– Vous m'avez donné des racines, des ailes… mais aussi des crocs et des griffes. Qu'est-ce qu'il pourrait bien faire contre ça ?

Mon père lâche un petit grognement contrarié.

– Et je te parie que c'est exactement ce que ce Lazare aime chez toi.

Puis il se fourre la tête sous l'oreiller comme si c'était la pire pensée qui soit.

36

Beau comme la nuit

Louve

Je rejoins ma chambre à presque une heure du matin, regonflée par cette discussion sincère. Je crois que c'est la première fois de ma vie que mes parents s'adressent à moi comme à une adulte.

Et aussi la toute première fois que j'ose prononcer devant eux le prénom de mon meilleur ennemi. Et avouer mes sentiments pour lui.

Et comme si ça ne faisait pas assez pour une seule nuit, je découvre sur mon portable que j'ai reçu un SMS de Laz il y a quelques minutes. Je l'ouvre, un peu fébrile, en me demandant s'il va se montrer cruel pour éviter que je me fasse des films, s'il va jouer l'indifférent pour me parler d'autre chose, s'il va encore ironiser sur ce moment qui n'avait vraiment « rien de transcendant » juste pour me torturer.

Mais son message est bien plus direct que ça.
[Je sais d'avance que tu ne viendras pas,
mais si tu l'oses, je t'attends chez moi.]

Nouveau feu d'artifice à l'intérieur de mon corps. Je lui réponds sur un coup de tête, sans faire de manières.

[Cette nuit ? Là, maintenant ?]

[Oui, tout de suite. Puisque tu fais ta grande
avec l'infirmière et mes MST, viens donc
me prouver que t'en es une…]

[Alors j'avais raison, tu en as ?]

[Non. Mais j'ai d'autres choses pour toi.
Tu viens ou pas ?]

[Peut-être. Tu verras.]

En réalité, la réponse est oui. Mon cœur s'est emballé en
tapant ces mots et je ne sais pas ce qui me prend mais je ne
réfléchis plus : je dégage ma couette, je bondis sur mes pieds,
j'enfile des fringues, je descends à pas de louve jusqu'au
rez-de-chaussée, attrape mon casque et mes clés, et je quitte
ma maison silencieuse.

En moi, ça cogne et ça hurle. Je ne suis pas vraiment en
train de faire ça ?

Si, je fais le mur en pleine nuit. Pour lui.

Si mes parents l'apprennent, je serai sûrement punie pendant
un an.

Mais ils me l'ont dit eux-mêmes : ils sont les pros des
erreurs de jeunesse, il faut bien que je fasse les miennes.

Je saute sur mon scooter et je traverse Beacon Hill pour
rejoindre Back Bay. J'ai mille fois le temps de me demander
si je devrais faire demi-tour, si c'est une connerie, si je vais
vraiment lui offrir ma première fois, s'il la mérite ou pas, si
j'aurai le courage de dire non au cas où je change d'avis, s'il
va être doux comme je le crois, si c'est juste un piège et qu'il
ne veut pas de moi, si j'ai mis le bon soutif noir, celui qui a
un peu de dentelle mais qui ne fait pas vulgaire, et la bonne
culotte qui n'a pas de petit nœud, qui ne fait pas gamine et
ne me laisse pas de marques sur les fesses, si Willa me dirait
de foncer et de vivre, ou de m'arrêter et de réfléchir.

Vivre.

Ils veulent tous que je vive.

Et je n'ai jamais eu autant envie de vivre que cette nuit. Vivre pour de vrai.

J'en ai envie. J'en meurs d'envie. Avec lui. Et personne d'autre que lui.

Je me gare devant le 399 Berkeley Street et Lazare m'attend en bas. Dans la rue juste devant le portail. Un sourire au coin des lèvres, pieds nus sur le trottoir, un sweat gris sur un jean noir et sa capuche rabattue sur la tête. Sous la lumière dorée du lampadaire, il est beau comme la nuit.

– C'était si clair que ça que je viendrais ? lui demandé-je timidement.

Il se contente de sourire un tout petit peu plus et de me prendre par la main pour m'emmener à l'intérieur. Il pose un doigt sur sa bouche, je comprends que je ne dois pas faire de bruit et je grimpe tous les escaliers derrière lui. Docile, silencieuse, fébrile, nerveuse.

Une fois que nous arrivons à son étage, le silence devient pesant. Laz me prend mon casque des mains et le pose sur une table. Il retire sa capuche et ses boucles brunes lui retombent sur le front. Cette simple image me charme, me subjugue même, et j'espère que ça ne se voit pas. J'ouvre le gilet qui me tient chaud mais je ne l'enlève pas, je ne veux pas qu'il croie que ce sera aussi facile que ça.

– Tu veux une bière ?

– Non…

Je préfère rester lucide.

– T'asseoir ?

– Non.

Je préfère être libre de m'en aller à tout moment.

– Discuter ?

– Non, pas vraiment.

Il se marre tout bas et recule jusqu'à se poser sur le bras de son canapé.

– À part à ces putains de Carambar, à quoi tu ne dis jamais non ?

– J'aurais sans doute dû te dire non ce soir.

– Mais tu es venue, Louve Larsson.

Sa voix s'est faite un peu plus grave et vient me chatouiller en bas.

Il sait très bien que je ne lui résisterai pas.

– Tiens, au fait ! Pour ton information, dernier dépistage il y a trois semaines.

Laz se relève, sort une feuille blanche pliée en quatre de sa poche arrière de jean et me la tend. Je me souviens qu'ils ont proposé à tous les élèves *sexuellement actifs* de se faire tester au lycée, le mois dernier, mais j'ignorais qu'un Royal avait accepté de se prêter au jeu. Quoi qu'il en soit, je ne vais pas lui faire l'affront de détailler les résultats, mais le simple fait qu'il pense à me montrer qu'il est clean réussit à me détendre un peu.

– Tu n'es décidément pas le connard que tu veux bien faire croire.

J'avance de quelques pas en disant ça. Je me retrouve face à lui, à un mètre, j'attrape la feuille et la balance en arrière par-dessus mon épaule. Je ne sais pas où je vais, mais je sais très bien avec qui je compte y aller. Quelque chose me pousse vers lui. Quelque chose qui me transcende, qui me dépasse, qui me fait vibrer comme rarement dans ma vie, qui me donne les ailes que j'aurais été bien incapable de déployer avant lui. Je sens que je bascule.

Lazare me regarde comme il sait si bien le faire, de haut en bas, puis de bas en haut, comme si ses yeux brumeux pouvaient me déshabiller rien qu'en pensées.

– Mais quand même, murmuré-je, tu y ressembles beaucoup, parfois.

– Je sais.

Il repose ses fesses sur le bras du canapé, étend nonchalamment ses jambes devant lui et les écarte. Je sais que c'est la place qu'il me fait. Je sais que je vais atterrir là. Je ne sais juste pas quand et comment. Et j'en frémis d'avance.

Sa main s'approche de moi et ses yeux sombres se coulent dans les miens. Ses doigts viennent s'enrouler autour de ma taille et il m'attire doucement à lui. Je ne résiste même pas. Ses gestes sont lents, assurés. Son regard tendre, mais intense. Son autre main glisse dans mon cou et entraîne mon visage tout près du sien. Mais Laz ne m'embrasse pas. Pas encore. J'adore qu'il fasse durer sans ne rien brusquer.

– Tu sens encore le bonbon, putain…

Son souffle à lui est chaud et mentholé. Sa voix plus qu'un chuchotement. Je tremble d'impatience et j'espère juste que ça ne se voit pas.

Il attend quoi ?

– Laz…

– Louve…

Il sourit tout près de ma bouche et lâche enfin :

– Si tu savais comme j'ai envie de toi.

Mon cœur cogne si fort. Des picotements naissent au creux de mon ventre. Ma bouche s'assèche. Ma peau me démange.

Et on craque en même temps.

On se saute littéralement dessus et on s'embrasse comme des affamés, on se dévore, on se mord, on emmêle nos langues et nos souffles jusqu'à manquer d'air.

Le feu repart en moi. Sur mes lèvres. Mes joues. Dans mes veines. Je bous de désir pour lui et il n'y a plus que ça qui compte. Son corps, mon corps, mon envie de lui et son envie de moi. Nos bouches qui se trouvent, nos mains qui se cherchent, nos peaux qui s'attendent.

Il fait glisser mon gilet le long de mes bras, empoigne mes fesses, déboutonne mon pantalon, caresse mes seins, me lèche dans le cou, il est partout. Je soulève son sweat, griffe son dos, embrasse sa bouche, fourrage dans ses cheveux. Il me plaque contre lui et je sens la bosse dure dans son jean presser entre mes cuisses. Je gémis. Je veux être plus près encore. Le sentir plus fort.

Je pends mes bras à son cou et je me presse contre son corps solide. Je m'enivre de son odeur, de son goût et j'oublie tout. L'heure qu'il est. La fugue que j'ai faite. Les potentielles conséquences futures. Le passé entre lui et moi.

Plus rien n'existe que ce moment, là, maintenant, cet élan passionné qui m'aimante à lui. Je ne voudrais être nulle part ailleurs.

– Maintenant c'est simple, grogne le garçon essoufflé face à moi. Soit tu me demandes d'arrêter et tu rentres chez toi…

– Soit ?

– Soit je vais te déshabiller, t'allonger sur ce canapé et te faire tout ce que tu voudras.

Son regard grave s'allume. On ne m'a jamais parlé comme ça. Jamais regardée aussi intensément. Jamais voulue à ce point. J'adore cette menace. Cette promesse. Que Laz prenne le temps de me laisser une porte de sortie. Et qu'il m'annonce qu'on fera ce que je veux, *moi*.

Je ne sais pas si je suis amoureuse de lui mais je suis folle de ça. Cet instant. Cette nuit. Lui et moi.

Pour toute réponse, je me rue à nouveau sur lui. Je lui retire son sweat et je lui arrache presque son tee-shirt. Ça décoiffe ses cheveux bouclés et ça lui vole un petit rire sexy. Il est encore plus beau torse nu, dans son appart faiblement éclairé. Mais assez pour que je distingue le dessin de ses pectoraux, la courbe de ses épaules musclées, le V de sa taille et l'élastique de son boxer blanc qui dépasse de son jean noir.

Soudain, il met sa menace à exécution et mon débardeur vole à travers la pièce. Lazare braque ses yeux sur mon décolleté et semble apprécier ce qu'il voit. J'ai tant de mal à l'aimer, moi, cette poitrine. Alors quelque part, il le fait à ma place. Sourire aux coins des lèvres, il pose ses deux mains sur mes seins et se met à les embrasser, les caresser, les lécher, les malaxer. Mon désir pointe à nouveau et je me sens comme électrisée.

Quoi qu'il fasse, j'aime.

Quoi qu'il touche, j'en redemande.

Quoi qu'il tente, je le laisse faire.

Sa main qui s'enfonce dans ma culotte. Son autre main qui dégrafe mon soutien-gorge. Ses doigts qui caressent mon clitoris. Sa bouche qui mordille mon téton. Ses deux mains qui baissent mon pantalon en caressant mes cuisses. Sa façon de prendre le temps de tout m'enlever, même l'élastique dans mes cheveux… et de me laisser ma culotte noire, comme s'il savait que j'y tenais. Ses lèvres qui reviennent sans cesse m'embrasser. Et sa langue qui s'insinue dans ma bouche, pile au moment où il glisse un doigt en moi.

C'est… étrange. Excitant. Ça me saisit et me renverse.

Ma première fois.

Et parce que c'est avec lui, j'aime follement ça.

Je m'entends gémir fort et je me mords la lèvre pour arrêter. Mais Lazare me murmure :

– Ne te tais pas… J'adore entendre ça.

Son doigt s'enfonce à nouveau en moi et il me regarde prendre du plaisir, son front collé contre le mien. Il continue ses va-et-vient et je me laisse aller à gémir à nouveau. Il sourit, plutôt fier de lui.

Je me mets à caresser son avant-bras musclé, qui disparaît dans ma culotte à un rythme de plus en plus soutenu. Personne ne m'avait jamais fait ça. Je ne me l'étais même jamais fait à moi-même. Et je me surprends à trouver ça dingue, doux, profond, fort, tout à la fois.

– Encore ?

Sa voix grave me demande ça pendant qu'il soulève ma cuisse le long de sa jambe. J'acquiesce en silence. Tout ce qu'il veut. Tant qu'il le fait aussi bien que ça.

À la brûlure délicieuse que je ressens, je crois qu'il a maintenant deux doigts en moi et j'ai l'impression de me liquéfier tellement c'est bon. La paume de sa main frotte contre mon clitoris et je prends un plaisir fou sous ses caresses qui me font perdre la tête.

J'en oublie même de lui faire des trucs et je me demande si je suis nulle de ne penser qu'à moi.

Alors je l'embrasse à nouveau, je caresse la peau brûlante de son torse, son dos, sa nuque, ses épaules, ses pecs, ses abdos. Je mords sa lèvre inférieure pour le faire réagir et je glisse ma main sur sa braguette. Il grogne.

– J'en ai pas du tout fini avec toi, fille-loup.

Tout à coup, Laz me renverse en arrière et me fait tomber sur le canapé.

– Je sais que tu ne le crois pas… mais tu es plus que belle, tu sais ?

Je souris, je rougis sûrement, et il fond sur moi. Il dépose des baisers dans mon cou et commence à descendre, il lèche mes tétons l'un après l'autre, les suce jusqu'à les faire durcir, puis continue sa descente vers mon ventre, il promène sa langue, ses lèvres et ses dents partout, il me donne la chair de poule alors que je bouillonne à l'intérieur.

Et soudain, sa bouche est entre mes cuisses. Sa main baisse ma culotte noire d'un geste brusque et sa langue s'insinue entre mes lèvres. Je me cambre en arrière tellement cette sensation me renverse. Il dessine des cercles autour de mon clitoris, il m'effleure parfois du bout de la langue, puis colle sa bouche tout entière sur moi. Il me lèche, me mange, m'avale et je n'ai jamais rien connu d'aussi sensuel. Je le regarde faire, en me demandant quel plaisir il peut y prendre, mais ses yeux me sourient. Et il replonge.

Lazare ne s'arrête que pour retirer ma culotte complètement et se réinstaller entre mes jambes. Il les écarte un peu plus, enfonce ses doigts dans la chair de mes cuisses, tend un bras vers mes seins qu'il se met à caresser, pendant qu'il me déguste, encore et encore.

Je ne gémis plus, je couine.

Je ne soupire plus, je m'essouffle.

Je vois les muscles de son dos rouler sous sa peau, ses boucles en désordre qui se baladent sur le bas de mon ventre, son regard intense qui vient parfois percuter le mien. Il l'attrape pour ne plus le lâcher. Il me donne du plaisir jusqu'à me faire crier. Et je dois m'agripper au canapé pour ne pas tomber.

Ma tête se renverse en arrière. Mon corps prend feu. Mes yeux se ferment et mes doigts se crispent. Je glisse une main sur ses cheveux puis mes ongles dans son épaule. C'est si bon que je ne contrôle plus rien.

Je jouis en tremblant contre sa bouche et j'ai peur de lui faire mal tellement mon bassin vibre, s'envole, explose de plaisir.

Je mets plusieurs minutes à atterrir, à bout de souffle et d'énergie. Lazare finit par remonter sur moi et s'allonger sur le côté.

– C'est fou… Même là, tu as un goût de caramel.

L'insolent se marre en se léchant les lèvres.

Je viens d'avoir mon premier orgasme et c'est lui, Laz Nightingale, qui me l'a donné. Avec sa bouche. Sur son canapé. Tout en souriant.

Cette arrogance…

– Désolé mais tu ne vas pas pouvoir me balancer un « rien de transcendant » dans les dents, cette fois. Le corps ne ment pas.

Je lui envoie une tape sur l'épaule et je cache mon visage sous mes mains. Je dois être toute rouge, toute décoiffée, mais je n'ai ni la force ni l'envie de me relever pour m'en aller. Ou au moins aller me cacher.

Heureusement qu'il fait sombre.

Et heureusement qu'il est comme ça : nonchalant, libre, toujours aussi joueur, trop occupé à me provoquer pour me faire me sentir mal. Ou pas à ma place.

– OK, c'était… assez transcendant, avoué-je avant de rire.

Et de m'enfouir dans son cou.

Il fait semblant de s'énerver :

– « Assez ? » Genre « suffisamment » ? Ou « relativement transcendant » ? Ou « plutôt très transcendant » ? Ou...

Je plaque ma main sur sa bouche pour le faire taire, Lazare me mord un doigt, je crie, il roule sur moi et j'enfonce mes dents dans son cou jusqu'à laisser une marque.

– Oh putain, la sauvage !

Son regard amusé se met à briller d'une nouvelle lueur. Son sourire disparaît et il passe sa langue sur ses lèvres. Il me surplombe, bras tendus, une main de chaque côté de ma tête, ses yeux plantés dans les miens.

– Si tu savais ce que j'ai envie de te faire, Louve Larsson.

Il ne plaisante plus.

Il me veut et j'adore sa façon de me vouloir.

– Fais-le.

– Hein ?

– Fais-le.

– Répète ça...

– Fais-le, Lazare.

Je soutiens son regard intense. Et mes mains glissent vers son jean. Je défais le bouton, descends la braguette, commence à faire glisser son boxer et son jean en même temps pour caresser ses fesses. Elles sont fermes, douces, musclées, pile comme je les imaginais.

Il se tend à mesure que je le touche. Et nos yeux ne se sont toujours pas quittés.

Avant que je continue à le déshabiller, Lazare attrape quelque chose dans la poche arrière de son jean, un miniportefeuille noir dont il sort un préservatif, avant de le balancer par terre. Je ne savais pas comment on allait passer cette étape, mais apparemment aussi simplement que ça. Le plus beau mec que j'aie vu de ma vie finit d'enlever son jean et son boxer tout seul, se débrouille aussi pour la capote et revient s'installer sur moi.

Mon cœur rate un battement.

J'écarte les cuisses pour lui faire plus de place. Je sens son sexe me frôler et ça me fait tourner la tête. Un peu peur. Très envie. J'ai le vertige à l'idée de ce qu'il va se passer ensuite. Mais je n'attends que ça. Laz se penche pour m'embrasser, je réponds à ce baiser et il ne faut rien d'autre pour que tout s'enflamme en moi à nouveau.

Je glisse mes doigts dans ses cheveux, je joue avec sa langue, il caresse mes seins, ma taille, mes hanches, mes cuisses, il passe sa main sur mon intimité, je l'entends murmurer :

– Tu es trempée…

Je crois qu'il n'a aucune idée de la force de mon désir pour lui. Ça me fait mal tellement je le veux.

– Prête ? me demande-t-il tout doucement.

Je dis oui avec les yeux. Je n'ai pas peur. Je veux le sentir en moi. Je veux tout.

Il pose une dernière fois sa bouche sur la mienne et je sens qu'il glisse son sexe entre mes cuisses. Lentement. Tout doucement. Ça me coupe le souffle.

– Ça va ?

Je dis oui, encore.

– Viens.

Je vais poser mes mains sur ses fesses bombées et je l'invite à continuer. J'en veux plus. Je le veux lui.

Ses yeux soudés aux miens, Lazare entre en moi. Ça chauffe. Ça brûle. Ça pétille. Ce feu d'artifice est plus fort que tout ce que j'ai connu jusque-là. Ça me fait un peu mal, mais peu à peu, la douleur redevient plaisir. Son corps se met à bouger dans mon corps, il me tient dans ses bras comme pour me montrer comment suivre le rythme, mon bassin épouse ses mouvements, mes cuisses s'écartent et tout mon ventre s'embrase.

J'ignorais qu'un mec aussi nonchalant était capable d'autant de douceur, d'attention, de sensualité. Je le trouve beau à mourir. Il m'embrasse avec la langue et me pénètre un peu plus fort, j'entoure son cou de mes bras et je me colle à lui, je prends toute sa force, sa chaleur, sa fougue, son odeur. Il se met à grogner, il tient ma jambe relevée contre lui, il me murmure que c'est bon, il me demande si ça l'est pour moi aussi, mais je ne peux plus parler.

J'ai le tournis.

La respiration coupée.

Les yeux humides.

Le corps en transe.

Je n'ai jamais pris tant de plaisir.

– Oh putain, Louve…

Mon prénom dans sa bouche me fait l'effet d'une bombe. Lazare lâche un dernier râle presque bestial et son corps se tend dans le mien. Il reste sur moi de longues secondes, son souffle saccadé dans mes cheveux, sa bouche sur mon épaule, sa peau brûlante contre la mienne.

Je voudrais qu'il ne s'en aille jamais.

Quand il finit par reprendre ses esprits, le garçon nonchalant s'allonge sur le côté, à moitié sur moi, à moitié sur son canapé. Se passe une main dans les cheveux puis sur la nuque. Il balaie mon corps nu du regard. Se met à dessiner du bout du doigt sur la peau de mon ventre, de mes bras. Il m'observe, me caresse et je le laisse faire. Je ne me cache pas et c'est une grande première. Je n'ai jamais, non plus, partagé une telle intimité avec qui que ce soit.

Ça me donne le vertige.

Et je crois qu'il le sent.

– Ça te dérange que je fasse ça ?

– Non.

– Tu as soif ?

– Non.

– Faim ?

– Non.

– Tu as eu mal ?

– Arrête ça, Lazare.

– Pourquoi, tu vas encore répondre non à tout, fière et bornée que tu es… ?

– Peut-être bien.

Je souris.

Mais dans mon esprit, tout se mélange.

Pourquoi est-il aussi gentil, aussi tendre ? Après m'avoir fait tant de mal ?

Pourquoi j'ai offert ma virginité au mec qui a failli me tuer ?

Pourquoi j'ai tant aimé ça ?

Comment j'ai pu lâcher prise et m'abandonner à lui à ce point-là ?

Et maintenant, quoi ?

– Je vais y aller, murmuré-je.

Je n'ai pas envie de partir. Je ne veux juste pas être celle qui se fait chasser. Au jeu de la proie et du prédateur, j'ai assez donné.

37

Intouchable

Louve

Mon portable affiche quatre heures quatre du matin quand j'éteins mon scooter à cent mètres de la maison. Discrétion oblige. Le corps fourbu, sensible, *là en bas*, les jambes encore un peu tremblantes, l'esprit confus mais un sourire idiot vissé aux lèvres, je fais rouler mon engin moteur coupé jusqu'à ma façade en briques rouges de Joy Street. Je me faufile chez moi sur la pointe des pieds, deuxième étage, bout du couloir, chambre plongée dans le noir.

Je suis en apnée.

Si on me chope, je suis pire que morte.

Une fois la porte refermée derrière moi, je peux enfin lâcher le couinement que je retiens depuis tout ce temps. Je voudrais hurler mon bonheur, ma terreur, ma confusion, ma stupeur, ma victoire, mon excitation, mon ébahissement.

Moi, Louve Larsson, 17 ans et demi, jolie mais pas ouf, butée mais pas morte, hyper trop sensible, complexe et un peu complexée, j'ai couché avec le mec le plus intouchable du lycée.

Je me jette sur mon téléphone à la seconde où il se met à vibrer. Un SMS non lu. Suivi d'un deuxième.

[Tu as oublié ton chouchou sur mon canapé,
fille-loup.]

[Tu cherchais une excuse pour revenir,
c'est ça ?]

Ça me fait sourire jusqu'aux oreilles de voir le mauvais
garçon, prince des bâtards et roi des nonchalants, utiliser
le mot « chouchou » pour un simple élastique, mais encore
plus qu'il insinue que ce qui est arrivé cette nuit pourrait
se produire à nouveau.

[Ça veut dire que tu veux remettre ça,
Night ?]

[Déjà accro à mon corps de rêve, hein…]

Je me laisse tomber sur mon lit, attendant sa réponse.
Les petits points clignotent pendant d'interminables
secondes qui me rendent folle.

[Ma porte est ouverte. C'est quand tu veux.]

Je glousse comme la pire des gourdasses.

[Mais soyons très clairs : tout ça reste entre
nous. Deal ?]

Je me fige en découvrant ce dernier message. Une évidence
pour lui. Une gifle pour moi.
À quoi tu t'attendais ? me susurre cette petite voix de
malheur.
Je ne sais pas.
Juste pas à ça.
Mais je tape déjà ma réponse en faisant la fière, en préten-
dant n'avoir jamais rien voulu de plus avec lui.

[Comme si je voulais être en couple
avec un Royal…]

[Et comme si j'étais assez naïve pour croire que
Laz Nightingale changerait pour moi.]

[Et puis franchement, c'était pas si inoubliable
que ça.]

Je relis mes messages en me demandant si j'ai l'air super cool ou méga vexée, puis décide d'ajouter une rangée de smileys pour masquer mes réels sentiments. Une rangée entière ? *Too much.* Je me contente d'une seule petite tête jaune souriante et je la lui balance.

Plusieurs minutes passent sans qu'il ne donne signe de vie. Alors en essayant de ne pas trop penser, je me déshabille, me glisse sous la couette et ferme mes yeux épuisés. Une nouvelle vibration me parvient.

J'ouvre son message et tombe sur une vidéo de lui. Lazare s'est filmé trois secondes, en train de sourire, allongé torse nu sur son lit. Beau comme le jour et la nuit réunis, il porte encore la marque de mes dents dans son cou, qu'il me montre en penchant la tête sur le côté. Au chaud dans sa main gauche, mon élastique noir qu'il triture entre ses longs doigts.

J'active le son et perçois sa voix insolente qui me souffle :
– Tu m'avais l'air bien transcendée, pourtant…
Pff.
Comment on peut être aussi irrésistible ?
Et insupportable à la fois ?

***

– Bah alors, on ne se peint plus en noir parce qu'on n'aime pas la vie ?
Je lève les yeux vers Alec qui me regarde étaler du bleu lavande sur mes ongles.
– Fais gaffe, la gobeuse de Lexo, tu retrouves un peu trop de joie de vivre, là !

Gideon qui se trouve derrière lui se marre grassement, tandis que Sinaï les suit sans rien dire, la tête penchée sur ses téléphones. La cour du lycée est baignée de soleil ce matin et je suis la seule à avoir choisi de rester à l'ombre, à l'écart du monde, avant le début des cours. Histoire qu'on me foute *royalement* la paix.

J'ai dormi trois heures, chaque parcelle de mon corps est en feu depuis que Lazare a fait joujou avec et je n'ai pas la moindre envie de me faire malmener aujourd'hui.

— Allez cracher vos *gentillesses* à quelqu'un d'autre, je ne suis pas dispo, grogné-je en agitant les mains pour faire sécher mon vernis.

— Dis donc, la meuf a du caractère ! ironise la brute épaisse. C'est qu'on a pris de l'assurance !

— Attendez ! m'écrié-je. Vous n'avez pas entendu ?

— Quoi ?

— Honor ! Elle vient de vous siffler ! Allez, les toutous, foncez !

— Putain, mais elle me plaît, cette nouvelle Louve ! File-moi ton numéro, ma queue se sent un peu seule en ce moment. Sinaï, on la partage ?

— Son père, les mecs, soupire le geek, toujours à l'écart. N'oubliez pas qu'il peut vous couper les couilles à tout moment. Et Duncan veille...

L'Égyptien en chemise boutonnée jusqu'en haut ne prend même pas la peine de lever les yeux vers nous, trop occupé à perdre ou gagner du fric en direct. Moi, j'en ai déjà trop entendu. L'idée que ces malades me touchent me donne la nausée. Je tente de fuir la scène quand Gideon m'attrape par le poignet.

— Lâche-moi, trou de balle !

— Elle m'a appelé comment ?

— Tu me lâches ou je...

— Tu vas me faire quoi, la boîte à meuh, me gifler avec tes gros seins ? Ils ne pourront rien me faire quand je les aurai dans la bouche…

Une main se plaque dans sa nuque et se referme violemment. Gideon laisse échapper un couinement de douleur et me lâche aussitôt.

– C'est quoi ton problème, enfoiré ?!

Le bœuf hébété fixe l'oiseau de nuit qui vient de le mater en moins d'une seconde. Tendu à l'extrême, furieux comme je l'ai rarement vu, Lazare jette un coup d'œil vers moi, puis se plante à cinq centimètres à peine de mon agresseur.

– Vous voulez qu'on se fasse virer, bande de décérébrés ? siffle sa voix grave. À un mois du diplôme ? Elle est surveillée, putain ! Vous arrêtez de la faire chier, plus un seul de vous ne la touche ne serait-ce que du petit doigt, compris ?!

J'en tremble, d'entendre et de voir Lazare me défendre avec une telle fougue. Lui qui était le pire de tous, à une époque, est maintenant le seul à vouloir me sauver.

Honor arrive, minijupe en cuir et sucette à la bouche, pour se joindre à cette petite sauterie.

– Qu'est-ce que j'ai manqué, les chéris ?

– À partir de maintenant, Louve Larsson est *intouchable*, lui résume celui qu'elle convoite.

De sa voix la plus sombre. La brune plisse ses cils truffés de mascara et fait la grimace.

– Intouchable, tu parles… Tu vas nous faire croire que tu ne l'as pas touchée ?

Mon cœur rate un battement et mon esprit s'égare pour me ramener en arrière.

Hier soir.

Lui et moi.

Cette nuit insensée.

Son corps dans mon corps.

Ces quelques heures hors du temps.

– Mais bien sûr… grogne Lazare. Comme si j'allais me taper Louve Larsson.

Haussement d'épaules, mains dans les poches, regard

indifférent, visage indéchiffrable : il joue bien la comédie, ce Royal menteur.

Et ça fait bien ricaner ses potes.

Quand moi, je pleure un peu à l'intérieur.

La sonnerie retentit, j'en profite pour quitter la scène puis la cour et disparais dans les couloirs, pour redevenir transparente parmi les lycéens en vestes marine qui se dispersent jusqu'à leur salle de cours.

Je survis péniblement à mes deux cours du matin, essayant de suivre, piquant un peu du nez, pensant à tout sauf à ce qu'on tente de m'apprendre. Je déjeune avec Pia et ses copines de première, puis me rends aux toilettes avant le cours d'histoire. Dix mètres avant que j'atteigne la porte des filles, un bras s'enroule autour de ma taille et m'embarque dans le fameux cagibi que j'ai déjà pratiqué.

La meilleure planque du lycée.

Je ne prends même pas la peine de me débattre ou de crier : je reconnaîtrais son odeur parmi mille autres parfums.

– Ne surtout pas être vu avec moi, hein ? récité-je alors que Lazare referme la porte du petit local derrière nous.

Le brun m'inspecte des pieds à la tête pour vérifier que je suis entière, puis il recule jusqu'à une étagère. Il s'y adosse juste avant de me faire la morale.

– Un portable, tu sais à quoi ça sert ?

– Il est éteint.

La raison ? À six heures douze, Night Bird a de nouveau frappé. Après une longue absence sur Instagram, cet inconnu aussi courageux que subtil m'a envoyé la photo d'un énorme pénis enfoncé dans la bouche d'une brune… sur qui ma tête a été salement photoshopée. Il est plus que temps que je découvre quel gros lâche se cache derrière ce pseudo volé, mais ce matin n'était pas le bon matin. J'ai préféré ne pas contempler trop longtemps cette horreur au réveil et j'ai tout coupé.

Et clairement, ce n'est pas non plus le moment d'en parler au mec sublime qui me regarde de travers.

– Et comment je suis censé m'assurer que tu vas bien, si ton téléphone est éteint ?

– Je ne sais pas… en me le demandant directement, peut-être ? Ne fais pas ton timide avec moi, Nightingale, on a couché ensemble, tu te souviens ?

Sarcasme, mon amour.

– Et comment je fais ça dans ce bahut où tout le monde nous scrute, Louve ? Je te tape la causette devant la terre entière ? On est censés se haïr, putain !

Mon attitude désinvolte l'agace, mais c'est réciproque. Malgré ce qu'il s'est passé entre nous la nuit dernière, je ne compte pas lui manger dans la main et me plier à ses quatre volontés.

J'ai perdu ma virginité, pas ma fierté.

– Comment tu as pu mentir aussi facilement à tes amis ? marmonné-je alors.

– Rien de plus facile.

– Pourquoi ?

– Parce que ce ne sont *pas* mes amis…

Ses mots sont sortis tout seuls et allument une alarme en moi, tandis que Lazare se referme. Il les regrette sur-le-champ.

– Tu passes ta vie avec eux, vous faites front dans toutes vos conneries, vous vous défendriez jusqu'à la mort, mais ce ne sont pas tes amis ?

– Laisse tomber…

– Si ce ne sont pas tes amis, pourquoi tu refuses de m'aider à les faire tomber ?

– Je me casse d'ici.

– Lazare !

– Je dois y aller, je te dis !

Je cherche son regard dans cette minuscule pièce peu éclairée, il le fuit et je décide de lui bloquer le passage en me plaquant contre la porte. On se jauge un long moment, lui et moi, entre défi, colère et… ce désir qui se pointe malgré nous, en toute situation.

– Puisqu'on parle d'amis… murmuré-je. C'est qui *Ellis* ?

Ses yeux sombres quittent ma bouche pour plonger farouchement dans les miens. C'est une mise en garde, mais je ne lâche rien.

– Pia m'en a un peu parlé. Tout ce que j'ai compris, c'est qu'il ou elle est important pour toi.

– C'est *iel*, pas *il* ou *elle*. Et ma sœur est une putain d'emmerdeuse qui ne sait pas la boucler.

– Elle n'a rien fait de mal, je me demande juste qui…

– Occupe-toi de ta vie, Larsson, et arrête de faire une fixette sur la mienne.

La seconde suivante, son bras m'écarte brusquement de son passage et Lazare se barre sans me demander mon avis.

– À part ça, je vais bien, merci !

Voilà où j'en suis arrivée par sa faute.

À parler à une porte.

38

Laisse béton

Louve

— Je ne te dirai rien, laisse béton !

— T'as cru que t'avais grandi dans les années quatre-vingt ? Et pas la peine de faire ta mystérieuse, je sais que tu adores faire chier ton frère…

— Oui, mais pas sur ça. Pas sur Ellis, rétorque Pia.

Je soupire en passant en revue les fringues de cette friperie de Back Bay où elle m'a traînée.

— Dis, tu me présenteras Willa, un jour ?

— Ma tante ?

— Ouais. Je me refais toutes les saisons de *Queens of Dust* en ce moment et je crushe totalement sur elle.

Le sourire aux lèvres, je la regarde enfiler une veste en cuir bordeaux tout en s'extasiant sur cette série mythique dans laquelle a joué son idole Willa Larsson.

— Merde, désolée, je t'ai mise mal à l'aise ?

— Nan, fantasme autant que tu veux sur ma Willa superstar, je ferais sûrement pareil si on n'avait pas de sang en commun, elle et moi.

Pia rigole en secouant ses bouclettes, puis vient me coller une espèce de robe de bal pailletée devant les nichons.

— Elle t'irait bien, celle-là.

— Pour quoi faire ? Sortir les poubelles ?

– Le bal du lycée, niaise ! C'est dans moins d'un mois, je te rappelle.

– Parce que tu crois vraiment que je vais y aller ?

Je me marre, mais en réalité je rêve de vivre dans un *teen movie* le temps d'une soirée et de m'y rendre au bras du garçon qui m'obsède. Et du coup, je culpabilise de cacher tant de choses à celle qui se montre si vraie et si ouverte avec moi. Elle ne sait rien. Par exemple, au hasard, elle ignore que je suis totalement en train de tomber amoureuse de son frère.

Passons.

– Bon, revenons-en à cet Ellis…

– Toujours pas, répond-elle en ricanant.

– Je te paie ce gilet à trous en échange d'informations !

– Bien essayé. C'est non.

– Cent dollars ?

– Garde ton fric, espèce de gosse de riches, gronde-t-elle en me balançant un tee-shirt *rainbow* à la tête.

Une dernière idée machiavélique me vient.

– Je te file le numéro de Willa !

Outrée que j'utilise cette carte totalement déloyale, elle ouvre grand la bouche, les yeux et même les narines.

– Mais au fait, qu'est-ce que ça peut te faire de savoir qui est Ellis ? lâche-t-elle alors, méfiante. Tu veux à ce point faire payer mon frère ?

Danger.

– On a bien dit qu'on allait faire tomber les Royals, non ?

Je mens terriblement mal, tout le monde me l'a toujours dit, mais Pia semble facilement gober cette explication. Renonçant au numéro personnel de son idole, elle continue à fouiller les bacs de cette boutique un peu trop psychédélique pendant que je cherche une nouvelle stratégie.

Et je crois que j'ai trouvé.

***

Le lundi qui suit, je mets mon nouveau plan à exécution.

Lazare m'a plus ou moins évitée pendant la semaine qui s'est écoulée et ne m'a pas contactée de tout le week-end. Je mentirais si je disais que son silence ne m'a pas blessée et ça ne fait que me motiver davantage. J'ai besoin de savoir ce qu'il me cache au sujet de cet Ellis, quel rapport a cette personne avec son passé et pourquoi même Pia la pipelette ne veut pas en parler.

On ne fait pas autant de mystères pour rien, même quand on s'appelle Lazare Nightingale.

Un peu avant treize heures, je quitte la cafétéria en laissant Shai et Cassius derrière moi. Près de la sortie, je croise le regard intense de Lazare installé à la table des Royals, bras croisés derrière la tête. Sa beauté insolente réveille des choses en moi, mais je me fais violence et m'éloigne. Je continue sur ma lancée et pars en direction du bureau de Mrs Duncan.

La suite du scénario est risquée, mais tout ce suspense, tous ces secrets commencent à me rendre folle.

À moins que ce soit le manque de lui. Déjà.

La petite aiguille de l'horloge du hall principal se pose sur le un et, comme chaque jour, la proviseure sort en compagnie de son assistant pour prendre sa pause déjeuner. Je les rejoins au pas de course, faussement essoufflée.

– Mrs Duncan, je crois qu'il se passe quelque chose dans les toilettes des filles ! J'ai entendu des cris et des portes claquer.

Inquiète, elle tourne son chignon strict vers son secrétaire qui se tend lui aussi. Ils sont tous sur le qui-vive, depuis mon passage à l'acte d'il y a cinq mois. Un autre « incident » et la réputation du prestigieux Lycée international de Boston en prendrait un coup.

– Dans quelles toilettes, Louve ?

– Celles du gymnase.

Les plus éloignées, pour me laisser plus de temps.

Elle part au quart de tour sur ses petits talons carrés, suivie de près par son assistant qui dégaine son portable pour, j'imagine, prévenir les surveillants les plus proches.

Bingo.

Personne n'a pensé à verrouiller la porte du bureau.

– Papa, maman, pardon mais il le faut.

N'ayant que quelques minutes pour agir, je me glisse discrètement à l'intérieur de la grande pièce aux murs bleu marine et aux meubles acajou, je la scanne du regard en espérant mettre la main sur les fameux dossiers jaunes.

Je sais que chaque élève en possède un qui lui est dédié, informatisé mais aussi manuscrit, puisqu'en m'accueillant en début d'année, Duncan m'a montré le mien pour me rappeler : « Et qu'il n'y ait que des bonnes choses inscrites à l'intérieur, jeune fille ! »

Loupé. Je doute que « tentative de suicide » tombe dans la catégorie « bonnes choses ».

J'ouvre toutes les portes que je trouve. Le bureau du fameux secrétaire et assistant. Un vestiaire. Des toilettes. Une petite salle de repos équipée d'un sofa, d'une bibliothèque et d'une télévision. Et enfin, une longue pièce étroite, meublée de grandes étagères remplies de dossiers jaunes.

Le cœur battant, j'avance en découvrant les noms des élèves rangés par ordre alphabétique et j'atteins assez rapidement les N.

Nash, Nassir, N'Diaye, Newman, Nguyen, Nichols, Nielsen, Nobletown, Norris, Novak, Nunez…

Toutes les nationalités, toutes les sonorités.

Mais pas de Nightingale.

Mon cerveau panique, bloque et tourne en rond, jusqu'à ce que ça fasse tilt.

– Carpenter ! Son vrai nom est Carpenter… Ou peut-être Buffet, voire les deux.

Je retourne sur mes pas, me concentre en faisant défiler des dizaines de patronymes, puis tombe enfin sur le sien.

Lazare James Paris Carpenter.

Je découvre pour la première fois ses autres prénoms et mon cœur se serre un peu. J'aurais préféré qu'il me les confie lui-même, un jour, plutôt que de les lui voler ainsi. Est-ce que j'oserai lui avouer que je m'appelle Louve Colette Judith sur ce passeport à la photo horrible, que je cache à tout le monde ? Pas le temps pour les scrupules. J'ouvre son dossier, je passe les premières pages, me foutant bien de ses différents résultats scolaires et appréciations de ses professeurs. Finalement, je tombe sur sa feuille de renvoi de South Boston High, son ancien lycée, et sa fiche d'inscription au Lycée international de Boston.

Ces documents datent de l'été dernier et indiquent comme motifs de renvoi : *mauvaise conduite, violences répétées, mise en danger d'autrui.*

Les mains tremblantes, je sens les larmes me monter aux yeux.

Je n'ai rien appris, si ce n'est que dans son ancienne école, Lazare était déjà un *bully.*

***

Plusieurs heures plus tard, après la fin de mon dernier cours, Mrs Duncan me retrouve au hasard des couloirs et m'interpelle avant que j'aie le temps de fuir.

– Tout ce qu'on a trouvé dans ces toilettes, c'est un sachet de marijuana caché sous une cuvette et quelques tags en forme de déclaration d'amour à Mrs Lee ! Tu es sûre d'avoir vu quelque chose d'alarmant ?

– Probablement une élève de seconde ou de première qui se fait harceler mais préférera ne rien dire… inventé-je.

– Il faut parler, Louve. Briser ce silence.

– Facile à dire, quand on n'est pas victime.

– Je sais, mais nous avons mis des choses en place pour vous aider. Maintenant, à vous lycéens de faire l'autre partie du chemin. Tu es bien placée pour en parler aux autres, n'hésite pas à aider ceux qui en ont besoin...

Je ne sais pas si elle essaie de se dédouaner ou si elle s'en soucie vraiment, mais pour l'instant, je ne vois absolument rien qui aurait pu enrayer le harcèlement scolaire ou le cyberharcèlement.

La proviseure n'a en fait aucun pouvoir face aux Royals. Et face aux si nombreux aspirants qui sont prêts à tout pour rejoindre le camp des élèves populaires, plutôt que celui des losers et donc des futurs harcelés.

Un peu démoralisée, je passe les doubles portes du lycée et me rends sur le parking pour récupérer mon scooter. En chemin, je repère Lazare qui distribue des *checks* à ses semblables avant de rejoindre sa Corvette garée au milieu des autres bagnoles de luxe.

Je n'ai aucun autre choix que de passer devant lui pour atteindre mon deux-roues.

Et je me serais bien passée de ça.

– C'est quoi cette tête de louve enragée ? me souffle-t-il.

Après un rapide échange de regards, il pose ses yeux un peu partout autour de nous, veillant à ce que personne ne nous mate discrètement.

– C'est ma tête, rétorqué-je. Si elle ne te plaît pas, c'est pas mon problème.

– Alors c'est fini, le silence radio ?

– J'ai arrêté de faire une fixette sur ta vie, Lazare, comme tu me l'as si gentiment demandé.

Ma voix est aussi froide que son sourire est éclatant. Il laisse apparaître ses dents parfaites, blanches et alignées, que je rêverais de casser une à une.

– Louve, j'ai dit ça parce que...

– Te justifie pas, j'ai très bien compris.

Je reprends mon chemin, mais le roi des emmerdeurs se dresse devant moi et vient me bloquer le passage.

– On n'a pas fini de discuter, Larsson.

– Dégage, Night. Je ne suis pas une stupide marionnette

que tu peux faire danser quand ça te chante. Tu voulais que je me désintéresse de toi ? C'est fait.

Il soupire un coup, passe une main impatiente dans ses boucles en désordre, puis lâche un petit rire rauque.

Parfaitement horripilant.

– Si je te laisse à nouveau me mordre, tu voudras bien me parler ?

– Arrête de te croire irrésistible.

– Bon, si c'est ce que tu veux… Je laisse béton.

Il n'est pas le frère de Pia pour rien, celui-là.

Sur ce, il m'envoie un petit sourire navré qui me prend aux tripes, puis il se replie et disparaît dans sa bagnole. Je bous sur place, à la fois pressée de le voir dégager et furieuse qu'il se soit barré. Lorsqu'il allume le contact, je ne contrôle plus mes pieds.

Je me plante devant sa Corvette et balance un grand coup de Converse dans son pare-chocs avant.

– Tu fous quoi, bordel ?

Lazare me beugle dessus à travers sa fenêtre ouverte. Je recommence.

Quelques élèves passent par là et éclatent de rire en pressant le pas.

« Louve Larsson a à nouveau pété les plombs » : c'est ce qu'on entendra partout dans les couloirs dès demain. Et qu'on lira bientôt sur les réseaux sociaux.

Lazare sort de sa caisse et s'empare de mes bras, puis de ma taille pour m'éloigner de force de sa voiture.

– Ne me touche pas. Je suis « intouchable », c'est toi qui l'as décidé et annoncé à tes potes, tu te rappelles ?

Ses yeux s'assombrissent, il déteste que je lui tienne tête. En constatant que nous ne sommes pas seuls et que les portables commencent à être dégainés dans notre direction, il m'embarque carrément à l'intérieur et démarre sur les chapeaux de roues.

– Tu veux qu'on se fasse griller, c'est ça ? Tu veux que

tout le monde sache que tu me rends dingue à tous points de vue ?!

Je le fixe d'un sale œil depuis le siège passager.

– Ne me dis plus jamais ce que je dois faire, sifflé-je en observant son profil parfait.

– Sinon quoi ? Tu vas recommencer à tabasser ma bagnole comme une grosse délinquante ?

Ses mains bronzées, crispées sur son volant, ses avant-bras aux veines saillantes et ses mâchoires serrées lui donnent un côté vilain garçon qui m'excite.

– Pourquoi tu ne veux pas me parler d'Ellis ?

– Et elle revient à la charge...

Il soupire encore, passe une nouvelle vitesse, puis braque quelques secondes après et freine d'un seul coup. La voiture s'immobilise tout près d'un fossé... mais loin de tout.

– Je vais devoir te faire taire autrement.

Sa voix rauque me donne des frissons et déjà, sa main glisse à l'arrière de ma nuque pour me ramener brusquement à lui. Lazare écrase sa bouche sur la mienne, s'invite entre mes lèvres et y glisse sa langue. Je gémis de frustration autant que de plaisir, après toutes ces heures, tous ces jours et ces nuits sans lui, privée de sa chaleur, sa fougue, son odeur, sa lumière, sa noirceur.

Je les déteste, lui et ses secrets.

Mais je ne connais rien de meilleur sur cette terre que ses furieux baisers.

39

Presque un aveu

Lazare

Pas de casseuse de bagnole en vue, ce midi.

C'est officiel, je suis constamment en « alerte Louve ». J'ai développé malgré moi ce foutu réflexe qui consiste à la chercher partout, tout le temps, à la seconde où je pose un pied dans ce bahut.

Parce que croiser son regard réchauffe mon âme, l'entendre rire au loin avec ses copines m'envoie un shoot d'endorphines, capter son odeur sucrée quand je la dépasse dans un couloir me donne une envie folle de revenir sur mes pas pour la prendre dans mes bras. Pour la sentir, la goûter, la sniffer, la consommer comme un énorme camé.

Ouais, je suis sérieusement attaqué. Ça me tue de me l'avouer, mais il y a moyen que je sois raide dingue de cette meuf qui m'a percuté dès notre première rencontre.

Putain de canard.

– Hey mais ça fait longtemps qu'elle a pas chialé, Pandi-Panda !

Le cul posé sur notre table de cafétéria, ricanant comme une hyène, Gideon mate une vidéo sur son portable puis me la colle sous le nez. Sur les images, Louve, tremblante devant son casier tagué, des larmes et du maquillage noir plein le visage. C'était en tout début d'année, quand j'ignorais encore qu'elle était si fragile... et notre petit jeu si dangereux.

Je serre les dents et laisse couler.

– J'avoue, on s'emmerderait presque, maintenant, soupire Alec assis juste à côté.

– En l'honneur du bon vieux temps, elle pourrait se manger un petit plateau en arrivant…

Honor vient d'émettre cette suggestion et me sourit de son air de peste en passant ses doigts aux multiples bagues dans ses longs cheveux brillants. Je reste de marbre. Je sais qu'ils me testent, tous, qu'ils ont des doutes sur Larsson et moi, mais je ne compte pas perdre mon temps à nier et encore moins me confesser.

Dans un petit mois, je n'aurai plus à me les coltiner.

– Sinon je glisse à nouveau un peu de potion royale dans sa soupe ?

Le QI le plus bas de ce lycée repart à la charge et pose une main sur sa braguette, pour joindre le geste à la pensée.

– Gideon, t'es un porc, soupire Sinaï derrière lui. Et si on passait à autre chose et qu'on foutait la paix à cette meuf ? C'est plus vraiment drôle, les gars…

– Ça va, princesse Sisi, de toute façon tu n'as jamais joué le jeu à fond, le rembarre Son Altesse.

– Peut-être parce que j'ai mieux à faire de ma vie ?

Parmi les Royals, Sinaï est peut-être le seul à avoir une conscience ou un semblant d'humanité. Il n'en a pas toujours fait usage, effet de groupe aidant, mais sur ce coup-là, je lui en reste secrètement reconnaissant. Ça fait du bien d'entendre l'un des « miens » ne pas vouloir s'en prendre à la fille que j'aime.

La fille que *je quoi* ?

Simple dérapage.

On se détend.

Pia et ses copines de première passent près de notre table et je vois le regard du geek se poser sur ma sœur pour ne plus la quitter.

– Oublie, mec, lui glissé-je tout bas. La bouclée n'est toujours pas pour toi.

– Et tu comptes enfin m'expliquer pourquoi ? Je suis à peu près certain que tu ne te l'es pas faite, alors elle est qui pour toi, *Nightingale* ?

Sinaï sourit étrangement et insiste sur mon nom de famille comme s'il savait quelque chose que les autres ignorent. J'en viens à me demander s'il ne m'a pas démasqué.

– L'amour ne se contrôle pas, mon pote… insiste-t-il.

J'ai bien envie de lui répondre que s'il me chauffe un peu trop, ce sont mes poings qui ne se contrôleront pas, mais ce que j'entends soudain à ma gauche me plaît encore moins.

– Putain, les nibards qu'elle se paie, quand même !

Entre-temps, Alec a dégainé son portable pour se mettre à zoomer sur des photos de Louve. Le test continue : ils veulent me pousser à bout et ils vont y arriver, ces abrutis. Je me demande pour la millième fois lequel d'entre eux est Night Bird. Ou s'ils le sont tous, tour à tour.

Et j'ai la rage, tout à coup.

Je me lève en renversant ma chaise, chope leurs téléphones et les balance dans mon bol de soupe dégueulasse.

Bon bain, les petits portables pleins de photos volées et de vidéos prises à l'insu de la fille-loup.

– Laz ! Mais t'as craqué ton slip ?!

Je balance un sourire froid au premier, fais un doigt au deuxième et je me casse en glissant les mains dans mes poches. Ce geste fou était presque un aveu, j'en ai bien conscience, mais je m'en bats.

Je n'en peux plus qu'ils la salissent.

Je n'ai pas envie que ça recommence… Mais je pourrais cogner pour elle, s'il le fallait. Et prendre les coups sans problème.

40

Nighty Night

Lazare

Vingt-trois heures dix-sept. Ses yeux bleu abyssal et sa petite gueule d'innocente se pointent à mon adresse, des bières dans une main et des Carambar dans l'autre.

J'essaie de m'empêcher de sourire mais son audace me plaît, putain. Elle ne recule devant rien.

– On a cours demain matin, Larsson.

– Je ne compte pas rester longtemps. Tu veux une bière ?

Je la fais monter avant qu'on la voie dans Berkeley Street ou que la petite vieille se plaigne qu'on fait du bruit trop tard et sorte le balai.

Une fois là-haut, j'accepte la bouteille que la Française me tend, mais je reste à distance, moi replié dans ma cuisine ouverte, elle adossée à mon canapé. L'alcool, la semi-obscurité de ma piaule, elle dedans, je ne suis pas certain que ce soit une bonne idée. J'ai peur qu'elle prenne un peu trop ses aises. Qu'elle croie qu'on est exactement ce qu'on n'est pas.

– On n'est pas ensemble, toi et moi.

Je lui balance ces mots de manière brutale, alors qu'elle est en train d'avaler une gorgée sous mes yeux. Et je dois reconnaître qu'elle encaisse bien, pour une fois, sans se laisser envahir par ses émotions.

– Je suis au courant, Night. Tu m'embrasses presque dans la rue, tu m'embrasses dans ta cuisine, tu m'embrasses à

331

l'infirmerie, tu m'invites chez toi la nuit, tu couches avec moi sur ton canapé, tu m'embrasses à nouveau dans ta bagnole, mais on n'est pas un couple. J'ai capté.

Je soulève un sourcil, puis deux, elle se marre doucement en sortant un Carambar de son papier jaune.

– Là c'est toi qui t'es invitée chez moi. Alors pourquoi t'es là ?

– Pour parler de Night Bird. Il faut qu'on découvre enfin qui c'est.

Je me détends un peu, même si le sujet est loin d'être joyeux.

– Je pensais qu'il s'était arrêté, non ?

– Ça s'était calmé… mais c'est reparti.

– Tu as des suspects ? demandé-je en me crispant.

– Qui d'autre que ta bande ?

– Pas faux.

– Tu t'en fous toujours, Lazare ? Que quelqu'un se fasse passer pour toi pour venir me menacer, m'insulter, me balancer des trucs dégueus ?

Sa question se veut presque légère, anodine, la brune joue les indifférentes mais je perçois dans sa voix une once d'espoir que les choses aient changé. Je pose ma bière sur le comptoir et quitte la cuisine où je me réfugiais pour m'approcher d'elle. Juste un peu.

– Non, Louve, je ne m'en fous pas.

– Ah bon ? C'est nouveau, ça…

La fière se retient de sourire mais sa bouche pulpeuse s'étire quand même. Je l'imite et j'ajoute, du bout des lèvres :

– Je voudrais que ça s'arrête, tu sais ? Je voudrais qu'ils te foutent la paix pour de bon.

Son regard fuit le mien, tout à coup, pour me cacher son trouble.

– Louve, tu ne mérites rien de tout ça.

Elle acquiesce en silence, je me rapproche encore pour qu'elle me voie faire ce que je m'apprête à faire et je sors mon portable de ma poche arrière. J'ouvre Instagram et ses paramètres. Une fois dans l'onglet confidentialité, je clique sur « changer mon mot de passe ».

– Je n'ai jamais donné le mien à personne, fais-je en réfléchissant tout haut. Mais ça ne doit pas être bien compliqué à pirater…

– Et ils effacent leurs attaques au bout de quelques heures, pour ne surtout pas laisser de traces. Sauf qu'en moi, rien ne s'efface, souffle-t-elle.

Comme un con, je n'avais jamais pensé à modifier ce foutu code à six lettres et deux chiffres. Je tape un nouveau mot de passe et souris doucement à la brune qui m'observe d'un air grave.

– Fini, tout ça. Night Bird a perdu ses ailes.

– Merci, murmure-t-elle.

Et ça me brise le cœur en plein de morceaux, que cette fille à qui j'ai tant nui se sente obligée de me remercier.

– C'est moi qui devrais te remercier, Louve.

– Pour quoi ?

– Je sais pas… Plein de trucs.

Et une fois encore, mes lèvres ne trouvent rien de mieux que d'aller se coller aux siennes.

En douceur, cette fois.

Lentement.

Sans rien forcer.

Juste envie qu'elle se sente mieux.

Et juste incapable de ne pas le faire. Ma drogue est là : je la veux.

Sauf qu'elle et moi, on ne sait pas s'arrêter là. Et en quelques minutes, nos simples baisers se transforment en éruption volcanique, ses fringues atterrissent sur mon parquet, les miennes vont se jucher au gré des meubles et Louve s'invite sur mon lit, presque nue, bouillante et hilare.

– Cap de jouer avec moi ? lâche-t-elle pour m'allumer.

J'adore ça, la voir se lâcher. En culotte, ses cheveux longs défaits, ses yeux rieurs, ses seins en partie cachés derrière ses mains, elle se dandine face à moi, avant de sauter sur mon matelas. Là, elle me fait signe de la rejoindre.

Putain, je ne me fais pas prier.

– Tu me demandes vraiment si je suis cap ?

Je la renverse sur mon lit et lui grimpe dessus, excité comme jamais. On s'embrasse à nouveau, affamés, je laisse mes mains se promener sur tout son corps, elle gémit. J'ai encore du mal à comprendre, à admettre l'effet qu'elle me fait. Tout en elle m'excite. Tout chez elle me donne envie de la toucher, de la sentir, de la goûter… Et je ne sais plus si c'est à elle ou à moi que je veux faire du bien. Tout se mélange. Mon désir, le sien. Et tout ce que je sais, avec une certitude qui me fait presque mal, c'est que je la veux comme je n'ai jamais voulu personne.

Je mords l'un de ses seins, suce l'autre, glisse un doigt en elle, constate qu'elle est trempée, elle couine et me chauffe encore plus. Pendant que je la caresse, elle se frotte contre moi, bouge contre la bosse qui déforme mon boxer et j'adore ça.

Je vais crever.

J'ai envie de la prendre jusqu'à en oublier qui je suis.

Sa main s'enroule autour de ma queue, à travers le tissu, puis la libère.

Elle a pris de l'assurance.

Bandante fois mille.

Mon sexe en main, elle me force à me retourner, me roule dessus, puis s'assied à califourchon sur mes cuisses pour commencer des va-et-vient qui me tuent.

– C'est bon ? me souffle-t-elle timidement.

Elle est nue à l'exception d'un bout de dentelle noire, gémissante, mon sexe dans sa paume, ses sublimes seins dans ma face, ses cuisses ouvertes se frottant discrètement contre moi.

Je ne sais pas si ça ressemble au paradis ou à l'enfer, mais je signe pour l'éternité.

La tête jetée en arrière, je lâche un râle qui en dit long, elle se fout de moi en augmentant la cadence. Tout en sentant mon plaisir monter dangereusement, je plaque mes mains sur ses cuisses, les pince, les masse, les malaxe, puis les remue pour qu'elle se mette à bouger sur moi plus vite.

Je ne suis même pas en elle… mais j'adore l'idée qu'elle se donne du plaisir en même temps.

La fille-loup débridée dépose alors un baiser mouillé sur mes lèvres, puis se met à contempler ma queue en mordillant sa jolie bouche.

Je devine sans difficulté ce qu'elle a en tête. N'importe quel mec en rêverait, moi le premier, mais je crains soudain de ne pas survivre à une seule torture de plus, aussi douce, humide et chaude soit-elle.

– Louve…

– Quoi ?

– Pas maintenant.

Je lui fais non de la tête, puis me penche dans son cou pour la respirer.

– Mais je n'ai encore jamais essayé, minaude-t-elle.

– Si tu poses ta bouche sur moi, je te jure que je vais exploser…

Elle rit, cette insolente, très fière de l'effet qu'elle me fait.

Alors je deviens le loup qu'elle est venue chercher dans sa tanière.

J'empoigne ses seins, les triture, les embrasse, les mords, elle se cambre en arrière et j'en profite pour la jeter dans mes draps. Elle glousse, je lui retire sa culotte et me débarrasse de mon boxer. J'attrape une capote, déchire l'emballage entre mes dents sous son regard fébrile et impatient, je l'enfile et viens me placer entre ses cuisses.

– Dis-moi que tu en as autant envie que moi… lui glissé-je.

– Viens, je n'attends que toi.

Je prends sur moi pour coulisser en elle le plus doucement possible, mon regard lié au sien. Louve grimace un peu, plisse les yeux, je m'interromps pour l'embrasser et aider son corps à se détendre, je veux tout sauf lui faire mal, mais elle pose déjà ses mains sur mes fesses pour m'inciter à m'enfoncer plus loin.

Elle est serrée, douce, chaude et je dois lutter pour ne pas aller trop vite.

– Ça va ? lui murmuré-je.

Elle hoche la tête, se cambre un peu plus sous moi, je vais poser mes lèvres sur ses lèvres, l'embrasse doucement et commence à la pénétrer plus loin, plus fort.

Tout doux quand même, Laz.

Le bruit de nos corps qui se rencontrent me rend fou, mais pas autant que ses petits couinements de meuf qui prend son pied.

Louve se métamorphose sous mes yeux, sous mon corps. Ses griffes plantées dans mon dos, ses lèvres et ses dents me grignotant la peau, elle accueille chaque coup de reins avec plus d'envie, de son, de chaleur, de plaisir. La température monte et nos désirs aussi.

Je tomberais amoureux d'elle exactement à ce moment-là, si ce n'était pas déjà foutu pour moi.

– Lazare, je crois que… Je vais…

Je la fais taire en glissant ma langue dans sa bouche et je la prends plus fort, encore et encore, jusqu'à la voir, l'entendre, la sentir exploser autour de ma queue. Elle jouit violemment, son regard bleu complètement dément, un peu paniqué, noyé dans le mien.

Et je me lâche enfin, je me sens partir et la rejoins en gueulant mon plaisir qui, à travers la fenêtre ouverte, résonne en écho dans la nuit.

J'espère que tout Boston m'a entendu.

Cette fille est si vivante. Comment a-t-elle pu vouloir crever ?

***

Quelques minutes plus tard, allongé sur le dos en travers de mon lit, je fume une clope tandis qu'elle enfile sa culotte noire et son soutif lilas.

Ce nouvel instant d'intimité me ferait presque sourire bêtement. Cette fille détient des pouvoirs que je n'imaginais pas.

Elle m'a jeté un sort, ensorcelé corps et âme et j'ai un mal de chien à détacher mes yeux d'elle.

Je me fous qu'elle se rhabille un peu si elle se sent mieux. Complètement, partiellement ou pas du tout nue, je la trouve *parfaitement* à mon goût.

– Jeu des questions… décrète-t-elle en revenant près de moi.

– C'est quoi encore, ce traquenard ?

– Seulement cinq !

– Aucune.

– Trois !

– Zéro.

– Deux ?

– Louve…

– C'est deux ou dix, tu choisis !

Je la mate du coin de l'œil, incapable de résister à son putain de sourire innocent.

Innocent, mon cul.

– Et sinon tu me fais quoi ? soupiré-je en me redressant sur les coudes.

– La question c'est plutôt : « Qu'est-ce que je ne te ferai plus jamais… ? »

J'écrase ma clope en soupirant et me retourne sur le ventre.

– Une seule question.

– On a dit deux, fait-elle, butée.

– Balance avant que je change d'avis.

Elle hausse les sourcils, étonnée que je joue le jeu, puis se lance.

– Tu me racontes Ellis ?

Je ferme les yeux une seconde, conscient qu'elle m'emmène sur un terrain où je ne voulais pas aller.

– Juste quelques mots, que je comprenne. S'il te plaît, Laz…

– C'est mon meilleur pote depuis l'enfance mais ça, tu le sais déjà.

– Oui.

– Ellis est non binaire et iel en a chié à South Boston High. Je n'étais pas le « roi du lycée » comme tu m'appelles, avant. C'était moi le rebut, le paria. Juste parce qu'Ellis était différent et que j'avais choisi de l'aimer quand même.

– De l'aimer… de quelle manière ?

Sa petite voix timide, presque gênée, me fait marrer.

– Commence pas à imaginer des trucs, on a toujours été amis et *juste amis*, Ellis et moi. Mais justement, personne n'y croyait. Si je le défendais, c'était forcément que je me le tapais.

Elle inspire profondément, ses yeux fixes et intenses posés sur moi.

– Alors tu n'as pas toujours été…

– Un harceleur, un connard fini, un *bully* ? deviné-je. Non, Louve, avant c'était moi qu'on cognait, moi qu'on humiliait, moi qu'on traitait de sale pédale, de suceur de bite, de bouffeur de cul, de contre-nature, bref de tous les noms. C'était souvent adressé à Ellis, mais j'essayais de prendre les coups à sa place quand je le pouvais. Je les prenais, mais je les rendais aussi, à un moment, tu n'as plus le choix…

Je m'allume une nouvelle clope, elle me la vole et tire dessus puis se met à tousser.

– Comment tu peux fumer ça, sérieux ?

– Je sais, faut que j'arrête…

Je lui balance un clin d'œil, elle me sourit et glisse ses doigts dans mes cheveux bouclés.

– Et Ellis, il est devenu quoi ? Iel, pardon.

– C'est donc ta deuxième question ?

– Non, ça ne compte pas !

Je fais semblant de lui mordre un doigt, récupère ma clope, puis continue à déballer le sac de nœuds qu'est mon passé.

– Un jour, en fin d'année, un mec l'a coincé aux chiottes, lui a fait des trucs… et ça m'a rendu dingue, j'ai cogné beaucoup trop fort en représailles. J'ai atterri chez les flics. Mes parents et leur précieuse réputation ont très moyennement apprécié et ils ont commencé à creuser. Ils ont obtenu les infos qui leur manquaient par ma fouine de sœur et ils ont contacté les parents d'Ellis direct.

Je me racle la gorge, un peu éprouvé par tous ces souvenirs.

– Ellis a quitté le bahut avant la fin de l'année, il a été envoyé au Canada pendant qu'on m'annonçait que je n'avais plus le droit de le voir, que j'étais définitivement viré du lycée et forcé de redoubler dans le bahut de mes parents. Pia a dû me suivre, elle aurait eu des problèmes en restant à South Boston… Moi, tout ce que je retenais, c'est qu'on m'arrachait mon pote de toujours… et que je n'allais plus pouvoir le protéger.

– Tu caches bien ton jeu, Night.

Je lève les yeux vers la fille qui vient de souffler ces mots et remarque que les siens sont humides.

– Pourquoi Night, d'ailleurs ? Pourquoi tu as choisi de t'appeler Nightingale ?

– C'était le nom de jeune fille de ma grand-mère. La mère de mon père. Une putain de *queen*, pas comme sa progéniture.

Elle sourit doucement, toujours aussi belle et attentive.

– Pourquoi tu en veux autant à tes parents ?

– Parce qu'ils ont dégagé Ellis de ma vie en claquant des doigts, sans chercher à comprendre quoi que ce soit. Ils ont décrété qu'il avait une mauvaise influence sur moi et exigé qu'il soit envoyé loin, sous prétexte de me protéger. Ils l'ont *outé* alors que ce n'était pas à eux de décider… Ils ont même filé du fric à ses parents pour les aider à déménager. Ils n'ont rien compris et jamais cherché à comprendre. Ellis, c'était ma faiblesse mais aussi ma plus grande force. C'était mon opposé... mais surtout mon double. Juste la personne qui comptait le plus, sans que ça s'explique.

Louve lâche un lourd soupir, touchée, pendant que je mate le plafond en luttant contre ces saloperies d'émotions.

– Deuxième question. Prêt ?

J'enfouis ma tête dans un oreiller et lâche un grognement, l'interrogatoire a déjà trop duré.

– Pourquoi tu as rejoint le camp des méchants ?

J'allais forcément y avoir droit, à celle-là.

– Je me suis juste laissé porter. En début d'année, les gens m'ont vu débarquer dans ce bahut avec mon nom prestigieux et mon air enragé et ils ont préféré me craindre plutôt que chercher à savoir qui j'étais. J'avais juste prévu de rester en dehors des problèmes et de ne pas me laisser marcher sur les pieds, pas d'écraser qui que ce soit. Mais j'imagine que mon attitude a plu aux quatre autres rapaces, qui sont venus se grouper autour de moi.

Elle me fixe étrangement, l'air de dire : « Ça ne peut pas être aussi simple que ça », et pourtant ça l'est.

– J'ai juste attiré la sympathie des sales gosses de riches qui régnaient en maîtres ici, fais-je en haussant les épaules. Ça m'allait de faire partie de la bande des Royals, je voulais juste que cette nouvelle année de terminale passe vite, qu'on me respecte et qu'on me foute la paix...

– OK, mais tu n'étais pas obligé de t'en prendre à moi, souffle-t-elle.

Un creux se forme dans mon estomac. Quand je repense à tout ce qu'on lui a fait endurer, ça me tord le bide.

– Ouais, j'ai vraiment merdé. Ce que je t'ai fait subir le jour de la rentrée, ça m'a privé de sommeil pendant une semaine, putain. Je suis tellement désolé, Louve...

Ma voix se brise un peu et je vois bien qu'elle retient ses larmes.

– Mais ensuite, je ne t'ai jamais attaquée gratuitement. Les fois où je t'ai remise à ta place, c'était uniquement quand tu es venue chercher la merde en premier. Il fallait que je joue mon rôle, même avec toi…

– Et le plateau de la cafétéria ?

– Gideon avait pissé dans ta bouffe…

Elle lâche un cri d'horreur en gardant la bouche grande ouverte. Puis elle passe en revue chacune de nos confrontations cette année, et finit par me croire.

– Alors tu t'amusais à m'appeler « la paria », à me répéter que je ne servais à rien, que j'étais une erreur de la nature, en gros, mais tu n'as jamais été l'un des leurs ?

Je ferme très fort les yeux en grognant, pour ne plus entendre toutes ces horreurs, puis je fais non de la tête. Ce que j'ai fait est inexcusable, je le sais. Mais, alors que j'imagine qu'elle m'en veut encore à mort, la brune se rapproche de moi et se faufile dans mes bras.

– Au fond je le savais… je crois.

– Pardon pour tout ce que je t'ai fait vivre, Louve Larsson. J'accepte toutes les punitions corporelles.

La petite blague qui sauve.

C'était ça ou m'effondrer.

Elle glousse, puis me file un bon coup de coude dans les côtes.

On se contemple un long moment en silence, entre sourires complices et souvenirs doux-amers. Et soudain, son œil bleu frise, l'autre se met à pétiller et cette peste ose me balancer :

– Le nom de jeune fille de ta mamie, hein ? Ouhhh Nighty Night ! C'est ça, un rebelle *badass* ?

Elle lâche un grand éclat de rire dans la nuit et je n'ai d'autre choix que de la faire taire en la bâillonnant avec ma bouche.

Puis je lui glisse à l'oreille :

– Et quand est-ce que tu me raconteras Louve, toi ?

– Tu l'as devant toi…

– La Louve d'avant. D'avant Boston, d'avant les Royals, d'avant moi…

Elle me sourit timidement, puis se cache dans mon cou.

– Un jour, je te raconterai la fille que j'étais avant. Mais fais gaffe, Night, c'était pas n'importe qui. Tu pourrais tomber follement amoureux d'elle…

Je me marre tout bas.

Impossible.

La place est déjà prise.

41

Se jeter à l'eau

Louve

Qui a bien pu décider, au sommet de la hiérarchie de ce
satané lycée, de mettre la natation au programme des cours
de sport de terminale ?

Qui a pu s'imaginer qu'on aurait envie de se mettre en maillot,
devant trente autres personnes de 17 ou 18 ans, en mixité ?

Qui s'est dit que ce serait vraiment une super idée d'exposer
des corps quasi nus, bourrés d'hormones en ébullition et
pétris de milliers de complexes ?

Qui a souhaité nous faire passer cette nouvelle épreuve, à
quelques semaines du bal de promo et de la remise des
diplômes, histoire de finir l'année en beauté ?

Qui nous inflige ça ?

Pourquoi ?

Dans les vestiaires des filles, on est plusieurs à fixer nos
pieds ou à regarder en coin les silhouettes et les peaux
parfaites des quelques chanceuses sans cellulite ni poil
incarné. Je mate Honor et je me demande si ses petits seins
ronds et fiers sont des vrais. Je scrute une blonde aux cuisses
aussi lisses que celles d'une poupée Barbie et je me prends
à rêver d'une épilation laser intégrale. Suivie de dix mille
séances de cabine UV. D'une pédicure sous anesthésie
générale. D'une liposuccion indolore tout en bouffant des
Carambar.

Comment ça, on ne peut pas tout avoir ?

Je reste complètement habillée en triturant ce maillot de bain marine à la grosse rayure jaune, en me disant que je vais avoir l'air d'une abeille potelée qui a abusé de son propre miel, tout en cherchant une solution plus pragmatique pour éviter l'épreuve du jour.

Comme si ça n'était pas assez insupportable, ce cours de natation a lieu… *là*. Dans *cette* piscine municipale de Boston. Celle que les Royals avaient privatisée pour la soirée du Nouvel An. L'exact endroit où j'ai voulu en finir, le 1er janvier dernier.

Coucou la crise d'angoisse : c'est quand tu veux, je t'attends.

– Psst, Louve… Tu m'aides à mettre mon bonnet ? me chuchote Shai, résignée.

Elle est en train de faire des macarons avec ses couettes, cachée dans une serviette, le bonnet de bain jaune doré pendouillant entre ses dents serrées.

– Franchement, non, je peux pas, soupiré-je. Déjà le maillot rayé, j'ai envie de chialer, mais ressembler à un gland, c'est trop me demander !

Ma copine éclate de rire et Tasha, une grande fille noire sèche et musclée, se joint discrètement à nous en murmurant :

– Et ils étaient obligés de nous imposer ce maillot d'uniforme aussi décolleté ? Moi, je mesure un mètre quatre-vingts et je dois choisir entre aller nager seins nus ou l'avoir dans la raie du cul !

Comme quoi, il y a toujours des complexes cachés qu'on n'imagine même pas.

On pouffe toutes les trois comme des gamines mais je sens qu'au fond, la rébellion couve. Une autre fille, rousse et très discrète, nous fixe en se dévissant la tête mais en restant de dos. Je l'encourage du regard et elle ose enfin l'ouvrir – à voix très basse :

– Sincèrement, j'avais pas prévu l'épilation brésilienne ou le ticket de métro, là. C'est quoi ce truc méga échancré ?

C'en est trop.

Je ne vois pas pourquoi on subirait tout ça en silence. Alors j'ose alpaguer toutes mes congénères féminines, à voix haute, même si je sais que je prends des risques à me confronter à certaines.

– Qui d'autre refuse le maillot de bain du lycée ? Si on s'y met toutes, ils ne pourront pas nous obliger à le porter.

Honor lève les yeux au ciel et je sens qu'on va prendre cher. Le maillot hyper relevé sur ses hanches, les seins qui tiennent parfaitement droit et sortent juste ce qu'il faut du décolleté, la brune se plante devant nous, main sur la taille.

– Ce n'est la faute de personne si vous êtes dégueulasses, les chéries. Allez vous acheter un burkini et laissez les autres kiffer leur vie.

Je grimace en entendant l'énorme lot de conneries débitées en seulement deux phrases.

– Ce que tu viens de dire est à la fois violent, raciste et méprisant, Honor. Tu penses que ça sert qui, à part ton ego ?

– Qu'est-ce qu'elle me veut, la grosse *bitch* ?

La princesse espagnole s'avance vers moi d'un air mauvais.

– Ça ne t'a pas suffi, ton petit strip-tease en histoire pour exciter les mecs et exister enfin ? Tu crois vraiment qu'ils vont vouloir baiser ça ?

Elle me pointe du doigt en faisant des cercles, avec sa plus belle moue dégoûtée.

– Redescends sur terre, Larsson, et rends service à tout le monde : va t'enfermer dans une cabine de spa pour finir ce que tu as raté en janvier.

Une vague de larmes déferle dans mes yeux et Shai s'interpose entre nous deux, prête à se battre.

– Qu'est-ce qu'il y a, Couécouettes, tu as enfin une personnalité ? Va mourir avec ta pote, on trouvera bien un cercueil XXL pour vous caser toutes les deux.

Mon amie la pousse de toutes ses forces, Honor lui attrape les cheveux et tire comme une furie, puis notre nouvelle copine d'un mètre quatre-vingts vient à sa rescousse pour les séparer.

– Arrêtez !

J'ai hurlé aussi fort que j'ai pu.

Tous les regards se braquent sur moi dans les vestiaires.

– Celles qui n'ont pas de problème avec ce maillot de bain, faites ce que vous voulez, la piscine est par là. Celles qui veulent réclamer le droit à leur dignité, on reste habillées et on se pointe au cours comme ça ! Qui est avec moi ?

Silence de mort dans les rangs des filles.

Je me suis peut-être un peu emballée sur la révolution de la piscine.

Qu'est-ce qui m'a pris, là ?

Si mon appel à la désertion foire, c'est la honte de l'année.

Si elles me lâchent toutes, je n'aurai plus qu'à m'ouvrir le ventre pour faire croire que j'ai mes règles.

Si…

– Avec toi, s'écrie Shai, tremblante, encore toute retournée de s'être fait tirer par les couettes.

– Moi aussi, décide Tasha.

– Pareil, marmonne la rousse timide.

Peu à peu, on passe de trois à six, à dix, à quinze… Et toutes les filles de la classe à l'exception de Honor et deux ou trois sosies se mettent à se rhabiller. La princesse nous traite de gamines et quitte les vestiaires de son pas chaloupé, suivie de sa petite cour.

– N'empêche qu'elle a pas mis le bonnet, me marmonne Shai. Personne n'est beau déguisé en bout de bite !

Explosions de rire aux quatre coins des vestiaires.

Bon sang que ça fait du bien. La tension retombe et ce fou rire général nous soude.

***

Quelques minutes plus tard, on débarque toutes au bord de la piscine avec nos fringues et nos revendications.

– On ne veut pas de ce maillot de pouf !

– On est à poil dans ce truc !

– Hors de question de se faire mater par les mecs comme des bouts de viande !

– Ils n'ont pas à s'épiler où que ce soit, eux !

– Moi, je veux un boxer long comme les garçons !

– Moi, une combinaison de surf !

– À bas les glands !

Ça fuse dans un bordel sans nom.

Mrs Lee, la prof de sport canon, a troqué son legging moulant pour un shorty minuscule enfilé sur le maillot de bain officiel du lycée. Je crois qu'elle n'a sincèrement aucune idée de ce qu'on vit, de ce qu'on veut et de tout ce qu'on lui raconte.

Les mecs, eux, commencent à s'exciter.

Tous en bonnet et maillot, une sorte de cycliste bleu marine comme ceux des nageurs pros, ils nous matent et crient au scandale.

– À poil, les meufs !

– Allez à l'eau, arrêtez de faire vos chichiteuses !

– Promis, on va pas vous peloter sous l'eau !

– On perd du temps, là, les féministes de mes deux !

Pas certaine que notre message arrive à passer, cette fois.

Sauf que je croise le regard gêné de Cassius, qui se tient debout avec les mains croisées devant lui, et il finit par oser dire tout haut :

– Tant mieux si on perd du temps, je ne veux pas faire piscine moi non plus. Je déteste ce moule-truc et je sais que je ne suis pas le seul.

Une poignée d'autres mecs mal à l'aise se rangent derrière lui en acquiesçant. Évidemment, ils se font traiter de chichiteuses à leur tour et ce sont toujours les mêmes, les beaux gosses, les sportifs, les garçons populaires, qui en profitent pour foutre le bordel.

Tous sauf un.

Au milieu des éclats de voix, j'observe Lazare, silencieux, et j'ai du mal à détacher mes yeux de son torse nu, de ses pectoraux dessinés, de ses jambes fines et élancées, de ses biceps que j'ai tellement aimé voir se contracter au-dessus de moi, de ses épaules solides auxquelles je me suis accrochée, du dessin de sa taille en V que j'ai tellement adoré voir cogner contre moi. Au point que cette image m'obsède encore.

Et je me sens con.

Je fais exactement comme tous ces obsédés : je me rince l'œil et j'en oublie le combat.

Le mec canon qui m'a servi d'amant deux fois sourit en coin en me prenant la main dans le sac. Puis il lève un sourcil, s'approche discrètement de moi et vient me glisser :

– Bah alors, la rebelle ? On ne donne plus de la voix ?

– Arrête de m'allumer, tête de gland.

Il se marre à mon insulte, pose sa grande main sur le bonnet jaune qui garde ses boucles prisonnières et je fonds face à ce petit rire guttural et sexy qui se mérite, chez lui. Rare et si précieux.

Comment fait-il pour être aussi beau, même dans cet accoutrement ?

Aussi charmant, irrésistible et nonchalant ?

Je plonge mes yeux loin dans les siens, en ayant l'air probablement folle amoureuse de lui, puis il fait claquer l'élastique de son boxer et me balance :

– Tu le veux ?

– Mais oui, putain !

Une idée me vient en même temps que l'envie de me jeter sur lui. Je récupère mon maillot de bain une pièce et le lui lance à la tête. J'invite mes copines à faire la même chose.

– Puisque vous faites les malins, mettez les nôtres pour voir ! proposé-je aux garçons en criant.

Il ne faut pas plus de vingt secondes pour qu'Alec et Gideon enfilent les maillots des filles par-dessus les leurs – et se mettent à marcher de façon chaloupée dans une très mauvaise imitation de femme ou de travesti. Pauvres idiots. Mais d'autres garçons suivent le mouvement puis quasi tous se retrouvent en double maillot de bain, masculin-féminin, et la révolution se met en marche. Soudain, les bonnets jaune d'or volent vers le plafond et tout le monde se jette dans l'eau turquoise. Ça crie, ça s'arrose, ça se coule, ça se poursuit, ça rigole et je me dis que cette fois, s'il doit y avoir des sanctions, toute la classe prendra.

Les maîtres-nageurs de la piscine soufflent comme des malades dans leur sifflet, Mrs Lee se met à paniquer et hurle au lieu d'essayer d'apaiser les esprits. Et Lazare me regarde droit dans les yeux en enfilant mon maillot sur son bermuda moulant, puis plonge tête la première dans l'eau claire.

Je suis folle ou c'était une invitation ?

Je n'hésite plus.

Tout habillée, je fais une bombe dans la piscine tout près de lui, en espérant l'asperger au maximum, pendant que Honor, assise sur le bord, me traite de baleine et me reproche d'avoir vidé toute l'eau du bassin. Je l'entends mais je ne l'écoute même pas. Je la vois juste crever de jalousie quand Laz et son sourire sexy nagent vers moi, quand il se relève sur ses pieds pour secouer ses boucles trempées près de mon visage, puis mettre ses deux mains sur mes épaules pour tenter de me couler.

Il peut bien essayer tout ce qu'il veut, tant qu'il me touche comme ça.

Qu'il me sourit comme ça.

Qu'il me regarde comme ça.

Qu'il me fait me sentir vivante comme ça.

***

Les maîtres-nageurs finissent par mettre toute la classe dehors et Mrs Duncan en personne arrive en renfort avec quatre surveillants pour nous ramener au lycée par la peau des fesses.

Trempés.

– Et rangez vos vestes d'uniforme qui dégoulinent, vous ressemblez à des sagouins mouillés, je ne veux pas que tout Boston sache que vous fréquentez mon établissement !

On lui fait honte et je crois que c'est l'une des meilleures victoires qui soient.

De retour au lycée, on écope tous de dix heures de colle, en sachant pertinemment qu'il ne reste pas assez de semaines de cours pour toutes les caser, et notre classe est officiellement privée de cours de natation jusqu'à la fin de l'année. Cette annonce est suivie d'une acclamation générale, qui met la proviseure hors d'elle.

On est alors invités à se laisser sécher au soleil dans la cour, même les filles qui pleurent pour pouvoir rentrer chez elles se changer, même Honor qui supplie pour une dérogation spéciale et menace le lycée de représailles. Elle est la seule à ne pas avoir sauté dans l'eau tout habillée, mais Son Excellence n'a pas eu le temps de se recoiffer et de se remaquiller, vu comme on s'est fait mettre à la porte de la piscine précipitamment, et elle ne supporte pas qu'on puisse la voir au naturel. Juste elle-même.

Dommage, on y gagnerait tous et toutes à s'accepter comme on est. À arrêter de se cacher derrière les filtres d'Instagram et TikTok.

À se voir en vrai.

Au nom de tous les terminale, je suis chargée de présenter nos excuses à Mrs Lee, qui traîne ses claquettes de piscine sur les pavés, le regard hagard. Elle finit par me souffler qu'il est peut-être temps pour elle de songer à une reconversion. Et je ne pourrais pas être plus d'accord.

Juste avant la pause déjeuner, Shai me rejoint dans la cour avec nos nouvelles alliées. On ne ressemble pas à grand-chose, mais on l'a fait. On a du mal à y croire nous-mêmes. Et on se prend en photo bras dessus, bras dessous, une petite brune, une grande Noire, une moyenne rousse, des seins et des culs de toutes les tailles, des personnalités de tous les styles. Mais toutes avec nos cheveux moitié secs moitié mouillés, en train de gonfler en séchant, nos yeux rougis par le chlore, cernés de maquillage dégoulinant en train de figer. Et celle-ci, on ne la publie même pas sur les réseaux sociaux.

J'envoie ce selfie à ma tante Willa, en ajoutant un long message :

[Qu'est-ce que tu penses de ma petite bande « strange and strong » ? Bon d'accord, surtout strange. Mais tu avais raison sur un point : la sensation de ne pas être faite pour ce monde, rejetée de tous, de ne jamais se sentir à sa place, ça passe…]

J'ajoute un cœur rouge vif comme le rouge à lèvres qu'elle m'a un jour étalé sur les joues en peintures de guerre, pour me rappeler qui j'étais. Une *warrior*. Louve la gamine rebelle qui tenait tête à ses parents à 3 ans. Mais qui trouvait la vie trop dure à 17 pour continuer à se battre.

On pourrait nous prévenir, quand même, du parcours du combattant que ça va être, de vivre.

Juste de vivre.

Mais en vrai.

La réponse de ma tante m'arrive comme un uppercut.

[Vous êtes belles comme le jour ! Imparfaites et fragiles comme on l'est toutes. Et vous êtes des rocs, tu sais pourquoi, ma Louve ? Parce que vous vous appuyez les unes sur les autres !]

[Merci Willa… pour tout.]

[Merci à vous, pour la relève !
hashtag tata fière :)]

[Plus personne ne dit « hashtag », Willa.
Et l'écrire c'est encore plus interdit !]

[OK, j'ai compris,
je suis vieille…]

[Évite aussi les smileys comme ça :)]

[Bon ça va, la jeunesse ! On n'est pas
non plus obligé d'être cool !]
[Ou « in » !]

[Ou « hype » !]

[Je m'enfonce, c'est ça… ?]

[On n'est pas très loin du niveau
de papy Georges, là !]

Willa m'envoie un GIF d'elle-même outrée, comme si je venais de l'insulter. Et je n'ose pas lui dire que les GIF aussi sont déjà démodés.

Ni qu'elle fait partie des gens qui m'ont probablement sauvé la vie.

42

Les petits secrets

Louve

Après un rapide passage à la cafétéria où j'espérais croiser Pia, je la cherche dans la cour et finis par lui envoyer un message. Je n'ai pas envie que mon amie apprenne ce « petit » secret d'une autre bouche que la mienne. Je ne suis pas tranquille à l'idée de lui cacher une information pareille.

[Hey, j'ai un truc à t'avouer.]

[Genre un truc qui ne va pas forcément te faire plaisir…]

[Je suis à la bibliothèque, devoirs en retard. Mais laisse-moi deviner : tu crushes à mort sur mon frère et il se passe un truc entre vous et je dois effacer cette discussion sur-le-champ. J'ai bon ?]

Je relis six fois son message pour être certaine de l'avoir bien déchiffré.

[Les rumeurs circulent vite dans le coin, espèce de petite cachottière…]

Depuis l'épisode de ce matin et notre rapprochement dans la piscine, certains curieux se demandent ce qu'il se passe entre un certain Royal et la « brune bizarre ».

[Je te mets un A+ en perspicacité,
Pia Carpenter.]

Je tente l'humour, histoire d'avoir l'air un peu moins coupable.

[Bon, je te ferais bien la gueule par principe,
mais moi aussi j'ai quelque chose à te dire
à propos de quelqu'un…]

À elle de me dévoiler son « petit » secret que je promets de garder… et à moi de tomber de très haut.

Cette journée n'arrêtera pas de m'étonner.

Avant la reprise des cours de l'après-midi, je vais m'asseoir sur un banc à l'ombre – ceux au soleil étant déjà tous occupés par les Royals et consorts.

Je ne compte pas prendre leur place, et ce n'est sans doute pas demain la veille que j'arriverai à renverser le système, mais il est temps que j'arrête d'aller me planquer à la bibliothèque, dans les toilettes ou les cagibis du lycée au lieu de simplement vivre.

D'exister sans m'excuser.

Je ne suis pas plus forte qu'avant, je me sens juste plus légitime à avoir une place quelque part. J'y ai droit. Et puisqu'on ne me la donnera pas, je la prends. Sur ce banc.

Bizarrement, c'est un peu moins difficile de s'imposer quand tout le monde a perdu la plupart de ses artifices. Cet après-midi, personne n'est bien coiffé. Tous les vêtements sont encore humides, distendus ou tout cartonnés depuis qu'ils ont séché. Certaines filles sont allées se remaquiller mais je n'ai rien sur moi et pas envie de quémander.

Je crois que j'aime assez l'idée qu'on se retrouve tous plus ou moins sur un pied d'égalité.

Soudain, son pied à lui s'invite entre les miens. Je reconnais sa basket blanche qui doit faire au moins du 44, gigantesque à côté de mes Converse noires.

– Tiens, t'es là, toi ? me demande Lazare de sa voix joueuse.

Je relève les yeux vers lui, lentement, en me préparant psychologiquement à ne pas juste tomber sous son charme, comme chaque foutue fois où il pose son regard sur moi.

– Non. Vous faites erreur. Ce numéro n'est pas attribué. Utilisateur bloqué.

– Ah. Ah. Ah.

Son faux rire grave me fait rater trois battements de cœur. Et son petit sourire en coin un battement supplémentaire. Ses boucles brunes n'ont pas le même mouvement que d'habitude, et j'adore le voir comme ça, désordonné. Je le regarde un peu trop longtemps.

– T'étais sexy avec tes fringues trempées.

– Tu me parles, Laz ? Devant tout le monde ?

– Oui, et ?

– Tu sais que tout à l'heure, à la piscine, les autres ont déjà dû nous trouver étrangement proches ?

– Et ?

– Et tu ne te caches plus… Tu crois que ta réputation pourra le supporter ?

– Ça devrait aller.

Il soupire avec un petit sourire amusé, et prend place sur le banc à côté de moi, tout en s'allumant une cigarette, signe qu'il s'apprête à rester.

– T'es belle même quand t'es chiante, tu sais ?

Il penche la tête sur le côté, pour mieux me regarder, et souffle sa fumée mentholée vers le ciel.

– Arrête, je ne suis même plus maquillée. Je dois ressembler à…

– Louve Larsson, me coupe-t-il. Tu ressembles à Louve Larsson.

Il fait oui de la tête, ses beaux yeux plongés dans les miens, et sa voix pleine d'assurance me couvre de frissons.

– Laz, tu sais que tout le monde nous regarde en ce moment même, hein ?

– Et quoi, Louve, à la fin ?!

– Et je pense que Honor n'est pas très loin de faire un AVC. Plusieurs filles se sont évanouies en réalisant que si tu m'adresses la parole publiquement, tu pourrais peut-être aussi leur parler un jour. Et Cassius est en train de faire une petite prière dans sa tête pour que tu sois gay mais que tu ne le saches pas encore, et que ce soit lui qui te permette de le réaliser, si possible à un moment où tu te trouves en slip dans son jacuzzi.

Lazare se marre et je me rends compte que ça fait deux fois aujourd'hui que j'entends ce rire canaille qui me donne chaud.

– Je sais que tu n'as pas trop d'idées pour tes études l'an prochain, mais tu devrais peut-être écrire des romans. Sacrée imagination là-dedans.

Son index frôle ma tempe et il aurait pu atteindre un de mes tétons que ça m'aurait fait le même effet.

– Ou la politique, ajoute-t-il dans un demi-sourire. T'es plutôt douée pour faire chier le monde et foutre le bordel partout où tu passes.

– Tu veux dire éveiller les consciences et faire bouger les lignes ?

– Si tu veux, Larsson.

Tout en fumant, Lazare observe loin devant lui, il dévisage un à un tous ceux qui nous regardent et se demandent ce qu'il fout avec moi. Si longtemps. Sans se foutre de ma gueule ou me faire pleurer.

– Au fait, tu vas à cette connerie de bal de fin d'année ? Ou ça aussi, tu es contre ?

Ma gorge se serre, ma bouche s'assèche et je sens tous mes doigts fourmiller. J'essaie d'assurer ma voix pour répondre :

– Je suis pour que ceux qui veulent puissent y aller, sans être forcément accompagnés ou devoir passer par la terrible épreuve de la robe de soirée, du smoking emprunté à papa et du *date* qui te plante au dernier moment en te brisant le c…

– Tu veux y aller avec moi, oui ou non, Louve ?

Cette fois, c'est moi qui frôle l'infarctus.

– Tu es sérieux ?

– Je serai en jean et en baskets mais je ne te poserai pas de lapin. Et je connais une petite vieille sympa à qui je peux emprunter sa Corvette.

Je le regarde, il me regarde, je lui souris, il me sourit, je tombe un peu plus amoureuse de lui… et Lazare m'embrasse.

Spontanément.

Devant tous les élèves réunis dans la cour du lycée.

Ils sont tous tellement bouche bée qu'on pourrait entendre les mouches voler.

Ma bouche à moi est en extase sous la sienne. Et quand le garçon qui embrasse si bien récupère ses lèvres, j'ai juste envie de couiner que ce n'est pas assez.

Même si c'est déjà monumental.

– D'accord pour le bal, soufflé-je sans pouvoir m'empêcher de sourire.

– Ne t'emballe pas, la Française, je ne te promets rien. Ni le titre de petite amie ni rien de toutes ces conneries qui rentrent dans des cases avec des petites étiquettes.

Évidemment.

Ça aurait été trop lui demander de faire les choses jusqu'au bout.

Il faut encore qu'il se fasse désirer.

– Ça ne ressemble pas à Lazare Nightingale, fais-je pour le provoquer.

– Quoi ?

– Faire les choses à moitié. Se contenter d'un truc tiède et ne pas savoir ce qu'il veut.

– Tu essaies de m'emmerder juste pour que je te fasse taire à nouveau, c'est ça ? Tu crois que je ne vois pas clair dans ton petit jeu, Larsson ?

Je fixe sa bouche et j'en rêve. Mais ce Royal joueur se contente de poser ses lèvres sur sa cigarette et de tirer une dernière latte avant de l'écraser sous sa basket.

Dans un petit grognement, il se baisse pour ramasser le mégot, le balance d'une pichenette dans une poubelle non loin de là et revient vers mon banc. Puis il s'y allonge, sa tête posée sur mes cuisses.

Il a vraiment envie que je meure aujourd'hui.

Et dans la cour, on ne compte plus les murmures, yeux exorbités et autres AVC.

– Si tu tiens toujours à connaître les failles des Royals pour pouvoir les faire tomber…

– Oui ?

– Je suis prêt à te donner les infos que tu voulais.

– Continue, tu m'intéresses.

J'essaie d'avoir l'air cool mais mon esprit se met à tourner dans tous les sens. J'attends ça depuis si longtemps. Ses confidences. Leurs petits secrets. Mais en plus de m'être utile, le brun au visage à nouveau soucieux est sur le point de m'accorder sa confiance. Et c'est peut-être encore plus précieux que le reste.

– Le père de Honor a une autre femme et toute une famille cachée en Espagne, murmure-t-il soudain. Ça fait tache parmi les héritiers du trône et je crois que Honor et ses parents sont un peu rejetés par le reste de la royauté…

– Sérieux ? Son Excellence est une paria en son propre royaume ?

– Tu vois, ça arrive même aux meilleurs.

Laz jubile et je le frappe dans l'épaule pour me venger.

– Quoi d'autre ?

– Le frère d'Alec est en taule pour agression sexuelle sur une mineure, il dit qu'il n'a rien fait mais tous les Ballmer lui ont tourné le dos parce que c'est mauvais pour les affaires.

– Putain…

– Quoi, tu croyais que tout était rose chez les gens juste parce qu'ils ont du fric et un nom de famille qui fait joli ? Ou juste que tu étais la seule à avoir des problèmes ?

Sa petite pique m'atteint en plein cœur.

Malgré ses gestes et ses baisers, le mec que j'aime n'est toujours pas un tendre.

– Non, je… Je sais qu'on a tous des difficultés… Et des fragilités…

– T'es mignonne quand tu bégaies, Larsson.

– Ferme-la, Carpenter.

Lazare ouvre grand ses yeux sombres et brillants en réalisant que j'ai osé l'appeler par son vrai nom de famille au beau milieu de la cour. À voix haute. Personne n'a entendu mais il s'est fait peur.

– Fais quand même gaffe à toi, la fille-loup… Je sais où coller ma bouche pour que tu fermes la tienne.

Meilleure menace au monde. Je rougis et tente de passer à autre chose.

– Et Gideon ?

– Je ne sais pas encore. À une soirée il n'y a pas très longtemps, bourré, il m'a dit qu'il avait un gros secret et qu'il ne l'avait jamais avoué à personne. Mais il a gerbé avant de pouvoir me cracher le morceau.

– Dommage…

– Contente ?

– Je ne sais pas.

– Quoi, encore, l'emmerdeuse ? Je te dirai quand j'en saurai plus.

– Non… fais-je en allant poser mon doigt sur sa bouche.

Il fronce les sourcils.

– Je ne veux pas t'attirer d'ennuis. Je sais qui tu es maintenant, je connais le vrai Lazare et ça me suffit.

– Tu voulais leur peau, non ? Faire tomber les Royals un
par un…

– Oui, mais je vais le faire seule. Sans te faire tomber avec
moi.

Je glisse mes doigts dans ses cheveux bouclés. Un baiser
au coin de ses lèvres. Et je sens à nouveau tous les regards
incrédules sur nous.

« *Lazare et Louve* ».

« *Louve et Lazare* ».

Je ne sais toujours pas ce qu'on est, mais apparemment,
on n'est plus un secret.

43

Nightingale VS Carpenter

Louve

Pia et Sinaï.
Sinaï et Pia.
Le voilà, le petit secret honteux de ma BFF de Boston.
Je les fixe sans vraiment y croire, alors qu'ils sont assis
côte à côte autour d'une petite table, leurs mains maladroi-
tement entrelacées à côté de leurs énormes verres de soda.

– Il a vraiment fallu que tu m'attires dans cet enfer, Larsson ?

Juste derrière moi, Lazare contemple avec désespoir les
allées multicolores du bowling où je viens de le traîner. Ça
sent la friture et la chaussette mouillée, la musique est trop
forte, l'éclairage trop agressif, mais je l'empêche de faire
demi-tour en glissant un index dans le passant de son jean.

– Il faut que je t'avoue quelque chose…

Il n'a pas la moindre idée que sa sœur est à l'initiative de
cette soirée. Et qu'elle est venue accompagnée de son nouveau
mec.

– Qu'est-ce que Sinaï fout là ? lâche soudain sa voix grave
et méfiante. Et c'est qui avec lu… ?

L'oiseau de nuit s'immobilise soudain, tendu comme jamais.

– Laisse-lui une petite chance, lui glissé-je à l'oreille. Pia
voudrait que ça s'arrange entre vous.

– Tu ne sais pas de quoi tu parles, Louve.

Il est plus contrarié que je l'aurais imaginé. Mais je ne sais pas bien si c'est plus à cause de sa petite sœur ou de son soi-disant ami.

– Pour moi, lui soufflé-je. Fais-le pour moi…

Son regard s'adoucit, mais pas sa voix.

– Une heure et je me casse.

– Deal !

– Et j'exigerai compensation, grogne-t-il en m'arrachant un sourire.

– Tu es en train de marchander mon corps ou je rêve ?

– Tu ne rêves pas du tout, Larsson. Prépare-toi à cette *dure* réalité…

Ses yeux sombres se posent sur mon top noir, plongent dans mon décolleté et d'un simple regard, il parvient à m'enflammer.

Il a fait plus de trente degrés aujourd'hui, et alors que la nuit tombe doucement sur Boston, l'air continue de nous envelopper de sa chaleur un peu moite.

L'air… et ces deux yeux qui me dévorent.

– On est là !

À quelques mètres de nous, dans sa petite robe fleurie, Pia se met à nous faire de grands gestes. Je rejoins la table en priant intérieurement pour que mon brun me suive… et qu'aucune bombe nucléaire n'explose durant les soixante prochaines minutes.

– Qu'est-ce que vous foutez ensemble ?

Lazare ou la diplomatie.

– Louve ne t'a pas expliqué ? lâche sa sœur, un peu gênée.

– C'était inévitable, mec, lui répond en souriant l'Égyptien en chemise bleu ciel boutonnée jusqu'au cou.

Lazare le fusille du regard puis prend une grande inspiration.

– Tu gardes ce que tu sais pour toi, Sinaï.

Que Nightingale est en fait un Carpenter.

Que le leader des Royals est un membre de la classe moyenne.

Et qu'il joue gros, ce soir, en acceptant de participer à ce double rencard.

Mais Sinaï se contente d'acquiescer en silence, comme si ces vérités le laissaient parfaitement indifférent.

– Et tu la traites correctement, ajoute Lazare.

Nouveau hochement de tête. Pia me sourit discrètement, probablement touchée que son frère s'inquiète de son sort.

– Vous buvez quoi ? Commandez avant que je dégomme toutes vos quilles !

Sous nos yeux, Pia se métamorphose en pro du bowling – mais ratée. Elle attache ses boucles d'un geste musclé, sautille sur place pour s'échauffer, rigole beaucoup trop fort en observant les autres jouer « comme des nases », se fait craquer les doigts et tourne ses poignets puis se lance dans des étirements très approximatifs, pendant que Lazare se prend la tête dans les mains. Mais tout ce cinéma fait rire Sinaï, qui la regarde avec tendresse. Je le suspecte de l'aimer pour de vrai. Et depuis un moment.

Pas si redoutables que ça, les Royals.

– Prêt à perdre ta précieuse dignité, Lazou ?

– Tu as toujours été nulle au bowling, Pia, soupire son aîné. Et ne me force pas à t'appeler Piou-Piou en public.

– C'est pas vrai, Ellis disait le contraire !

– Ellis en avait juste marre de t'entendre chialer…

Vexée, la jolie bouclée part chercher *la* boule qui sera capable d'anéantir son frère. J'en profite pour me rapprocher du brun bougon.

– Sois cool avec elle, Lazou…

– La ferme, Louvette, grogne-t-il en me plaquant contre lui pour venir me mordre dans le cou.

Je ris comme une gamine excitée et me mets à tourner sur moi-même dans les bras de ce garçon qui me fait perdre la tête.

– Cinquante minutes et je fais mumuse avec toi… grommelle-t-il dans mes cheveux.

Cette belle promesse me couvre de frissons.

44

Guet-apens

Lazare

Sans grande surprise, cette connerie de *double date* est un pur fiasco.

Pia hurle au scandale à chaque fois qu'elle foire ses lancés, tandis que Louve, qui n'essaie même pas, fait strike sur strike en agitant son petit cul moulé dans son jean noir délavé sur la piste. Je la mate sérieusement, multiplie les pensées impures pour faire passer le temps, joue le moins possible, posé à l'écart sur cette banquette verte, chaude et collante.

Et je ne parle pas de l'odeur.

Ni de la bande-son.

Plus que vingt minutes à tenir.

En découvrant le vrai visage de sa meuf, Sinaï a vite lâché l'affaire bowling et dégainé ses portables. Ma sœur est une putain de catastrophe ambulante et le pauvre gars est probablement en train de le réaliser.

– Il est encore temps de fuir, mec…

– Quoi ?

Sinaï lève les yeux de ses écrans pour se concentrer sur moi.

– Elle est pas nette, tu sais ?

– Ouais. C'est pour ça qu'elle me plaît. Elle n'essaie de plaire à personne.

Je n'aurais pas cru entendre un jour une telle phrase sortir de la bouche de celui qui aime bien venir en costard en lycée, porte une montre dorée à plusieurs milliers de dollars, a probablement dix ordinateurs dans sa chambre et au moins autant de comptes bancaires à son nom en Égypte. Je vois mal comment Pia peut se faire une place dans ce tableau…

Mais qui suis-je pour juger ?

Lui, il a au moins le mérite d'être là. Alors que les trois autres Royals m'ont à moitié tourné le dos depuis que je me suis affiché au lycée avec « la paria ». Ça me glisse dessus, mais apparemment je suis « tombé bien bas ». Et eux, bien entendu, valent « mieux que ça ».

S'ils savaient…

Je soupire, bois une gorgée de Coca tiède et regarde les deux brunes s'affronter en ricanant et en se sautant dans les bras au moindre prétexte.

Elles sont vraiment amies.

Et ça me fait vraiment chier.

Alors que mon heure passée dans cet enfer touche à sa fin, Pia se ramène avec son petit sourire satisfait.

– Pas assez courageux pour te frotter à deux meufs, hein ?

Et ça me revient en pleine face.

En plein cœur.

Pas assez courageux.

Combien de fois elle m'a sorti ces mots, quand Ellis devait cacher ses bleus sous des tonnes de maquillage ?

Combien de fois elle m'a reproché de ne pas l'avoir suffisamment protégé de tous ceux qui lui voulaient du mal ?

Combien de fois ma propre sœur m'a traité de lâche, d'inutile, de faible et pire, de *complice*, comme si j'avais pu secrètement souhaiter qu'on inflige à Ellis toutes ces saloperies ?

Je ne lui ai jamais pardonné *ça*.

– Ferme ta putain de bouche, Pia.

La froideur et la cruauté de ma voix figent toute la petite bande. Je vois les yeux de Louve glisser sur moi, inquiets, presque effrayés.

– Lazare, qu'est-ce que tu fais ?

– Je rentre, c'est du temps perdu, tout ça.

– Attends !

– Tu restes si tu veux, Louve, moi je me casse.

Tout près de la fille qui me fixe comme si elle voyait mon côté obscur pour la première fois, Pia fait sa victime et essuie ses larmes de crocodile. Sinaï la serre contre lui en me regardant de travers.

Qu'ils aillent tous au diable.

Ils ne comprendront jamais.

Je récupère mes pompes en moins de deux, les enfile sans les lacer et quitte cet enfer pour arpenter les trottoirs de Boston. Je dévale une centaine de mètres avant que sa voix ne me rattrape.

Un cri dans la nuit.

Le sien.

– Lazare, mais ralentis ! Je suis pieds nus !

Je me retourne et la vois claudiquer jusqu'à moi, une basket dans chaque main.

– Rentre en taxi, Louve.

– Quoi ? Non !

– Alors rentre en bus, à pied, sur les mains, à poney, je m'en fous mais rentre sans moi !

– Pourquoi ?

Parce que je ne veux pas que tu me voies comme ça, la fille-loup.

Pas dans mon pire état.

Je veux être meilleur que ça, pour toi.

Je le pense très fort mais ne l'exprime pas tout haut, préférant reprendre ma route en solitaire. Larsson grogne dans mon dos, puis se tait. Et je reçois une basket en pleine tête.

Une putain de Converse blanche à semelle compensée.

Autant dire une brique.

– Tu viens de faire quoi, là ?

– De te traiter comme un connard ! Et c'était mérité !

Sa deuxième pompe vole à son tour, je l'esquive de justesse.

On s'observe en silence, dans la nuit chaude, elle a le regard un peu fou et le souffle rapide. Puis la brune hausse ses petites épaules et me balance bêtement :

– Maintenant que je n'ai plus de chaussures, tu veux bien me ramener ?

Son sourire, putain.

***

Vingt minutes plus tard, alors que je me gare dans l'allée de ses parents, elle m'adresse la parole pour la première fois depuis qu'elle est montée dans ma caisse.

– C'est ce que Pia t'a dit qui t'a fait vriller ?

Je soupire, tends la main pour attraper mon paquet de cigarettes mais Louve l'intercepte avant moi.

– Commence pas, soufflé-je.

Elle balance mes clopes à travers sa fenêtre ouverte et me fixe, têtue et arrogante.

– Je ne veux pas que tu me voies quand je suis mal, OK ? finis-je par admettre.

Ou comment te sentir con face à la seule personne que tu voudrais ne jamais décevoir.

– Mais je veux tout voir, moi, rétorque-t-elle tout bas.

Je l'ai rarement trouvée aussi belle que ce soir, tout en noir, dans ma bagnole, doucement éclairée par les lampadaires de Joy Street et les rayons de la lune.

Et d'accord, ce qu'elle vient de dire me touche.

– C'était trop me demander, cette soirée avec Pia…

– Elle a insisté, j'ai voulu essayer. Et tu ne vas pas détester ta sœur toute ta vie, Lazare.

– Tous les frères et sœurs de la terre ne sont pas obligés d'être proches et de s'aimer !

Elle hoche sa jolie tête, apparemment au courant.

– Ça n'a pas été simple avec ma petite sœur Coco et nos seize années de différence, murmure-t-elle. Mais petit à petit, on trouve nos marques et l'amour grandit.

– Chaque histoire est différente, Louve.

– Je sais, mais tu ne devrais pas renoncer si facilement.

– Ellis, Pia et moi, ça n'a rien de *facile*, tu peux me croire.

– Pardon, je me suis mal exprimée…

– Pas la peine de t'excuser. Ni d'essayer de comprendre.

J'effleure sa joue du revers de ma main, sans trop savoir d'où me vient ce geste tendre.

– Vous êtes mes deux personnes préférées, me confie-t-elle alors. Et je voudrais vous aider…

Je lui souris et, plutôt que mille mots, je choisis un baiser.

Je l'embrasse de toute la douceur dont je suis capable, sans rien brusquer, juste pour le plaisir de sentir ses lèvres chaudes et charnues toucher les miennes.

Je crois que c'est la première fille sur terre que je prends plaisir à embrasser sans aucune arrière-pensée.

Et quand trois coups retentissent dans ma porte, je sursaute comme un putain de débutant.

– Il faut qu'on discute, les amoureux !

Wolf Larsson n'a pas l'air content.

Et ça sent le guet-apens.

Clairement, je ne suis pas près de rentrer chez moi. Ni de recevoir ma *compensation*.

***

– Verre d'eau ? Sprite ? Scotch ?

Le loup tente de me piéger, mais je refuse poliment, pressé d'en finir et de pouvoir quitter son antre. Assise à mes côtés à la grande table de la cuisine, la jambe agitée,

Louve soupire en fixant son père.

– Tu ne lui proposes pas un petit rail de coke, pendant que tu y es ?

– Je veux juste qu'il se sente comme chez lui, ma chérie…

Je me marre malgré moi, en voyant ces deux-là se défier de la même voix et du même regard.

– Mais on a un invité et on ne me dit rien ?!

Une belle femme mal coiffée débarque dans la pièce, en pyjama à carreaux verts et blancs.

– Léo, je te présente le mec de ta fille, lâche son père sans préambule.

Je m'étouffe dans mon verre invisible.

– N'importe quoi ! s'écrie l'intéressée. C'est mon… mon…

– Mon ?

– Mon camarade de classe !

Et encore une fois, je lâche un ricanement de con fini plutôt que de la boucler.

– Un commentaire, Lazare Carpenter ?

Papa Loup vient de jeter un sacré froid dans la pièce. Il connaît donc mon vrai nom de famille. Et probablement toute mon histoire…

– Comment tu sais ça ?

Sa fille le scrute, méfiante.

– Ça fait un moment qu'on sait, Loupiote.

– Qu'*on* sait ?

La brune se tourne vers sa mère, qui hoche la tête.

– Moi aussi, je suis tombée amoureuse d'un psychopathe, je te rappelle. Je t'ai transmis cette tare, il fallait bien que je me renseigne sur ce nouveau spécimen.

Je suis donc un spécimen et un psychopathe, maintenant.

– Donc ma vie privée, c'est du vent ?

– Tu es toujours en vie, Louve. C'est tout ce qui nous importe pour le moment.

Sa mère lâche ces mots d'une voix légèrement tremblante

et je perçois son fort caractère, mais aussi une grande fragilité en elle.

Émotives de mère en fille.

– Plus jamais de jeux cruels avec ma fille, c'est compris ? me lance-t-elle sans y aller par quatre chemins.

– Maman ! Et un flingue sur la tempe, aussi ?

Si le loup est capable de mordre, sa femme n'a pas l'air d'une débutante en coups de griffe.

– Je suis désolé pour tout ce que j'ai fait subir à votre fille, avoué-je soudain sans réfléchir.

Louve me contemple de son regard médusé, mais je continue.

– Par peur et par lâcheté, on est capable de faire subir aux autres ce qu'on a subi soi-même. Je ne me cherche pas d'excuses mais si je pouvais retourner en début d'année, je ferais les choses autrement. Je ne ferais pas partie du même camp...

Sincère, je fixe la femme aux pommettes hautes et aux yeux humides, puis son mari aux mâchoires serrées mais au regard qui me paraît soudain un peu moins glacial.

– On fait tous des erreurs, souffle la première.

– Tu la refais souffrir une seule fois, je te...

Je n'entends pas les menaces qu'il me balance, parce que Louve se met à chanter par-dessus pour les couvrir, mais aussi parce qu'une petite fille débarque dans la cuisine à quatre pattes, une télécommande à la main qui fait un bruit d'enfer en cognant par terre, poursuivie par une mamie en peignoir rose, très agitée, le visage recouvert de peinture orange. Trois secondes plus tard, c'est un type à dreadlocks et barbichette qui fonce derrière les deux premières en lançant dans un sourire :

– Tout va bien, pas d'inquiétude !

J'ai atterri où, au juste ?

– Zik, Judith devrait être couchée !

– Ace et Vee ont rompu, ça ne lui a pas plu...

Je me tourne vers Louve pour tenter de comprendre qui est qui, elle me glisse juste le mot « téléréalité ». Puis sa petite sœur à lunettes lui tend les bras, depuis le sol, et elle se penche pour la hisser contre elle.

Elles ne pourraient pas moins se ressembler.

Mais elles sont touchantes, à se faire des signes que je ne comprends pas, puis à frotter leurs nez l'un contre l'autre.

— Bon, Wolf, tu vas coucher ta fille ?

— Laquelle ?

— Ha ha, très drôle, papa, râle Louve. Je raccompagne Lazare dehors.

— Je crois qu'il connaît le chemin, Loupiote.

Ma rebelle s'apprête à se rebeller, mais je lui colle un baiser sur la joue et prends la tangente.

— Bonne nuit, « Loupiote Larsson ».

Je souris, elle me frappe en retour, et je salue toute cette jolie bande de fous, impatient de fuir l'asile de luxe dans lequel je suis tombé.

N'empêche, je me suis bien marré.

Et, quelque part, malgré toutes les erreurs que j'ai commises, les parents de la fille que j'aime viennent de me donner la permission de l'aimer.

45

Cœur rouge vif

Lazare

De retour à Berkeley Street, je retrouve Mrs Van Cleef enfermée dans ses toilettes, comme environ une fois par semaine, beuglante, paniquée et incapable de débloquer le loquet que je lui répète de ne plus fermer. Je libère Coco Chanel de là, écope d'une grosse bise au patchouli, d'un petit mot ému sur ma grand-mère qui avait « le même grand cœur que moi », puis je grimpe enfin à mon étage avec un putain de sourire aux lèvres.

Il ne m'a pas quitté depuis que je les ai laissés. Les Larsson. Je comprends un peu mieux leur credo « Strange & Strong », maintenant. Ce concept novateur, inclusif et ambitieux qui a fait le succès de ce drôle de clan dans le monde entier.

Clairement, Ellis voudrait être adopté par cette famille.

Ça, plus le fait qu'ils ont créé une brune aux yeux déments… impossible de détester ces gens.

Incapable de fermer l'œil, je perds mon temps à jouer sur mon téléphone une bonne partie de la soirée, puis je vais faire un tour sur mon compte Instagram, par curiosité. Juste pour voir si Louve m'a écrit, juste pour regarder encore et encore des images d'elle, je ne m'en lasse pas. Je n'y allais presque jamais avant, je me foutais bien qu'on usurpe l'identité de « Night Bird » puisque je ne faisais quasi rien de ce compte. Pour moi, ce n'était juste pas la vraie vie. Mais depuis que j'ai changé de mot de passe et de « préoccupations » – disons ça comme ça –, je m'y rends presque tous les soirs avant d'éteindre.

À défaut de l'étreindre.

Je vais regarder les quelques photos postées par Louve sur son profil depuis trois ans, j'observe son visage parfois flou, parfois de profil, parfois caché derrière une frange brune mais jamais totalement visible, jamais vraiment lisible. Une photo de sa petite sœur qui contemple le ciel en louchant, de cinq potes de toutes les tailles et toutes les couleurs entassés sur le même lit une place, de son père qui conduit dans la nuit, de sa mère endormie assise, à même le sol, adossée à un lit à barreaux. Je les observe encore et encore, sans jamais me lasser, redécouvrant à chaque fois de nouveaux détails, cernant mieux ses légendes – un pavé, une unique citation ou une simple émoticône.

J'essaie de la découvrir un peu plus, de deviner qui elle était avant, qui elle est devenue maintenant.

Et ce soir, pour la première fois, elle est en ligne en même temps que moi.

> **@Nightbird**
> Hey…

Pas de réponse.

> **@Nightbird**
> C'est comme ça que tu réponds
> à ton… ton quoi déjà ?

Je me marre tout seul en repensant à son air paniqué, face à ses parents, puis m'impatiente en constatant qu'elle ne m'écrit rien en retour.

@Nightbird
Dans trois secondes, je me repointe chez
tes vieux et je te fous la honte de ta vie.

@Love_Louve
Qu'est-ce qui me prouve vraiment que
c'est bien toi, Lazare ?

Prudente, la louve. Et elle fait bien.
J'active la discussion vocale et lui envoie directement :
– Test un, test un. C'est bon, ma voix te convient, Loupiote ?
– Tu aurais pu y penser avant au lieu de me faire flipper !
rétorque-t-elle.
– Il faut croire que la petite sauterie de ce soir m'a troublé…
– Désolée, ils sont fous !
– Ils sont… intéressants.
– T'as eu peur que mon père te casse la gueule, avoue.
Sa voix joyeuse et insolente me fait sourire. Louve s'est
rapprochée de la lumière, ces derniers temps. Tout en elle
semble plus léger, comme si elle s'était un peu réconciliée
avec la vie.
En même temps qu'avec moi.
– J'ai cru qu'il allait t'interroger en tête-à-tête, genre KGB.
– J'aurais tout avoué… fais-je en riant.
– Tu lui aurais dit quoi ?
– À quel sujet ?
– Ce que tu ressens pour moi.
Elle a murmuré ces mots, les assumant à moitié, et je souris
un peu plus grand encore.
Putain d'effet Larsson.
– Ça ne te regarde pas, lui soufflé-je simplement.
– Fais pas ton timide, Night !
– Mêle-toi de tes fesses, la fille-loup. Ou encore mieux :
envoie-moi une *pic* de ton cul…
Je reçois une émoticône à l'expression choquée, puis un

doigt d'honneur. Et la rebelle m'envoie un nouveau message, écrit cette fois :

@Love_Louve
Bonne nuit, Nighty Night. J'aurais
préféré la passer avec toi…

Bam. En plein cœur.

Trois minutes plus tard, elle m'achève pour de bon en m'envoyant une photo d'elle. Un selfie pris en l'air, dans la semi-pénombre de sa chambre, sur lequel elle pose, pas vraiment nue, mais pas vraiment habillée non plus. Dans ce soutien-gorge lilas qui me rappelle tant de bons et brûlants souvenirs, elle me tire la langue comme une gamine espiègle.

Totalement accro à cette fille, à son naturel, son audace, ses doutes, ses failles, je m'apprête à lui envoyer une flamme, mais mon doigt ripe et c'est un putain de cœur rouge vif qui part.

Je me fais traiter de canard dans la seconde.

Mais pour le coup, c'est salement mérité.

46

Le chemin de la liberté

Louve

J'ai du vernis bleu clair sur les ongles. Un débardeur couleur pêche sous ma veste d'uniforme bleu marine. Je porte rarement de couleurs aussi claires mais j'ai pris cette liberté aujourd'hui : il fait vingt-huit degrés et le soleil de juin cogne dans les rues de Boston.

La sortie scolaire de fin d'année nous emmène dans le quartier de Downtown et les deux profs nous font leur speech.

– Aujourd'hui, vous allez emprunter le « chemin de la Liberté » en suivant l'iconique Freedom Trail. C'est une piste rouge d'environ deux miles et demi, symbolisée par une ligne de peinture au sol ou le plus souvent des briques rouges emprisonnées dans le béton, qui va vous permettre de retracer l'histoire de la ville de Boston à son tournant majeur.

J'observe Mrs Buffet, cette prof de français super classe et à l'anglais parfait, qui a les cheveux aussi noirs que ceux de Lazare et les traits aussi fins. Je n'avais jamais remarqué jusque-là qu'ils se ressemblaient à ce point. Elle passe la parole à notre prof d'histoire qui est aussi son mari, et qui décide de se la jouer cool en mode tee-shirt aux couleurs de l'école, petits traits d'humour et clins d'œil un peu ringards.

– Vous savez tous déjà, puisque vous avez suivi attentivement mes cours cette année, que Boston est le berceau de la Révolution américaine. On va partir de Park Street pour rejoindre Charlestown, de l'autre côté du fleuve, s'arrêter aux cimetières de Granary Burying Ground et de la King's Chapel où reposent les personnalités qui se sont illustrées pendant cette révolution... Vous devrez les retrouver.

– Et nous, on se repose quand, Phil ? geint Honor avec son petit sourire provocateur habituel.

Mais la prof de français, bien plus autoritaire que ce pauvre Philip, ne laisse rien passer.

– Honor d'Ortega y Borbón, dernier avertissement avant retour au lycée et journée entière de colle.

C'est bien la seule prof à oser s'opposer à ces gosses de familles puissantes et, à bien y réfléchir, le seul adulte du lycée qu'ils respectent à peu près.

La princesse soupire et lève les yeux au ciel. Mrs Buffet ne hausse même pas la voix mais siffle sèchement à la brune :

– Et si ce n'est pas suffisant, ça ne me dérange absolument pas de passer toutes mes prochaines soirées en retenue avec toi. Je pense que tu préféreras occuper ton mois de juin autrement, mais tout est encore possible. Clair ?

Honor acquiesce du menton en se mordant les joues pour s'empêcher de riposter. Je jubile un peu intérieurement. Si seulement elle pouvait être privée de bal de promo, ce serait le pied !

Après un regard énamouré pour sa femme, Mr Carpenter reprend :

– Nous continuerons donc ensuite à suivre le Freedom Trail jusqu'à la Massachusetts State House et sa somptueuse coupole d'or et nous finirons par la visite de la Old State House, d'où a été lue la Déclaration d'indépendance pour la première fois et d'où elle est à nouveau proclamée le 4 juillet de chaque année.

Je ne sais pas comment ce prof passionné peut être aussi peu passionnant et comment il a pu donner naissance à un fils aussi charismatique en l'étant si peu lui-même. Mais je découvre à cet instant ses cheveux clairs et coupés court, qui frisent au point d'être presque crépus : je comprends d'où viennent les boucles folles du garçon qui me fait tourner la tête.

Et je n'ai plus d'yeux que pour lui.

Lazare James Paris Carpenter, *alias* Nightingale.

Je suis la seule à savoir que ce pseudo-roi du lycée fait face à ses deux parents en ce moment, avec qui il est en froid depuis presque toute une année. Ce secret le rend vulnérable et encore plus fascinant à mes yeux. Je l'observe à la dérobée et je tombe encore un peu plus sous son charme, si c'était seulement possible.

Tignasse brune, tee-shirt blanc, jean clair, peau bronzée, veste d'uniforme qui pend au bout de son avant-bras musclé et sa belle main nonchalante… Et je ne peux pas m'empêcher de penser à sa façon de s'en servir pour me toucher, à tout ce que ses doigts savent si bien me faire. Comme tout son corps, dont j'aime le moindre geste. Son odeur, à laquelle je suis devenue accro. Son visage fermé, que je connais quand il est doux et ne joue pas au dur. Et que j'ai vu aussi quand il est intense et passionné, quand il lâche prise et oublie de tout contrôler.

Est-ce que ça s'en va un jour, ce désir obsédant, ces images de nous, cette envie de me coller à lui ? Ce réflexe presque incontrôlable de vouloir respirer son air, retrouver son goût, sentir sa peau, supprimer toute distance et me fondre en lui ?

Est-ce que ça finit par passer ?

Est-ce que c'est seulement normal, ce sentiment entêtant, presque douloureux, qui envahit tout, mon corps, mon esprit, pour me remplir exclusivement de lui, tout le temps ?

Est-ce que c'est ça, l'amour fou ?

Et est-ce qu'il en ressent seulement un dixième, un centième pour moi ?

Tout à coup, Lazare se sent observé, tourne la tête et finit par poser ses yeux étonnés sur moi. D'abord contrariés, comme s'il refusait que je le mate en secret. Ou que d'autres puissent le voir. Puis son regard sombre se plisse et il me sourit avec les yeux.

Il me regarde comme aucun autre.

Et si ce n'est pas de l'amour, que je lis, tout au fond de lui, alors c'est quoi ?

Je me laisse happer par son intensité et j'oublie d'avancer, poussée par Shai et Cassius qui marmonnent :

– Oui, oui, on sait, il est beau, il est canon, il est charmant, mais c'est un Royal et quand il t'aura utilisée, il va sûrement te jeter comme toutes les autres. C'est comme ça, Louve. Avance !

– Il n'y a pas que le *love* dans la vie, y a la révolution aussi.

Je m'arrache à ma contemplation, sourire niais aux lèvres, je suis le mouvement de ma classe et reprends le chemin de la Liberté en marchant soigneusement sur cette double ligne de briques rouges fondues dans le trottoir, dont je m'interdis de dévier.

– Si tu marches sur le gris, t'as perdu et toute ta famille va en enfer ! lance Gideon en se marrant et en me bousculant d'un coup d'épaule.

– Et sept ans de mauvais sexe ! rajoute Alec. Dommage, il y avait du potentiel dans cette vachette violette !

D'habitude, j'ignore leurs blagues de mauvais goût et les « meuh » qu'ils s'amusent à beugler, ça m'atteint encore moins depuis qu'ils ont décidé de ghoster Lazare et se tiennent loin de nous. Mais la mention de cette couleur allume une alarme dans mon cerveau.

Violette.

Ils veulent dire « lilas » ? Un rapport avec mon soutien-gorge de l'autre fois ?

C'est quoi ce mauvais pressentiment qui se met à peser sur ma poitrine ?

Au milieu du rang, je repère les deux excités qui se sautent dessus, hilares, et des feuilles de papier qui commencent à voler entre les élèves de ma classe. Certains arrêtent même de marcher pour mieux regarder. Des têtes se dévissent devant moi pour me fixer. Des rires commencent à fuser. Des sourires gênés. Des chuchotements étouffés. Des commentaires que je ne comprends pas.

Comme avant.

En respirant de plus en plus vite, de moins en moins bien, j'accélère le pas pour remonter le rang qui marche derrière les profs, je regarde au passage certaines feuilles tombées au sol et piétinées par des tas de baskets, je repère une photo mais je ne veux pas y croire, je finis par arracher des mains de Sacha le bout de papier qu'elle était en train de froisser pour me le cacher.

Et ma respiration se bloque net. L'image que je découvre me coupe le souffle et les jambes : cette photo de moi partiellement dénudée, sourire aux lèvres et soutif lilas qui ressort sur l'impression de mauvaise qualité… c'est celle que j'ai envoyée à Lazare cette nuit-là.

À Night Bird et à personne d'autre.

Je n'entends même pas ce que mes copines essaient de me murmurer pour me calmer. Tout ce que je vois, c'est ce *nude* imprimé en dizaines et dizaines d'exemplaires, distribué à toute ma classe et qui est en train de s'envoler dans les rues de Boston.

Je meurs sur place.

Je bous de honte et de colère.

Comment a-t-il pu me trahir à ce point ? Après tout ce qu'on s'est dit, ce qu'on a vécu, comment a-t-il pu oser se servir de cette photo contre moi ? Alors qu'il était censé me protéger de tous ceux qui veulent me renvoyer plus bas que terre, comment peut-il être celui qui me détruit ?

J'en ramasse une bonne poignée et je cours jusqu'à lui, l'attrape par le bras et lui balance ma liasse de feuilles en pleine tête.

– Fier de toi ? Tu as eu ce que tu voulais, Night ? Tu m'as baisée juste avant de me baiser pour de bon ?

– Attends, quoi ?

– J'espère que tu prends ton pied en ce moment, avec ta petite humiliation…

– Hein ? Qu'est-ce que… ?

– Tu t'es dit que, finalement, sauver ton cul était plus important que nous ?

– Moins fort, Louve ! Et qu'est-ce que tu… ?

– Je ne te le pardonnerai jamais !

– Mais calme-toi putain, de quoi tu parles ?!

Le regard furieux, les mâchoires crispées, le brun ramasse un papier par terre et fait comme s'il découvrait l'image.

– Attends, Louve, j'ai gardé cette photo pour moi !

– C'est ça, ouais… Tu as changé le mot de passe de Night Bird devant moi juste pour m'endormir, hein ?

– Non, tu sais que je ne ferais jamais ça !

Sa voix grave me percute mais je ne le crois pas. Je ne le crois plus.

– Tu n'es pas différent d'eux, Laz, tu es encore pire ! Tu n'assumes pas.

– Louve, je te promets que… Qui a pu… ?

Il balbutie en empoignant ses boucles dans ses poings, il fronce les sourcils, regarde partout autour de lui, revient soutenir mon regard : il joue bien, ce connard.

Il joue à l'innocent mais ça ne passe pas. Pas cette fois. Sous mon crâne, ça hurle. Tout mon corps tremble comme une feuille. Ça ne peut pas recommencer. Je ne peux pas revivre ça.

– Espèce de lâche, de manipulateur, d'ordure, enfoiré de première…

Je le traite de tous les noms et je n'arrive plus à m'arrêter. C'est ça ou les larmes vont couler. Je m'accroche à ma colère noire comme à une bouée.

– Arrête ça ! me coupe-t-il durement. Tu ne peux pas douter

de moi si facilement après tout ce qu'on a traversé ! Je ne sais pas ce qu'il s'est passé mais je vais trouver ! Je ne supporte pas que tu puisses me croire capable d'un truc pareil ! Je ne t'ai pas trahie, Louve. Je ne t'aurais jamais fait souffrir comme ça…

Avec son regard ombrageux, son visage crispé, tout son corps tendu, Lazare tente de m'approcher mais je recule. Je me débats. Je ne veux pas qu'il me touche. Je ne veux pas qu'il arrive à me convaincre.

Je veux que ça s'arrête.

– Me faire souffrir, tu n'as fait que ça pendant des mois… Ne m'approche plus jamais.

Et puis le prof d'histoire se retourne pour voir ce qui se passe, pourquoi une partie du rang s'est arrêtée, pourquoi on ne suit plus le Freedom Trail comme si ça avait encore un foutu sens, une quelconque importance, ce chemin vers la liberté. Mais il pivote à nouveau en haussant les épaules et repart en avant.

Je fais non de la tête, le cœur en miettes, et sur un dernier coup de sang, je pousse Lazare de toutes mes forces et je décide de quitter les rangs en bifurquant dans une petite rue pavée. Je n'écoute pas sa voix tourmentée qui prononce mon prénom, dix fois, je n'entends même pas mes copines me crier de revenir ou le prof qui fait avancer tout le monde sans même avoir remarqué qu'il manquait quelqu'un.

Transparente, à nouveau.

Seule.

Comme je l'ai toujours été.

Je laisse enfin mes larmes couler et je me mets à courir jusque chez moi. Je retire ma veste d'uniforme et la roule en boule sous mon bras pour passer inaperçue dans les rues et je regagne Joy Street à toute vitesse pour me terrer quelque part, pour que l'humiliation cesse et que la douleur disparaisse en même temps que moi.

– Maman ? hurlé-je dans la maison, à bout de souffle.

Pas de réponse.

– Mamaaan ?

Pas de réponse mais du brouhaha dans le salon.

Je m'y précipite et trouve Coco assise par terre en train de pleurer en silence, face à un Ezekiel à l'air embêté, qui ne remarque même pas mes larmes à moi.

– Ta mère s'est absentée en laissant ta sœur sous ma supervision. Mais Coco a jeté ses lunettes et ses appareils auditifs par la fenêtre du dernier étage ! J'ai demandé à Judith de la surveiller cinq minutes le temps que j'aille tout récupérer dans la rue, et je les ai retrouvées toutes les deux en train de dessiner au stylo à bille sur tous les meubles du salon. Je vais probablement perdre mon job, hein ?

Et dire que je pensais tout raconter à ma mère, lui annoncer que j'allais probablement me faire virer du lycée trois semaines à peine avant la fin de l'année. Et le tout sans diplôme.

Je sèche mes larmes et tente de me concentrer sur la vie des autres plutôt que sur la mienne. Je suis contente que ma mère s'autorise enfin à sortir et à se décoller un peu de Coco. Il faudrait juste que les filles de cette famille arrêtent un peu de jouer les rebelles, pour changer.

– Judith, tu ne pouvais pas la faire dessiner au crayon de couleur sur une feuille, comme tous les enfants ? demandé-je doucement à ma grand-mère.

– Un, deux, trois… Très douée, la petite taupe ! Voit pas clair mais dessine très bien !

– Mais c'est pas un dessin, ça, Judith ! Coco a fait de la pyrogravure, là !

Ezekiel se marre dans sa barbichette. Judith observe Colombe avec fierté et ma petite sœur sourit en me montrant ses exploits du bout de son minuscule doigt.

Je ris doucement, puis prends le chemin de ma chambre.

À défaut de celui de cette foutue liberté.

47

Plus fortes qu'on ne croit

Louve

Je passe le reste de cette journée de l'enfer sur mon lit, à ruminer, bouffer des Carambar, raconter mes déboires à mes amis parisiens et me repeindre les ongles en noir.

Qu'est-ce qu'il y a d'autre à faire ?

Ah oui, ignorer les messages et les appels incessants de Lazare.

En début de soirée, je crois mon heure arrivée mais mes parents sont trop occupés par l'affaire Colombe-Judith et je ne me fais même pas engueuler pour ma minifugue. Je décide de ne pas leur déballer toute la vérité sur le *nude* qui a fuité et je préfère jouer la carte « règles douloureuses et tache sur le jean » qui m'a obligée à rentrer me cacher. Mon père compatit et passe même un coup de fil à Mrs Duncan pour m'excuser.

Bizarrement, ça passe tout seul. Et je découvre donc que ma photo en soutif n'est pas arrivée jusqu'au bureau de la proviseure. C'est toujours ça de gagné.

– Bon, au lit tout le monde ! soupire mon père après le dîner. Judith, c'est la dernière chose que je veux pour toi, mais si on ne peut pas te faire confiance, il va falloir qu'on songe à te trouver une place dans une institution spécialisée. Si tu veux rester ici avec saint Ezekiel, plus de bêtises avec Coco ! Et toi la graveuse de meubles, au dodo !

Il fait le signe avec ses mains et Colombe répond non de la tête avant de s'enfuir à quatre pattes dans le salon. Pendant ce temps-là, ma grand-mère fait des gestes obscènes en direction de mes parents qui se regardent et se retiennent de rire nerveusement.

J'adore quand ils font cette tête et qu'ils ont l'air heureux.

Dans ma poche, je sens mon portable vibrer pour la trentième fois de la journée, au moins. C'est non-stop. Lazare tente de me joindre environ trois fois par heure depuis ce matin et je l'envoie sur messagerie à chaque fois. Je n'ai répondu à aucun de ses messages non plus. Ses explications ne m'intéressent pas. Cette fois, je laisse sonner, juste pour le torturer un peu plus. Et lui rappeler que je ne peux pas aimer un tel traître ni lui pardonner.

J'ignore s'il s'est servi de cette photo lui-même, pour convaincre les Royals que sa loyauté est intacte, ou s'il a laissé quelqu'un d'autre mettre la main dessus, mais je suis traumatisée.

Par une simple image photocopiée, oui.

C'est la trahison de trop.

Quand on a vécu l'enfer pendant des mois, un seul incident, aussi insignifiant soit-il, peut rallumer la mèche et tout faire péter en un éclair. Tout ce que j'ai reconstruit depuis, tout le chemin parcouru, seule, avec lui, avec les quelques amis que j'ai réussi à me faire : c'est comme si tout était par terre. Et ça fait plus mal encore, quand la trahison vient du garçon dont on est tombée follement amoureuse, celui en qui on a mis toute sa confiance. Ça fait tomber encore plus fort, d'encore plus haut.

Comme si j'étais seule à nouveau, plongée dans le noir, dans une pièce sans issue.

[Louve, ça va ? J'ai entendu parler
de la photo qui a circulé. Je suis
vraiment désolée…]

Le SMS de Pia me met un peu de baume au cœur. Elle était un peu distante depuis la soirée bowling avortée, mais je me rends compte que je peux compter sur elle. Tous les Carpenter ne sont pas à mettre dans le même sac.

[Merci, pas ta faute.]

[Tout le monde l'a vue alors ?]

[Même pas ! Des terminale ont raconté ça sur les réseaux mais je n'ai pas vu un seul exemplaire au lycée.]

[Quelqu'un a dû faire du ménage avant la fin de votre sortie.]

Je me demande si c'est Cassius qui a joué son rôle de délégué à merveille. Si mes copines Shai et Tasha s'en sont chargées pour me protéger. Ou si ce sont les profs et le Dr. Geller qui ont enfin fait leur boulot pour lutter contre le harcèlement activement… Mais là, permettez-moi d'en douter.

[Si c'est mon frère qui est derrière ça, tu le sais déjà mais je me désolidarise totalement. Quel gros bâtard !]

[Je n'aurais pas dû croire qu'on peut changer les gens. Ça m'apprendra à avoir foi en l'humanité.]

[Tu veux que je lance un défi sur Insta ? Genre toutes les filles en soutif violet ? Libérez vos boobs en soutien à Louve ?]

Ses idées révolutionnaires m'arrachent un petit sourire.

[Merci mais je vais plutôt essayer
de me faire oublier. Je veux juste
que cette année se termine…]

Et ne plus jamais revoir le traître qui m'a brisé le cœur.

[Je comprends.
Love sur toi Louve !]

Pia m'envoie des bisous, des biceps contractés et des cœurs pour me rappeler qu'elle est avec moi et qu'ensemble, on est plus fortes qu'on le croit.

Pas si sûre de ça.

Un dernier appel du traître royal illumine mon écran. Quelques heures après m'avoir fait déborder d'amour, il est à nouveau le mec que je déteste le plus au monde. C'est fou comme la vie peut basculer en une seconde. Une photo. Un seul tout petit mauvais choix.

Je décide d'éteindre mon portable et de me concentrer sur ma famille. Ma mère et ma sœur qui ont besoin de moi. Mon père qui est toujours là quand j'ai besoin de lui.

– Vous ne voulez pas aller vous coucher ? Je m'occupe d'elle, ce soir.

– Vraiment ? s'étonne mon père, en levant un sourcil perplexe.

– Oui… Vous en avez assez fait. Maman, t'as besoin de te reposer. Et il faut bien que ça ait au moins un avantage, nos seize ans de différence. Si Coco ne veut pas dormir, je peux gérer. Ça me connaît, les insomnies.

Je leur adresse un petit sourire triste, mon père vient m'embrasser sur la tempe, ma mère éclate en sanglots, je serre fort la main qu'elle me tend et mon père la prend par les épaules pour l'emmener à l'étage.

Est-ce qu'un jour je tomberai sur quelqu'un qui m'aime à ce point, que je sois forte ou que je m'écroule ?

Est-ce que je finirai par trouver le Rio de Willa ? La Léo de mon père ? Quelqu'un qui sera tout pour moi ?

J'en viens à douter. Je me suis tellement trompée sur Lazare. J'ai tellement voulu y croire.

Mon amour pour lui me fragilise au lieu de me rendre forte. Il me met en danger quand il devrait me porter. Me protéger.

– Viens là, noix de Coco. Je crois que tu as la tête encore plus dure que la mienne, toi !

Je vais attraper ma petite sœur sous les bras mais elle se débat pour que je la repose. Colombe pointe mes ongles vernis de son minuscule doigt, pousse des petits cris stridents et finit par pleurer en se roulant par terre. Je comprends enfin qu'elle veut les mêmes ongles que moi et je vais chercher un feutre noir pour lui peindre le bout des doigts.

– Il va falloir que tu parles mieux que ça si tu veux te faire entendre, Cocolita ! Et si c'est pas avec ta voix, il faut que tu signes pour te faire comprendre. Bientôt, il n'y aura plus personne pour t'obtenir tout ce que tu veux et te le filer direct dans le bec. La vie est plus dure que ça, ma caille…

Colombe n'entend sans doute pas un son qui sort de ma bouche et ne doit pas pouvoir lire grand-chose sur mes lèvres non plus, mais elle m'observe attentivement. Il y a quelque chose de grave dans son visage d'oisillon fragile, quelque chose de profond dans ses traits si délicats. Peut-être même une guerrière qui se cache dans ce corps frêle et cet esprit un peu confus.

Ses grands yeux bleus se remplissent soudain de larmes et ma sœur fait la plus mignonne moue de chagrin de la terre, avec sa lèvre du bas retournée presque à l'envers.

Mon cœur se brise un peu plus.

– Eh, tu vas y arriver, Coco ! Tu vas marcher. Tu vas apprendre à communiquer. Je sais que tu peux le faire, moi. T'es plus forte que tu le crois ! Et on s'en fout que ce soit à 2 ans ou à 4, le seul bon moment, c'est quand tu seras décidée. Tu t'appelles Colombe Larsson, personne ne te dit qui tu dois être, OK ? C'est toi qui vois…

Je ne réalise pas que je pleure, jusqu'à ce que je sois obligée de renifler. Et que ma petite sœur se blottisse contre moi. Je lui caresse les cheveux et lui glisse à l'oreille :

– T'es pas obligée d'être une *warrior*, tu sais ? Moi aussi, ça me paralyse, toute cette force qu'on attend de moi. Je sais que les parents ça colle la pression, parfois, mais crois-moi, ils continueront à t'aimer même si tu n'y arrives pas. Tu sais quoi ? Je crois même qu'ils t'aimeront encore un peu plus fort.

La petite oiselle rebelle se remet à me foutre des coups de pied pour se libérer et filer à quatre pattes dans la maison. Je lui cours après et je la remets debout, lui prends les mains et colle ses pieds par-dessus les miens pour la faire marcher au rythme de mes pas. Elle se marre et se laisse faire, pour une fois.

Peu à peu, ce sont ses pieds à elle qui rejoignent le sol et font quelques minuscules pas chancelants, pendant que ses petites mains restent agrippées à mes doigts. Je me dis qu'avec un peu d'entraînement, on pourrait peut-être aller loin, elle et moi.

– Où tu vas comme ça, ma Coco ?

Et cette petite maline déterminée finit par atterrir dans l'entrée, elle se jette sur mon sac balancé là en rentrant, ouvre la poche avant où je planque mes Carambar et me regarde droit dans les yeux, avant de signer quelque chose comme :

– Toi, donne-moi manger.

48

Mix émotions

Lazare

Malgré notre deal de l'année, j'ai bien dû rater la moitié des « dîners obligatoires » chez mes parents ces derniers temps. Mais celui-ci, je ne vais pas pouvoir y échapper : ça ferait scandale dans la famille de manquer l'anniversaire de ma sœur, comme si je la reniais.

Pourtant, c'est pas l'envie qui manque.

Cette peste a 17 ans, en plus de se taper un mec de terminale, et je sens qu'elle va encore plus jouer les grandes maintenant.

Mais je n'ai toujours pas de *news* de Louve et je me dis que Pia peut m'être utile sur ce coup-là. Ça me rend dingue de ne plus voir ni entendre la Française aux yeux de loup. Qu'elle me fusille du regard et m'envoie une de ses petites piques dans les dents, qu'elle me morde ou qu'elle me griffe, même, si ça peut lui faire du bien, pourvu qu'elle me fasse quelque chose. Son silence est la pire des punitions. Et cette fille bornée le sait pertinemment.

Mais je n'arrive pas à avaler qu'elle puisse vraiment me croire derrière tout ça. Le *nude*, les photocopies, attendre la sortie scolaire pour les balancer… Pathétique.

OK, j'ai joué au con en gardant la photo dans ma messagerie au lieu de l'effacer. Je voulais pouvoir la mater encore et encore, comme le camé que je suis, et je n'ai pensé qu'à ma gueule. Je voulais ma dose. Mes doses.

Addict à Louve Larsson, c'est ça ma seule faiblesse.

OK, j'aurais dû supprimer la photo sur-le-champ mais je ne pensais pas qu'on pourrait encore hacker mon compte alors que j'ai changé le mot de passe récemment. Ou alors j'ai laissé traîner mon portable à un moment au lycée, et quelqu'un est tombé dessus et l'a enregistrée ?

Aucune putain d'idée.

Et il faut que je trouve le fils de chien qui s'amuse à jouer avec mes nerfs, à se servir dans ma vie privée comme dans un foutu supermarché pour l'atteindre elle, et à se faire passer pour moi depuis des mois. Je suis allé confronter Alec, Gideon, Sinaï et Honor, bien entendu, j'ai poussé ma gueulante pour mettre un coup de pression à ce qui reste des Royals, mais je n'en ai rien tiré.

Alors si ce n'est pas eux, qui ?!

Encore plus remonté qu'en partant de chez moi, je gare ma Corvette dans la petite allée de South Boston et je marche jusqu'à la maison jaune des Carpenter. Parfois, j'ai presque l'impression de ne plus être un des leurs. Je porte un autre nom de famille depuis bientôt un an, je les traite comme des étrangers tous les jours au lycée, et c'est un peu triste, il faut bien l'avouer.

Je trouve mes parents dans le jardin de derrière, mon père qui s'affaire au barbecue en faisant semblant de maîtriser alors qu'il tousse comme un malade dans un épais nuage de fumée, ma mère qui lui demande s'il s'en sort en sachant très bien que non, et leur hypocrisie à tous les deux me ferait sourire si elle ne me sortait pas par les yeux.

Pas envie d'être là.

Ce que je veux, c'est *elle*.

Louve.

Louve qui ne triche pas, Louve qui ne joue pas, Louve qui ne sait pas faire semblant de m'aimer quand elle me déteste, Louve qui me veut si fort quand j'ai la chance qu'elle me veuille encore.

Bordel.

– Salut, fils. Tu viens me filer un coup de main pour les burgers ? Je sens que ça prend bien, là !

Mon père arrive même à se montrer tolérant avec lui-même, alors qu'il n'est pas loin de foutre le feu et d'intoxiquer tout le quartier. Je me marre en coin et je réponds à son *check* en allant cogner mon poing contre le sien. Il me sourit comme si je venais de lui faire un cadeau et ça m'attendrit presque.

– J'appelle les pompiers ou on attend un peu ?

– Appelle surtout SOS Sarcasmes, je crois qu'ils t'attendent pour faire un barbec' avec leur président d'honneur.

Mon daron rit à sa propre blague et se met à téléphoner pour de faux avec sa pince à barbecue coincée sur l'oreille, en disant : « Oui oui, il est là, sarcastique et impertinent comme on l'aime, non, non, il n'a toujours pas décidé ce qu'il allait faire l'année prochaine, étudier ou travailler, il paraît que ça le regarde et que je n'ai pas à m'en mêler, d'accord je vous le passe ! »

Je plisse les yeux face à ce sketch qui dure beaucoup trop longtemps, ma mère s'approche en souriant et glisse une main dans mes boucles. Je me force à ne pas retirer ma tête pour la laisser faire, tout en rêvant à une bière.

Je ne suis pas un super fils pour eux, je le sais, mais ce qu'ils nous ont fait, à Ellis et moi, a toujours du mal à passer. D'ailleurs, ils ne savent même pas que mon BFF débarque à Boston ce week-end et s'installe chez moi pour tout l'été. Son année scolaire s'est terminée un peu avant la mienne, mais mes parents n'ont pas besoin de tout savoir. Ils s'en rendront compte bien assez tôt, par exemple quand Pia la fouine leur aura balancé l'info.

– Elle est où ? demandé-je sur le ton le plus neutre possible.

– Elle a un prénom, soupire ma mère, et ta sœur est dans sa chambre le nez rivé à son portable, pour changer.

– S'il n'y a pas un garçon là-dessous, je ne suis plus le roi du barbecue ! lance mon père en riant.

Et la pince dentelée qui était un téléphone il y a encore une minute se transforme en couronne au sommet de son crâne frisé.

– Et toi avec la belle Honor, fiston, ça avance comme tu veux ?

Petit clin d'œil, question envoyée à voix basse, complicité père-fils à son paroxysme... Je n'en peux déjà plus. Même s'il essayait, il ne pourrait pas viser moins juste et s'y prendre plus mal pour me faire parler.

– Je vais aller souhaiter son anniversaire à Pia... marmonné-je pour me sortir de là.

Je retourne à l'intérieur de la maison, la rejoins dans sa chambre, ne la trouve pas, atterris dans la mienne où je la découvre de dos, face à mon placard ouvert.

– Tu trouves ce qu'il te faut ?

Elle sursaute.

– Je venais juste chercher un tee-shirt que tu ne mets plus pour m'entraîner à découper des *crop tops*.

– Découpe tes propres affaires, Pia. Et sors de là.

Je ne sais pas si je dois la croire mais je referme le placard d'un geste sec et lui montre la sortie du doigt.

– Merci pour mon anniversaire, Lazou. C'est vraiment trop aimable de te joindre à la fête. J'imagine que tu m'as apporté un super cadeau ? Genre ta bonne humeur et ton amour fraternel ?

J'ai bien envie de l'envoyer balader, avec ses grands airs de vouloir plus que tout la cohésion de la famille, mais j'ai besoin de la faire parler. Je me force à redescendre un peu en pression, retourne à mon placard en prenant une grande inspiration et lui jette un tee-shirt de base-ball noir et rouge à l'effigie des Red Sox de Boston.

– Tiens, cadeau.

– Trop gentil ! ironise-t-elle.

– T'as entendu parler de cette histoire de *nude* au lycée ? Je change de sujet en ayant l'air de faire juste la conversation.

Pour passer le temps. Elle prend des ciseaux sur mon ancien bureau et se met à découper dans le tissu.

– Non.

– Quoi, non ? Juste non et c'est tout ?

– Je vois pas de quoi tu parles, fait-elle en haussant les épaules.

Impossible.

– C'est bizarre, tout le monde ne parlait que de ça ces derniers jours au bahut. Et Louve n'était pas ta meilleure amie à la vie à la mort, aux dernières nouvelles ?

– Pas tes affaires, Laz.

La peste botte en touche et ça me rend fou. Elle ment, c'est évident. Si elle ne sait vraiment pas, pourquoi ça ne l'intéresse pas plus que ça ? Trop louche pour être vrai.

– Qu'est-ce que tu caches encore, toi ?

Je vais lui arracher les ciseaux des mains, elle crie « aïe » pour le principe et j'ai vraiment envie de lui faire bien plus mal que ça.

– Bien sûr que si, tu es au courant pour la photo qui a circulé !

– Qu'est-ce que ça peut te faire ?

– Pourquoi tu n'es pas dégoûtée pour ta copine, Pia ? Pourquoi tu ne me fais pas une crise en m'accusant de tout et n'importe quoi ? Et pourquoi j'ai l'impression que tu mens sur toute la ligne ?

Je lui envoie mon regard noir mais elle ne flanche pas.

– Tu as déjà bousillé ma relation avec Ellis que tu voulais te garder rien qu'à toi, siffle-t-elle. Je ne vais pas te laisser pourrir mon amitié avec Louve. Je ne parlerai pas d'elle avec toi, point à la ligne !

Ça s'appelle se rattraper aux branches, ça. Elle cherche juste à faire diversion, cette menteuse de première. Ma sœur me balance mon tee-shirt à moitié découpé en disant que je peux me le garder, puis disparaît. J'ai sérieusement envie de le lui faire bouffer.

Alors je redescends les escaliers quatre à quatre, fais un détour par le jardin en annonçant à mes parents que je ne reste pas et me tire de cette baraque, pendant qu'ils crient pour me retenir.

– Surveillez plutôt votre sainte-nitouche de fille ! grogné-je en passant la porte.

***

Le lendemain, je raconte ça à Ellis sur mon toit-terrasse et ça l'amuse beaucoup. Iel a les cheveux un peu plus longs que la dernière fois, bruns sur la première moitié en partant des racines et blonds sur la seconde jusqu'aux pointes.

– On dirait qu'on t'a trempé par les pieds dans un bol de sauce soja, mec.

Iel rit jaune.

– Meuf, pardon.

Iel rit de bon cœur.

– T'excuse pas avec moi, pauvre tache.

– On dit quoi, alors ?

– « Mix ».

– Vraiment ?

– Oui, il y avait une prof non binaire dans mon lycée de Toronto, qui a demandé à se faire appeler non pas Mrs ou Mr Keaton mais Mix Keaton. Je trouve ça trop cool.

– OK, Mix Ellis.

Mon BFF sourit, l'air satisfait et plus épanoui que jamais. Iel retire sa veste en jean remplie de pin's et de badges aux significations sans doute importantes, mais la plupart m'échappent.

Ses bras tatoués de toutes les couleurs, ses ongles vernis, ses fringues non genrées et son anneau dans le nez, j'y suis habitué. Mais pas encore à sa nouvelle légèreté, sa façon de tout prendre comme si rien ne pouvait être grave.

– Le lycée est terminé pour moi, Laz, tu te rends compte ?

Les pires années de nos vies sont derrière nous. On est libres de vivre, maintenant ! Et c'est l'été, quel pied !

Iel lève les bras en l'air et se met à danser sur sa chaise, sur une musique imaginaire, tout en fermant les yeux pour mieux profiter du soleil sur son visage.

Louve me manque à en crever.

La fin du lycée pourrait vouloir dire pour moi la fin de nous. Peut-être même son retour à Paris. Et j'ai du mal à desserrer les dents en imaginant cette hypothèse.

– Tu connais le *plopping* ? C'est révolutionnaire pour les cheveux bouclés. Je peux te faire un soin à l'avocat et au miel, après tu « scrunch » ça sur tes boucles, tête en bas, et tu « plop » tout ça dans une serviette en microfibre ou juste un tee-shirt en coton.

– Ellis, je vais bientôt te scruncher la face si tu laisses pas mes cheveux tranquilles. T'as entendu ce que je t'ai raconté sur Pia au moins ?

– Ouais, ouais… J'adore imaginer ton père en train de se faire enfumer dans son propre barbecue et de faire des mimes avec une pince à viande. C'est mon héros !

Mon BFF se marre et je me renverse en arrière sur ma chaise, au bord du désespoir. Ellis le remarque.

– C'est des gamineries tout ça, Lazzy ! T'en as pas marre de toutes ces histoires ? Ta sœur a toujours été un peu jalouse de toi… Si ça se trouve, elle se tape ton pote juste pour t'atteindre. Et elle ne supporte pas que tu lui aies pris Louve alors qu'elle venait juste de se faire une nouvelle amie…

– Je n'ai rien pris à personne, le coupé-je un peu brusquement.

– Hou, on est d'une humeur de chien ! Pourquoi tu ne me parles pas du vrai sujet, hein ?

Je hausse un sourcil vers le « mix » qui me sert de meilleur ami.

– L.O.U.V.E.

Ellis épelle à voix basse comme si c'était un prénom tabou.

– Je suis pas une pro des relations amoureuses, mais ça crève les yeux que t'es fou d'elle. Ta petite gueule d'ange n'a pas souri une fois depuis que je suis arrivée chez toi. Donc soit tu continues à te voiler la face et tu la perds sans rien faire. Soit tu bouges ton cul musclé et tu vas la récupérer.

Je soupire si fort que ça fait voler mes boucles.

– Elle ne veut plus me parler, plus avoir affaire à moi. Je suis censé respecter ça, non ? Pff, pour une fois que je ne lui ai rien fait…

– Disons que de te comporter comme le pire des connards depuis le début d'année ne joue pas vraiment en ta faveur. Et faire ami-ami avec la bande de harceleurs non plus.

– J'avais juste besoin de ne pas me faire démonter la tronche par des mecs sans raison, cette année.

J'ai répondu ça un peu froidement. Ellis accuse le coup.

– Je ne voulais pas dire ça, tenté-je de corriger. T'étais la meilleure raison qui soit et si c'était à refaire, je te défendrais à nouveau. Sans hésiter.

– Je sais que tu as passé une année horrible à cause de moi, Laz. Et je ne te remercierai jamais assez pour ça. Je serais sans doute *dead* sans toi. J'aurais juste préféré que ta mère évite de m'outer auprès de mes parents, c'était violent.

– Et nous séparer aussi, sans nous demander notre avis. Je ne leur ai toujours pas pardonné.

Je regarde au loin vers la Charles River censée m'apaiser. Mais aujourd'hui, ça ne marche pas.

Ellis se lève et marche tout en tenant sa chaise sous son cul pour venir s'installer tout près de moi. Son gros ranger me file un coup de pied dans le talon.

– Je sais que tu t'es senti abandonné, mec. Je suis désolée. Au final, mon départ au Canada a été super bénéfique pour moi, j'ai pu redémarrer à zéro et avoir la chance de découvrir qui j'étais vraiment. Il faut croire que les parents ont raison, parfois…

– Je suis heureux pour toi, grogné-je.

– Ouais, ton bonheur irradie, vraiment !

Iel se fout de moi et fourre sa main remplie de bagues dans mes cheveux pour les décoiffer.

– C'est non. Tu ne mettras pas d'avocat ou quelque bouffe que ce soit sur moi, Ellis.

– Bon, ferme-la et réfléchis un peu. On fait quoi pour le dossier Louve ?

– On attend et on crève de manque ?

– *No way.*

– Je débarque chez elle et je l'oblige à me parler ?

– Y a pas un père *slash* garde du corps dans les parages ?

– Si, il a déjà dû demander un mandat d'arrêt à Interpol pour me faire la peau.

– Elle a dû garder tes derniers exploits pour elle, sinon tu serais déjà un homme mort.

Je laisse échapper un soupir lourd. On reste tous les deux silencieux face à cette vue magique sur Boston. Et j'attends que la réponse me tombe du ciel. Ou du fleuve face à moi.

La nuit commence à tomber, les lumières de la ville à scintiller et à se refléter dans les eaux calmes de la Charles River. Ellis frissonne et retourne chercher sa veste, puis s'adosse à la rambarde devant moi. Un pin's rose vif attire mon attention. Ça dit « *No uterus, no opinion* » et ça me fait sourire.

– Putain mais oui !

– Putain mais quoi !

– Si Louve ne veut pas me parler à moi, elle a forcément parlé à Pia.

– Et ?

– Et qui n'a pas d'utérus mais a la capacité de faire parler ma sœur comme si c'était une meuf ?

– Euh… moi ?

Ellis reste perplexe mais je sens mon cœur battre comme un prisonnier tout juste libéré, après avoir passé des jours et des jours compressé, comme si Louve le tenait dans son poing serré.

– Pour tenter de démasquer Pia et savoir ce qu'elle sait, voire ce qu'elle a fait, tu vas aller lui dire que tu n'aimes pas cette Louve Larsson. Que tu es contre notre histoire et que depuis le début, tu ne la sens pas du tout, ou une connerie comme ça. Si Pia mord, elle te balancera tout. En pensant que tu es dans son camp, tu vois ?

Ellis acquiesce lentement, en commençant à raccrocher les wagons.

– Lazare Carpenter, tu es vraiment en train de te servir du fait que je sois non binaire et que Pia crushe sur moi pour piéger ta sœur et récupérer ta meuf ?

– Ouais. Une idée de génie, non ?!

49

Le bal des rois déchus

Lazare

Je fais les cent pas.

Dans un sens.

Dans l'autre.

Son silence qui perdure me bouffe, me prive d'air, m'inquiète, me tourmente… À force, j'enrage.

Je me plante face au miroir dans ce stupide costume trois-pièces que m'a loué Ellis et je m'observe un moment. Ouais. J'ai l'air d'un roi vaincu. D'un putain de monarque sur le retour.

Un roi sans reine.

– Elle ne t'a toujours pas répondu ?

– Silence radio.

Je soupire et me tourne vers mon meilleur ami qui me sert de « +1 » ce soir. Et pas n'importe lequel. Je l'observe en souriant : Ellis a mouillé et plaqué ses cheveux en arrière, mis du rouge à lèvres noir, puis a enfilé plusieurs anneaux, croix ou faux diamants à chaque oreille. Son gros pendentif couleur rubis est assorti à sa veste redingote en velours rouge ouverte sur son torse nu, qui retombe sur un legging en cuir. Plus bas, iel a troqué ses éternels rangers contre des plate-formes violettes à paillettes.

– Le Lycée international de Boston n'est pas prêt pour toi, je crois. Sûr que tu veux y aller ?

– Je t'y traînerai de force s'il le faut ! Et autant y aller à fond, non ? me lâche Ellis en glissant un trait de crayon sous ses yeux. On n'a qu'une vie, Lazzy. Et on a déjà raté un bal de promo l'an dernier, c'est un de trop !

– Ouais. T'as raison.

Réservé aux terminale qui diront bientôt adieu à ce foutu bahut, le *prom* a fini par m'arriver droit dessus. Impossible d'y échapper, maintenant. J'avais dit pas de costard, mais Ellis trouve toujours un moyen. Et je me dis qu'il y aura peut-être une brune au regard vertigineux à qui j'ai envie d'en mettre plein les yeux… J'ignore si Louve s'y rendra, mais au cas où elle se décide enfin à sortir de sa tanière, je tiens à être là.

J'ai deux trois choses à lui dire.

À elle… et au monde entier.

***

Le Park Plaza, privatisé pour l'occasion, a été décoré aux couleurs du lycée – bleu nuit et doré. Aucun doute, ça brille. Je passe la sécurité du premier coup, tandis qu'Ellis, qui attire déjà tous les regards, sonne sous le portique même après son troisième passage. Le vigile désabusé finit par la laisser passer, après l'avoir rapidement fouillée puis observée sous toutes les coutures.

– Bas les pattes, iel est à moi ce soir, grogné-je en embarquant mon blond derrière moi.

Ou ma blonde, c'est selon.

Évidemment, une fois à l'intérieur, on passe encore moins inaperçus. À part Cassius et ses deux ou trois potes qui nous saluent comme des êtres humains dignes de ce nom, personne n'ose nous approcher. Mais tous ces connards endimanchés et ces pestes en robes de créateurs nous matent sans scrupule, sans même s'en cacher.

– C'est quoi ce truc au bras de Nightingale ?!

– D'abord Louve, puis *ça* ?

– Il faut croire qu'il a des fantasmes particuliers, le déglingué…

– Quoi, tu crois qu'il se le tape ?

– Le ou la ? Franchement j'arrive pas à voir !

Je me tends instantanément, les poings et mâchoires serrés, prêt à foncer dans le tas, mais Ellis me retient fermement contre lui, sa main enroulée autour de mon bras. Iel me souffle :

– Ils vont se lasser.

– Tu ne devrais pas subir ça, putain ! Pas encore ! Soit j'en cogne un ou deux pour faire passer le message, soit on se casse !

– Non, tu as une mission ! Et moi, au mieux ça me glisse dessus, au pire ça m'endurcit !

– C'est quoi ces conneries ? Pourquoi tu t'obliges à écouter des saloperies pareilles ?

– Arrête d'avoir peur pour moi ! Personne ne me traite plus comme ça, là où je vis. Je suis plus solide maintenant, je peux le supporter, Laz. Occupe-toi de toi, pour changer.

– Je ne promets pas que tout le monde repartira avec toutes ses dents ce soir… grommelé-je encore. Viens, on va picoler.

Tout passe mieux après deux ou trois verres de punch « amélioré ». Officiellement, pas une goutte d'alcool ne sera servie ce soir à tous ces mineurs. En réalité, les élèves qui repartiront sobres se compteront sur les doigts d'une main.

Un remix de Halsey enflamme la piste de danse déjà bondée, sous les lustres multicolores de cette salle immense et prétentieuse. Près de moi, Ellis se met à se dandiner sous sa redingote et va rapidement rejoindre la bande de Cassius qui s'en donne à cœur joie. Placé dans un coin stratégique, loin de la sono mais près du bar, je reste à l'affût.

Je surveille que personne ne s'en prenne à Ellis.

Et je cherche deux yeux bleus stupéfiants au milieu de tous ces gens qui se ressemblent.

On est déjà à plus de la moitié de la soirée et toujours aucune trace d'elle. La fille fière et bornée a probablement choisi de renoncer.

Et à la place de Louve, c'est sur Honor, Alec et Gideon que tombe mon regard. La *bomba* en robe fourreau à plumes dorées pose ses yeux noirs sur moi, puis glisse quelque chose à l'oreille de ses deux clébards. Ils se marrent, ces cons, puis passent leur chemin.

Sinaï débarque à son tour, cheveux gominés, costard argenté, il me mate un instant puis va rejoindre les Royals.

J'imagine qu'il a fait son choix.

Je scanne à nouveau la foule mouvante, à la recherche de celle qui s'évertue à me filer entre les doigts depuis que cette maudite photo a fuité.

– Te voilà…

Comme je l'espérais, elle apparaît enfin. Belle à crever dans cette robe bleu nuit moulante mais pas partout, perchée sur des talons, les cheveux relevés sur sa nuque fine, Louve Larsson se pointe au bras de sa copine Shai. La voir creuse un trou en moi. Je la bouffe du regard de longues secondes durant, puis ses yeux vifs me trouvent, me snobent et me défient à la fois, ça me fait mal et ça me fait autre chose aussi, puis ils me quittent pour aller se poser ailleurs.

C'était trop court.

Beaucoup trop court.

Je m'apprête à traverser la grande salle pour aller la rejoindre, mais Ellis m'intercepte à ce moment-là et me gueule dans l'oreille pour que je l'entende par-dessus la musique.

– Ils vont élire le roi et la reine ! T'es prêt ?

Sur la grande estrade, dans son costume au motif panthère, Cassius se place justement au micro. Je crois que les votes ont eu lieu cette semaine au lycée pour tous les terminale, mais je n'ai pas participé à cette mascarade. Plutôt crever.

– Sans grande surprise, c'est un Royal qui va venir me

rejoindre, annonce le délégué des terminale. Roulement de tambours…

Et il balance mon nom en faisant semblant d'y mettre de l'enthousiasme. Ellis me file un coup d'épaule pour me faire réagir, mais je suis trop occupé à observer le visage de Louve, au loin.

Elle fixe ses pompes en se mordant la lèvre.

J'imagine qu'elle me croit toujours coupable, qu'elle me déteste au plus haut point et putain ce que ça me tue.

– Lazare Nightingale, tu te caches où ?

Je me décide à grimper sur l'estrade, les mains dans les poches, la démarche un peu traînante. Ils l'ignorent encore, mais mon discours ne ressemblera à aucun autre. Je n'avais pas prévu cette élection qui aurait dû logiquement couronner Alec Ballmer, le beau gosse séducteur, mais je ne vais pas me faire prier pour prendre la parole face à tous les terminale. C'est l'occasion rêvée. Et j'ai le cœur qui bat comme un con. Le moment de vérité est arrivé.

Je n'ai pas peur, j'ai hâte.

Et tout ce qui m'importe, c'est Louve.

Ce que je m'apprête à faire, c'est pour elle. Et c'est ce qu'elle voulait, je le sais.

Cassius m'adresse un sourire forcé, puis me tend la couronne que je suis censé me foutre sur la tête. Mais je ne l'accepte pas. Je m'en empare et vais la poser au sommet de son crâne à lui.

– C'est à toi qu'elle revient, Lazare, qu'est-ce que tu fais ? Et je vais annoncer la reine…

– Si quelqu'un devrait être élu roi ici, c'est toi, Cassius Brown. Tu es un des seuls mecs de ce bahut à ne pas te cacher, à te montrer vraiment comme tu es, à vivre ta vie sans t'en prendre aux autres, à avoir un cœur et à savoir t'en servir. Tu as essayé de prendre soin des autres élèves de la classe, toute cette année, et tu n'as jamais triché.

Ses grands yeux noirs me fixent sans comprendre, alors

que parmi les élèves, les murmures s'élèvent. Les murmures, puis les cris. Gideon me traite de sale tapette, Honor me beugle d'assumer qui je suis et je me tourne lentement vers le micro. Je capte le regard d'Ellis pour me donner du courage, puis celui de Louve pour y chercher la rage qui me manque.

– La haine a assez duré, lâché-je alors.

Après un son strident qui jaillit du micro, le silence se fait. Je n'entends plus que les battements de mon cœur déchaîné.

– Le règne des Royals doit prendre fin.

Louve reste figée, ses yeux perçants posés sur moi.

– Depuis des mois, quelqu'un se fait passer pour moi en utilisant le compte de Night Bird et s'en prend gratuitement à Louve Larsson, peut-être à d'autres. Mais dans les couloirs du lycée, sur les réseaux, aux soirées, le harcèlement doit cesser. Les masques doivent tomber…

Je prends une grande inspiration et je saute dans le vide.

– Mon nom est Lazare Carpenter. Je ne suis pas un Nightingale, je ne viens pas d'une famille richissime, je ne suis qu'un mec qui a voulu se fondre dans la masse en vous laissant croire ce que vous vouliez sur lui. Je suis une arnaque. Pas un roi.

Ça ricane un peu à droite, ça siffle une ou deux fois à gauche… mais surtout, ça écoute.

Bouches bées.

– Si on utilisait nos neurones plutôt que nos poings par ici, si on se servait de nos qualités humaines plutôt que de nos titres de noblesse ou nos CV, on vivrait mieux ensemble, non ?

Je jette un œil au groupe des Royals, avachis sur le canapé de leur zone privée, l'air mauvais. C'est à eux que je m'adresse en particulier et ils l'ont très bien compris.

– Vous savez pourquoi on persécute les autres ? Juste pour leurs différences et parce qu'on n'a pas le courage d'assumer les nôtres. Alors qu'il suffirait qu'on soit tous fiers de qui on est.

Je me concentre à nouveau sur la brune qui s'est rapprochée de l'estrade et s'essuie une joue, puis l'autre, de ses doigts aux ongles couleur prune.

Elle pleure à nouveau par ma faute. Mais peut-être pour les bonnes raisons, cette fois.

– Je suis Lazare Carpenter, je suis un menteur, un fils de profs ; ce costard ne m'appartient pas, il m'a coûté vingt dollars pour la soirée, j'habite chez une vieille dame seule et je suis *fou amoureux* de Louve Larsson. Et jamais, je dis bien *jamais* je n'aurais partagé cette photo d'elle. Son corps de rêve, je me le garde.

Elle se marre entre les larmes, tandis que, sous les huées et les applaudissements mêlés, je descends de mon perchoir pour aller la serrer contre moi, respirer sa peau, blottir mon visage dans son cou. La retrouver me fait un bien fou, m'envoie cette décharge d'adrénaline que Louve a déclenchée en moi dès le premier jour. Sauf que cette fois, je ne lutte pas. C'est tout ce que je veux, tout ce dont j'ai besoin.

Elle est ma force, ce soir.

Elle l'a été à tant d'autres moments.

– Je sais que je l'ai mérité, mais ne doute plus jamais de moi, Louve…

Je souffle ces mots contre sa peau et la sens frémir contre moi.

– La confiance, ce n'est pas mon truc, avoue-t-elle tout bas.

– Moi non plus mais tu as tout changé, Louve.

Elle lève ses beaux yeux vers moi. Ma voix me lâche un peu, mais au milieu de cette foule qui crie, qui danse ou qui nous observe en coin, je continue.

– Tu es la rencontre qui a bouleversé ma vie. Mon monde. Qui a tout envoyé valser.

– Et… Et c'est bien ?

Sa petite moue me fait craquer.

– C'est beaucoup plus que *bien*, Louve Larsson. Avant toi, je voulais simplement que les heures, les jours, les mois défilent et disparaissent. J'essayais de me dire : « Demain, tout ira mieux », mais demain me semblait si loin.

– Et j'ai changé ça, *moi* ?

Je glisse mes mains sur son visage et m'approche un peu plus près.

– Je ne veux plus passer à demain, lui murmuré-je. Je veux vivre aujourd'hui. Vivre pour de bon. Pour de vrai. Avec toi...

Elle sourit et je ne résiste pas à l'appel de ses lèvres. Je l'embrasse tout doucement, amoureusement, avant de glisser ma langue dans sa bouche. On ne se refait pas. La fille que j'aime glousse contre mes lèvres, puis me repousse d'un petit coup de dent.

– T'as raison, il me reste un truc à faire pour gagner vraiment ta confiance...

Je cherche quelqu'un dans la foule compacte, grouillante, et lui fais un signe de la main.

– Go ? me demande Ellis, à quelques mètres de là.

– Go !

L'écran géant qui domine la scène s'allume et mon pote balance en direct le clip qu'on a passé plusieurs jours à monter.

Pendant une minute et trente-sept secondes, sur *All You Need Is Love* des Beatles, un titre bien vieux et donc probablement *so uncool*, d'anciennes photos et vidéos des Royals défilent, sous les yeux attentifs de tous les terminale présents. Je les ai déterrées en passant des nuits à fouiller les méandres des réseaux sociaux, et je n'ai épargné personne : ma période dents foireuses et coupe de cheveux pourrie, Honor, ses soutifs rembourrés et son acné, Alec et son cache-œil à 5 ou 6 ans, Gideon grassouillet il n'y a pas si longtemps, Sinaï et ses pansements juste après sa rhinoplastie, soi-disant nécessaire après un coup de rame d'aviron en pleine tête.

Contre moi, Louve lâche un petit cri de stupeur mêlée d'excitation. Comme tous les terminale présents ce soir, elle regarde les Royals qui s'affichent sous ses yeux en grand, en très grand, et les découvrir aussi normaux, imparfaits, vulnérables lui fait probablement un bien fou.

Comme à nous tous.

Les légendes ne sont plus.

Des sourires amusés et des rires moqueurs ponctuent chaque nouvelle photo sur l'écran géant mais je ne cherche à humilier personne. Pendant cette minute trente-sept, je veux juste prouver qu'on est tous égaux. Faire passer mon message une bonne fois pour toutes.

Stop the bullshit.

Le règne du mensonge a assez duré et beaucoup trop de victimes sont à déplorer.

– On est juste humains, putain ! crié-je dans la direction de mes anciens alliés. Quel intérêt de faire semblant ? Et à quoi bon pourrir la vie des autres ?

Louve se jette à mon cou, m'enlace et m'embrasse à pleine bouche, tandis que Honor lâche un hurlement déchirant. Elle se lève d'un bond, me traite de tous les noms en anglais et en espagnol, par-dessus la musique, puis disparaît en laissant couler des larmes de rage dans son sillage. Alec et Gideon font un peu le dos rond, sourires gênés sur les lèvres, mais ne bougent pas de leur banquette. Et le génie en informatique, portable à la main, parvient à arrêter le film juste avant la fin.

Trop tard.

La tyrannie des Royals appartient désormais au passé.

– Tu l'as fait ! s'écrie la brune qui me regarde amoureusement. Lazare, tu les as fait tomber !

***

Retranchés dans un petit coin, à l'écart de la grande scène, des lumières, de la musique, de la foule et du chaos, on se cherche, on s'embrasse, on se défie, on se bouffe du regard comme deux putains d'adolescents fous l'un de l'autre.

– Et tu prépares ton coup depuis quand, exactement ?

Louve quitte mes lèvres juste pour me poser cette question, entre deux baisers brûlants.

Sa bouche m'avait *beaucoup* trop manqué.

Il n'y a qu'elle pour me faire un truc pareil.

– Depuis quand ? répété-je. Depuis qu'une brune entêtée m'a brisé le cœur. Depuis qu'elle refuse de me parler et fait comme si je n'existais plus…

Je souris mais pas elle.

– Je… J'avais besoin de temps…

Je fais non de la tête, pour lui signifier que je n'ai pas besoin de ça, pas besoin qu'elle se justifie.

– Lazare, je suis tellement dés…

– Excuse-toi une seule fois et je…

Mais c'est elle qui plaque sa main sur ma bouche en gloussant. Le son de son rire si pur, si tendre et joyeux se faufile dans mes oreilles, me serre le cœur et me retourne le bide. Mais de la bonne manière.

La voir heureuse, j'ai découvert que c'était ce que je préférais au monde.

– Merci d'avoir fait ça ce soir, souffle-t-elle. Pour moi, pour tous les autres, ça demandait un courage fou…

– J'ai attendu beaucoup trop longtemps.

Foutu passé qui me hantait.

– Tu l'as fait, Lazare, c'est tout ce qui compte. Et je ne l'oublierai jamais…

Elle me sourit et la lumière se rallume en moi.

– Et alors comme ça, on avait les dents écartées et le cheveu mousseux ?

L'insolente.

Sa petite voix de peste me fait marrer et je l'attire à moi, aussi bien pour l'embrasser que la faire taire. Elle sent exactement comme j'aime et je la hume comme un putain de camé. Mes lèvres se posent sur les siennes au ralenti cette fois, doucement, avec tendresse et patience, et mon cœur se met à battre plus fort.

J'ai encore quelque chose à lui confier.

– Louve, cette nuit-là, j'ai…

Un groupe de lycéens bourrés se rapproche et un grand blond me prend à partie.

– Eh, le Royal ! Tu caches bien ton jeu depuis le début, hein…

L'une des meufs qui le suivent pose sa main sur la fille-loup et mon corps se tend malgré moi. Je ne supporterai plus qu'on la touche, qu'on la blesse, qu'on lui fasse quoi que ce soit.

– Louve, tu me le prêtes ? Allez, juste un peu…

J'avance vers la rousse pour lui faire comprendre de reculer, mais Louve est capable de se défendre et choisit de l'ignorer.

– Viens ! fait-elle en m'entraînant derrière elle.

Ma main dans la sienne, on regagne le cœur de la fête. Louve ne va décidément plus s'excuser d'exister.

– Tu disais quoi, beau brun ?

– Plus tard !

– Non, maintenant !

Je soupire et me tourne vers elle.

– Cette nuit-là, j'ai…

– Quoi ? Plus fort, je n'entends pas !

– La nuit du Nouvel An, j'ai appelé les secours, Louve !

Louve me contemple, interloquée, le souffle court.

– Tu… Tu as quoi ?

Je me penche sur elle pour ne pas avoir à hurler.

– Je t'ai vue allongée sur le sol de cette cabine de spa, inconsciente, une plaquette de médicaments dans la main. J'ai essayé de rentrer mais tu t'étais enfermée, alors j'ai appelé le 911.

– Tu… C'était toi ? Mais pourquoi tu ne me l'as jamais dit ?!

Je fais non de la tête, alors que la musique résonne à

nouveau à plein volume et que la fête reprend autour de nous. Je n'ai pas la réponse à cette question.

Mais je me rapproche plus encore pour lui glisser à l'oreille :

– Comment j'aurais pu te laisser crever, Louve ? Comment j'aurais fait sans toi ?

– Tu… Tu aurais trouvé quelqu'un de mieux ? Une fille sans problèmes.

– Mieux ? Ça n'existe pas à mes yeux !

– Attends, tu as bu combien de…

– Je t'aime, Louve. Je t'aime, putain ! Et s'il le faut, je passerai tout mon temps à te le prouver… Personnellement, je n'ai rien de prévu l'année prochaine ! Ni les soixante ans qui viennent.

Je ne l'ai jamais dit à personne, même à voix basse, mais je lui hurle à nouveau que je l'aime, en sachant pertinemment que tout le monde m'entend. Elle rit, les yeux rougis, me tape, puis m'embrasse le coup d'après.

– Je t'aime aussi, Lazare, souffle-t-elle enfin dans mon cou. Tu es beau comme la nuit, intense comme le jour, fascinant comme les deux réunis, plein d'ombres et de mystères mais ton cœur est le plus pur qui soit. Et il est à moi…

Nos bouches se percutent à la seconde où un nouveau morceau démarre. Je glisse mes mains dans son dos, ma langue dans sa bouche, elle gémit en se pressant contre moi.

– Prenez une chambre, soupire une meuf en passant près de nous.

On se marre l'un contre l'autre, soudés, excités, essoufflés, plus vivants qu'on ne l'a jamais été. Ellis s'approche de nos corps enlacés, avec sa redingote rouge, sa bouche noire et ses bras grand ouverts.

– Putain, le happy end que le peuple attendait tant !

Et iel se jette sur nous, sur moi, sur elle, et nous secoue comme des cocotiers. Louve et Ellis n'ont jamais été officiellement présentés mais j'imagine que c'est chose faite maintenant. Qu'ils ne sont plus tout à fait des étrangers.

– Désolé, j'ai d'autres plans pour le reste de la soirée, lui chuchoté-je à l'oreille.

– Va, Roméo, j'ai une panthère à aller pécho…

Je me marre en voyant Ellis fendre la foule en direction de Cassius qui l'attend, deux verres à la main, et j'entoure à nouveau Louve de mes bras.

– Toi dans un costard, hein ? fait-elle en me dévorant du regard.

– Oui, il paraît qu'on peut changer…

Louve me sourit.

– Mais toujours en baskets… C'était pour que tu me reconnaisses.

– Bon, alors j'avoue aussi : j'ai mis cette robe et ces talons juste pour toi, en espérant que tu serais là… Mais je n'ai jamais eu aussi mal aux pieds de toute ma vie !

Je ris, me baisse pour lui retirer ses chaussures et lui murmure :

– Viens, je t'emmène quelque part.

– Où ça ?

– Tu verras… Mais si tu veux, avant de monter dedans, tu pourras cogner un peu sur ma bagnole.

Elle glousse de sa voix grave et ça me fait un truc, puis elle glisse sa main dans la mienne et me suit sans hésiter.

On se tire de ce foutu bal et, malgré ses pieds nus, je ne crois pas l'avoir déjà vue courir si vite.

50

Fous d'amour

Louve

Je comprends ce qu'il mijote à l'instant où je pose un pied sur le grand parking désert et lève les yeux vers la grande pancarte indiquant : « Piscine municipale de Boston ».

C'est ici que j'ai voulu que tout s'arrête, six mois plus tôt, pendant cette soirée du Nouvel An où je crevais de peur autant que de solitude.

– Rassure-moi, tu ne comptes pas *vraiment* nous faire rejouer la fin de *Roméo et Juliette*, hein ? lâché-je, ironique, en l'observant faire le tour de la Corvette pour me rejoindre.

– On va juste faire un petit voyage dans le passé, Larsson… Et tout recommencer.

– Tu as ce pouvoir-là, toi ?

– Non, mais il paraît que rien n'est impossible en amour. Et vu que je t'aime…

Je ne me lasserai jamais d'entendre ces trois mots sortir de sa bouche insolente. Et il a l'air de prendre plaisir à les dire, encore et encore.

Je réponds à son petit sourire en coin en venant glisser ma main dans la sienne et je cours derrière lui en direction du grand bâtiment en pierre. Dans la nuit noire, en costard et robe de bal, baskets et pieds nus, on se rend jusqu'à une petite porte située à l'arrière, et sur laquelle un gros verrou à plusieurs chiffres a étrangement été laissé déverrouillé.

– Comment tu as fait ça ?

– L'amour, je te dis…

– Arrête tes conneries, Laz. On va finir en taule ou pas ?

Il se marre et m'attrape par le poignet pour m'emmener avec lui. On entre dans un local poubelles, qui mène à une salle d'équipements, puis à un petit vestiaire, suivi d'un plus grand. Et enfin, l'immense bassin de la piscine s'offre à nouveau, rien qu'à nous, plongé dans un silence tranquille.

Ce bleu scintillant au milieu de toute cette pénombre, c'est d'une beauté à couper le souffle.

On observe ce décor féerique pendant de longues secondes, côte à côte, immobiles.

– Je ne veux plus jamais que tu aies envie de mourir, Louve.

Ses mots troublants traversent l'air chloré pour venir éclater dans ma poitrine.

– Tu me pardonnes pour tout ce que je t'ai fait ?

Sa voix s'est un peu brisée.

Les larmes me montent aux yeux, tandis que les siens se détournent un instant. Lazare se pince le nez, renifle, secoue la tête en faisant voler ses boucles brunes et me contemple à nouveau. Une larme roule sur sa joue, brillante près du bassin miroitant.

– Tu m'as blessée… murmuré-je. Mais maintenant, tu me guéris.

J'entrelace mes doigts aux siens et je les porte à mes lèvres. Il observe alors mes ongles vernis et fronce les sourcils.

– C'est une couleur sombre à nouveau, remarque-t-il. Je ne veux pas faire partie des gens qui te retiennent dans l'obscurité, Louve. Je veux que tu trouves ta lumière, et si pour ça je dois…

– Toi et moi, c'est ensemble qu'on revit, lui soufflé-je en venant emprisonner son beau visage grave dans mes mains. Alors ne dis pas que tu vas me lâcher.

– Jamais.

Ce mot, il le grogne plus qu'il ne l'articule et, emporté par un élan fou, il me soulève dans ses bras en avançant jusqu'à l'eau turquoise. Lazare saute comme il sauterait d'une falaise et je plonge avec lui dans ce bassin en lui confiant ma vie, ma folie, ma confiance, mon amour, mon désir.

Une fois de retour à la surface, nos bouches se happent, se goûtent, se dévorent, nos mains s'affairent à retirer nos vêtements mouillés et collants un à un, comme on peut, comme ça vient. Le parfum du chlore vient se mêler au sien, au mien, à celui du rhum sur nos langues. Nue et trempée, de l'eau jusque sous la poitrine, j'embrasse sa peau ruisse-lante, sa pomme d'Adam, son cou, son épaule, son téton brun et durci. Le garçon qui m'aime se venge en emprison-nant mes seins dans ses paumes et en les pressant pour mieux m'exciter.

– Tes seins sont une œuvre d'art, putain…

– Fais-en ce que tu veux.

Lazare ne se fait pas prier. Au milieu de toute cette eau scintillante, sa bouche habile s'empare d'un de mes tétons, tandis que sa main fonce sur l'autre. La douce torture démarre. Il les pince, les titille, les mord, les lèche jusqu'à me faire gémir de plaisir. Je me hisse dans ses bras, viens coller mon bassin au sien, pressée, bouillante, folle de lui et de tout ce qu'il me fait.

Et je me frotte contre son sexe dressé, pour qu'il saisisse *l'urgence*.

– Pas de capote, soupire-t-il à mon oreille. Où est mon fute ?

Je continue de remuer contre lui et précise :

– Je me suis fait poser un implant…

Il grogne en posant ses mains sur mes hanches et me presse un peu plus fort contre son érection.

– Il n'y a eu que toi, me souffle-t-il alors. Que toi depuis janvier…

– Et que toi tout court, fais-je en retour.

Il me sourit en coin, cet arrogant, très fier d'être le seul homme de ma vie, puis il me soulève, cale mes cuisses autour de ses hanches pour m'emmener dans un autre coin du bassin.

Là où l'eau est moins profonde.

Là où il me pose soudain sur un petit rebord et s'enfonce en moi, ses yeux lumineux plongés dans les miens.

Là où il me pénètre, au gré de mes soupirs et du clapotis de l'eau.

Là où son corps se déchaîne en moi, embrasant ma peau, ma chair et tous mes sens.

Là où je jouis au milieu d'un baiser, contre sa bouche irrésistible, agrippée à ses épaules mouillées, sentant son cœur pur battre à tout rompre contre le mien.

Là où le passé disparaît pour voir naître notre futur et tout un océan de possibles.

L'histoire de Louve et Lazare.

Fous d'amour, de vie, d'envies, d'ombres et de lumières.

51

Et ta sœur ?

Louve

– Loupiote, il y a quelqu'un pour toi !

Je lâche mon bagel recouvert de *cream cheese* et de *jelly* et abandonne lâchement ce petit déjeuner familial pour me ruer dans l'entrée. Je croise mon père en chemin qui se marre à moitié en me voyant foncer, Coco dans ses bras, mais je continue sans m'arrêter, trop impatiente à l'idée de me jeter au cou de mon mec.

Sauf que ce n'est pas Lazare qui me fait de grands gestes, juste derrière la porte.

C'est Ellis.

– Cette baraque est dingue !

– Je… Merci…

– Prête pour une mission vérité, Louve ?

Entendre mon prénom dans sa bouche, comme si on se connaissait bien, c'est assez troublant. Mais pas autant que ses mots qui m'effraient un peu.

Je contemple le grand blond, ses longs cils blindés de mascara, ses chaînes de rappeur qui retombent sur son débardeur filet, cette espèce d'aura *so cool* qui émane de toute sa personne… et je me sens atrocement banale et minuscule, tout à coup.

Qu'est-ce qui m'a pris d'enfiler ce tee-shirt *Friends* de gamine ? Et ce short en jean qui moule tout ce qu'il ne faut pas ?

– Mamama, tu as vraiment des yeux inouïs, toi !

OK. Un peu moins minuscule.

– Lazare nous attend en double file ! Bouge, on décolle !

– Quoi ? Mais je n'ai pas mes chaussures !

– Tu as une minute, chérie !

Iel vient de m'appeler « chérie » et, rien que pour ça, je l'aime déjà.

J'enfile les sandales de ma mère qui traînent dans l'entrée, crie que je reviens dans une heure ou deux et j'attrape la grande main tatouée de mon nouvel ami. On court jusqu'à la Corvette et Night me fait signe de grimper à l'avant, mais je laisse la primeur à son meilleur ami et m'installe sur la banquette arrière.

– Tu veux juste jouer à la gosse de riches qui se tape son chauffeur, avoue…

Ses yeux sombres qui me fixent dans le rétroviseur et son sourire canaille me font glousser. Je m'apprête à me pencher en avant pour aller l'embrasser, mais Laz démarre tellement vite que je préfère m'attacher.

– On va où ?

Je libère un Carambar de son papier jaune et le glisse entre mes dents. J'ai déjà besoin d'un petit remontant.

– On a donné rendez-vous à Pia, m'apprend Ellis en tendant la main vers moi pour me piquer un bonbon.

– Pia ? Pourquoi ? Elle sait qu'on doit se voir ? Elle ne m'en a pas parlé…

– Je t'ai dit que je trouverais le coupable, non ?

Cette dernière phrase de Lazare me fait froid dans le dos.

– Qu'est-ce que… ?

– Ma sœur n'est pas celle que tu crois, Louve. Je suis désolé…

Je me mure dans le silence pendant le reste du trajet, les yeux perdus dans le décor urbain qui défile derrière ma vitre.

Je pensais que tout ça était derrière moi.

Apparemment pas.

***

En nous voyant débarquer tous les trois sur la terrasse de ce petit café de South Boston, Pia Carpenter panique. La jolie bouclée se lève d'un bond, les yeux exorbités, cherche en catastrophe une issue de secours imaginaire par laquelle elle pourrait disparaître… puis elle se fait une raison.

Elle est coincée.

– Tu m'as piégée ? siffle-t-elle en direction d'Ellis. On devait se voir en tête-à-tête !

Iel s'assied en premier autour de la petite table carrée.

– Café pour tout le monde ou on se met la tête à l'envers à dix heures du mat' ?

– Pia, qu'est-ce qu'on fait là ? demandé-je soudain, à trois ou quatre mètres d'elle, la gorge serrée, incapable de bouger.

Ma meilleure amie de Boston se rassied lentement, l'air mal à l'aise, mais pas uniquement. La colère se lit aussi sur ses traits fins. Peut-être même la honte ? Je ne sais pas. Lazare glisse sa main dans la mienne et me guide doucement jusqu'à la table.

– Ma traîtresse de sœur a des choses à te dire, Louve.

– Ferme-la, *Nightingale*, crache-t-elle en retour.

– Pia, faute avouée à moitié pardo…

Elle rembarre même Ellis, en lâchant un ricanement froid, sans joie, et pointe Lazare du doigt.

– Night Bird, quand ce n'est pas *lui*, c'est moi.

Sa voix est méconnaissable.

Je m'assieds pour ne pas tomber.

– Toi ? répété-je, totalement hébétée. Les insultes, les menaces, les photos dégueulasses ?

Mes larmes coulent déjà, sans que je puisse les retenir. Elle fuit mon regard, tout en jouant nerveusement avec les boucles qui entourent son visage dur et fermé.

– Comment tu as obtenu mes mots de passe ? gronde alors son frère.

421

– Sinaï. Il serait capable de hacker le site du gouvernement des États-Unis, alors tes petits mots de passe, laisse-moi rire…

– Vous êtes ensemble depuis le début de l'année ?

Elle acquiesce.

– Il se trouve qu'il me kiffe vraiment, lui. Ça n'a pas été difficile de le convaincre de faire ça pour moi…

– Quel couple de rêve vous faites, murmure Ellis, ironique.

– Je ne l'ai jamais aimé, moi ! Je… J'aime quelqu'un d'autre depuis des années… Mais on me l'a enlevé de force parce que mon frère n'a pas été capable de le protéger !

Mon cœur se serre en devinant ce que ces mots produisent chez Lazare. Cette fois, c'est moi qui emprisonne la main de celui que j'aime pour l'empêcher de s'abattre trop violemment sur la table.

– Qu'est-ce que tu racontes, Pia ? demande alors Ellis. Toutes ces horreurs, tu vas me faire croire que tu les as faites *pour moi* ?

– Je voulais juste te venger, Ellis…

– Quoi ?!

– Au début, je voulais que Laz passe pour le pire des *bullies*. Comme tout le monde s'en prenait déjà à Louve, j'ai juste suivi… Je voulais réunir des preuves contre lui, qu'il soit à nouveau renvoyé et que tu le détestes !

– Complètement tarée… grogne son frère en faisant non de la tête.

– Attends, laisse-la finir.

– Et puis… quand j'ai réalisé qu'il tombait petit à petit amoureux de Louve, je n'ai pas supporté. C'était mon amie, il allait me la prendre aussi ! Alors j'ai fait en sorte que ça foire entre eux, qu'elle le quitte, pour que Lazare sache ce que ça fait de perdre la personne qu'on aime, qu'il connaisse ma douleur…

Tendu à l'extrême, prenant sur lui pour garder le silence, mon brun se met à battre frénétiquement de la jambe sous la table. Je cale ma cuisse contre la sienne pour l'aider à se détendre.

– Elle ne sait pas ce qu'elle dit, lui chuchoté-je. Toi et moi, elle n'aurait jamais pu nous séparer…

– J'y étais presque, marmonne-t-elle, mauvaise.

À sa droite, Ellis fait claquer ses bracelets multicolores sur la table et se met à hurler :

– Aucun être humain ne devrait infliger ça à qui que ce soit, et certainement pas par amour ! Tu es bien placée pour savoir ça, Pia !

– Ellis…

– Tu as fait vivre à Louve le même enfer que celui que j'ai vécu ! Tu lui as donné envie d'en finir, comment tu peux ne pas voir la gravité de la situation ?

– Je n'étais pas la seule ! Au lycée, tout le monde était contre elle !

– Ouais, on appelle ça l'effet de meute, lâche soudain Lazare, d'une voix noire. Parce qu'on s'est comportés comme des putains d'animaux ! Par cruauté, par ennui, par lâcheté, par peur que ça nous retombe dessus, peu importe… On peut tous se trouver des excuses, ça ne nous rend pas moins coupables.

À l'entendre parler comme ça, je comprends qu'il ne s'est toujours pas pardonné.

– Tu vois, Laz aussi s'en est pris à elle au début ! Pourquoi tu ne l'engueules pas, lui ? Pourquoi c'est uniquement mon procès qui se tient aujourd'hui ?

Ma soi-disant amie ne s'adresse qu'à Ellis, comme si je n'étais pas là et que tout ça ne me regardait même pas.

Je lui arracherais bien une ou deux poignées de ses cheveux bouclés parfaits pour les lui faire bouffer.

– Lazare a reconnu qu'il avait mal agi et il s'est largement racheté depuis, soufflé-je alors. Toi, tu as fait les trucs les plus horribles, tu continues à vouloir détruire ma vie et tu n'as clairement aucun remords…

Elle refuse toujours de me regarder en face et ça me tue.

– Quand est-ce que les harceleurs comprendront que ce n'est pas *fun*, pas *cool*, pas *badass* et même pas *humain* de faire ça ?

Ma voix était un peu tremblante et Lazare se penche sur mon épaule pour y frotter doucement son front.

– C'est allé trop loin, je l'admets, mais il devait payer pour…

– Mais ouvre les yeux ! gronde Ellis. Ton frère m'a sauvé la vie mille fois ! Sans lui, je serais dans une putain de boîte, six pieds sous terre, depuis longtemps ! Et habillé en mec blanc hétéro cisgenre par mes parents !

L'ancienne victime prend sa tête entre ses mains et lâche un cri de frustration, jusqu'à ce qu'une question qui m'obsède passe la barrière de mes lèvres :

– Mais donc, Pia, notre amitié c'était vraiment du vent ?

Elle me regarde droit dans les yeux, enfin, et laisse échapper quelques larmes qu'elle essuie au fur et à mesure pour les effacer.

– Non, je t'apprécie vraiment… Mais j'aime Ellis plus que tout. L'amour passe avant, je suis sûre que tu comprends !

– C'est la haine que tu as répandue partout autour de toi, Pia. L'amour, ça ne ressemble pas à ça.

J'en ai assez vu, assez entendu, et le brun qui n'a pas lâché ma main aussi. Lazare et moi quittons cette terrasse d'un même mouvement, en laissant Ellis et Pia s'expliquer.

Une fois dans la voiture, je tombe dans les bras du garçon que j'aime, je l'embrasse en pleurant, il me caresse le dos, me berce contre lui, me jure que tout est fini.

Et mon cœur explose un peu plus fort pour lui.

***

En regagnant Joy Street et ma maison peuplée de cris joyeux, je me rends compte qu'elle ne porte pas si mal son nom.

Et je décide de tourner une page.

De ne pas aller m'enfermer dans ma chambre d'ado pour ressasser et bouffer mon poids en Carambar, mais plutôt de laisser tout ça derrière moi pour me focaliser sur quelque chose de positif.

Sur quelqu'un qui a besoin de moi.

Alors je vais chercher Colombe dans son parc, je fais signe à mon père qui la surveillait – tout en étant en visio avec son associé en France – que je prends la relève et, comme presque tous les jours depuis deux semaines, j'emmène le petit oiseau dans sa chambre, à l'abri des regards.

En l'appâtant avec son doudou préféré que j'ai posé à quelques mètres de nous, je place ma petite sœur en position debout et, la soutenant de mes mains, je l'aide doucement à mettre un petit pied nu devant l'autre. Et à avancer.

Un pas.

Deux pas.

Et son petit nez qui chute soudain en avant échappe de peu au sol et au pansement coccinelles.

– N'aie pas peur, noix de Coco, je te rattraperai quoi qu'il arrive.

Un pas.

Deux pas.

Trois pas.

Quatre... et non, toujours pas.

On reproduit cet exercice pendant quelques minutes, jusqu'à ce qu'elle se lasse, se laisse retomber mollement sur le dos et me signifie de toute sa voix qu'il est temps de changer d'activité. Je lui donne son précieux doudou, qu'elle martyrise entre ses minuscules doigts avant de le balancer à l'autre bout de la pièce.

Niveau caractère, elle a tout ce qu'il faut. Voire plus.

Pour le reste, ce n'est pas encore gagné, mais rien n'est jamais perdu – je l'ai appris cette année.

– On va y arriver, Colombe, lui dis-je dans un sourire. Bientôt, tu marcheras tellement bien que tu les feras tous courir...

Elle rigole sans trop savoir pourquoi, puis décide de lécher l'un de ses pieds.

Les Larsson sont définitivement des gens... particuliers.

52

Le présent

Louve

— Je crois que c'est notre dernière séance ensemble, Louve.

— Comment ça ?

— La remise des diplômes a lieu dans une semaine, je crois avoir vu dans ton dossier que tes notes sont largement au-dessus de la moyenne. Tu vas donc valider tes crédits et pouvoir quitter le Lycée international de Boston.

— Comment ça ?

— Ici aux États-Unis, on évalue les lycéens au contrôle continu avant de vous décerner le *high school diploma*, ce que vous Français appelez le « baccalauréat »… Mais tu sais tout ça, non ?

Le Dr. Geller plisse les yeux derrière ses lunettes métalliques, un peu sceptique face à mon ignorance.

— Comment ça ? répété-je avant d'éclater de rire.

— Ah très bien, tu te fous de moi. C'était ma caricature, c'est ça ?

Le psychiatre retire ses lunettes et les abandonne à l'envers sur mon dossier ouvert devant lui, avant de se mettre à rire aussi.

— À un moment, vous devriez croiser et décroiser les jambes puis vous enfoncer en arrière sur votre siège en cuir qui va grincer… Et puis me dire que « tout ça n'est pas si grave, Louve, il suffit de voir les choses autrement en changeant de perspective, Louve ».

– Je vois que nos séances t'ont été utiles puisque tu as retenu le principal, ironise-t-il. Et tu t'es même inscrite en fac de psycho l'année prochaine, très bon choix !

Pendant que le blond referme mon dossier et le tasse contre son bureau, je balaie du regard une dernière fois la salle A5 qui nous a servi de cabinet de psy pendant ces longs mois. Je fixe un moment son diplôme de Harvard au mur, qui m'a peut-être inspirée pour mes futures études, moi qui ne savais tellement pas dans quelle direction aller. J'observe la peinture blanc sale que j'ai eue en horreur et toutes les infimes fissures, imperfections et saletés que je connais par cœur. Je ne sais pas vraiment si le Dr. Geller m'a été « utile », mais il aura au moins eu le mérite d'essayer. De me faire parler. De me libérer. D'ouvrir les yeux des autres avec cet atelier.

Je ne le réalise que maintenant, mais en étant occupée à le détester, semaine après semaine, je me suis mise à me détester un peu moins moi-même.

– Je crois que vous avez réveillé ma colère, avoué-je au bout d'un moment. Mon envie d'affronter mes ennemis, d'aller au combat au lieu de les fuir.

– Je peux donc t'annoncer que ton combat n'a pas été vain, Louve. J'ai demandé à Mrs Duncan que des sanctions exemplaires soient prises à l'encontre de tes harceleurs. Elle m'a entendu.

Je hausse un sourcil, je ne m'y attendais pas.

– Bon, la direction du lycée a décidé qu'il n'y aurait pas de renvoi à cette période de l'année, et qu'on ne priverait aucun élève de terminale de son diplôme.

– Ah…

Je suis presque déçue. Mais pas surprise.

– C'est vrai, il ne faudrait pas que vous vous retrouviez avec une révolte de parents sur les bras, ironisé-je. Après tout, ils paient cher les frais de scolarité.

– MAIS, me coupe le psy avec son index en l'air, Honor

d'Ortega y Borbón, Alec Ballmer, Gideon Must et Pia Carpenter devront cent heures de travaux d'intérêt général au lycée. D'autres élèves sont en cours d'identification.

– Travaux de quoi ?! fais-je, sans oser y croire.

– Certains travailleront à la cafétéria jusqu'à la fin de l'année, d'autres à l'intendance ou au service entretien. Les insultes seront effacées et toutes les portes des toilettes repeintes cet été, par ces mêmes élèves.

Je crois que le Dr. Geller ne pourrait pas me faire plus plaisir. Imaginer Honor avec une charlotte sur la tête à servir les plateaux-repas et vider les poubelles en se salissant les mains, les mecs en train de faire le ménage ou de gratter avec les ongles le dessin de moi en vache à gros seins… Ça me met en joie.

Non, c'est totalement jubilatoire.

– Et Sinaï Mansour ? demandé-je soudain.

– Il a préféré quitter l'établissement, m'apprend le psy. Je crois que sa famille n'a pas apprécié que l'on évoque des poursuites judiciaires pour faits de piratage, accès frauduleux au système informatique du lycée et cybercriminalité.

J'acquiesce en silence, prise par l'émotion. Tant pis si Sinaï s'en sort en fuyant ses responsabilités, au moins on semble enfin prendre au sérieux tout ce qui s'est passé cette année.

– Et Mrs Duncan a officiellement supprimé les cours de natation du programme de l'an prochain. Je crois qu'il y a également une réflexion en cours sur les uniformes imposés, il se pourrait que les élèves soient libres de leurs tenues de sport désormais.

– Merci, bredouillé-je, les larmes aux yeux.

La pression retombe et les vannes s'ouvrent. Je pleure de soulagement et mon cerveau a du mal à admettre toutes ces petites victoires. Je n'y croyais plus. Mais le blond confirme, en s'excusant presque.

– Ça a pris du temps mais ça y est, ça bouge enfin. Tu peux

être fière de toi, tu as réussi à faire changer un peu les choses à force de persévérance et de détermination. Tu t'es battue pour toi mais aussi pour les autres, ce sont tous les élèves suivants qui te remercieront.

Le psychiatre se lève, promène ses mocassins cirés autour de son bureau pour venir se planter devant moi, me proposer sa boîte à mouchoirs et poser une main maladroite sur mon épaule.

– Maintenant, il va falloir trouver un moyen d'apaiser la guerrière pour… simplement vivre.

– Ah bon, la vie n'est pas forcément une guerre ? fais-je dans un sourire.

Il me tend la main d'une manière solennelle, pendant que je renifle et sèche enfin mes larmes.

– Je te souhaite de trouver la paix. Et je crois que tu as toutes les ressources en toi pour affronter la vie, Louve.

Je lui serre la main en riant.

– Vous avez encore dit mon prénom.

Il hésite un instant.

– Comment ça ?

Ses sourcils se froncent à l'extrême et il me fait éclater de rire. Je prends la sortie avant d'avoir envie de serrer ce satané psy dans mes bras.

Je me suis rarement sentie aussi libre, aussi légère.

Et j'ai à peine mis un pied dans le couloir du lycée que je sens une main se faufiler sous ma veste d'uniforme, s'enrouler autour de ma taille et m'entraîner dans le fameux cagibi.

La porte claque.

Mon dos heurte le mur.

Sa bouche percute ma bouche.

On est dans le noir total et le baiser de Lazare me transporte ailleurs. Dans les airs. À la mer. Dans une grotte où il ferait mille degrés. À Paris.

Ses lèvres descendent dans mon cou, je gémis puis lui murmure :

– J'aimerais tellement aller à Paris avec toi… Te montrer les quartiers que j'aime, les terrasses de café, les vues panoramiques que tu trouverais dingues, les ruelles pavées où on pourrait s'embrasser…

– Chut.

Sa main se plaque sur ma bouche, l'autre est en arrêt sur mon sein et sa voix grave me souffle :

– Je crois qu'on n'est pas seuls.

Je ris sous sa paume, d'excitation, de peur et de désir mêlés, je me demande quel prof on va trouver en train de batifoler avec un autre, quelle geekette avec un BG qui n'assume pas d'aimer les intellos, ou encore quel…

– Prête ? me demande Lazare dans une voix basse qui sourit.

J'ai le cœur qui cogne fort, je me blottis contre lui et accroche mes bras à sa taille, je plonge dans son odeur que j'aime tant et ses bras rassurants, puis sa main s'abat sur l'interrupteur.

La lumière vive nous éblouit. Deux grosses voix poussent un cri. Et deux corps se décollent dans un bond, à l'autre bout du cagibi. Alec, torse nu, rougit à en devenir cramoisi. Gideon, ses cheveux roux en bordel, remonte son jean qu'il avait sur les chevilles en manquant de se casser la gueule.

J'ouvre grand la bouche, j'écarquille encore plus grand les yeux. Et le rire guttural de Lazare m'atteint en plein cœur.

– Putain, les mecs…

– C'est pas ce que tu crois, Laz, bredouille Gideon.

– Ouais, on cherchait un truc, balbutie Alec.

Mon brun se marre encore plus fort et demande :

– Dans son boxer ?

Ils finissent de se rhabiller en vitesse et, toujours sous le choc, je souris à m'en faire mal à la bouche.

– Vous êtes deux imbéciles… lâché-je. Mais vous formez le couple le plus mignon du lycée.

Les deux garçons se regardent, sans trop savoir comment

réagir, mais je lis dans leurs yeux un soupçon de soulagement. De fierté. Voire… d'amour ?

– Je comprends mieux pour Honor, souffle Laz. Je commençais à croire que vous n'aviez vraiment aucun amour-propre.

– Putain, elle va nous tuer, grimace Alec.

– Interdiction de balancer l'info sur les réseaux ! nous menace Gideon en gonflant le torse.

– Nos familles ne doivent pas savoir non plus.

– Bordel, mais assumez !

Lazare ouvre grand les bras, comme si c'était une évidence. Et je le trouve tellement séduisant quand il s'énerve, quand il essaie de changer le monde avec moi.

– Vous rendriez service à plein de mecs du lycée, ajouté-je. Vous pourriez montrer la voie aux première et aux seconde qui ont peut-être envie de disparaître en ce moment. Et Mrs Duncan devrait ouvrir un club LGBT dans son prestigieux lycée arriéré. Vous seriez utiles à l'humanité, pour changer !

– Rien que pour ça, ça vaut le coup de sortir du placard, les gars ! Arrêtez un peu de traiter les autres de pédé, de tapette et d'enculé, pour commencer. Et assumez, je vous dis, soyez fiers, ayez des couilles !

– Ouais ! m'écrié-je. Ou des ovaires !

Lazare lâche un nouveau rire qui vient me chatouiller au creux des reins, puis il va leur mettre une tape sur l'épaule à chacun. Et Alec et Gideon se regardent un long moment, prennent une grande inspiration et quittent le cagibi… main dans la main.

On les suit du regard en sortant une tête. Dans le couloir principal du lycée, les yeux s'écarquillent, les têtes se dévissent pour les observer, les regards incrédules bloquent sur eux, des chuchotements naissent sur leur passage, quelques blagues homophobes fusent et glissent sur les deux beaux gosses de service, jusqu'à ce qu'ils rencontrent

Honor et sa moue méprisante.

– Vous deux ? Sérieusement ? Arrêtez, je vais vomir.

Laz m'entraîne discrètement par la main jusqu'à Son Altesse et ses anciens soupirants. On se tient tous les deux en retrait, mais pas trop loin, comme en soutien.

– Qu'est-ce que vous foutiez avec moi, pendant tout ce temps, si c'était faux du début à la fin ? demande la brune aux deux garçons penauds.

Son ego a du mal à y croire.

– On peut t'expliquer, tente Alec.

– Ouais, confirme Gideon sans autre argument.

Honor lève un coin de ses lèvres en même temps que sa main manucurée, pour les couper dans leur élan. Elle prend un air dégoûté, mais au fond de ses yeux humides, la princesse espagnole semble terriblement vexée. Blessée. Impossible pour elle d'entendre leurs excuses. Elle n'a pas l'habitude de ne pas être choisie, de ne pas être « l'élue », et ça me ferait presque de la peine pour elle.

– Dégagez ! lance-t-elle en repoussant l'air comme pour chasser des chiens errants. Je vais enfin pouvoir me trouver un mec, un vrai.

Bon, « ma peine pour elle » ne dure jamais longtemps. Il faut croire que certains cas sont vraiment désespérés.

– Comme tu veux, Ton Excellence, mais ce ne sera pas le mien !

Je claque un baiser mouillé sur la bouche de Lazare qui me fout une main aux fesses avant de me pousser devant lui en émettant un petit grognement bestial.

– C'est qu'on serait une louve possessive, en fait ? me souffle-t-il.

– La ferme, le rossignol !

Je lui balance ça dans ma langue natale et il est le seul à comprendre : c'est la traduction de « Nightingale » en français.

Il se met à siffler comme un oiseau, mains dans les poches, puis on sort tous les deux dans la cour remplie de soleil, et je me sens presque nostalgique, tout à coup, de l'année écoulée. Je n'en ai pas assez profité. J'ai passé tellement de temps à avoir envie d'en finir, de me cacher, d'être ailleurs : je crois que je vais regretter ce banc où il s'allonge nonchalamment, ses boucles brunes étalées sur mes cuisses, son visage dont la beauté me bouleverse encore, alors que je passe ma vie à le regarder.

– Merci d'avoir rendu ma terminale inoubliable... lui chuchoté-je, émue.

– Ne commence pas avec tes adieux, Louve Larsson. Personne n'a dit que ça devait s'arrêter.

– Je vais sûrement aller passer une partie de mon été à Paris. Et tu ne sais toujours pas ce que tu feras de ta vie à la rentrée...

– Je crois que ça va être une année sabbatique. Mes vieux seront sûrement contre, mais tout ce que je veux, c'est un peu de liberté.

– Sens-toi libre de me suivre, murmuré-je.

Lazare me répond d'un sourire en coin, je ne sais pas ce qu'il a derrière la tête, mais il m'attrape par la nuque, attire mon visage près du sien et m'embrasse comme il le fait si bien. En me faisant tout oublier. Le passé. L'avenir.

Il n'y a que *lui* qui rend mon présent si présent.

Si vivant.

***

Quand je croise Pia qui traîne des pieds sur le chemin de la cafétéria, seule, je ne peux pas m'empêcher de sauter de mon banc en réveillant Lazare qui dormait presque sur moi. Je me plante devant la jolie bouclée au visage surpris.

– Tu m'adresses encore la parole ?

– Je déteste l'idée même qu'il y ait des parias dans ce lycée.

– Je suis vraiment désolée, Louve... marmonne-t-elle avant de fondre en larmes.

Je la prends dans mes bras, la serre longuement en caressant son dos et j'attends que ses sanglots s'arrêtent.

– On fait tous des erreurs de jeunesse, Piou-Piou. Ça permet de grandir, non ?

– Je m'en veux tellement. J'ai foutu en l'air notre amitié et… j'ai failli te tuer ! hoquette-t-elle.

– Ne dis pas ça… Mes harceleurs étaient nombreux, c'est la répétition et l'effet de groupe qui m'ont poussée à bout. Et regarde-moi, je suis bien vivante !

Nos yeux se croisent et se comprennent.

– Oui, mais je suis horrifiée par ce que j'ai fait. Je me repasse toute l'année en boucle, je ne me reconnais pas… Pardon, Louve. Si ça peut te rassurer, mes parents m'ont punie pour tout l'été, en plus des travaux de peinture que je vais faire au lycée. Mais je le mérite, je sais.

– Le seul truc important, c'est que ça ne se reproduise plus jamais. Tu vaux mieux que ça, Pia. Et les Royals, c'est terminé. J'espère que les sanctions prises par le lycée feront passer l'envie aux autres. Désolée pour Sinaï, au fait…

– Je m'en fous tellement de lui ! Ça a toujours été Ellis… Mais Ellis ne veut pas de moi, Ellis me voit comme une petite sœur et rien d'autre… Pff, j'ai le cœur brisé et j'ai fait tout ça pour rien !

Pia renifle bruyamment et s'essuie le visage d'un revers de bras comme une petite fille.

– Oui mais tu as appris. Et tu sais, si tu as besoin de parler, je connais un super psy, n'hésite pas à aller frapper à la porte de la salle A5.

Elle esquisse un sourire au milieu de son visage défait.

– Je n'ai jamais osé te le dire, Louve, mais en vrai, je le trouve super mignon, le Dr. Geller !

– Ouais, ouais, ouais… Ben t'as pas fini de faire des mauvais choix, toi !

Je me marre et la prends sous le bras pour la ramener à

notre banc. Lazare tire la tronche quand je le pousse d'une fesse pour faire une place à sa sœur.

– C'est quoi, le projet, là ? grommelle-t-il.

– Nous, on va se mettre du vernis lilas sur les ongles, mais tu peux rester.

Il me sourit en coin de cette façon qui me fait fondre instantanément. Et il accepte de me laisser lui peindre juste le petit doigt, en signe de ralliement à notre traité de paix.

53

Love, *Love*, Louve

Lazare

Est-ce que j'ai mis cette foutue toge en satin bleu nuit comme tous mes congénères de terminale pour la remise des diplômes ?

Oui.

Est-ce que j'ai ajouté cette écharpe dorée aux couleurs du Lycée international de Boston que je conchie ?

Oui aussi.

Est-ce que j'ai même ce stupide chapeau carré sur la tête avec un pompon jaune qui me pendouille près du nez ?

Oui, encore.

Est-ce que je suis prêt à tous les sacrifices pour faire plaisir à mes parents qui peuvent enfin être fiers de leur fils et le montrer publiquement ?

Peut-être.

Est-ce que je suis juste soulagé de mettre fin à mes années lycée et heureux de partager ce moment avec Louve ?

Voilà. On est plus près de la vérité.

L'auditorium est plein à craquer, ce dernier jour de juin. Profs, parents, frères et sœurs, amis, ils sont tous venus assister à cette fameuse cérémonie, aussi stupide que symbolique. Fin de l'enfance, entrée dans l'âge adulte, réussite scolaire, futur radieux, je ne sais pas ce qu'on fête, mais tout le monde a l'air d'y tenir. Mrs Duncan a mis son plus beau tailleur, fait son plus strict chignon et égrène les noms par ordre alphabétique, comme si elle avait envie de se débarrasser de cette corvée. Je crois que la proviseure aussi a hâte que cette année chaotique se termine.

Mon tour arrive assez tôt : je suis allé lui demander de rayer Nightingale de mon dossier pour recevoir mon diplôme sous ma vraie identité. Alors juste après Alec Ballmer, Shai Bloomberg et Cassius Brown, sa voix guindée annonce dans le micro :

– Lazare James Paris... Carpenter !

Ellis pousse un cri strident dans la foule et me fait coucou avec sa main fine pleine de bagues et de bracelets. Puis je vois au premier rang mon père se jeter sur ma mère et la serrer fort dans ses bras au point de la soulever de son siège. Je crois qu'elle pleure. Mon père lève le poing et le fait tournoyer dans les airs comme en plein match de base-ball et je l'entends crier de sa voix qui ne porte pas :

– C'est mon fils ! Laz Carpenter, c'est mon garçon ! Bravo, fiston !

Debout sur l'estrade, je lui souris en hochant la tête, vais croiser le regard brillant de ma mère, leur fais un petit signe en tendant mon diplôme roulé vers eux et articule simplement « merci ».

Ouais.

Peut-être que j'en ai la gorge serrée.

Peut-être que ce n'était pas une si mauvaise idée de changer de lycée cette année.

Peut-être que c'est un peu grâce à eux si mes notes sont remontées, si j'ai pu étudier sans sombrer dans la violence, et si j'ai finalement décroché ce foutu rouleau de papier.

Et sans cette décision de m'inscrire dans ce bahut, je n'aurais jamais rencontré la fille aux yeux stupéfiants, que je cherche du regard dans les coulisses au même moment. Elle se tient là face à moi, dans sa tenue marine et dorée. Je me noie dans son bleu abyssal et je me perds dans son sourire qui me désarme. Au point que les élèves diplômés suivants sont obligés de me bousculer et de me pousser au cul pour me faire avancer.

Je la rejoins au lieu de suivre le mouvement à la queue leu leu.

– On l'a fait, Louve Larsson, dis-je en collant mon front contre le sien.

– On l'a fait, Lazare James Paris…

Je me racle la gorge, pris par l'émotion. Elle sourit tout près de ma bouche.

– J'adore tous tes prénoms. T'as pas intérêt à te moquer quand tu entendras les miens.

– J'ai hâte…

– OK, Louve Colette Judith ! me balance-t-elle à toute vitesse pour que ce soit fait.

J'essaie de le retenir mais mon rire va mourir dans ses cheveux. Elle me pince la peau du ventre entre ses griffes jusqu'à me faire mal.

– Tout doux, la Loupiote !

– Colette, c'est le prénom de mon arrière-grand-mère côté maternel, la femme de papy Georges, elle est morte avant ma naissance mais on m'a raconté des tas de choses dingues sur elle. Et Judith, c'est ma grand-mère paternelle que tu as déjà croisée…

– T'es en train de me dire que tu as hérité de tous les prénoms de meufs déjantées de ta famille, c'est ça ? Pourquoi ça ne m'étonne pas ?

Elle hausse les épaules et je l'embrasse fougueusement, jusqu'à sentir son goût de caramel sur ma langue.

Ma drogue.

– File-moi tes Carambar et va chercher ton diplôme, Larsson !

La fille-loup sort une poignée de bonbons de sous sa toge, me les glisse dans la main comme une dealeuse et court rejoindre la file d'élèves prêts à monter sur l'estrade.

– Louve Colette Judith… Larsson ! annonce Mrs Duncan derrière son pupitre.

Elle essaie d'enchaîner avec Tasha Lawrence mais une rangée entière se lève au milieu de l'auditorium et se met à foutre un bordel pas possible qui couvre la voix de la proviseure. Le père et la mère de Louve applaudissent de toutes leurs forces en criant des « bravo », des « on t'aime ! » et des tas de trucs ridicules en français, sa petite sœur tape des mains pas du tout en rythme, Judith fait des gestes bizarres avec ses bras en beuglant des gros mots, pendant que son éducateur à dreads tente de calmer ses ardeurs. Puis je crois reconnaître sa tante, l'actrice Willa Larsson. À côté d'un grand type à la peau mate, elle fait une sorte de danse de la victoire en scandant :

– *Love*, *love*, Louve ! *Love*, *love*, Louve ! *Love*, *love,* Louve !

Deux petits garçons à cheveux longs poussent les cris les plus aigus que j'aie entendus de ma vie, en reprenant ce slogan et en se dandinant, debout sur leur chaise, sous l'œil réprobateur de certains autres parents.

Mais bizarrement, le reste de l'assemblée se met à reprendre en chœur :

– *Love*, *love*, Louve ! *Love*, *love*, Louve ! *Love*, *love,* Louve !

Ils battent tous des mains au même rythme et cette chorale improvisée fait pleurer ma Louve à chaudes larmes. Elle ne sait plus où se mettre, sur son estrade, se cache à moitié derrière son diplôme enroulé, alors je cours la chercher, je lève les mains vers elle, elle saute dans mes bras, je la hisse comme je peux sur mon épaule façon sac à patates et la ramène près de sa famille en courant.

La proviseure tape dans son micro qui grésille pour tenter de ramener le calme et de mener à bien sa mission, puis demande aux perturbateurs de sortir d'une voix agacée. Les Larsson s'excusent en grimaçant et se font tout petits jusqu'à la sortie de l'auditorium.

Je les suis sans réfléchir.

Une fois dehors, Louve se jette contre ses parents, remercie sa tante d'être venue juste pour elle, c'était apparemment une surprise, embrasse sa grand-mère, soulève sa sœur qui se débat pour être reposée, embrasse les petits jumeaux excités, et je ne sais plus trop ce que je fous là, au milieu de cette famille atypique et tellement démonstrative.

– Bienvenue chez les *strange and strong* ! me lance soudain l'actrice. Moi c'est Willa.

Je serre la main qu'elle me tend et je l'entends glisser à Louve, sans la moindre volonté d'être discrète :

– Tu n'as pas choisi le plus moche du lycée, hein ? Je l'ai su à la seconde où je l'ai vu, en janvier, que ce garçon n'était pas n'importe qui.

– Désolé si j'ai fait mauvaise impression… soufflé-je, un peu gêné.

– Oh non, j'ai aussi su à cette seconde-là que ma Louve était folle de toi !

La brune plantureuse explose dans un rire sonore, son mec me salue à son tour et leur nièce s'interpose entre eux et moi.

– Bon, c'est bon, vous tous ! Vous ne m'avez pas assez foutu la honte pour aujourd'hui ?

Elle a les joues rosies par l'émotion, un sourire greffé aux lèvres, les yeux brillants qui me semblent être les plus incroyables de la terre, à cette seconde, puis elle se tourne vers moi.

– J'ai un truc à te dire, Lazare.

Mon cœur rate un battement et j'ai comme l'impression que l'heure est grave. Elle glisse son bras sous le mien et m'entraîne à l'écart.

J'adore quand elle me touche mais je n'aime vraiment pas du tout les surprises.

– Je t'écoute, Larsson.

– Je vais rentrer en France avec toute ma famille.

Ouch.

Une énorme trappe s'ouvre sous mes pieds.

– Je n'oublierai jamais Boston, mais les États-Unis, je crois que ce n'est pas fait pour mon clan. Toute notre vie est là-bas, on n'est pas pleinement heureux, ici. Je me suis inscrite en psycho à Paris…

– Je vois.

Je hoche la tête, histoire de me trouver un truc à faire, mais j'ai de plus en plus de mal à respirer. Est-ce que la seule fille que j'aie jamais aimée va vraiment se barrer loin de moi ? Sur un autre continent ? À un océan de là ?

La fille-loup en toge bleu nuit prend mes deux mains et y croise ses doigts. Son regard attrape le mien et ne le lâche plus.

– Et je me disais que comme tu n'as rien de prévu… et que je ne peux pas me passer de toi… tu pourrais peut-être venir passer une année sabbatique à Paris ? Avec moi ?

La trappe se referme sans que le vide ne m'ait emporté.

Mais je suis sonné.

– Alors, t'en dis quoi ?

Louve me sourit, tremble un peu contre moi, elle attend ma réponse et rien ne sort.

J'avais vraiment tout prévu sauf ça.

54

Le temps des adieux

Lazare

En fin d'après-midi, dans le patio arboré des Larsson, à l'abri du soleil bas et de la chaleur de juillet, une poupée à lunettes crachouille en direction de ses deux bougies, sans parvenir à les éteindre. Sa grande sœur vient se placer derrière elle et règle le problème en soufflant dessus, avant de l'embrasser sur la tête et d'applaudir, en prétendant que la petite y est parvenue toute seule.

L'amour à la Larsson.

L'amour qui vous porte, qui vous étreint, qui vous explose en pleine tête et qui vous fait grandir, que vous le vouliez ou non.

– Deux ans… lâche Wolf Larsson en contemplant sa petite dernière, ému.

– Deux ans, répète sa femme en souriant, à ses côtés. Ressenti : douze.

Léonore est une très belle femme, naturelle, classe, mais elle a surtout un caractère… piquant. Disons que je comprends mieux, peu à peu, d'où Louve tient son mordant.

– Ils sont spéciaux, je sais, vient me chuchoter la fille-loup. Émotifs et légèrement excessifs… Mais il faut les comprendre : ils ne savaient pas si Coco survivrait plus de deux jours…

J'entrevois le chemin parcouru et tout s'explique : pourquoi ils bloquent tous sur ces fameux 2 ans, pourquoi ils ont organisé une fête digne d'une parade Disney et pourquoi ils serrent leur petite dans leurs bras comme si elle rentrait tout juste d'un tour du monde en dos crawlé. La grand-mère un peu toquée, elle, termine à peine sa part de gâteau, s'essuie les lèvres puis se lève.

Et commence à retirer son peignoir.

– Judith, non !

Louve se jette sur moi pour me couvrir les yeux, mais j'ai le temps de voir que l'artiste exhibitionniste porte un maillot de bain en dessous. Puis elle se plante face à son fils, compte jusqu'à trois et lui demande où est passée la piscine. Il lui rappelle avec toute la patience du monde qu'ils n'en ont jamais eu à Boston, alors elle se met à insulter tout l'État du Massachusetts.

Il faut admettre qu'on ne s'ennuie jamais, avec eux.

– Zik ! appelle soudain Léonore.

Le fameux Ezekiel qui avait disparu réapparaît tout à coup en compagnie d'un petit homme souriant.

– Smithy ! s'écrie la grand-mère en se jetant sur lui. Un, deux, trois… Mon voisin préféré ! On va dans ta piscine ! Allez, on traverse la rue ! Hop, c'est pas loin !

– Judith, pour ne rien vous cacher, je n'ai pas du tout les moyens de me payer une piscine. Je suis simplement venu souhaiter un bon anniversaire à votre petite Colombe…

– Un, deux, trois… Nulle, cette fête ! Quand on invite un beau garçon comme lui, on a une piscine ! Beaucoup trop beau pour cette fête de nuls à chier des bulles !

Judith me pointe du doigt pendant que la mère de Louve couvre les oreilles de Coco. Je me mords les lèvres pour retenir le fou rire qui me gagne. Louve me file un petit coup de coude et me lance en souriant :

– Vas-y, rigole, personne ne t'en voudra. Bienvenue chez les fous.

C'est le moment que choisit Colombe pour enfoncer

toute sa tête dans sa part de gâteau, Léonore crie, Wolf se marre, la petite jubile de sa connerie, tout le monde tente de sauver les lunettes enfoncées dans la crème, puis Judith quitte le patio, suivie par son ombre à dreadlocks, pestant qu'on fait trop de bruit.

— Alors, ce sera Paris ou Boston ?

Papa Loup me fixe de son regard intense mais bizarrement, ça ne me fait pas peur.

— *What* ? fais-je en anglais, l'air de ne pas comprendre.

— Il est grand temps que tu améliores un peu ton français, Lazare, dit sa mère en me souriant.

— Tu pourras bosser pour moi en attendant de trouver ce que tu veux faire, me propose alors son père.

J'avoue, ça m'amuse un peu qu'ils insistent pour m'avoir.

— Mais tu commenceras tout en bas de l'échelle et tu dormiras dans ta propre chambre, mon gars, pas de passe-droit avec moi !

Wolf Larsson m'observe encore, de l'autre côté de la table et je me surprends à lui sourire sans crainte ni malaise. Je crois que je me sens un peu chez moi.

— Louve ne vous l'a pas dit ?

— Non, mais à la façon dont elle chantonne et sautille partout dans cette baraque depuis ce matin, j'imagine que tu as choisi la France...

Léonore rit tout bas en observant sa fille qui, sourcils froncés mais sourire aux lèvres, tente de jouer les innocentes.

— Je n'ai jamais fait ça !

— Et si on t'appelait Love, désormais ?

— N'importe quoi !

— Comme c'est touchant : notre grande méchante Louve est devenue un si mignon petit chaton...

— Arrête ça, papa !

— Je n'ai pas choisi la France, lâché-je soudain.

Tous les yeux présents – même ceux du bébé sans

lunettes – pointent soudain dans ma direction.

– Quoi ? s'inquiète la mère de famille.

– Comment ça ? siffle le loup.

Et au milieu d'eux, elle me sourit, cette brune aux yeux déments qui me rend la vie tellement plus belle, plus riche, plus intense, plus complexe, plus chaude, plus difficile, plus... vraie.

– Ce n'est pas la France que je choisis. C'est votre fille. C'est Louve.

L'ancien mannequin ferme les yeux et soupire de soulagement, son mari laisse échapper un rire rauque... Et j'ajoute en souriant à la fille que j'aime :

– Comment je pourrais laisser partir ce si mignon petit chaton ?

Elle ne miaule pas, elle grogne.

Et elle mord.

Et j'adore ça.

***

Quelques jours plus tard, la veille du grand départ, alors que j'ai vidé le dernier étage de la demeure de Mrs Van Cleef, que je lui ai fait mes adieux et qu'Ezekiel est officiellement devenu son aide à domicile, je me rends chez mes parents, accompagné de Louve et Ellis.

– On fait rapide, sans effusions inutiles ni débordements d'affection, c'est compris ?

– Laz, tu t'apprêtes à aller vivre sur un autre continent pour une année entière, tu as le droit de dire à tes parents que tu les aimes, tu ne vas pas t'autodétruire... me chuchote Ellis.

– Je me boucherai les oreilles, si ça peut aider, ajoute Louve.

Ils échangent un *high five* dans mon dos, ces deux malins, et même si je leur bougonne de la fermer, ça me fait un truc indescriptible de les voir si proches.

– Bonjour, mon fils ! s'écrie mon père en français, au moment de nous ouvrir la porte. Et bienvenue, les jeunes !

Louve lui serre la main, un peu timide mais toujours souriante, tandis qu'Ellis se fait tout petit. Je sens qu'il est difficile pour lui d'être ici. Il faut dire que mes parents n'ont pas vraiment assuré à l'époque et que cette maison est remplie de mauvais souvenirs pour lui. Et quand ma mère débarque dans le salon, Pia sur ses talons, je sens mon meilleur pote flipper un peu plus.

– Tu n'es vraiment pas obligé d'être là…

– C'est notre dernier soir, Laz ! Et c'est cathartique.

Dans une sorte de malaise général, je prie pour que personne ne dise de conneries et ma sœur distribue des sourires penauds à tout le monde, puis fait mine de monter dans sa chambre.

– Tu peux rester, Pia.

Elle s'immobilise et me scrute étrangement, entre méfiance et incrédulité.

– Je pars à Paris demain et je ne reviendrai pas avant plusieurs mois. On peut peut-être se tolérer le temps d'un déjeuner ?

Elle ne sait pas quoi répondre, mais Louve lui tend la main et les deux filles finissent par accompagner mon père et ses pinces de barbecue dans le jardin.

– Puisque celui-ci part vivre sa vie, c'est à toi qu'il va falloir que j'apprenne à allumer un feu, fifille !

J'avoue, je jubile un peu que mon père inflige ça à Pia plutôt qu'à moi. Bientôt, ce seront les discussions pénibles sur son avenir et sa vie amoureuse, les clins d'œil complices et les blagues foireuses. Je sais que c'est sa façon à lui de supporter mon départ.

Et le pire, c'est que tout ça va probablement me manquer un peu.

Un peu, j'ai dit.

De notre côté, Ellis et moi suivons ma mère jusqu'à la cuisine.

– Je peux faire quelque chose pour aider ?

– Ellis, je voulais te dire…

Iel se crispe. Ma mère se tourne vers mon BFF et je découvre qu'elle a les larmes aux yeux.

Bérénice Buffet.

L'exemple même du self-control, de la dignité et de la pudeur.

– Je regrette sincèrement d'avoir manqué de tact et de discernement l'été dernier, d'avoir partagé un secret, une vérité qui n'appartenaient qu'à toi.

– Vous vouliez protéger votre fils…

– Oui, mais ça n'aurait pas dû être à tes dépens ni à ceux de tes parents. Vous auriez dû partager tout ça sans que j'interfère, au moment où tu te sentirais prêt. Prête ! Prêt ! Prê… Enfin, tu vois.

Ma mère rougit, bafouille, pendant qu'Ellis se marre en lui disant que les deux lui vont.

– Lazare a essayé de m'expliquer la non-binarité… Pas simple, grimace-t-elle. Mais même à notre âge, on apprend chaque jour… Et grâce à toi, Philip et moi avons beaucoup appris. On te souhaite sincèrement le meilleur, Ellis.

Je n'ai jamais eu honte de ma mère, mais je n'ai pas non plus le souvenir d'avoir été particulièrement fier d'elle un jour. C'est le cas aujourd'hui. À tel point que je l'entoure d'un de mes bras, la serre brièvement et la laisse me caresser les cheveux jusqu'à ce que la friteuse se mette à sonner.

– C'est cuit ! s'écrie soudain mon père depuis le jardin. Burger-party, à l'américaine ! Ramenez les frites et les sauces, les petits Français là-bas !

Ce soir, les adieux ont un goût de friture, de ketchup-mayo, de pardon, d'espoir et de renouveau.

***

Au moment de descendre de l'avion et de fouler le sol français aux côtés de la fille qui a donné un sens à ma vie, je repense à ce matin. À cet instant où j'ai serré Ellis jusqu'à lui broyer les côtes, dans le grand hall de l'aéroport de Boston, et où je lui ai fait promettre de venir me voir le mois prochain. Je sais que ça n'arrivera pas, qu'iel va reprendre le cours de sa vie à Toronto, là où iel se sent si bien, mais je crois que ça lui a fait du bien de savoir qu'il allait me manquer à ce point.

– Prêt pour ta nouvelle vie ? me chuchote la brune qui vient entrelacer ses doigts aux miens.

Je pose mon regard sur elle, l'embrasse au coin des lèvres et lui fais signe que *oui*.

Pour elle, j'ai tout lâché et je le referais mille fois s'il le fallait. Parce que cette fille aux yeux clairs est devenue ma lumière, je la suis sans hésiter. Je n'ai peut-être que 18 ans, je manque de recul, d'expérience, de sagesse, mais je sais déjà qu'elle m'a marqué à vie.

On n'oublie pas la morsure d'une telle louve comme ça.

Putain, le mordu, c'est moi.

– Tu penses à quoi ?

– À ce que je vais te faire quand on sera enfin seuls quelque part…

Elle rit, se mord la lèvre et je sens le shoot d'adrénaline pure qui se répand dans mes veines.

Je n'aime rien de plus qu'elle.

Main dans la main comme les pires des canards, on récupère nos bagages, on passe la douane française et on débarque dans le grand hall de l'aéroport Charles-de-Gaulle. Dans la petite foule amassée derrière des barrières, je repère un groupe un peu atypique. Deux filles aux looks et couleurs de peau différents, entourées par trois mecs sautillants, dont un grand type costaud en polo Lacoste beaucoup trop petit pour lui qui brandit une pancarte.

Je lis l'inscription, tandis que Louve se jette dans leur direction et leurs bras.

LOUVE ET SON ROSSIGNOL

Voilà à quoi j'en suis réduit. Un putain d'oiseau minuscule et fragile.

Et ces cinq énergumènes excités qui parlent beaucoup trop vite et beaucoup trop fort ne me disent rien qui vaille.

Pourtant, ce foutu sourire refuse de quitter mes lèvres.

Adieu sarcasme.

« Bonjour bonheur », et en français s'il vous plaît.

55

From Paris, with Louve

Salut les nases,
Joyeux Noël et bonne année ! Comme ça, c'est fait.
Paris c'est franchement pas mal, tout est beau où que tu regardes. L'hiver est moins froid qu'à Boston mais dommage, il ne neige pas.
Ici, presque tous les gens sont des grandes gueules. Bien pires que moi. Je bosse dans une agence de mannequins où tout le monde me remet à ma place dès que je l'ouvre. Fatigant mais marrant.
Willa m'a présenté des stars mais j'ai déjà oublié leurs noms, je crois que Pia va me tuer. Marion Cotillon et Pierre Miney, un truc comme ça.
Je vis toujours dans la chambre de bonne sous les toits, tout en haut de l'hôtel particulier des Larsson, j'ai pas à me plaindre. Ils m'invitent souvent, même si j'ai toujours pas le droit de dormir là, après six mois, sauf quand je leur sers de baby-sitter gratuit pour Coco...
Une belle bande d'esclavagistes !
Tiens, Colombe a enfin fait ses premiers pas ! À 2 ans et demi, il était temps, mais Wolf et Léo ont quand même fait une fête de maboules rien que pour ça : j'ai vu un papy de plus de 90 ans qui twerke avec son chat et je suis pas sûr que mes yeux s'en remettent un jour.

Coco passe sa vie à faire du dessin avec sa grand-mère, ils disent tous qu'elle a un don. J'en suis pas certain mais elle s'épanouit grâce à ça et Léo peut enfin souffler. Enfin, maintenant elle a pour projet d'ouvrir une école d'art intergénérations, pour que les enfants doués et les vieux qui s'ennuient puissent passer du temps ensemble à partager la même passion. Les Larsson m'épuisent tous un peu, avec leur envie de changer le monde tout le temps !

Mais c'est plutôt beau à voir...

Louve va toujours à la Sorbonne, c'est-à-dire qu'elle fait une heure de cours et qu'elle en passe trois dans un café avec moi. Si c'est ça la fac en France, je vais peut-être me décider à faire des études, moi aussi.

Vous emballez pas trop, pour l'instant je profite de mon année sabbatique et c'est le pied, je vous écris en français pour m'exercer, il paraît que je suis pas trop mauvais...

Papa, désolé, mais va falloir que tu t'y mettes aussi ! T'inquiète, « barbecue » ça se dit pareil.

Ellis est venu·e nous voir à Paris, accompagné·e... Mais j'ai pas le droit de vous en dire plus. Je vous envoie une photo de nous tous, avec les amis parisiens de Louve et le crush d'Ellis, je vous laisse vous faire votre avis sur son genre. C'est fluide !

On n'est plus sur les réseaux, Louve et moi, mais j'ai entendu dire que l'histoire de cul entre Honor et l'assistant de Mrs Duncan avait fait scandale au bahut. Bravo à vous deux d'avoir démissionné pour retourner enseigner au lycée public. Les élèves de South Boston High ont de la chance de vous avoir comme profs.

Si jamais vous cherchez une psy scolaire, je pense que Louve Larsson fera bientôt l'affaire.

Elle vous embrasse. Vous me manquez tous. Un peu.

Au fait, bonne résolution : j'ai arrêté de fumer.

Et au fait, je vous aime.
Depuis Louve, je suis enfin capable de le dire...

XoXo,
Lazare

Je mets un point final à ma longue lettre et je relève la tête. À travers la fenêtre du café où je me suis installé, je vois Louve marcher dans le froid le long de cette rue typiquement parisienne, avec de hauts immeubles haussmanniens, des arbres sans feuilles, des pavés sur la route et des vieux lampadaires allumés alors que la nuit n'est même pas encore tombée.

Cette ville rendrait romantique n'importe quel idiot comme moi.

Emmitouflée dans son manteau et son écharpe noirs, la fille que j'aime me rejoint à pas lents, un gobelet de café dans une main et un donut dans l'autre, dans lequel elle a déjà mordu alors qu'il devait être pour moi. Elle me traite d'Américain mais elle aime ces beignets au moins autant que moi. Et il n'y a qu'elle pour arriver au café où on a rendez-vous tout en en buvant un. Elle n'a pas dû pouvoir résister. Louve dit souvent qu'elle a perdu trop de temps et qu'elle veut croquer la vie à pleines dents. Moi, je veux juste qu'elle se dépêche d'arriver pour goûter à sa bouche sucrée et qu'elle me morde en m'embrassant.

Cette fille rendrait amoureux n'importe quel crétin sans cœur.

Tout à coup, elle se fige sur le trottoir, à quelques mètres de moi seulement. Je colle mon nez à la vitre, suis son regard qui s'élève, vois Louve pencher la tête en arrière, fermer les yeux et sourire au ciel bleu-gris : il vient de se mettre à neiger. Les premiers flocons lui tombent dessus doucement, c'est beau comme une carte postale, comme une vieille photo à enfermer dans une stupide boule à neige. Je souris aussi comme un con.

Cette image rendrait fou de bonheur n'importe quel mec fou amoureux.

Je prends mon portable, l'approche de la fenêtre, essuie la vitre embuée de ma manche et prends Louve en photo pour immortaliser cette image un peu sacrée, ce moment hors du temps. Je crois que quand on a envie de vivre autant qu'elle, on en devient un peu immortelle. Je tape à toute vitesse ces mots qui me brûlent les doigts. C'est plus facile pour moi de les écrire que de les dire :

[Je ne sais pas si tu connais cette fille
mais je suis fou d'elle.
Je la trouve belle comme le jour
et comme la nuit.
Il suffit d'enlever une lettre
à son prénom et tout est dit. Je ne connaissais que
la haine, la fille-loup m'a tout appris de l'amour.
Elle a changé le monde
et elle a changé ma vie.
Elle est si forte
qu'elle arrive même à faire tomber
la neige à Paris. Je l'aime, si elle savait...]

J'envoie ce message avec la photo d'elle à son numéro. Je la vois qui tire la langue vers le ciel pour goûter aux flocons blancs, puis elle s'arrête net en sentant la vibration dans sa poche. Elle galère avec son gobelet, son portable, son donut à moitié mangé, et elle se marre toute seule en manquant de tout faire tomber.

Et moi je tombe encore un peu plus amoureux d'elle.

Quand Louve découvre mon message, ses yeux s'embuent et me cherchent partout dans la rue, vers le café. Ils tombent enfin sur moi de l'autre côté de la vitre. Elle avance presque

jusqu'à moi et je me perds dans son bleu inouï, trempé.
Et je lui écris à nouveau :

> [Si la vie en vrai ressemble à ça avec toi,
> je suis partant pour une vie tout entière...]

Elle me sourit en pleurant et vient coller son front à la fenêtre.
– C'est oui.

Si vous avez aimé l'univers de *La Vie en vrai*,
découvrez *PS : Oublie-moi !* et *Bien plus forte que toi !*,
qui racontent les histoires de Léonore, Wolf,
Willa et Rio.

PS : Oublie-moi !
Il a brisé son cœur et détruit sa vie.
Elle va pourtant devoir se reconstruire avec lui...

Léonore est belle comme le jour, mais elle vit dans l'ombre pour cacher son plus gros complexe et son plus douloureux secret. Pourtant, quand une agence de mannequins extra-ordinaires s'intéresse à elle, elle y voit une chance de se reconstruire. Mais ses espoirs se brisent lorsqu'elle découvre l'identité de son nouveau boss : Wolf Larsson, le garçon qu'elle aimait et qui a bien failli la détruire.

Il fut son premier amour, son bourreau, son pire cauchemar...

Huit ans après le drame, elle est devenue une lionne prête à tout pour survivre. Lui a gardé ses mots féroces et ses yeux de loup.

Elle va devoir lui pardonner. Il va devoir se racheter. Pour raviver la flamme qui brûle encore entre eux, malgré tout.

Bien plus forte que toi !
Il aime quand rien ne dépasse.
Elle ne rentre dans aucune case.

C'est l'histoire d'un avocat arrogant prêt à défendre une cause déses-pérée pour redorer son image. Et celle d'une mannequin plus size qui ne veut ni pitié ni charité, et qui se fourre toujours dans de sales draps – surtout s'il y a un mec charmant dedans.

Cette fois, pour sauver son premier rôle dans une série télé, Willa Larsson va vraiment avoir besoin de Rio Delacroix, cet immense enfoiré qui la regarde en long, en large et surtout de travers. Il faut dire qu'elle ne passe pas inaperçue, avec sa taille 50, sa beauté extraordinaire, son hypersensibilité et sa repartie cinglante.

Rio et Willa n'ont rien à faire ensemble. Mais déjà ils se désirent, déjà ils se détestent et surtout, ils se défient.

Elle n'est pas du tout son genre, mais elle n'a pas besoin de ça : elle est forte, bien plus forte que lui.

Découvrez également *Le Goût de nos rêves*
et *Ce qui nous rend vivants*

Le Goût de nos rêves
Il a brisé son cœur et détruit sa vie.
Elle va pourtant devoir se reconstruire avec lui...
Paris, une coloc de filles à Bastille, des raclettes au printemps, un goût commun pour la cuisine, les chaussures, les coups de gueule et la vie au jour le jour... Olympe et Salomé s'accommodent de petits boulots, de grands plaisirs et de jolis rêves qu'elles savent intouchables.
Mais quand le frère de Salomé revient de l'autre bout du monde et s'installe avec elles, leur coloc girls only change brutalement de saveur. Surtout quand Simon accepte de mauvaise grâce la requête de sa petite sœur : embaucher Olympe dans le restaurant parisien qu'il comptait ouvrir en famille.
Un nouveau départ à trois, quand deux membres de cette drôle de brigade n'arrivent pas à se supporter, c'est un pari fou.
Pourtant, ce bistrot ressemble beaucoup à leur rêve. Alors Olympe va accepter que celui qui squatte son canapé et ses pensées devienne aussi son boss, même si c'est tout ce qu'elle s'était juré d'éviter. Trop cliché. Trop risqué.

Ce qui nous rend vivants
Ils ont tant de vies entre les mains...
Et les leurs à sauver.
Aux urgences de l'hôpital public de Chicago, Cléo commence son internat et y retrouve Carter Cruz, une vieille connaissance. Bien plus que ça, en réalité : son meilleur ami de la fac de médecine, mais aussi son plus sérieux rival et son plus grand regret.
Ici, Cléo se sent enfin à sa place, au milieu des brancards qui roulent à toute allure, des portes qui claquent, des chefs qui crient, des machines qui bipent et des tenues pastel qui volent au secours de ceux qui en ont besoin. Chaque jour, elle apprend. Elle soigne les autres pour oublier le mal qui la ronge. Elle croise l'humanité et la mort dans les couloirs. Elle tisse des liens forts avec tous ces héros du quotidien. Et elle se rapproche malgré elle de celui qu'elle fuit à tout prix...
Pourtant, elle voudrait juste se sentir aussi invincible que lui.
Et croire, le temps d'un battement, que la vie peut l'emporter.

Petit catalogue d'Emma Green
à l'usage des nouveaux lecteurs !

Les romans « one shot »

Ce qui nous rend vivants
Le Goût de nos rêves
If You wanna Be My Lover...
Love & Lies on Campus
Just 17
10 bonnes raisons de te détester !
Recherche coloc : emmerdeurs, râleurs, lovers...
s'abstenir !
It's Raining Love !
Fais-moi une place (aussi en grand format sous le titre
(Im)parfait)
Bliss. Le faux journal d'une vraie romantique
Fallait pas me chercher !
Cent facettes de Mr Diamonds

Les séries

• Les *Jeux*

La série des *Jeux* est divisée en deux saisons : la première
centrée sur le couple de Liv et Tristan, et la seconde qui
raconte l'histoire de June et Harry.
Vous pouvez ne lire qu'un tome, les quatre, seulement les
deux premiers ou seulement les deux derniers !

Saison 1
Jeux interdits (1/2)
Jeux insolents (2/2)

Saison 2
Jeux imprudents (1/2)
Une toute dernière fois (2/2)

• Les *Toi + Moi*

Seuls contre tous raconte les années campus d'Alma et
Vadim, *L'un contre l'autre* et *Envers et contre tout* les
années adultes. *Seuls contre tous* peut se lire indépen-

damment des deux autres volumes.
Seuls contre tous (1/3)
L'un contre l'autre (2/3)
Envers et contre tout (3/3)

Les romans qui peuvent se lire seuls ou avec spin-off

Ces livres-ci peuvent se lire indépendamment, ce ne sont pas des suites mais des spin-off, des romans compagnons. On retrouve des personnages récurrents d'un volume à l'autre, mais les héros changent à chaque fois.

• *Strange & Strong*

PS: Oublie-moi! (Léo & Wolf)
Bien plus forte que toi! (Willa & Rio)
La Vie en vrai (Louve & Lazare)

• Les *Sisters*

Oh My Lord ! (Sidonie & Emmett) (aussi en grand format sous le titre *Call Me Baby)*
My Dear Dandy (Joe & Jude) à paraître (aussi en grand format sous le titre *Call Me Bitch)*

• Les *Boys*

The Boy Next Room (Céleste & River)
The Boy on Fire (Nell & Jagger)

• *Corps, Cœurs & Âmes*

Corps impatients (Thelma & Finn)
Cœurs insoumis (Solveig & Dante)
Âmes indociles (Calliopé & Lennon)

• Les *Love & Kiss*

Love Me if You Can (Adèle & Damon)
Kiss Me if You Can (Violette & Blake)

Pour des news exclusives
et plein d'autres surprises, retrouvez-nous sur :
Instagram : **@ed_addictives**
TikTok : **@ed_addictives**
Facebook : **facebook.com/editionsaddictives**
et sur notre site **www.editions-addictives.com**

Autrice : Emma Green

Edisource – Éditions Addictives
100, rue Petit, 75019 Paris
Imprimé par FINIDR – Lipova cp. 1965 – 73701 Cesky Tesin,
République tchèque
Dépôt légal : octobre 2023 – Achevé d'imprimer : août 2023
ISBN : 978-2-37126-613-1

Réf. contrat : ZOUV_001